研究叢書31

近代作家論

中央大学人文科学研究所 編

中央大学出版部

まえがき

私達の研究会チームは、中央大学人文科学研究所が創立された年、一九七九年の秋、第一回の研究例会を、佐藤春夫作『田園の憂鬱』をばテキストとして、始発させた。爾来二三年を閲し、今日より丁度一週間後に催す一九二回目においては、古山高麗雄の『プレオー8の夜明け』を扱うことになっている。毎回、いわゆる読切りのかたちで行って来たことは、開催回数とまったく等しい数の作品と付き合ったことに他ならず、テキスト一覧表に目を遣っては、その放縦なばかりに多種多様な作品名の羅列に、うたた感慨無きを得ない。

但し、毎次、担当者が自ら選んだ作品について精いっぱい為した発表をめぐって、限りなく自由・活発な討議が交される、といった在様は発足時から不渝不変である。そして、研究会が終った後、何やら別れがたくて、七回目のテキスト、高見順作『故旧忘れ得べき』中の文句を藉りるなら「胸中のモダモダ」を吐露したくて、連れ立ち高幡不動辺の酒肆の戸を排するに至る、という行為も又。

そもそも、同気相求めて集った私達の欲求は一にかかって、己がじし、これぞと思う、日本近代文学の諸作品を読んでの感懐を親しく語り合いたい、といったところに存する。いや、あまりにも古めかしくて穴へも入りたい程の言種だ。さりながら、特定の観念や義務に一切囚われず縛されず、唯、生理的とも言えよう、右の欲念に根差して寄り合って来たからこそ、わがチームはかように長持ちしたのではなかろうか。実際、そこには時に軽い難詰や揶揄が含まれること有るにしても、私達が織り成す人の和の濃さは、世の研究会の類にあっては滅多に見られぬものなのでは、と自得している。

もちろん私達は、まるで狆ころみたいに馴れ合っていたばかりではない、先記のごとく、例会においては生真面目にして熱っぽい議論を上下させて来たつもりだ。又、そうでなくては、研究会なるもの、二〇年以上も持続する能わぬであろう。而して私達は『人文研紀要』第一号（八二年刊）、第三号（八四年刊）、第五号（八六年刊）の執筆陣にチームとして参加したのだった。八九年に梓行された七番目の人文研研究叢書は、私達の『近代日本文学論』である。私達は、ま、よく努めたり、と評されていいように考えるのだが、どうだろうか。

三一番目になるらしいこの叢書が上木されるのは来年二月中旬の予定、その翌月の末には私達の仲間の四人が退職し、チームもついに解散する。本書は前書と同然、日頃の自在・勝手な在様を反映してか、他のチームの叢書群が具えるところの、各論攷がすぐれて個性的なテーマの下に集約され収斂する、という美点に闕ける憾み無しとしないけれども、四半世紀に近い多年月の活動に幕を引く、いわば形見としてこれを遺すことに、私達はいささかならず満足しているのである。

二〇〇二年　立冬

「日本近代文学の研究」研究会チーム

目　次

第Ⅱ部

第III部

第Ⅰ部

斎藤茂吉論

——茂吉における土俗と近代の構造

川口紘明

一　茂吉の二面性、近代と土俗

斎藤茂吉の歌集、特に初期のそれが、近代日本の詩精神、とりわけ情緒と感覚の新しさを鮮やかに文学史上に刻印するものであったことは改めて喋々するまでもないであろう。例えば文学史家の三好行雄は次のように述べて茂吉の文学の近代性を最大限に強調している。

しかし、そうした〔短歌の近代化における——筆者註〕多岐な諸傾向のなかで、やはりきわだって聳立する巨峰は斎藤茂吉である。『赤光』によって詩歌への眼をひらかれたとの芥川龍之介の讃辞は有名だが、たしかにこの処女歌集にある抒情精神のはげしい燃焼やみずみずしい生命感の充実、そしてすぐれて近代的な感受性のきらめきなどは比類がない。『赤光』の出現はたんに短歌史上の一事実にとどまらず、いわば文学史的なひとつの事件であった。茂吉によって『赤光』が編まれたとき、短歌の近代は真に成立したのである。(1)

また、茂吉の高弟であり、茂吉研究の第一人者である柴生田稔は『赤光』（大2）の近代性を次のように解説している。

> 異常な感受性と単純で力強い表現とによって、短歌の世界を大胆に拡張し、とくに日常的な物事の間にひらめく微妙な心理の動きをとらえて、近代的な情緒と感覚とを表出することに成功している。(2)

さらに、先ほど三好行雄が茂吉讃美の証人として挙げていた芥川龍之介は、第二歌集『あらたま』（大10）の「一本道」に具現された近代的感性の表出を次のように称揚している。

> ゴッホの太陽は幾たびか日本の画家のカンヴァスを照らした。しかし「一本道」の連作ほど、沈痛なる風景を照らしたことは必ずしも度たびはなかったであらう。(3)

「抒情精神のはげしい燃焼」、「みずみずしい生命感」、「異常な感受性」、「単純で力強い表現」、「微妙な心理の動き」「沈痛な風景」等々、茂吉の初期歌集『赤光』、『あらたま』が当時の読者に与え、今なお感じられる衝撃の質と種類についての証言をこのように挙げていけばきりがないであろう。しかし、このような衝撃がいかなる精神によって創造され齎されたのかに考えを及ぼすとき、作者斎藤茂吉の近代的精神の修養とその来歴が問われるのは必然であろう。ここで、まず、茂吉の近代的精神の基幹をなすべきものとして、彼の医家としての、科学者としての資質と修養が取りあげられるであろう。明治二九年、一五歳の時に、山形県の上山小学校高等科を卒業して上京、親戚の斎藤紀一方（浅草医院）に将来養子となる可能性を秘めて書生として住み込み、開成中学、第一高等学校、東京帝国大学医科大学、同大学助手、巣鴨病院医員を経て長崎医学専門学校教授となるまでの斎藤茂吉の履歴は、日本における西洋学の中心たる医学の道を彼がひたすら奮励邁進して来た経路であった。それは肉体と生命を対象とする、医学という近代の科学精神の粋を彼が修得し研鑽して来た過程であった。(4)

茂吉の科学的精神は専門の医療や医学論文の上ばかりでなく、文学研究の面でも発揮されている。

初期の歌論に「短歌における四三調の結句」や「短歌小言」があるが、これらには、豊富な資料を取り揃え、一つ一つ丹念に観察し吟味し、その観察と吟味の結果から慎重綿密な帰納法により一定の結論を導き出すという実証的科学的方法が首尾一貫して取られている。この点はつとに中野重治が注目して「短歌というもっとも主観的な抒情詩の問題を、まったく実際的に、算術の計算をするようにして、代数とする方が一そう中っているかも知れぬが、扱っている。」、「この客観的な、金貸しが金をためるような科学的なやり方で、歌のもっとも微妙な主題の問題が解かれている」と言って感嘆したものである。(5)『赤光』や『あらたま』の緊迫して、なまなましく、豊饒で強靱な調べは、茂吉の天性の言語感覚の賜物であるばかりでなく、このような彼の言語に対する客観的で科学的な分析と吟味に基づく成果であったとも言い得るであろう。

茂吉の近代精神の素養は、こうした科学的実証主義の修得のみに止まるものではなかった。茂吉が養父の後継者として択ぶことになった精神科医のコースは、身体と精神との複雑に相関する領域であり、身体医学を超えて、心理学や哲学の領域への接近を要請するものであった。加えて、彼が結社「アララギ」の指導的歌人として根幹的な作歌理論『短歌写生の説』や『柿本人麻呂』諸論を構築していく過程で、自らの理論を鞏固たらしめるべく、彼は西欧の古典、芸術論、美学、形而上学の分野にも関心の触手を伸ばしている。体系的というより断片的である嫌いはあるが、彼はヴィンケルマン、ゲーテ、シラー、ショーペンハウエル、ロダン、とりわけニーチェを愛読している。(6)また、西洋絵画への関心と親昵は彼の生来の好尚の赴くところであった。彼は留学中ヨーロッパ各地の美術館を歴訪し、後に「ピエテル・ブリューゲル」等の随筆や「アララギ」表紙画の解説文の中で、彼の西洋美術への蘊蓄を傾けている。

さて、以上のように茂吉が獲得した近代西欧的知性と教養の及ぶところをざっと一瞥したのであるが、しかしながらここから思い描かれる近代的知識人の像は、実際の茂吉像の極く限られた一部、それも彼の文学の上に現れた一部に過ぎないと言わざるを得ない。事実はこのような近代的知識人とは裏腹に極めて前近代的な、土俗的な、あるいは自然人とも田夫野人とも言える風貌をもった茂吉が厳然として存在しているのである。彼の周辺にいた人々、彼に出会ったことのある多くの人々は、それぞれの回想記に、愛すべき妙な奇癖に満ちた茂吉のちぐはぐな生活上の変人ぶりを伝えている。生涯方言を直さず山形弁を通した茂吉、人前でペロリと舌を出す茂吉、右手をあげて大きく宙に字を書く茂吉、人の話をエヘラエヘラ笑って聞きながら時に突然ムキになって反論する茂吉、性に関する猥雑な言葉を平気で無遠慮に口走る茂吉、好物となったら何日も同じ物を食べ続ける茂吉、母親に新しい着物を与えられて泣いて厭がる少年茂吉、年長の子に一五度も投げ飛ばされながらなお立ち向かっていく茂吉等々。茂吉には生涯にわたってこのような逸話やエピソードが跡を絶たなかったようである。(7) これらの無数の逸話から浮かびあがるのは基本的に近代生活に順応できない茂吉の像である。茂吉における自然性と近代生活との埋めがたい溝である。茂吉の感性には、その生涯を通じて近代的都市生活にしっくりと順応できない、自然児的な野性と、農村の土俗に根づいた生活習性への固着が認められる。

まず、自然に対する独特なアニミズム的共感が注目に価する。

萱《くわん》ざうの小さき萌《もえ》を見てをれば胸のあたりがうれしくなりぬ（『赤光』(8)）

けだものは食《たべ》もの恋ひて啼き居たり何《なに》といふやさしさぞこれは（同）

あかねさす昼《ひる》の光《ひかり》の尊《たふと》くておたまじゃくしは生《あ》れやまずけり（『あらたま』）

植物や動物の生命に寄せるこの素朴で懇ろなアニミズム的共感は、幼童時代に故郷の農村の生活環境の中で培われたものであったろう。そして上京後彼が近代生活の苦に直面した折り折りに、この感性は甦って彼に限りない慰藉を与えたのである。

また、茂吉において肉親への愛は限りなく切実である。彼は肉親の存在を自分の肉体の延長のように感じている。これは近代的個我の意識とは裏腹なものであるが、茂吉の場合、近代的な個我の意識が目ざめる以前に肉親との日常的な絆が絶たれたために一そう切実なものとなったのである。

我《わ》が母よ死にたまひゆく我《わ》が母よ我《わ》を生《う》まし乳《ち》足らひし母よ（『赤光』）

こよひあやしくも自らの掌《たなごころ》を見るみまかりゆきし父に似たりや（『寒雲』）

弟と相むかひゐてものを言ふ互《かたみ》のこゑは父母のこゑ（『白桃』）

過去帳を繰るがごとくにつぎつぎに血すぢを語りあふぞさびしき（『石泉』）

茂吉は特定の宗教に帰依することはなかったが、強い宗教心の持主で、種々の土俗的な神仏・民間信仰に深く心を寄せ、たびたび参拝に出かけている。彼は一五歳で上京する前に父に連れられて湯殿山に詣で、後に長男茂太が一五歳になった時も彼を伴って再び湯殿山に参詣している。その他、蔵王権現、出羽三山、地蔵尊、虚空蔵菩薩、さらに浅草観音など様々な神仏へ参詣したことが短歌に歌われている。(9)

金毘羅の荒《すさ》ぶる神をみちのくの穉《をさな》き吾に聞かせし母よ（『寒雲』）
うつせみは浄《きよ》くなりつつ神に守《まも》られてこの谿くだるいにしへも今も（『たかはら』）
ひとりにて屢々《しばしば》も来し塩の澤の観音力《くわんおんりき》よわれをな忘れそ（『白き山』）
浅草の観音堂にたどり来ておろがむことありわれ自身のため（『つきかげ』）

普通に考えれば、このような土俗的な神仏への信仰は、茂吉が身につけた近代的科学の精神とは全く背馳する性質のものであるのだが、茂吉はこれを明確に矛盾するものとは意識していなかったようである。茂吉の中では科学は科学、信仰は信仰として別の次元にあったようである。茂吉は著書の後記、書簡、日記の中などで実にしばしば神仏の加護を乞い求めている。「神々よ、僕の歌集を護り給へ」（「あらたま編集手記」）、「神々よ、僕をまもりたまへ」（『あらたま』第八版にのぞみて」）、「わたつみの神、陸の神よ、はやいたしかたなし。われにしづかなる力を養はしめたまへ。心の張りを得しめたまへ。金をあたへたまへ」（「日本帰航記」）、「どうも僕は只今苦しい生活をしてゐる。けれども神明は僕を捨てない事を信じてゐる。」（「書簡」大正一四年三月八日森路寛宛）、「神々ヨ、小サキ弱キ僕ヲマモリタマヘ。」（「日記」大正一四年一二月三一日）。この種の祈願は枚挙に暇がないほどである。茂吉は常に何ものかに祈らずにはいられない大きな苦悩を抱いて生きたのだが、彼が十全な形でもった信仰体験は、彼の中で信仰と科学が分離する以前の、上京前の故郷での父母に伴われて参拝した土俗の神仏への信心より他にはなかったのである。彼の科学的精神は彼の基層の土俗的心性の上に後から組み上げられたものであった。彼の信仰、そして時に文学が、郷土返り、先祖返りの様相を呈するのはそのためである。

またドイツ留学の時、茂吉は妻から送られた御守護《おまもり》を肌身離さず持ち歩き、また陰陽道に基づく民間暦を携えて行って事に当って吉凶の日和を占っている。これらは茂吉の迷信、軽信を示すものとしてよく取りあげられるが、必ずしもこの前時代の遺物を彼が盲信していたということではないであろう。異国の地で暮す限りない不安と動揺を和らげるよすがとして、気休めとして用いたに過ぎないであろう。それにしても近代科学の精神の本道からすれば、これはいかにも不徹底な態度だと言うことはできるであろう。

このように見てくると、われわれは近代科学の知性の体現者、西欧的教養の修得者、近代詩歌革新の強力な推進者である斎藤茂吉の背後に、もう一人の斎藤茂吉、前近代の迷蒙家、伝統と習俗の踏襲者、よく言えば素朴で天真爛漫、悪く言えば露骨で猥雑な田夫野人のおもかげがぴったりと貼りついているのを見て、その落差の余りの大きさに驚くのである。この茂吉の相矛盾する両面をみごとに捉え、風変わりに大人風な一個の人格像を佐藤春夫が描いている。

我等が茂吉は都会人のやうな田舎者、もしくは田舎者のやうな都会人であつた。また結局それと同じやうな事を意味するかも知れないが、彼は自分には古代人のやうな近代人、もしくは甚だ近代的な古代人のやうな気がした。もつとずばりと言つてしまうなら、彼は思いきってヤボなダンディ、深刻な好人物、洗練された野人であつたと思ふ。あの新鮮に健康な官覚と、その繊細緻密な神経と、あの人なつこげな温かさと、何ものをも見逃すまいと心構えした冷たさ。そんなさまざまな対照的なものを何の不調和もなく一時に感じさせるのがその人柄であつた。(10)

「都会人のやうな田舎者」「田舎者のやうな都会人」「古代人のやうな近代人」「甚だ近代的な古代人」等々、その内容は甚だ漠然としているが、茂吉の極端に矛盾した相貌をうまく言い表した評語であろう。だが、このような茂吉のヤヌス神的両面は、佐藤春夫がここで述べているように円満に調和した大人風な人柄として現れることは滅多になかったのではあるまいか。彼の身辺にいた人々、彼に遭遇した人々が書き残している多くの彼の奇癖や変人ぶりの記録に照らしてそのように判断せざるを得ない。

ともかくこのように斎藤茂吉はその外観においても内面においても複雑で測りがたい数多くの矛盾に満ちた人間である。しかもその複雑さが現象的には野蛮なほどの単純さ、また天真爛漫として発現されるところに一層把握の困難が生じる。しかし彼の人格としての複雑さは具体的には、彼の現身を通しての前近代と近代、自然と都市文明、土俗と科学との対立として、矛盾として把えられるであろう。そしてそれはただに茂吉個人の境涯の問題であるばかりでなく、明治・大正期の近代日本の多くの知識人の宿命でもあったであろう。そういう意味では茂吉は彼等の宿命の代弁者であり縮図である。それゆえにこそ、『赤光』、『あらたま』が世に出たとき、彼らは一様にわが事のように衝撃を受け、その衝撃を「近代」の、あるいは「近代の悲劇」の刻印として彼らのうちに共有したのである。彼らが近代と見たのは、実は近代に遭遇した土俗的前近代の呈する苦痛にみちた身悶えと喘ぎだったかも知れないのである。

ところで茂吉のこのヤヌス的両面、近代と前近代、都市文明と自然、科学と土俗との対立は、茂吉において単に平面的に対置される矛盾と考えられるべきであろうか。つまり茂吉の人生において折り折りにその一方が顕著に突出してくるところの矛盾、その矛と盾の継起の問題として片づけられるであろうか。筆者には、この矛盾、矛と盾にはある内的な関連、一つの構造が存在するように思われる。そしてその構造は、歌集『赤光』ばかりでなく彼の随筆集『念珠集』と『滞欧随筆』において比較的明瞭に見出されるように考えられる。従って本論の目的は、主として『念珠集』と『滞欧随筆』の中に、茂吉の土俗と近代との関連、その内的な構造を探ることである(11)。

二　『念珠集』、土俗の世界

茂吉の父伝右衛門（熊次郎）が死去したのは大正一二年七月二七日であった。茂吉は一カ月遅れてその訃報に接した。当時彼は、ウィーンでの一年半の研究室生活を終えてミュンヘンに移り住み間もない時であった。父の死を悼んで彼が作った歌は二首である。「わが父が老いてみまかりゆきしこと独逸の国にひたになげかふ」「七十四歳になりたまふらむ父のこと一日《ひとひ》おもへば悲しくもあるか」（両首『遍歴』所収）。茂吉にしては変哲もない歌である。一〇年前に母いくを喪ったとき「死にたまふ母」五九首の熱唱をもって酬いたのに較べると雲泥の差である。しかし茂吉の父を思う心が母に較べて浅かったとは必ずしも言えない。茂吉はこの度は歌に代えて文章をもって酬いたのである。帰国するとすぐに彼は『念珠集』に収められる十篇の文章をつぎつぎに雑誌「改造」に発表した。全て彼の幼少期の父に関わる思い出であり、篤い父恋いの文章である。『念珠集』が『滞欧随筆』と並んで彼の随筆文学の最高峰であることは諸家の意見の一致するところである。ところで、その巻頭の文章「八《や》十吉《そきち》」の初めに、この随筆集の生れる機縁とその題名の由来について書かれている。簡潔で美しい文章である。

　僕は維也納《ウインナ》の教室を引き上げ、笈《きふ》を負うて二たび目指すバヴァリアの首府民顕《ミュンヘン》に行つた。そこで何や彼や未だ苦労の多かつたときに、故郷の山形県金瓶村《かなかめむら》で僕の父が没した。真夏の暑い日ざかりに畑《はたけ》の雑草を取つてゐて、それから発熱してつひに没した。それは大正十二年七月すゑで、日本の関東に大地震《おほぢしん》のおこる約一ケ月ばかり前のことである。

　僕は父の没したことを知つてひどく寂しくおもつた。そして昼のうちも床のうへに仰向けに寝たりすると、僕の少年のころの父の想出が一種の哀調を帯びて幾つも意識のうへに浮上つてくるのを常とした。或る時はそれを書きとどめておきたいなどと思つたこともあつて、ここに記入する『八十吉《やそきち》』の話も父に関するその想出の一つである。かういふ想出は、例えば念珠《ねんじゅ》の珠の一つ一つのやうにならぬものであらうか。

「念珠集跋」を含む十篇の挿話のすべてにおいて、一本気で強情で凝り性の父の性格とその奇矯にわたる行動が、子の側の熱い共感を込めて鮮やかに書き取られている。「僕のやうな、物に臆し、ひとを恐れ、心の競ひの尠いものが、たまたま父の一生をおもひ起こすと、そこにあまり似寄りのないことに気づく」（「日露の役」）と茂吉は書いているが、これは一種の目くらましの韜晦であって、実際はここに描かれる父と茂吉の間には多く共通するものがあることにわれわれは気づくのである。そこでまず負けずぎらいで、矜り高く、強情一途な父の姿を如実に描き出している第三挿話「新道」を見てみよう。山形から上山《かみのやま》を経て米沢に通じる早坂新道が開通して、人や車の往来が繁くなり便利になった頃、茂吉が六歳ぐらいのあるとき、彼は父に負《おぶ》われて上山に向かっていた。

さういふ街道を父は独占《どくせん》したやうなつもりで街道の真中《まんなか》を歩いて行つた。しかるに稍しばらくすると、僕のうしろの方で人力車の車輪の軋る音がした。さうしてへエ、へエ、といふ懸声《かけごゑ》がした。これは避《よ》けろといふ合図に違ひないから、父は当然避けるだらうと思つてゐると依然として避けない。その刹那にどしんといふ音がして人力《じんりき》の梶棒《かじぼう》がいきなり僕の尻のところに突当つた。父は前にのめりさうになつた。

すると父は突嗟に振向きしなに人力車夫の項《うなじ》のところをつかまへて、ぐいぐい横の方に引いたから人力車がくつがへりさうになつた。人力車夫は慌しく梶棒をおろさうとしたが父はなほ攻勢をゆるめない。人力車夫はつひに左方になつて倒れた。父は人力車夫の咽《のど》のあたり項のあたりを二三度こづいたが、それでも人力車夫は再び起き上つて父と争はうとした。そのとき乗つてゐた老翁が頻《しき》りにそれを止め父に詫をした。父は威張つた恰好《かつかう》で尻を高くはしより再び街道の真中を歩いた。その老翁を乗せて後から来た人力車は今度は僕らを避《よ》けて追越して行つた。追越すときに車夫は何か口の中で云つてゐたが父はそれにかまはなかつた。僕は事件のあつた時父の背中で声を立てて泣いたことをおぼえてゐる（「新道」）

芥川が茂吉に小説を書くことを勧めたという話があるが、ここに見られる茂吉の描写の才は紛れもない。この短い文章の中に一個の現実が、その奥行きと広がりを含めて、一点の無駄もなく完璧に写し取られている。登場する四人の人物が、それぞれにあるべき所を得て過不足なく描破されていることはもちろんである。

『念珠集』はまた彼の故郷、東北の山村の四季折り折りの景観、山水虫魚の細やかで生彩ある描写が随所に散りばめられている点でも忘れがたい。とりわけ、腰まで埋まる雪に閉ざされる冬の難儀な情景や、一転して春を迎えた北国の、木々が一斉に芽ぶき鳥虫の活動する歓喜の様を描いた箇所は、まるで抒情詩のような美しさに満ちている。

街道の雪が消え、日あたりの林の雪が消え、遠山を除いて、近在の山の雪が消えると、春が一時に来てしまふ気持ちである。太陽はまばゆいやうに耀く、木の芽がぐんぐん萌えはじめる。苞《つと》をやうやく破つたばかりの、白つぽいやうな芽だの、赤味を帯びたやうなものだの、紫がかつたものだの、子供らは道ぐさ食ひながらさういう木の芽をぽきりと摘んで口の中で弄《もてあそ》ぶものもゐる。雲雀は空気を震動させて上天にゐるかと思ふと、閑古鳥《かんこどり》は向うの谿間から聞える。楢《なら》、櫟《くぬぎ》の若葉が、風に裏がへるころになれば、そこに山蚕《やまこ》が生れて、道の上に黒く小さい糞《ふん》を沢山おとすのであった。(「漆瘡」)

ところで、この随筆集で、父の躍如たる行状と相俟って、何よりも注目を引くのは、父の振舞いと密接に関連づけられて語られる、また子供らの遊びや村の生活と関わって語られる、郷土山形の土俗文化と風習の数々である。これらは実に多種多彩であり、『念珠集』の文章に独特の風味と色どりを与えている。それらを思いつくまに列挙すれば、父の出羽三山や蔵王権現への篤い信心、茂吉を伴っての湯殿山への初詣、父が持病の痰を治すべく願かけて実践した納豆断《だち》・穀断《こくだち》塩断《しおだち》の行、悪童が茂吉の腕に画いた男根図の痕が悪化して漆瘡になったのを父が民間秘薬の油ぐすりでけろりと治したこと、泥酔して泥田にはまった仁兵衛が自分は酒風呂に浸っていると妄想して「上酣だ上酣だ」とわめくのを狐に化されたのだと信じて疑わない父、農閑期のローカルな人形芝居見物の話、和讃や念仏への父の凝り性、田植踊りの女形、ひょっとこ踊り、笛、「おいとこ、しょがいな、三さがり、おばこ、木挽ふし」等の謡い物など多種多様な土俗芸能への父の精進と堪能、「酢川落ち」(硫黄鉱毒の川水を淡水の川に引き入れての村人の祭礼的漁獲)の風習、村の川の淵に棲む竜神への村人の合掌礼拝、狼岩《おおかみいわ》の狼の子へ食物を与える村の習俗等々。中でもグロテスクなのは、溺死した少年八十吉を蘇生させるために「八十吉の尻《けつ》の穴さ煙管が五本も六本もずぼずぼ這入ったどっす。ほして、煙草の煙《けむ》が口からもうもうと出るまで吹いたどっす」というような土俗的な救命法である。

茂吉の父は『念珠集』の中で、こうした土俗の文化や風習、生活の知恵の万般に習熟した、この文化の体現者、一種の生活の達人として登場している。茂吉はミュンヘンにあって、うろうろおどおどしている自分の生活の才覚の無さを苦しみ嘆き、自分は到底父には敵わないと嘆息したのである。その頃、彼は下宿の何代もの留学生が読み古した滝沢馬琴を手に取り、「計らずも洋臭を遠離《をんり》して、東方の国土の情調に浸ったのである」(「念珠集跋」）と書いている。そういえば『念珠集』の世界はその土俗性において馬琴の世界に通じている。

　このように茂吉は異国の地で父の訃音に接したことを機縁にして、自らの幼少期を回想し郷愁の「情調に浸った」のであるが、ここでは彼が回想を通じて自らの文化的出自を再認し郷土の土俗文化を自らの魂の源境として見直したという点が重要であろう。とりわけ異邦の地での郷土と自己の出自の確認は、ただに郷愁の情調というに止まらず、文明と歴史の大きなパースペクティヴの中にそれを位置づけることを可能にしたであろう。また父の追慕を通しての幼年時代の回想は郷土山形の自然と生活への彼の連帯感を強めさせたであろうが、その一方で、父が代表するローカルな習俗と土俗の文化と自らが所属する都市生活知識人の近代西欧的知性との大きなギャップを改めて自覚させることにもなったであろう。

　ここに『念珠集』中第四の挿話「仁兵衛・スペクトラ」がある。これは近代と土俗の対決に関する茂吉の意識のありようを微妙に複雑なアイロニーを込めて語っているものである。まず、前段で、丘陵に登って煙の豊かにあがる家の所在を確かめてから着換えをして婚礼の行われているその家に赴き、「持前の謡をうたひ、目出度や目出度を諧謔で収めて結構な振舞《ふるまい》を土産に提げて家へ帰る」祝《ほが》い人、「煙仁兵衛」ののどかで愚かに滑稽な行状が紹介され、その滑稽の様を子供らに迫真的に演戯して語る父の姿が導かれる。そして「父は奇蹟を信じ妖怪変化の出現を信じて、七十歳を過ぎてこの世を去った」のである。

　寺小屋が無くなつて形ばかりの小学校が村にも出来るやうになつた。教員は概《おほむ》ね士族の若者であつた。なかには中年ものも居た。『窮理《きゆうり》の学《がく》』といふことがそれらの教員の口から云はれた。父は冬の藁為事の暇に教員のところに遊びに行くと、今しがた届いたばかりだといふ三稜鏡《さんりようきやう》を見せられた。さうして日光《につくわう》というものは斯うして七色の光から出来て居る。虹のたつのはつまりそれだ。洋語ではこれをスペクトラと謂つて七つの綾《あや》の光《ひかり》といふことである。旧弊ものは来迎《らいがう》の光だの何のと謂ふが、あれは木偶法印《でくほふいん》に食はされてゐるのだ。教員は信心ぶかい父のまへにかう云つて気焔を吐いた。

父は切《しき》りにその三稜鏡をいぢつてゐたが、特別に仕掛《しかけ》も無く、からくりも見つからない。しかしそれで太陽を透《すか》して見ると、なるほど七綾の光があらはれる。

父は暫く三稜鏡をいぢつてゐたが、ふと其を以て爐の火を覗いた。すると意外にも爐の炎がやはり七つの綾になつて見える。父は忽ち胸に動悸をさせながら、これは、きりしたん伴天連《ばてれん》の為業《しわざ》であるから念力で片付けようと思つた。

教師様。お前はきりしたん伴天連に騙されて居るんではあんまいな。これを見さつしやい。お天道《てんたう》さまも、ほれから囲爐裏のおきも、同じに見えるのがどうか。からくりが無いやうにして此の中に有るに違ひないな。きりしたん伴天連おれの念力でなくなれ。

かういつて、父は三稜鏡をいきなり爐の炎の中に投げた。教員は驚き慌ててそれを拾つたが、忿怒《ふんど》することを罷めて、やはり父がしたやうに爐の炎をしばらくの間三稜鏡で眺めてゐた。教員は日光と爐の焚火と同じであるか違ふものであるのかの判断はつかなかつた。教員の窮理の学はここで動揺した。父は威張つてそこを引きあげた。(「仁兵衛。スペクトラ」)

舶来の怪異を退治せんとする父の断固たる直情と気迫はここに躍如として描かれている。その父の言動の逐一を父に乗りうつるようにして追っている茂吉の熱い共鳴もまた躍如としている。物理学の新知識をひけらかす生《なま》学問の教師の鼻をあかす父の行為に茂吉は全面的に加担しているとさえ見える筆の運びである。父と子の感情の表出はその質においてここで同一であると見られる。だがその感情のよって来るところは明らかに別である。父の主観の強さは、己の了解し得ぬものを全て妖怪変化の仕業と断じることによって堅持される彼の世界把握への純一な信念から発しているのに対して、茂吉の感情はそのような世界把握を持ち得た父への憧憬と羨望の念から発している。ここにして既に茂吉は父に敵わないという思いを抱いているのである。茂吉は父のような世界把握の信念も、またそこから来る全一的な主観の強さも持つことができない。彼のもつ世界把握のカテゴリーはむしろここで腑甲斐なくやっつけられる半可通の教師の側にあるのだ。ここでは実に腑甲斐なくだらしなくやっつけられているが、それはまだ未熟な生学問のせいであって、実際には父の土俗文化の世界把握よりもはるかに強大で強力な世界把握、科学的知性あるいは理性の名をもって尚ばれる世界把握なのである。従って理性の陣営に連なる茂吉としては、父の信念と主観の強さに共鳴し脱帽しながらも、それを手放しで認めたり放置したりするわけにはいかないのである。それゆえ彼はこの描写の後に次のような追い書きを加えて父と自分を弁明したのである。

　後年父は屢々《しばしば》その話をした。文明開化の学問をした教員を負かしたといふところになかなか得意な気持があつた。けれども単にそれのみではなかつたであろう。神を念じて穀断塩断《こくだちしほだち》してゐたやうな父は、すぐさまスペクトラの実験の腑におちよう筈はないのである。腑に落ちるなどと謂ふより反撥したといつた方がいいかも知れない。(「仁兵衛。スペクトラ」)

　これはあまり歯切れのよい弁明とは見えないし、見方によっては一層父の味方をするような言い方になっている。父が後々まで何度となく半可通の理科教師を負かした自慢話をするのを聞いて、茂吉は「愚かなことを！」と内心苦々しく思ったに違いないのだが、ただ苦笑して聞きながすしかなかった。常の茂吉に似ぬこの謙抑はもちろん相手が父であるということもあろうが、幾分かはこの哀れな理科教師を、程度の差こそあれ自分に近い者として見る心持があったせいでもあるかも知れない。もちろん茂吉はこの生学生《なまがくしょう》とは比較にならないほど学問的研鑽を積んだ大家なのだが、この茂吉ですら自らの科学的知性や理性を、別の原理によって父がなしとげていたようには、自分の生活の隅々にまで及ぼして全人格的に統合してはいなかったからである。茂吉は科学者としての信念の強さや世界把握の確かさを、少なくとも父にあったような純一な形では持つことができなかった。まさにこのゆえに、この文章に見られるような形で、父に敬服し脱帽したのである。

さて、このように考えて、改めてこの一篇を読み直してみるとき、父と理科教師との対立の構図は、そのまま茂吉自身の精神構造のみごとな暗喩となっていることに気づくのである。茂吉の精神の基底部には、幼少年時代の山野における溌溂として驚異にみちた多くの自然経験と、父に代表されるような、家族と農村生活における濃密な血と共同意識によって繋がれる多彩なローカルな土俗文化と、そこに蓄積された豊饒な感性の領域があった。そしてその感性の領域を土台としてその上に、生《なま》学問の教師に代表されるような、文明開化以降の近代科学の精神、理性の領域が接木されたのである。この理性の精神は、日本においても茂吉においても移植されてまだ日が浅く十分な伝統をもたず、ここに見られるように常に下方の土俗文化とその感性の領域から脅かされ侵略され動揺を蒙ったが、それでもそれは旧来の土俗や伝統の文化よりもはるかに強大な潜在能力《ポテンシャル》をもち、はるかに広大で普遍的な世界把握に向けて開かれているものであった。

再び比喩をもって茂吉の精神構造を説明すれば、茂吉の下半身は濃密で豊かで粘っこい土俗の文化とその感性の沼にどっぷりと浸されていたが、彼の上半身は、稀薄ではあるが自由で広々として明るい理性の大気を呼吸していたのである。茂吉は、いや茂吉に限らず明治大正期の知識人の多くに共通するであろうが、このような両棲類的精神構造をもって生きることを運命づけられた人間であった。

三　『赤光』、近代と土俗の拮抗

中野重治は『斎藤茂吉ノート』の「ノート十二　ヨーロッパと耳と」において、茂吉における「ヨーロッパ」の独得のあらわれを強調している。ここで、「ヨーロッパ」は茂吉の中の「抽象的なものへの情熱」、「抽象的思惟行為における抒情」と結びつけられているのだが、重治は「ヨーロッパが彼（茂吉）において、茂吉的・日本的に生きた」という言い方をしている。また「おそらく茂吉において初めて、そして大規模に、ヨーロッパが全く媒体とされて一日本人が抒情されたのであった」とも言っている。その一方で「彼におけるあらゆるヨーロッパによっても彼は『欧化』していない」と言い、茂吉はヨーロッパ文化の「実体を生きた。それによってヨーロッパが克服されつつきたのである」とさえ言っている。[12]

重治は、土俗という言葉も概念も用いていないが、ここで茂吉の感性の領域を支配した土俗的心性の強靭さを視野に入れれば、重治が言う「ヨーロッパが彼において、茂吉的・日本的に生きた」、それにもかかわらず「茂吉は『欧化』していない」、彼において「ヨーロッパが克服されつつきたのである」という言葉が一層容易に理解され首肯されるであろう。いずれにせよここで重治は、西欧的教養が一日本人において真に肉化され、日本という異土に根づくときのある望ましい範型を茂吉の中に見出しているのである。確かに茂吉に即して結果は重治の言う通りであろうが（しかし太平洋戦争期のファナティックな茂吉については明らかに当てはまらない。だがこれについては別に考察を要する。）、その肉化と着成の具体について重治は十分に論を進めていない。ヨーロッパはどのようにして、またどのような形で、茂吉において「茂吉的・日本的に生き」ているのであろうか。

隣室に人は死ねどもひたぶるに帚《はは》ぐさの実食《み》ひたかりけり
屈《かが》まりて脳の切片《せっぺん》を染《そ》めながら通草《あけび》のはなをおもふなりけり
ゴオガンの自我像みればみちのくに山蚕《やま》殺《こ》ししその日おもほゆ

さしあたりこれら『赤光』の中の作品が茂吉におけるヨーロッパ的教養の独自な肉化・着成のさまを最も明瞭に示すものであろう。中野重治の言を借りれば、これらの作において「ヨーロッパが一日本人茂吉の個に即して生きられ」ている。これらの短歌作品においてまず注目されるのは、いずれの作も近代と土俗との明らかな対比を含んでいるという点である。すなわち、（近代的な）病院の一室と土俗の食、帚ぐさの実。医学実験室顕微鏡下の脳切片と少年時代の野歩きに見た通草のはな。西洋美術の展覧会（あるいは画集）で見たゴオガンの自我像と幼童期のみちのくでの山蚕殺し。「帚ぐさの実」「通草のはな」「みちのくの山蚕」は、いずれも郷里の農村での土俗的生活に関連する風物である。近代都市東京に住む知識人である作者の日常の折りふしに、かつてのそれら風物の写像が不意に脳裏をよぎるというところにこれらの作歌のモティフがある。作者の日常現実の世界は、これらの記憶の写像の侵入によって一挙に特殊個別化され、時空の四次元的膨張を伴う独自の主観世界に変貌する。ここでは現在（近代）と過去（土俗）が強く背反しながら、それと同時に奇妙に交響してもいる。ちょうど二極間に生じる生動する磁場、あるいは放電現象のような張りつめた意識空間が生じている。この励起された新しい意識空間は、従来の近代短歌――ただ近代的意識のみを追求してきた近代短歌には見られない強力なもので、茂吉の真の新しさ、茂吉の感性の近代性、茂吉の近代的意識、として広く注目されて来たものであるが、事実としては、近代的意識への土俗的意識（あるいは無意識）の反逆として理解されるべきであろう。つまり、近代人としての茂吉の近代的規範意識（近代的教養）に対して、土俗人としての茂吉の土俗的意識（あるいは無意識）が突撃をしかけた、あるいは下底から揺さぶりをかけた結果として生じたものだと理解する方が妥当であるように思われる。すなわち、茂吉の近代的意識とは、近代に対する土俗の執念深い叛乱の表象なのである。

　茂吉の作歌モティフとその構造が明瞭に見えるものとして先ほど三首の例歌を掲げたのだが、『赤光』中の多くの作品はいずれも、もっと複雑な形で、茂吉の内なる近代と土俗との相克、葛藤、混合、溶融の諸様態を示している。『赤光』を代表する次のような作品群に現われている、フォーヴィズム風などぎつい原色の色調、暗鬱で悲劇的な雰囲気、鋭い神経症的な不安感、深い罪障感、突き刺すような鋭敏な感覚等は、近代と土俗との相克に関わる茂吉の内なる心の動乱が生みだしたものとして見ることができる。

赤茄子の腐れてゐたるところより幾程《いくほど》もなき歩みなりけり
長鳴くはかの犬族《けんぞく》のなが鳴くは遠街《をんがい》にして火は燃えにけり
ものみなの饐《す》ゆるがごとき空恋ひて鳴かねばならぬ蟬のこゑ聞《きこ》ゆ
かの岡に瘋癲院のたちたるは邪宗来《じゃしゅうらい》より悲しかるらむ
自殺せる狂者《きやうじや》をあかき火に葬《はふ》りにんげんの世に戦《をのの》きにけり
馬に乗りりくぐん将校きたるなり女難の相か然にあらずか
あま霧《ぎら》し雪ふる見れば飯《いひ》をくふ囚人《しうじん》のこころわれに湧きたり
雪のなかに日の落つる見ゆほのぼのと懺悔《さんげ》の心《こころ》かなしかれども
にんげんの赤子《あかご》を負へる子守《こもり》居りこの子守はも笑はざりけり
のど赤き玄鳥《つばくらめ》ひとつ屋梁《はり》にゐて足乳《たらち》ねの母は死にたまふなり
めん雞《どり》ら砂あび居《ゐ》たれひつそりと剃刀研人《かみそりとぎ》は過ぎ行きにけり

ほのぼのとおのれ光りてながれたる螢《ほたる》を殺すわが道くらし

吉本隆明はその「『赤光』論」の一節で、これらの作品に現象している茂吉の近代性の特質を適確に剔出している。「隣室に人は死ねどもひたぶるに帚《はは》ぎ《き》ぐさの実食ひたかりけり」の一首を評釈して次のように書いている。

じぶんの病室のベッドのなかで、帚ぐさの実がたべたいなあとおもっている、隣室ではおなじ入院患者の死の劇がある。すくなくとも病人の死の劇を知りながら、帚ぐさの実がたべたいなあと考えることはありうるか。ありうるのである。茂吉が表現したのは近代的エゴイズムではなく、人間が土俗的にもっていた存在の様式のひとつであり、そのかすかなこころの動きである。だが、それを意識的にとりだしたものの原動力は、茂吉の近代的なものであった。これらの短歌が声調の原像としての生活派的なものからも、近代的生活者としての生活派的なものからも自由なのは、人間の民俗的な存在様式としてあった残忍を、こころの動きとしてとりだした茂吉の思想の力によっている。(13)

見事な解説であるが、ここで特に重要なのは、吉本が、帚ぐさの実がたべたいなあというのは近代的エゴイズムではなくて土俗的存在様態の声なのだと喝破している点である。また、「茂吉の思想の力」、つまり近代的教養が、「人間の民俗的存在様式」、つまり土俗、としてあった「残忍」を、「こころの動きとして意識的にとりだした」のだと述べている点である。つまり、自らの内に潜む土俗的心性の力と価値と意味とを短歌表現の対象として意識的に取り出した茂吉の近代的知性と教養の力は尋常ではないと述べている点が重要なのである。これは中野重治が茂吉短歌の特質として指摘した「抽象的思惟行為における抒情」という観点とほぼ正確に一致するものであろう。

だが、しかし、茂吉短歌の、特に『赤光』の作品のもつ破壊的なまでの烈しい情念の熱と力、悲劇的なまでに暗鬱な苦悩の大きさをわれわれが目にするときに、ただ、内なる土俗的な心性の存在を近代的な知性が鋭敏に意識的に取り出したのだというような言い方では片付かない問題が残るように思われる。ここで問われてくるのは認識の問題ではなくて抒情表出の問題である。抒情表出の観点から見れば、見出された土俗的心性はそれを見出した近代的知性に対して激しくぶつかりこれを駆逐せんまでの勢いを見せている。ここで、近代的知性は（当然ながら）認識の規範力、土俗の抑圧者として働いている。それに対抗して土俗的心性は規範の破壊者、抑圧の解放力として働いている。茂吉短歌の発生の現場、作歌モティフの根源を仔細に観察して見れば、茂吉において平生彼の意識下に抑圧されていた土俗的存在様態の声、土俗的心性の叫びが、彼の近代的超自我たる西欧的教養の外殻を突き破ってマグマのように噴出していることが見て取れるのである。そしてこの様態こそが茂吉における近代的抒情のあらわれの範型だと理解してよいであろう。茂吉の言う「生《いき》のあらはれ」即ち「写生」とはまさにこの彼の西欧教養的超自我を突き破って噴出する土俗的心性のあらわれの謂に他ならないと思われる。そしてこの茂吉における近代抒情の範型は彼の短歌作品ばかりでなく散文においても見られるところのものなのである。その様を次節で『滞欧随筆』の中に追ってみよう。

四　『滞欧随筆』、土俗の復権

斎藤茂吉は、大正一〇年の年末から大正一四年の年初まで三年余りを、神経医学・精神医学の在外研究に従事して海外生活を送った。前半の一年半はウィーンで、後の一年はミュンヘンで研究に没頭し、残りの半年近くを迎えに来た妻と一緒に欧州各地を旅行した。この間の行動や消息を詠みこんだ短歌作品ははるか後に『遠遊』（昭22）『遍歴』（昭23）の二歌集に纏められた。また帰国後、滞欧中の経験を回顧した随筆文を需められるままに「中央公論」や「改造」等の雑誌につぎつぎに発表した。歌集の方は日記替り程度のものと自身も言っているように、また大概の海外旅行詠がそうであるように、第一級の秀吟は乏しい。むしろ随筆の方が評判も高く、自身も力を込めて書いているので光るものが多い。これらの随筆は当初二巻本の随筆集に収めるべく企画され、題名も決まっていた（『ドナウ源流行』と『山上の蕨』）が、種々の事情で刊行が先送りされ、結局単行本としては日の目を見なかった。第一次の全集刊行の際に第八巻に『滞欧随筆』と題して初めて一巻本に集められたのである。ところが新全集では第五巻に『随筆一』として他種類のものと一緒に、特に部分けもなく集録されている。従って本論の『滞欧随筆』の題名は第一次全集の編集方針に従ったものである。

茂吉の留学体験を、森鷗外、夏目漱石、永井荷風、高村光太郎のそれと比較していかにも精彩に欠ける憾みがあるということは多くの識者が指摘するところである。鷗外、漱石、荷風、光太郎らにとって留学は彼らの人生航路を左右するほどの重大で深刻なインパクトを彼らの人生観・世界観に与えたのに対して、茂吉の場合は何ほどの変化も招来していないのではないかと言うのである。また茂吉は第一次世界大戦後の激動する文化と思想の坩堝の只中に過しながら、歴史に対する深い洞察も文明に対する鋭い批判眼も獲得しなかったことを怪しみ難じる声もある。さらに、茂吉はインフレの驀進やマルクの大暴落などによる身辺世情の混乱、生活・風俗の荒廃等に関して鋭い観察を示しているにもかかわらず、また社会主義者や民族主義者の示威運動、ヒトラーのミュンヘン一揆、ユダヤ人迫害の状況にも際会し生々しい客観記録を書いているにもかかわらず、さらにまたアメリカの日本人移民排斥運動や黄禍論の高まりを新聞で読み貪欲な関心を示しているにもかかわらず、これらの問題について彼の述べる意見はまことに浅薄で皮相なものだと批判する者もある。(14)

確かにこれらの批判はそれなりに正しいものであるが、茂吉のために弁じれば、一つには彼がもはや激烈な感化を好んで迎えいれることの難しい四〇歳を過ぎた「老書生」であったこと、一つには毎日朝から晩まで実験室にこもる几帳面な生活をしていたことから来る、知見の必然的な偏りと限界が当然参酌されるべきであろう。それにまた、茂吉におけるヨーロッパ、その知性と教養は、既に彼が留学する以前に、一定の枠組の中に定着していたのである。ヨーロッパに出会っての精神の激動や革命が茂吉において生じる余地は少なかったのである。そしてそれよりも何よりも彼の切実な関心は、歴史の激動や外界の騒動とは全く別のところにあった。これを極めて単純化して言えば、茂吉は外よりも内を見ていた。彼は研究に専念しながらもそれによっては満たされぬ心の飢渇に苦しみ、日本にいる時と同様に、いやそれよりもはるかに強く、孤独者として生きる他ない自己の運命を凝視し省察し、その運命に諦観を抱き始めていた。孤独者としての自己の一つの様態が、例えば前にも述べた彼の中の西欧的教養と日本の土俗的心性との埋めがたい背離であった。この背離は日本にいる時よりも烈しく彼の心身を傷めたであろう。何しろ西欧的知性と教養の規範は今や彼の内部ばかりでなく外部にも鉄壁のようにそびえていたからである。そしてそれは彼の感性の領域、その基底をなす土俗的心性の領域を厳しく重苦しく抑圧したに違いない。彼は神経学実験室という西欧的知性の牙城の中で生活時間のほとんどを費したのである。しかも彼はそこに全幅の満足を見出すことができなかった。従って彼が実験室を離れて一人の己に帰ったときに、あるいはヴァカンスをある時は一人で、ある時はウィーンの処女と共に、各地の山岳を旅して歩いたときに、長く重く抑圧されていた彼の内なる土俗的心性は初めて解放され、激しく生き生きとほとばしり出たのである。それはときに歓喜として、ときに悲哀として、ときに憤怒となって激発したのである。『滞欧随筆』には随所に、いや全巻にわたって、茂吉の土俗的心性の様々な形での噴出が見られる。『滞欧随筆』はまさに茂吉の土俗的心性のヨーロッパにおける噴出の記録だと言っても言い過ぎではないであろう。

まず高名な「接吻」を取りあげてみよう。ウィーンでのある一日、茂吉は夕食を済まして夏の長い夕映えを楽しみながら通りを歩いていた。漸く日の昏れかかる頃、人通りの少なくなった歩道の上で男女が接吻しているのを彼は目撃する。

僕は夕闇のなかにこの光景を見て、一種異様なものに逢着したと思つた。そこで僕は、少し行過ぎてから、一たび其をかへり見た。男女は身じろぎもせずに突立つてゐる。やや行って二たびかへり見た。男女はやはり如是である。僕は稍不安になつて来たけれども、これは気を落付けなければならぬと思つて、少し後戻りをして、香柏の木かげに身を寄せて立つてその接吻を見てゐた。その接吻は、実にいつまでもつづいた。一時間あまりも経つたころ、僕はふと木かげから身を離して、いそぎ足で其処を去つた。

ながいなあ。実にながいなあ。

かう僕は独語した。そして、とある酒屋に入って、麦酒の大杯を三息ぐらゐで飲みほした。そして両手《もろて》で頭をかかへて、どうも長かつたなあ。実にながいなあ。かう独語した。そこでなほ一杯の麦酒を傾けた。そして絵入新聞を読み、日記をつけた。僕が後戻りして、もと来し道を歩いたときには、接吻するふたりの男女はもう其処にゐなかつた。

僕は仮寓にかへつて来て、床のなかにもぐり込んだ。そして気がしづまると、今日はいいものを見た。あれはどうもいいと思つたのである。

「ながいなあ」「どうも長かったなあ」「今日はいいものを見た」、これらのほれぼれとした嘆声は、天真爛漫な、抑圧のない、抑圧以前の、田夫野人の土俗的心性の発する直截語である。しかし茂吉は初めから天真爛漫だったわけではない。最初は、対照的に、木蔭に隠れて盗み見をするような、卑しい陋劣な神経症的な近代人の自我像として自分を描いている。それが凝視している間に天真爛漫に変わっていったのである。近代よりはるかはるか前の、いわば自然人の、あるいは幼童の好奇心の、土俗的心性が彼に甦ったのである。そして茂吉はこの変化は何であろうかと何度も何度も反芻して、ついにこの変化と天真爛漫さを価値あるものと肯定し承認して、その上で改めて、この天真爛漫さとそれを肯定するに至る心理の一連の劇を、絶妙の洗練をもって（洗練とは全く見えないような質朴な洗練、佐藤春夫のいう「洗練された野性」をもって）文芸としての作品に造型し彫琢したのである。ここにおいて土俗的な心性の価値が近代の洗練によって見事に掬い上げられた。中野重治が、茂吉における「抽象的思惟の抒情」と呼んだものは、恐らくこの土俗的な（あるいは原質的な）感性を近代の知によって掬いとり言語表現化する心的プロセスを指すものであろう。茂吉の文学における土俗と近代との関係は実にこのようであって、それは彼の優れた短歌作品の場合と同じなのである。

次に「玉菜ぐるま」を取り上げてみよう。これは、茂吉が欧州で折りに触れて邂逅した何頭かの馬の写像に、幼童の頃故郷で見た馬の回想などを交えて、短章風に繋いでいった一種散文詩の趣きをもつ好短篇である。

> 欧羅巴には、骨骼の逞しい、実に大きな馬がゐる。僕は仏蘭西に上陸するや、直ぐその大きな馬に気づいた。この馬は、欧羅巴の至るところで働いてゐる。その骨組が巌丈で、大きな図体《づうたい》は、駈競《かけくらべ》をする馬などと相対せしめるなら、その心持が勿体ないほど違ふのであつた。
>
> 僕はいまだ童子で、生れた家の庭隈でひとり遊んでゐると、『茂吉、じやうめが通るから、ちよつと来てみろまづ』母はこんなことを云つて僕を呼んだものである。なるほど遙か向うの街道を騎馬の人が駆歩して

ゐる。駆歩する人の馬の後《しり》へには少しづつ土けむりが立つて見える。その遙かな街道は、小山の中腹を鑿開いたのであるから、稍見上げるやうになつてゐた。

じやうめは上馬《じやうめ》の義でもあらうか。けれども東北の訛はすでに労働馬と相対《あひたい》の名に変化してゐた。その日本の労働馬は欧羅巴のに較べるといかにも小さい。

僕は維也納で勉強してゐて、朝夕にこの大きな馬を見た。馬は、或る時は石炭を一ぱい積んだ車をひいてゐた。維也納は困つてゐた時なので、血の気のうすい上さんが佇んで其の車をしばらく目送してゐる光景などもあつた。馬は或る時は麦酒樽を満載して通つてゐた。或る時は屠つた仔牛を沢山積んで歩いてゐた。仔牛の屍の下半身が一列にぶらさがつてゐる。下肢と尾が一様の或る律動で揺れてゐた。その上段には仔牛の首の方が一列に並びゐる。みんな目をつぶつて舌が垂れてゐる。そんな光景もあつた。

大きな蹄が音を立てて街上を踏んでゐるのを見ると、寂しい留学生の心はいつも和んで来た。馬は或る時はらはらさせる程賑かなところで悠々と黄いろな尿を垂れてゐるのを、暫くながめてゐたこともある。そして三軍疾く戦はば敵人必ず敗亡せむ。武王曰く、善哉。これでなければ駄目だ。斯う云つてはしやいだこともあつた。〈後略〉

馬は、ヨーロッパで折り折り茂吉の心の鬱屈を払い遣ってくれた共感の対象として、写実的ではあるが同時に象徴的な意味合いを帯びて描かれている。馬は、全き孤独の中に追いやられた茂吉の土俗的心性の象徴として、熱い共感をもって描写されているのである。競争馬より労働馬の方がずっと偉いとか、血の気のうすい上《かみ》さんが佇んで馬の挽く石炭車を目送しているとか、屠殺されて搬ばれる仔牛の下肢と尾が一様の律動で揺れているとか、一列に並んだ首が「みんな目をつぶって舌が垂れてゐる」とか、人をはらはらさせる繁華街の真中で大馬が悠々と黄色い尿を放っているとかの印象的な細部には、茂吉独得の土俗的な眼と心が鋭角的に露出していて、この文章に生々しい脈動を与えている。またここで茂吉は、馬を通して、ヨーロッパ文明の古層にある土俗性をも握みだし、それを一個の普遍的認識の高さで共有しているとも言えるだろう。土俗は何も山形県の農村に限ったことではないのである。土俗はここヨーロッパの近代においてもその文明の圧迫に拉がれながらも、黙々と脈々と生き続けているではないか。その発見に茂吉の感動があり、またこの文章の感動がある。

さて、最後に「ドナウ源流行」を取りあげてみよう。これは一〇章三七頁（新全集版）からなる長篇の紀行文である。「この息《いき》もつかず流れている大河《たいが》は、どのへんから来てゐるのだらうかと思つたことがある。」という書き出しで始まるのだが、茂吉はこのドナウ河の源流を地図に辿り、“die Donau”というドナウに関する百科の解説書を読み、一九二四年四月一八日復活祭の休暇を利用して早朝ミュンヘンの宿を発って、ブリガッハ川とブレーゲ川とが合流しドナウが始まる地点、ドナウエシンゲンをめざして、この河の上流を遡行する列車の旅に出るのである。ドナウ河が見え隠れする早春田園の車窓の風景が細かな観察眼によって捉えられ、車中開いた新聞に載るアメリカでの日本移民排斥の記事に関連して国際社会の日本（人）観についての黙想などが記される。ドナウ河が見えてくるたびに「ははあ、だいぶ細くなって来たな」と何度も呟くところは、茂吉の逸る心を伝えてほほえましい。幾つかハイライトとも言うべき生彩ある描写が見られるが、中でもウル駅で下車して、アインシュタインが生れたその古都の、伽藍の塔の上から蜒々とうねり流れるドナウを俯瞰し遠望する箇所は、茂吉の写生文の並々ならぬ筆力を感じさせる。また、シグマリンゲン駅で乗り込んで来て茂吉の前に席を取った青年が、この少し先の山上の孤児院で働く姉を訪ねるのだと語り、やがて降りて行った後で、窓をあけて月光の漲る谷間を眺めながら、山上の孤児院とそこで働く若い女人のことを思いやる件は、しみじみとした美しさに満ちている。

そして、もちろん、この旅の目的地であるドナウ河の起点、ブレーゲがブリガッハに合するところを実見し、『ドナウ源泉』の庭園を逍遙し、ブリガッハ川の汀を少し上流に遡って散策するあたりは、まるで川の流れを愛する者の肉体や生《いのち》のように愛おしむ、エロティックなまでにアニミスティックな情感を漲らせて、懇ろに描かれている。だが、これらの印象深い数々の描写にも増して、何よりも圧巻なのは、ドナウエシンゲンの駅を夜更けの十時半に降りて、ふりそそぐ月光の中を歩いて旅館に着き、部屋にかばんを置くなり、月明のドナウを見に飛び出す箇所である。少し長くなるがそこのところを引用してみたい。

なるほど川はすぐ近くを流れてゐた。僕はそこの石橋を渡らずに右手に折れて、川に沿うて行つた。明月の光は少し蒼味《あをみ》を帯びて、その辺を隈なく照らしてゐるが、流は特に一いろに光つて見えている。それは瀬の波から反射してくるのでなく、豊富な急流の面からくる反射であつた。川沿の道は林の中に入つて、川はしばらく寂しいところをながれた。うすら寒いので、僕は外套の襟を立て、両の隠しに堅くにぎつた拳を入れて歩いて行つた。深い林が迫つて来たとおもふと、水禽が二つばかり水面から飛び立つた。僕は驚いたが刹那に気を取直して、こんなことではいかぬ。何の鳥だらう。今ごろ飛んだりするのはと思つた。若し僕がZigeuner《チゴイネル》であつたら、こんな時にどうするだらうなどともおもつた。もうこのあたりの道は、人の往反が全く絶えてゐる。

僕は小ごゑで歌のやうなものを歌つた。何も彼も出まかせだが、ひとりでに覚《おぼ》えた浪花節のやうなところもあつた。

これやこの、知るも知らぬも逢坂の、行きかふ人に近江路《あふみぢ》や、夜をうねの野に啼く鶴《たづ》も、子を思ふかと哀なり。番場、醒が井、柏原、不破《ふは》の関屋《せきや》は荒れはてて、ただ洩るものは秋の月。不破の関屋の板間《いたま》に、月のもるこそやさしけれ。ありがたの利生《りしやう》や。おありがたの利生や。仏まゐりの利生で、妻に行きあうたのう。悪しきを払うて助けたまへ。天理わうのみこと。ちよとはなし、神の云ふこと聞いて呉れ、悪しきの事は云はんでな。この世の地《ちい》と天《てん》とを形《かた》どりて、夫婦を拵へきたるでな。これはこの世の始だし。あしきを払うて助せきこむ、一つ済ましてかんろだい。山の中へと入り込んで、石も立木《たちき》も見ておいた。これの石臼《いしうす》は挽かねど廻はる。風の車ならなほよかろ。み吉野《えしぬ》の、吉野《えしぬ》の鮎。鮎こそは、枕絵によくにしを鮎、おし鮎の口すふと人のかげごとぞうき。汗水を流して習ふ剣術の役にもたたぬ御代ぞめでたき。

何だか出任せであつた。けれども、小さいこゑでうたふ浪花節の道行ぶりのやうなところも一寸あつたりして、妙に僕の心を落付かせた。僕は月光を遮へられた流の岸をこんな工合で暫く歩いた。

茂吉は静まりかえった深夜、月光の照りかえす川べりを、まだ芽ぶかない小暗い林の中を歩いていて、突然、憑かれたように、口から出まかせの、「ひとりでに覚えた浪花節」とも何ともつかない歌を小声で歌い出すのである。小踊りしたとは書いてないが、心の中は身ぶり手ぶりを交えて踊り狂っている風情である。ここに茂吉の感極まった孤独の姿を読みとる評者は多い。確かにそれもあるだろう。だが、この「浪花節の道行」めいた、意味の脈絡のない、支離滅裂な継ぎはぎだらけの曲節は何であろうか。念願のドナウ源流に行き逢った歓喜の心、それもあるだろう。だがそれ以上に、茂吉の精神の緊張の糸が突然切れて生じた放心、空白の表出である感が強い。朝早く家を出て一日中緊張を強いられた長い旅を続けて来た茂吉の張りつめた心の糸がここでぷっつり切れたごとくである。そしてその精神の空白を、一挙に、混沌としたわけのわからない情念の湧出が充たしたという趣である。これを言い換えれば、ここに至るまでの茂吉の強固な近代的知性（この紀行文中の至る所で示された茂吉の細かく鋭い観察、分析、推理の行使）が限界に達して、崩落し、その空白を、彼の意識下の土俗的心性が猛然とせりあがって充塡したのだというふうに解することができる。
この「浪花節の道行」めいた歌唱は、百人一首、「太平記」の東下り、祭文、御詠歌、書紀歌謡等々の断片を口から出まかせに脈絡なく繫いだ、いわば半意識の歌謡であり、土俗文化に底流する歌意識のあらわれである。[15]これはまた、意味の分節化以前の、律動《リズム》だけが明瞭な輪郭をもつ、発生期の歌、始源の歌の形であると言ってもよいだろう。いずれにしても、茂吉にあって、ドナウ源流遡行は歌の始源への逢着という意味も持っていたのである。そしてまた、茂吉の短歌創出の場における近代と土俗との関係、そのせめぎ合いの構造が、「ドナウ源流行」のこの場面においても同様に見られることも注目に価するであろう。つまり、ここにおいても、彼の意識下に抑圧されていた土俗的存在様態の声、土俗的心性の叫びが、彼の近代的超自我たる西欧的教養の外殻を突き破ってマグマのように噴出しているのである。

（本稿は拙論「斎藤茂吉『滞欧随筆』」（『国文学解釈と鑑賞』第六二巻一二号、平成9年12月）の不備を補い、さらに主題を拡張して再論したものであることをお断りしておきたい。）

（1）三好行雄「短歌の近代　近代詩歌の流れ9」『斎藤茂吉　日本の詩歌』第八巻付録（中央公論社、昭43）。
（2）柴生田稔「赤光」『世界大百科事典』（平凡社、昭40）第一〇巻、六八二頁。
（3）芥川龍之介「僻見」『芥川龍之介全集』第八巻（岩波書店、昭53）、三五五頁。
（4）精神科医・医学者としての茂吉の経歴と業績については、加藤淑子『斎藤茂吉と医学』（みすず書房、昭53）及び岡田靖雄『精神病医斎藤茂吉の生涯』（思文閣出版、平12）が詳しい。
（5）中野重治『短歌に於ける四三調の結句』と『短歌小言』、『斎藤茂吉ノート』（筑摩新書21、昭39）所収二八八頁。

（6）ニーチェの影響については、氷上英広の「斎藤茂吉とニーチェ」日本文学研究資料叢書『斎藤茂吉』（有精堂、昭55）所収が詳しい。
（7）上田三四二『斎藤茂吉』（筑摩新書24、昭39）の「性格的人間」の章で茂吉の奇癖や変人ぶりに関する多くの証言が取りあげられている。
（8）以下、『赤光』からの引用は、特に断らない限り、初版本による。
（9）太田一郎『斎藤茂吉覚え書』（創樹社、昭62）三六頁。著者は、茂吉の土俗神仏信仰を彼の農民的気質と関連させて論じている。
（10）佐藤春夫「斎藤茂吉の人及び文学」（『短歌』角川書店、昭29年3月号）。
（11）『念珠集』『滞欧随筆』の本文は『斎藤茂吉全集』（岩波書店、新版）、第五巻（昭48）に従う。ただし、『滞欧随筆』の名称は旧全集の分類題名（第八巻）を踏襲する。
（12）中野重治『斎藤茂吉ノート』一七九―一八三頁。
（13）吉本隆明「『赤光』論」吉本隆明著作集第七巻（勁草書房、昭43）、二九〇頁。
（14）例えば中村稔『斎藤茂吉私論』（朝日新聞社、昭58）の「斎藤茂吉論序説」。
（15）本林勝夫『斎藤茂吉の研究――その生と表現』（桜楓社、平2）二六六頁。

萩原朔太郎論
――ラザロ・コムプレックスと虚無意識

中川　敏

一　大正七年一月「詩壇時言」をめぐって

萩原朔太郎は、大正六年（一九一七年）二月に第一詩集『月に吠える』（大正六年、一九一七年）を出す。その前半部分を雑誌に発表してから一年近く作品を書かなかったが、ようやく創作意欲がもどり大正五年四月に一気に長詩「雲雀の巣」を書いて『詩歌』（大正五年五月）に掲載し、さらに長編対話詩「虹を追ふ人」を仕上げ、室生犀星と組んで詩誌『感情』を創刊してその対話詩をこれに載せた。「雲雀の巣」は河原の雲雀の巣の卵を潰した行為を罪として悔いる内容のもので、「虹を追ふ」は、皇帝のために不老不死の霊薬を求めて放浪する徐福をあつかった夢を夢みるような話である。空白から甦った朔太郎の詩作は極めて活発で、懸案の詩集を編集出版し、エッセイ執筆にも熱をいれる。

詩誌『感情』には、そういう活動期に入った朔太郎が詩壇の多くの人々にも広く――批判対象の三木露風も排除せずに――寄稿を求め、自らも大いに執筆した。そして三年目に入って、大正七年一月号に詩的散文「二つの手紙」、「詩壇時言」という問題のある文章を載せた。

私がかのマラルメ一派の系統を受けた耽美的神秘主義及びその派の象徴詩に対して烈しい不満と抗議とをもつやうになつたのは、実にドストエフスキーの哲学に接して以来のことであつた。またそれ以来私はかのウイリアム・ブレイク等の怪奇的象徴主義の芸術に対しても、甚だしい反対と懐疑とを抱くやうになつた。私の詩集『月に吠える』にみる、前半と後半の相違もそこからきて居る。(『感情』大正七年一月「詩壇時言」)

なるほど、『月に吠える』の前半が神経病的で鋭角的、幻覚的なのに、後半は激情的でなく、穏和で、曲線的であるなど違いがあるのは今は誰でも気付くことだが、そういう違いがあるのは、ブレイクの怪奇な面に共感していたのが、後にドストエフスキーの影響のせいで変わったのだということになる。だが、話はそう簡単ではないようだ。

朔太郎は大正六年、『月に吠える』を上梓したあと、かなり活発にエッセイを書くが、その下書き、随時の感想、手紙草稿などを膨大な分量で残している。その中の「ノート六」に、「ある詩人へ送った手紙、詩集批評への返礼」というものがあって、そこで朔太郎は「詩集中「さびしい人格」「見知らぬ犬」以後の作に変化が見えるといふことをあなたも言はれましたが、それは明らかにドストエフスキーの感化を受けたものだ」といっている。そして、「今ではあの人の肉体が、少しづつ私自身の肉体となつてきてゐる」という。その当時、感化が身に付いたということのだろう。これで見れば、やはり、後半期の作品にドストエフスキーの影響がある、という風に読める。「ある詩人」というのは、全体の文面からすれば加藤介春だが、高橋元吉の発言と混同している。『月に吠える』は前半と後半と性格が異なり、後半が好ましいと言い出したのは高橋元吉であるが、彼のこの発言については後に詳しく触れる。朔太郎は元吉には、前の年、大正五年には手紙でドストエフスキーについての意見を詳しく語ったが、長詩「雲雀の巣」について以外には、詩集後半の作品と関係づけて語ってはいなかった。

詩集を出した直後に元吉から、前半、後半の違いをいわれたことが刺激になって朔太郎はドストエフスキーについて、再び考えこみ始めたと考えていい。

右の「詩壇時言」を書く一年半ほど前に、不思議なドストエフスキーをめぐる奇蹟を体験した。大正五年四月十九日に「罪が許された」という奇蹟が起きたというのだが、このことを高橋元吉はじめ多くの詩人たちに手紙で報告していて、前田夕暮あての手紙から見る限り、このとき一年近い空白後の第一作である長編詩「雲雀の巣」を丁度書き上げて『詩歌』発行者の夕暮に原稿を送った後のことである。しかも、この長編詩「雲雀の巣」には『カラマゾフの兄弟』からの影響が歴然としていて、すでに読んだものが心理の深層に沈殿していて、それが朔太郎の心を突き動かしていたと考えられる。しかし「雲雀の巣」を書いていたときには、もっぱらロシアの「非常に重たい小説」の登場人物の厭人的な面や罪人意識が影をさしていて、肝心の『カラマゾフの兄弟』におけるゾシマ長老の許しの要素は、忘れたも同然に、底に沈んだままで、その時は全く心に浮かんでこなかったというように解釈するほかない。それがアルコールのせいで（そう、後に元吉に打ち開けるのだが）、それこそ奇蹟的に無意識の境界下から上に浮き上がってきたのが四月十九日の出来事である。ここでは、朔太郎の発言に何かズレのようなものがあるという印象を受ける。長編詩「雲雀の巣」であれだけ長々と厭人意識と罪意識について言葉を使いながら、ゾシマ長老の許しの要素はそのとき念頭になく、夕暮に原稿を送ってからまもなくあの神秘的現象が起きたというのは変な話である。時間的順序でそうなったとはいえ、自己呵責の後に許されたという直線的なものではない。以前の「浄罪」志向が非望と分って「許し」願望に転じたということだけのことでもない。朔太郎におけるこういう事の半分しか強く意識しないズレは、彼の性格の一面であって、このときだけの話ではない。

この神秘な現象をめぐる感想を朔太郎は元吉に度々長文の手紙で書き、整理して詩的散文「握つた手の感覚」

（『詩歌』大正五年七月）で公にし、こう語っている。大正五年四月十九日の朝「自分の罪が許された」という「感覚が限りもなく私を幸福にした」。許されたという感覚もしくは「言葉が電光の如く」朔太郎の心に仄めいたのは「思いがけない一瞬時の出来事」であった、そしてその声はドストエフスキー先生のもので、先生こそ、「私の唯一の神」である。その二、三年前に『罪と罰』、『白痴』、『カラマゾフの兄弟』、『死人の家』を読み、「大きな慰安と感激と驚異」を与えられた、これらの書では「私の一番苦しいこと（神経的良心）が驚くべき程度にまで洞察され、そして同情され」ている。そこで朔太郎はドストエフスキーを「世界第一の詩人だと思って居たが、併し先生が私の救世主として現れてくるやうな奇蹟があるとは全く思いがけ」ないことであった。これは第二次ドストエフスキー体験にあたる。朔太郎がドストエフスキーを「神」と呼んで平安な気持ちになったものの、この奇異な感覚は弱まり、一週間もたたないうちに「神」が「偉大な人間」に変わってしまい、彼は再び「絶望と懐疑の暗い谷底へ投げ込まれてしまう。月光の夜に捉えた青い鳥は消え失せたが、「青い鳥をにぎつた瞬間の、力強いコブシの感覚」が残った。受けた感銘がよほど大きかったとみえて、朔太郎は、この美的散文を書く前と変わらず、その後も熱心に元吉にあてて手紙でドストエフスキーについて語っている。

この年の十一月末から十二月にかけて『月に吠える』の編集を行っている。長詩二篇と二、三の短詩を除くと、空白から戻って以来の詩集後半の抒情詩のほとんどが未発表のまま詩集に編集されたのである。

「握つた手の感覚」でいうような、感銘を受けて朔太郎が少しばかり救われた気持になったというのを重視するならば、この散文の前後数ヶ月に渡って書かれた『月に吠える』後半の詩篇は、ドストエフスキーの影響を受けて平安な気持ちで書いたものであって、前半期の病的な幻覚による作品とは違うということになる。また、二、三年前から読んでいたにせよ、ドストエフスキーの感化はこの後半期においてこそ重要だということになる。しかし、事情はそう簡単ではなさそうだ。

そして、『月に吠える』が大正六年二月に出るのだが、先にいったように詩集で前半と後半に相違があると最初に言い出したのは高橋元吉であった。元吉が詩集を二期に大別できるという感想を朔太郎に書き送り、それが書評として『感情』（大正五年五月）にのる。それに加えて、『月に吠える』の前半と後半に相違があるのは、ドストエフスキーの哲学に接して以来耽美的神秘主義に不満を持つようになったせいだ、という「詩壇時言」の発言があって、それで、なるほど後半が穏和で、曲線的であり、前半と違いがあるが、それはドストエフスキーの影響のせいだというふうにとれる。ただし、元吉も多少そうだが、犀星などは朔太郎にドストエフスキーを読まれても、人道主義的にトルストイに似た作家というふうに読んでしまって、朔太郎を大いに嘆かせる。だから、わざわざ「詩壇時言」でいったことが犀星はじめ当時の詩人たちに理解されたかは疑わしい。これもまた、ズレの一つであった。

ところでこれに先立つ大正三年十二月十六日付け萩原栄治あての長文の書簡で『カラマゾフの兄弟』を読んで感激したことを語り、同じ手紙で「草木姦淫」の幻覚を体験したことを報告していて、ほぼ同じころのこの二つの体験は、現在の時点からみると『月に吠える』前半の詩の性格を決定する重大なできごとであったと考えることができる。（『月に吠える』を献じた従兄栄治あてのこの書簡がその息子によって広く公開されたのは、一九七九年である。）時間的にはこれが第一次ドストエフスキー体験である。詩集刊行当時は多くの詩人たちから単に病的に過敏で異常な神経のもたらした結果としか見られなかったが、実際には、幻覚、芸術意識、宗教思想の複雑な絡み合い、鬩ぎ合いがあった。つまり、『カラマゾフの兄弟』からの思想的、心理的な影響が、『月に吠える』前期と後期の制作の両方に及んでいて、その影響の仕方が異なるのである。後半の詩篇のみにドストエフスキーの影響があるというわけではない。しかし、前半期の詩を書いていたその当時、朔太郎は何故か栄治以外には誰にも、ひんぱんに葉書をよせた白秋にさえも、ドストエフスキーから強い感銘を受けたことを手紙でいわないし、ノート、エッセイにも書かなかった。

つまるところ、『感情』大正七年一月号の「詩壇時言」での朔太郎の書き方が不用意だったため、朔太郎への理解をややこしくしている面があった。この不用意な言い方は、この「詩壇時言」だけに限られない。後年三好達治によって朔太郎の詩における用語の不用意さが指摘されるが、散文においても、早くから不用意な発言があり、言い落とし、記憶の部分的欠落、大袈裟な誇張は少なくない。詩の解釈に朔太郎の散文を引き合いに出す時は注意を要する。

ともかく、大正五、六年は、書簡、ノート、発表散文でのドストエフスキーへの言及が非常に多いのに、大正三年末から翌年にかけて栄治あて書簡をのぞくと、その言及は一度白秋あて（二月十四日）に『白痴』を引き合いに出した以外ないに等しい。また詩においては「ながい疾患のいたみから、その顔はくもの巣だらけとなり」（「ありあけ」）以外に明白な根跡を残していないように見える。もともと朔太郎は病気がちの人だが、この大正三年末から翌年初めにかけての期間に実によく病気になり、熱を出して寝ている。心身の状態が密接につながっている。それ以後は書簡で見る限り、詩集編集のころを除くと、病気で臥せることはあるが前より軽い。大正六年初めから第二詩集『青猫』の詩が活発に書かれるが、二年前とは違う。

二　『月に吠える』とドストエフスキー

『月に吠える』を編集したのは、大正五年十一月から十二月にかけてである。出版予定は翌年一月であったが、朔太郎が病気したため、出版がひと月おくれ、『感情』の大正六年一月号と二月号には詩集からとして、何篇か載せている。従って、問題の後半は、長詩二篇とごく短い詩三篇を除いて、大部分の詩が未発表のまま詩集に編集されていたことになる。逃げられはしたけれども、青い鳥を握った感覚の残る手で書いた詩が、後半のものとして納められた。それらの詩が前半の神経過敏の幻覚要素の多いものと性格が違うというのは、頷ける話である。そして、平安な気持になりかかった状態で、踵を接するように、さらにやわらかく、摑み難い『青猫』初期の詩が書かれていくのである。二つの詩集は連続して書かれたのだから、そう違いがないように見える。日夏耿之介などは両者に変化がないといい、朔太郎はこれに反発して変化のあることを主張した。『青猫』初期には意識するテーマが潜在していたからである。

ところで話が戻るが、その『月に吠える』の前半、後半の違いを最初に強く意識したのは、先にいったように本人の朔太郎ではなくて、高橋元吉であった。(1) 高橋元吉は詩集を受け取るとさっそく朔太郎に手紙を書いて（日付は一九一七年二月七日夜）、純朴だが肯綮すべき感想を述べた。

『月に吠える』を二期に大別することが出来る、そして「さびしい人格」以後の詩篇をより深く愛する、これ以前の詩は「野蛮なるものの指に、むざんにも押しつぶされた繊細なる」神経の実に悩ましい、感覚の記録のやうに私には思へます。傷ましい凝視、烈しい焦燥。冷きものの中に浸り爛れた神経の悩み。苦患の中に魂が完き表現をえないでゐた、それ以後の詩に行くべき過渡期の産物のやうに私には見えます。「さびしい人格」以後、あのいらいらした肉体の嵐が漸くしづまつて、深く魂の中へ沈んでゆくのを私は見ます。そしてそこに貴兄のより深き本質がしみじみとした尖を帯びて、さびしく、しかも、あざやかに、輝き出して来たのを私は感じます。それにもまして更に私の胸を打つものはあの郷愁である。「さびしい人格」以後の諸篇の基調をなすものは実にこの郷愁であると私は思ひます。あゝこの郷愁！ これは凡て母の胎内から生まれ出たものが、母の胎の中で既に生みつけられた郷愁です。

元吉は前半期の詩における朔太郎の病み爛れた神経の表現を当時の外の誰よりもうまく摑まえている。意見付きの礼状としては早いもので、朔太郎としては、言い当てられたことには素直に頷くほかない。そして「胸を打つものはあの郷愁である」という言葉が一番胸にしみたのである。前半のものが「過渡時代の産物」だの、「完き表現をえない」だのといわれるのには、朔太郎にしても即座に大いに反論していいはずだ。しかし、それはしないで、さっそく元吉に手紙を書く（大正六年、三月中旬）。

「さびしい人格」以前のものがここに至る道程だと言はれたことは小生を肯定させました。たしかに自分でもさう思ひます。あの〈くさつた蛤〉（篇）時代が小生の全部とすれば、小生は悪魔の賛美と地獄の呵責で終つた人間です。併しああした焦燥の時代にも小生は何かしら福音を求めて居ました。常にある明るい光明が小生を導いてゐました。そのために小生は全く絶望に陥ることはありませんでした。そして「さびしい人格」以後になつて漸くその光明が小生を窮地から救い出したのを認めます。小生の詩がポオやボオドレールと似ているやうでどこかしらちがつた感覚があるといふことを室生も白秋も言つてゐますが、これ即ち彼等が絶望的なるに反して小生の光明的（広い意味で言へば楽観的）なる相違だと思ひます。多くの人々は又小生の詩を評して「暗いやうで明るい詩」「悪魔派のやうで宗教くさい詩」だと言つて居ますが凡て同じ原因によつて此の説明をすることができると思います（多くの人はそれを小生の悲しむべき矛盾のやうに考へてゐるやうですが一人兄はその真相を捉へた）……「さびしい人格」（以後）の諸篇の基調をなすものは「郷愁」だと兄は言はれる。この郷愁……即ち人類の故郷に対するうら悲しきノスタルジアは誠に小生の詩篇の基調をなしてゐるものかも知れません。

「焦燥の時代」に「何かしら福音を求めて」いた、そう朔太郎は自分の二重構造を認める。よくある矛盾、葛藤とはいえ、これが朔太郎の場合になかなか重要な自己認識なのである。元吉が自分の苦悩を見届けてくれたのを多とするのはいい。しかし「あの〈くさつた蛤〉時代が小生の全部とすれば、小生は悪魔の賛美と地獄の呵責で終つた人間です」などといってしまったら、この詩集の価値を矮小化することになりかねない。「笛」や「天上縊死」を含む〈竹とその哀傷〉の章をここで否定しないだけまだいい。〈くさつた蛤〉の章は『月に吠える』前半の終わる時期のものであるが、「地獄の呵責」であるとしても、「悪魔の賛美」とは違うのではないか。

元吉に返事を出してまもなくであろうと思われるが、朔太郎は「ノート三」（大正六年初め）の中の「私にとつての詩と散文」というエッセイ草稿のなかでこういっている。「散文は私に於ての「祈禱」であり、祈禱は私の人格を向上させ、思想と感情をより理想に向かつて焦心させる。然るに「懺悔」は私を真実赤裸々にしたる惨虐なる現実暴露である。詩を作ることは全く密室の中における懺悔にほかならない、けれども懺悔は私の目的ではない。私の過去の祈禱は私をしてすこしづつ本能的に神に接近させて行つた。そして多くの不潔なもの、疾患体なもの、迷信的なものを私の内部から払い落としてくれた。この事実は『月に吠える』一巻の中でも明かにその経過を発見することができる。たとへば〈竹とその哀傷〉、〈くさつた蛤〉時代における悪疾的なる神秘思想やデカダン思想は「さびしい人格」以後に於いてよほど影が薄くなつている。そしてその代りにより純真なるもの、より健康体なるものがそこに発見されている。」

詩と散文、懺悔と祈禱というふうに、外にもいろいろあるが、二項対立で論を進めていくのが朔太郎の癖、もしくは戦略である。しかし、そもそも〈くさつた蛤〉章はむろん、〈竹とその哀傷〉章の本質は「疾患体」的であるとしても、「不潔な、迷信的なもの」なのだろうか、そして「祈禱」即ち「散文」によって「払い落とす」べきものなのだろうか。実は、この払い落すべき迷信的なものというのは、垂直に神を幻視しようとするブレイク的要素であって、前半期にブレイク的な要素とドストエフスキー的要素とが朔太郎の心を戦場として争い、ブレイク的要素は迷信として敗退したと解釈するほかない。しかも、ドストエフスキー的要素それ自体が、聖なるものと邪悪なるものの内的闘争を孕んでいて、従って朔太郎の内面は二重、三重の葛藤をかかえこんでいたのであった。朔太郎の痙攣、ズレ、喰い違いは、ここから発しているのである。

ところで大正六年は朔太郎が活発に批評活動を行った年で、三木露風らの神秘主義を雑誌で批判し、また散文集を出す計画もしていたのである。しかし、〈竹とその哀傷〉、〈くさつた蛤〉の章を自ら否定的に見るというのは、果たしてどこまで本心なのか。「私を赤裸々にしたる惨虐なる現実暴露」は、なるほど、本人にしてもつらいものだろうが、元吉のいうことについ調子を合わせ過ぎた気持の延長というだけではない。

元吉が詩集について感想を述べた手紙をよこしたのは二月初めだったが、多田不二が感想を述べたのにたいして朔太郎は五月四日付けの礼状で、『月に吠える』前半の「内部にゐる病人」、「春夜」、「猫」、「ありあけ」、「くさつた蛤」をほめてくれたことは「非常な満足で、詩集の中で最も自信のあるものは之等の詩篇です」と書いている。元吉に後半のほうがいいといわれて肯定しておきながら、不二には、前半のものに自信があるという。朔太郎は嘘をいっているのでも、たんに相手に調子を合わせているだけでもない。彼は矛盾、跛行の中に陥っている。あるときは甲乙二つのうち、あるときは甲を肯定し、またあるときは乙を肯定する。そしてまたあるときは、甲乙両方を肯定する。アンビヴァレンスであるが、ただのアンビヴァレンスではない。時に葛藤あり、時に平行がある。それは、朔太郎自身の言葉を借りれば、「散文」と「韻文」が絶えず心の中で争っているのだ。一方を肯定し、他方を否定的にいうのが同時のこともあるし、二つのものが平行しつつズレているときもある。これはたんに動揺といってすますわけにはいくまい。

ところで、元吉から感想を述べた手紙がくる数日前に、朔太郎は東京から帰るとき気分が悪くなり、多田不二に赤羽まで送ってもらった。前橋に帰った直後の三月八日付けで朔太郎は「発汗剤をのんでねたのでいくらか気分を回復しました、病気といふものを考えると幽霊の幻覚をみるやうな恐怖をかんずる、影のやうな気味の悪い微笑を私の背中にかんずる」と書いている。ガルシンについても、同じようなことを前に白秋あてに書いたが（大正四年四月二六日）、またこの年の「ノート」にもガルシンのことを書いている。こういう神経症の兆候は朔太郎の詩作と無縁ではない。元吉が詩集の感想を述べた手紙にも「冷たきものの中に漂い爛れた神経の悩み、それから苦しみと悲しみとの間に浮び上るこの不思議な微笑」という言葉があるが、これと性質は全く違うものだが朔太郎は背後に感じる「影のやうな気味の悪い微笑」をすぐには忘れないで、それを時には寂しい微笑として、また時には怪奇なユーモアとして詩の中に描く。しばしば評者によってスキゾフレニア、離人症の兆候を指摘されることがある。そして、朔太郎はこういう病的症状を自覚していて、それを自らいうように「赤裸々に」懺悔する、つまり韻文にかく。決して払い落として、無くしてしまいはしない。神経の病状から来る心象を言葉にする仕事を朔太郎は決して不毛なものにはしなかった。ただ、彼が自分の詩作過程を反芻してみたとき、実は、健康をもたらすはずの祈禱としての散文において、少なからざる矛盾と混乱の言葉を書き散らしたのである。

だから、五月四日付けの多田不二あて礼状で、『月に吠える』前半の「内部にゐる病人」、「春夜」、「猫」、「ありあけ」、「くさつた蛤」をほめてくれたことは「非常な満足で、詩集の中で最も自信のあるものは之等の詩篇です、少なくとも此の表現だけは私の新発明です、何びとに向つても自負をもち得るものです」と書いたのは、詩人としての本心である。元吉にいったのとは反対である。ただ、元吉には詩の表現の問題をはずした訳ではないにせよ、より多く人間としての詩人の立場で答えているということはいえる。他方、不二には新発明をした表現者としての態度を強く見せている。

しかし、不二に対しても、新発明を誇るに先立って、元吉に対するよりはより理屈っぽく人間としての面も見せている。同じ手紙で不二によって自分が「感覚派」といわれたことに賛成し、白秋の歌ったのが「官能の愉楽」であるが、自分のは「神経の苦悩」だという。そして、朔太郎が「主観的に敬虔なる信徒であつて客観的にはヘドニストである」と不二がいったのは、「抒情詩人としての生活、思想、および全人格的感情の核心を言いあて」ていると肯定する。自分の「性格の一面に非常に耶蘇坊主臭い所があり、敬神家で熱心な求道者です、然るに他の一面には本能的なエゴイズムが根をはつて」いる、と付け加える。敬虔なる信徒にしてヘドニスト、求道者でありながらエゴイズムがある。朔太郎らしい二重人格だが、これをあざなえる縄として背負い抜こうとするところにまた緊張が生じる。

祈禱と懺悔、散文と韻文などとことさら単純に二元的にノートに書いてみたりするのは、これらの二項対立をいかに克服もしくは緊張のなかで生き抜くか、という姿勢立て直しの試みでもあったのだ。このことは、朔太郎が、批評の機能が散文表現の中でのみならず、詩的言語の中においても生かされるはずだという漠然とした考えを抱いていたということを物語っている。朔太郎は詩と多くの散文の両方を書いた文学者だというに留まらない。彼は、思想詩人になろうとしている。三木露風のような観念の詩人ではなく、真に思想詩人になろうとする。ただし、そういうものになりかかるのは、詩集『青猫』も後半に入ってから、より正確には『氷島』に入ってからである。

所で右の礼状に先立って、三月二三日多田不二あての手紙で『感情』(大正六年四月)に送った「寝台を求む」は「自信がある、御読み下さるやうに」と書く。この号には「強い心臓と肉体に抱かる」も載っていて、『青猫』初期の、寝台や強い腕への依存構造の願望を憶せずに出した詩風が始まるのである。この不二あての葉書と同じ日付の白秋あての葉書に「ある不幸な報知に接しました、私が病気したため、私は楽しい寝台を紛失することになりました、恐らくは永久に……そして孤独で、あなたの田舎の御家庭の幸福を羨やましく思ひます」と書いている。具体的にどういうことなのか。「寝台」に妙にこだわっているところや、家庭の幸福を羨むのはどういうことなのか。「不幸な報知」とは、宿命の女、エレナこと佐藤仲子が重態に陥ったという知らせの可能性はある。「私の過去の祈禱は私をして、多くの不潔なもの、疾患体なもの、迷信的なものを私の内部から払い落としてくれた」だの「たとへば〈竹とその哀傷〉、〈くさつた蛤〉時代における悪疾的なる神秘思想やデカダン思想は「さびしい人格」以後に於いてよほど影が薄くなつている」だのとノートに書いたことは、少し前に紹介した。さらに朔太郎は「ドストエフスキーに於てこの悪魔的神秘思想が、〈正しき神の名〉即ち〈愛〉によつていかに征服されて行くか」などと書き記す。大正五年に元吉相手にドストエフスキー讃美を長々とやったのに、詩集出版後の大正六年になってもまだノートの中でしきりにドストエフスキー礼賛を行ったのであった。これは第三次ドストエフスキー体験である。

「そしてその代りにより純真なるもの、より健康体なるものがそこに発見されている。そこには戦慄すべき霊界の秘密記事と、美しくもなやましい人類共通の病気の夢に就いての記述がある……この偉人は病気の蜘蛛の巣だらけの顔をして」とまで書く。

こういうことをノートに書いていた時期に、こんな詩行が書かれる。

おまえの美しい精悍の右腕で／この病気の心をしづかになだめてくれ」(「強い腕に抱かる大正六年四月)、

なんといふ美しい娘たちの皮膚のよろこびだ／男の心はまづしく／悲しみにみちて大きな人類の寝台をもとめる(「寝台を求む」大正六年六月)

ひとつの魂はその上に合掌するまでにいたる／ああかくのごとき大なる愛憐の寝台はどこにあるか（「腕のある寝台」大正六年六月）

なにものか　そこをしずかに動いてゐる夢の中なるちのみ児／やさしい恋人よ（「薄暮の部屋」大正六年十一月）

大正六年前半にこうした『青猫』初期の詩を朔太郎は作っていたのである。これは決して昂揚する生命讃美、美しい娘讃美の詩というに留まるものではない。幸せな美しい娘たちとは対照的に、男たちには「美しい愛の寝台、みじめな疲れた魂の寝台」はないのである。この対照は単純でない。朔太郎は神を見たというブレイクを「ノート三」で再び非難して、ドストエフスキーをたたえながらも、さらに頼りになる支えをほしがっている。しかし、詩の表現としては以前よりゆるんでいるのは否めない。そして、あげくに『青猫』冒頭の「薄暮の部屋」（初出「夕暮室内にありて静かにうたへる歌」）に至って、朔太郎の依存性、幼児性なるものが正直に出てしまう。「夢の中なるちのみ児」とは、これ以上ない甘えの構造と見える。だが、果たしてそれだけのものだろうか。いや、ここにきて真相が判然とするのだ。あれらの美しく幸せな女性をうらやみ、強い女性に頼る詩も、そういう表面の下に、ノートや書簡で書き続けた心理的な煩悶、葛藤が僅かに窺われる。つまり先行の三篇は病臥中のエレナにすり寄り頼ろうとする願望の詩なのだ。しかし、「薄暮の部屋」からは、寝台の上の「生命《いのち》の悦び」は消えて「病んだ風景の憂鬱」が前よりもはっきりと広がるのである。それに憧れの気持が薄くなっていて、何かをつきつめようとする、確かめようとする姿勢がある。「すえた菊のにほひを嗅ぐやうに／私は　嗅ぐ　お前のあやしい情熱を　その青ざめた信仰を」。他のこの時期の詩が「白い寝台」を求めていたのに、もはや、こちらでは求めるよりもそこにうずくまる。もはや、これ以上に「白い寝台」は失われようがないからだ。この時期に何かの変化があった。この詩の雑誌初出には「遠い墓場の草かげに眠りつくそれまでは、恋人よ」という文句が最後に付いていた。エレナこと佐藤仲子は、大正六年五月四日に亡くなるが、その死を知ってから「薄暮の部屋」を書いたという推測はできそうだ。

さっき引用した不二あての手紙には、「虹を追う人」の続編を書きかけており、これが終わったら「キリスト一代記」を書くとある。不可能と知りながら夢を追うことをやめない男の話と、信じたくてたまらないのに信じられない求道者という二つのテーマを抱えていたのである。大正五年四月の第二次ドストエフスキー体験以来、解けない矛盾を解けないままに、合致させえない幾つかの二項を対立のまま放棄せずに抱え続ける、そういう姿勢が維持されている。二項対立は時に並行し、また時にずれた状態で進み、時に捻れ合う。

ドストエフスキー問題にすこし入ってみる。『カラマゾフの兄弟』で長兄ミーチャの「美は恐ろしいばかりでなく神秘なのだ、これがおれにはおっかない、いわば悪魔と神の戦いだ、そしてその戦場が人間の心なのだ」というドストエフスキーの神秘思想の核心の一つがある。（木下豊房は、大正六年五月に出た米川訳でこの箇所の前の三分の二を傍線箇所として指摘している。大正三年十月刊行の三浦訳の旧蔵書傍線箇所は、筑摩版全集補巻に数頁載っているが、この箇所はない。）[2]

おそらく大正六年に、「ノート三」でドストエフスキーと三度目に格闘したときに傍線をひいたものであろう。人間の心を悪魔と神の戦いの戦場として扱うドストエフスキーの文学的心理観察に強く惹かれてそれを見習い、朔太郎はしばしば矛盾に陥り動揺し、またことさら二項対立に執拗にこだわる。朔太郎は神を否定してニヒリズムに陥るのではない。ドストエフスキーの人物は、「人間の心を戦場とする神と悪魔の戦い」を止めずに続け、緊張のあまり倒れそうになるが、ミーチャもイワンも、昏倒することはない。ミーチャにはメロドラマの構造が支えとなり、イワンには「ねんばりした芽生え」を愛し幼児虐待を怒る優しさが残っている。白い顔のムイシュキンは混迷に陥り、スメルジャコフは厭人症におかされている。ラスコリニコフにはソーニャがついているが、朔太郎はエレナを失っている。一年近い空白の間、朔太郎の詩意識は〈くさつた蛤〉のいる海底に彷徨い、薄明の中にいたといっていい。それから朔太郎は支えを求めてエレナをめぐる擬似メロドラマの構造を作り直すのである。

朔太郎は、先に引用した「詩壇時言」を載せたのと同じ『感情』大正七年一月号に「二つの手紙」という詩的美文を書いた。これは、イワン・カラマゾフの虚無思想への共感をより深めたものである。初めの「ある男の友に」から少し引用してみる。


私は恐れてゐる。私もまた世の多くの虚無思想家が堕ち入るべき、あの恐ろしい風穴の前に導かれて来たのではないかと。(神を信じない人間の運命は皆これだ。)

いま私は求める、生き甲斐もない我が身をして、新しい土地にかへす所の墓場を。

私は愛する、しめやかな鎮魂楽の響と、冬の日の窓にすがりつく力のない蝿の羽音を。

「愛」の奇蹟を私に教へた者はドストエフスキーであつた。若し私があの驚くべき神秘に充ちた書物『カラマゾフの兄弟』を読まなかつたならば、私は今日救ふべからざるデカダンとなつて居たにちがひない。

私の魂は疲れがちで、ともすれば平易な墓場の夢を追ふに慣れ易い。

私の求めてゐる哲学は、人間としての最も健全なる、最も明るい霊肉合致の宗教である。


ここに「虚無思想家」という言葉があるが、こういうものはいつ頃から朔太郎の書いたものに出てくるのか。

いま手元にあるものを見る限りでは、『詩歌』大正五年八月号にのった「生えざる苗」が一番早い。「イワンは極端な無神論者で、恐ろしい懐疑家である、何ものとも妥協することのできない近代思想の勇者である」と朔太郎はいう。しかし一方、イワンは「青い空の色」、「青い木の葉のにほひ」をかぐこと、「若木のねんばりした幼芽」が好きである。つまり、イワンは「深い闇の底」にいながら、虚無と若い生命への希望を抱えこむだけの複雑な人間であり、その矛盾に朔太郎は心を惹かれる。ただし、「若木のねんばりした幼芽を愛する感情は、私どもの荒らされた畑に残された、ただひとつの生えざる苗であらねばならぬ」と続けていう。「苗」はまだ可能性にとどまる。そうではあるが、イワンのその発言に朔太郎はしがみつく。ここに虚無思想の複雑さがすでに現れている。そして「私ども」と複数でいっていることにも注意しておこう。朔太郎にはこういう複数の「私ども」はあまり多くなく、単数の「私」、「我」が多い。朔太郎がこのころ、虚無思想に関心を抱いた一つの理由は、真の信仰を抱くことが出来ず、ラザロを甦らせた奇蹟にもイエスの復活にも懐疑的な（大正五年十一月元吉あて書簡）、中途半端な求道者にとどまる不安があったことである。そして、自分が「近代科学や文明やのために疾患体にされ」たと考え、それを一部にはキリストのせいにして、反抗していることである（「握った手の感覚」）。

この後、大正六年十一月二六日元吉あての手紙で、朔太郎は、「一種の光明」が湧き出すのを感じ、「まだ完全なデカダンにもならず、完全な虚無思想家にもなりき」らず、ボオドレールのやうに「悪魔的に徹底すること」もできず、「かのニイチェのやうに大胆な虚無思想家となりきつてしまうことも」できない、と書いている。「一方に神を信じ、一方に悪魔を愛する、いわば半神半獣の人間」だという。大いなる矛盾の中にいるが、虚無思想には消極的ながらかなりの関心を抱いている。

二つの手紙のもうひとつ、「ある女の友に」にも「愛それこそ、私のやうな虚無思想家が信ずる所の、ただ一つの真実、ただ一つの神秘です」とある。考えのまとまらない状態での発言である。そして、この手紙で「夕暮室内にありて静かにうたえる歌」つまり「薄暮の部屋」に言及している。

三 「黒い風琴」について

『青猫』を出してまもなく、朔太郎は、主に『感情』誌にのせた〈幻の寝台〉、〈憂鬱の桜〉の二章十数篇は、福士幸次郎のいう「日本の詩をだらしのない散文的のものにした」責任のあるもので、「感情調」の詩だといって、敢えて逆らわず、また後の〈さびしい青猫〉章の詩のスタイルは特殊のもので、「比較的進歩した自由詩形」で「私の貧しい発明」であると誇っている（「『青猫』追記」大正十二年一月）。なるほど、後半のものの方に、表現に新しい詩の領域を開いたような特徴がある。『青猫』にも中間に三年間の空白があり、前半と後半に違いがあるけれども、しかし、前半のものは、「だらしのない散文的のもの」として低くみるようなものではない。その中でも途中から変化があり、なかなか問題を孕んでいる。

『新しき欲情』（大正十一年）に「慈悲」というアフォリズムがある。

風琴の鎮魂楽《れくれえむ》をきくやうに、瞑想の厚い壁の影で、静かに湧きあがつてくる黒い感情。情欲の強い悩みを抑へ、果敢ない運命への反逆や、何といふこともない生活の暗愁や、いらいらした心の焦燥やを忘れさせ、安らかな安らかな寝台の上で、霊魂の深みある眠りをさそふやうな、一つの力ある静かな感情。それは生活の疲れた薄暮に、鳴響の鈍いうなりをたてる、大きな幅のある静かな感情。――仏陀の教へた慈悲の哲学！

これは、『青猫』前半二つ目の〈憂鬱なる桜〉章にある「黒い風琴」（『感情』大正七年四月）と「佛の見たる幻想の世界」(『文章世界』大正七年一月)とを自ら解説したような文章である。「風琴の鎮魂歌《れくれえむ》をきくやうに」とあるが、まさしくこの「黒い風琴」はエレナこと佐藤仲子への鎮魂歌であり、また自分自身の未練がましい恋情への鎮魂歌である。先に触れたように、佐藤仲子は『月に吠える』を出した三ヶ月後の五月四日に療養していた鎌倉七里ケ浜で死んだ。その死を妹から聞いたのが何時であるか資料はない。編集した詩集の原稿を抱えて大正五年十二月初めから二月にかけて朔太郎自身が鎌倉に静養していて、友達であった妹から仲子が近くにいるのを知らされていたはずであるが、そのときの事情も書簡には出てこない。

そこで右のアフォリズムに話を戻す。これを書いたころ朔太郎は仏陀への関心を深めていた。「情欲の強い悩みを抑へ、果敢ない運命への反逆や、何といふこともない生活の暗愁や、いらいらした心の焦燥やを忘れさせ」る感情を朔太郎はあえて「黒い感情」という。「黒い」というのは、彼の憂鬱の深さのみならず感情の複雑さを語っている。

この「黒い感情」は、朔太郎が求めて、得られないでいるものではないのか。エロティシズムと反抗心は相互に絡み合って、朔太郎を駆り立てている。それが、このころ彼が口にし始めた「虚無思想」の方へと彼を導こうとする(エロティシズムと反抗心の絡み合いが高まってほどけかけた大正十一、二年に「郷土望景詩」が書き始められる)。そういう危うい状態にいる詩人を「黒い感情」なるものが、慰藉してくれるのを望む。

「二人の友へ・ある男の友へ」で、自分を「虚無思想家、神を信じない人間」に堕しかねないと見て、「私の過去の浅ましい求道生活」という言い方をしているが、完全な無神論者とは思っていない。書簡では、神を信じ切れない求道者だという意味のことをしきりにいっている。キリストにも、ゾシマ長老にも、親鸞にも、仏陀にもすがりたいというのが当時の朔太郎の心境であったが、その表現は巧妙にぼかしたり、不用意な言い方であったりする。朔太郎の聖人への姿勢は、信仰ではなくて感情である。まさに感情詩人のそれである。三木露風の観念的なのとは違う。「黒い風琴」を引用してみる。

おるがんをお弾きなさい　女のひとよ／あなたは黒い着物をきて
おるがんの前に坐りなさい／あなたの指はおるがんを這ふのです
かるく　やさしく　しめやかに　雪のふつてゐる音のやうに
おるがんをお弾きなさい　女のひとよ

だれがそこに唱つてゐるの／だれがそこでしんみりと聴いてゐるの
ああこのまつ黒な憂鬱の闇のなかで／べつたりと壁にすひついて
おそろしい巨大の風琴を弾くのはだれですか
宗教のはげしい感情　そのふるへ／けいれんするぱいぷおるがん　れくれえむ！
お祈りなさい　病気のひとよ／おそろしいことはない　おそろしい時間はないのです
お弾きなさい　おるがんを／やさしく　とうえんに　しめやかに
大雪のふりつむときの松葉のやうに／あかるい光彩をなげかけてお弾きなさい
お弾きなさい　おるがんを／おるがんをお弾きなさい　女のひとよ。

ああ　まつくろのながい着物をきて／しぜんに感情のしづまるまで
あなたはおほきな黒い風琴をお弾きなさい
おそろしい暗闇の壁の中で／あなたは熱心に身をなげかける

あなた！／ああ　なんといふはげしく陰鬱なる感情のけいれんよ。

この詩は言葉の響きの面でリズミカルである。意味上の破綻もすくない。言葉がやわらかい。朔太郎はいつも音楽的な詩を目指していたが、その点ではこの詩が最高に優れている。「れくれえむ」は正くは「れくいえむ」だが生前のどの版も自己流を通している。

この詩には草稿が四篇残っている。そこには「夢魔のささやき」「不思議な屋根、あやしき〈死の〉戦慄」「私は記憶する／この恐ろしい夢の中の黒い風琴」などという言葉もあれば、「〈病気した〉けいれんするぱいぷおるがん」「〈私たちは生きてゐるのです〉」とか、「やさしき〈高尚〉の恋びとよ」「愛の夫人」「いともけだかき情操の家の夫人よ」、はては「あなたはいつも身を投げて私の心の底にすすり泣く」というのまである。モデルの佐藤仲子を如何に抽象化していったか、そしていかに自分の気持を静めようとしていたかが窺われる。「あなたはいつも身を投げて私の心の底にすすり泣く」は二種の草稿にあるから、朔太郎の仲子への思いの強さが察せられるというものだ。痙攣するのは、詩人の心であり、彼の「感情」こそが「しづまるまで」ということである。朔太郎ほどの詩人でも定稿に行き着くまでに、それこそ、しまりのない感情派風の詩稿を未練がましく書き連ねていたのだ。

「れくれえむ」は後のアフォリズムにいうように、死者のための祈り、「鎮魂歌」のつもりである。大正六年五月に死んだ佐藤仲子への鎮魂歌であるとともに、幻のエレナへのレクイエムである。「おそろしい暗闇の壁の中で／あなたは熱心に身をなげかける／あなた！　なんといふはげしく陰鬱なる感情のけいれんよ」は、乱れた草稿から見ると、情念を昇華していて、読者としては、こんなに烈しくては鎮魂になるまいとおもうものの、仕上げの見事さは認めなければなるまい。朔太郎の生涯を見れば、書簡、散文、詩において、この「はげしく陰鬱なる感情のけいれん」に様々の要素が絡みついて、そう簡単には、自分の気持を鎮めることはできなかったどいいうる。

ここにことさらエロティシズムを見る必要はない。それでも強いて見るとしたら、不可能の確認としてのエロティシズムである。あるいは、静かに逝った死者にことさら最後の苦悩を想像して、これを鎮めたいと願う気持の想像的表現である。大正三年の「月食皆既」の「いんいんとして二人あひ抱く／いんよくきはまり、／魚の浪におよぎて、／よるの海に青き死の光れるをみる」という想像的詩行の反復である可能性がないわけではない。それにしても、この「けいれん」は、たぶんに詩人の側の心身をあげての「けいれん」ではあるまいか。死者への鎮魂歌は同時に己自身の恋慕心への鎮魂歌である。「黒い感情」は、喪の感情であるが、それを慰藉の感情に変えようという願望が朔太郎にあった。前に引用したアフォリズム「慈悲」は、この二つの詩を書いてまもなく書かれたものであろう。

〈憂鬱なる桜〉の章は、「序」にある自身の分類によれば「感覚的憂鬱性!」のものであるが、この章に含まれる「黒い風琴」はそういう性質のものとは違う。詩集『青猫』の後半のもう一つの性格「思索的の憂鬱性」にむしろ近い、というか、それの始まりである。むろん「あなたの指はおるがんを這うのです／かるく　やさしくしめやかに　雪のふつてゐる音のやうに」というところなどは感覚的で、「いつもなやましい光を感じさせる」という章扉裏の付記にある言葉に違わない。この感覚的ななやましさがなければ、この詩はよほど陰鬱なものになってしまうだろう。しかし、「べったりと壁にすひついて／おそろしい巨大の風琴を弾くのはだれですか」というところで「思索的の憂鬱性」が出てくる。すると続いて「おそろしいことはない……やさしく　とうえんにしめやかに／大雪のふりつもるときの松葉のやうに／あかるい光彩をなげかけてお弾きなさい」というふうに感覚的にやさしく詩人は歌う。また、先に「やさしく　しめやかに」といったのに「けいれんするぱいぷおるがんれくれえむ」といい、宗教音楽もしくは心情の激しさを隠さない。そのあとでまた「やさしく　とうえんに」となったわけだ。そして最後に「ああ　なんといふはげしく陰鬱なる感情のけいれんよ」で結ぶ。上昇し、また下降するまるで音楽作品のような作りである。朔太郎のよくいうリズム本意の詩である。

これは、「鎮魂歌」であるが、また恋人の死を悼む慟哭の歌のようにも、己の〈恋〉を鎮める詩のようにも読める。朔太郎の矛盾、破綻、手順の行き違い、齟齬などあらゆる要素を含んでなお佳作であるような詩である。これを発表してから三年間朔太郎は詩を発表しないで「自由詩論」（『詩の原理』の粗稿）の執筆に没頭した。風琴の女性が再び登場するのは、大正十一年四月発表の「内部への月影」である。

ひそかに壁をさぐり行き／手もて風琴の鍵盤に触れるのはたれですか。
洋燈を消せよ／洋燈を消せよ／憂鬱の重たくたれた
黒いびらうどの帷幕《とばり》のかげを彷徨する／ひとつの幽《ゆか》しい幻像はなにですか。

これはこの年の虚無的愛恋詩へのプロローグである。ところで、「佛の見たる幻想の世界」は大正七年一月号発表で、「黒い風琴」より早い作である。

さてアフォリズム「慈悲」にいう「仏陀の教へた慈悲の哲学」などというものに大正六年の末にどの程度深入りしていたか。大正五、六年の元吉あての書簡では、ゾシマ長老と似たものを親鸞にみて親和を感じていた、いや親鸞に似たものをゾシマ長老に見ていた。（後に親鸞論を書こうとしたが、果さなかった。）それを朔太郎がショーペンハウエルの響響の下に神秘めかして詩に表現したのが「仏の見たる幻想の世界」である。

花やかな月夜である……かのなつかしい宗教の道はひらかれ
かのあやしげなる聖者の夢はむすばれる。／そのひとの瞳孔《ひとみ》にうつる不死の幻想
あかるくてらされ／またさびしく消えさりゆく夢想の幸福とその怪しげなるかげかたち
そのひとの見たる幻想の国をかんずることは／どんなにさびしい生活の日暮れを色づくことぞ
仏よ　わたしは愛する　おんみの見たる幻想の蓮の花弁を
青ざめたるいのちに咲ける病熱の花の香気を／仏よ／あまりに花やかにして孤独なる。

これは、仏陀を扱うにしては問題がありすぎる。「そのひとの瞳孔《ひとみ》にうつる不死の幻想」というように、この詩は、「虹を追ふ人」を美化しようという気持からきている。「虹を追ふ」というのは、果たされないと分かっていてなお夢を追わずにいられない人の話である。仏の「見たる幻想の蓮の花弁」なるものは朔太郎の、発明とはいわないまでも、朔太郎らしい誇大な表現である。「青ざめたるいのちに咲ける病熱の花の香気」というに至っては、朔太郎がそこに密かに恋愛感情を忍ばせたとさえ解釈しても、さして無理ではない。仏陀讃美にしては、花やかすぎる。後に「自作詩自注」（『明治大正文学全集』）で、仏陀が「菩提樹の花の下で幻想したところの原始的仏教の禁欲主義や涅槃の思想」という言い方をしているのをみると、仏の「見たる幻想の蓮の花弁」は禁欲主義や涅槃の思想に通じるまっとうなもののようで、そうでない。これがさらに東洋的虚無思想にもつながっていく。

しかし、朔太郎の仏陀についての考えは別に理論的なものではない。朔太郎はアフォリズム拾遺「美しき涅槃」でいう。「釈迦の夢みたいぢやほど偉大にして価値あるものはない。かくの如く智慧深く、かくの如く深刻に、しかもかくの如く異常な情緒的魅力をもつたものはない。耶蘇の情緒は、その熾烈なパッションに於て、よ

く人を興奮させるものがある。即ちそこには動的な美とリズムがある。然るに釈迦の感情は、内に大なる理知をふくんで、しかも静かに之れを押し流して行く大河の美に似て居るではないか」(『文章世界』大正八年八月)。釈迦の夢みたイデアといいながら、朔太郎は釈迦の「感情」を問題にしている。これは後に「桃李の道」に対する非難に答えたときもそうだが、彼が重視するのは「モチーヴ」、「リズム」、「直感」なのであって、教義でないのはむろんのこと、そもそも理屈や概念ではないのである。確かに、大正四年末と、大正五年の後半において、「耶蘇の情緒は、その熾烈なパッション」において、よく朔太郎を興奮させた。それは、「ノート一、二」の草稿、高橋元吉あての手紙によく出ている。大正七、八年において、朔太郎の関心はイエスよりも仏陀の方に移った。

多田不二に語る「恋か然らずんば宗教」という「恋愛神秘主義」はすでには大正七年一月発表の詩に見られる。「佛の見たる幻想の世界」と同じ月に発表された「鶏」(『文章世界』大正七年一月)という詩がある。これは「とをてくう、とをるもう、とをるもう」という擬声音でよく知られている。

恋びとよ/恋びとよ/有明のつめたい障子のかげに
私はかぐ ほのかなる菊のにほひを/病みたる心霊のにほひのやうに
かすかにくされゆく白菊のはなのにほひを/恋びとよ/恋びとよ。
しののめきたるまへ/私の心は墓場のかげをさまよひあるく
ああ なにものか私をよぶ苦しきひとつの焦燥
このうすい紅いろの空気にはたへられない
恋びとよ/母上よ/早くきてともしびの光を消してよ
私はきく 遠い地角のはてをふく大風のひびきを

とをてくう、とをるもう、とをるもう

未発表原稿（全集十五巻、二七八頁）にこの詩を自ら解説した文がある。この詩では「或る白々しい悔恨に似た、名状しがたく感傷的なる生命の斬り裂かれた憂愁と、その「腐つた白菊の匂ひ」のやうな、酢酸的臭気の叙情感」を書いている。だから、鶏の朝鳴の声は「コケコッコー」ではない、「Kの重韻」でなく「Tの重韻からくる物がなしい遠く余韻をひいた音響」である。朔太郎の「とをてくう、とをるもう、とをるもう」はポオの「大鴉」のNevermoreに似ているという人もいる。[3] ただし、朔太郎自身は、「沼沢地方」や「猫の死骸」にある「浦（Ula）」という音韻がポオのNevermoreと同じものだといっている。「浦」は別れようとしている「ふしぎなさびしい心臓」であり「さびしい女！」である。朔太郎は、「このUla（浦）は現実の女性でなく、そのなつかしい女性は、いつも私にとつて音楽のやうに感じられる」といっている（「自作詩自注」）。「浦」は、詩における音楽性という点でもまた薄命の暗示という点でも黒い着物を着て風琴を弾く「女のひと」の延長にある。晩年の虚無的な回想では「昔の恋人の死霊」だといっている（「青猫を書いた頃」、『新潮』昭和十一年六月）。この詩や「艶めかしい墓場」や「悪い季節」はエレナの死霊とたわむれる詩で、自ら「邪淫詩」と呼ぶ。つまり情痴詩である。擬似メロドラマを構築したのである。

朔太郎は何時仲子の死を知ったか。この詩を書いたのが前年の十二月だとすると、そのときすでに佐藤仲子の死を耳にしていたということになる。大正六年には、九月、十月に書いた白秋あての手紙に見合い写真のことがでてくるが、これは仲子の亡くなったことを聞いていて書けるような内容のものとは思えない。十一月中旬元吉あての手紙にも「結婚すべし」が自分の結論だなどとある。しかし、こちらは、仲子の死を知った複雑な内心を隠して、漱石『行人』に託して虚無的心境を仄しつつも、白秋あての手紙の線にのって強いてそういうことをいっていたという解釈ができないでもない。朔太郎は直ぐに正直に気持をいう人のようでいて、そうでないことがしばしばある人だからだ。書簡集から、仲子の死をいつ知ったかを探り出すことはできないが詩の方から推測はできる。

大正七年四月十五日多田不二あての手紙で「貴兄は結局、宗教に行く人でせう、宗教がなければ、貴兄や私のやうな人間は駄目です、自分以外のもの――たとへば恋人とか、酒とか、神とか――の力がなくては、我々の生活は救われません。酒も女もよいのですが、併しそれは一時的であつて、却つて疲れを増すばかりです。だから私は恋愛神秘主義に道を求めてゐるのです。恋か然らずんば宗教です」という。もはや、見合いだの、結婚だのというものは問題ではない。「酒も女」の「女」は、当時の「商売女」や妻のことであろうが、そういうものでは救われるべくもない。「女」をもっと抽象化する。だから「恋愛神秘主義に道」を求めるというのである。一月の「詩壇時言」で白鳥省吾の「言わば神秘的写実主義」を批判して「私の信じる神秘的感傷主義」を主張していたが、今度は恋愛神秘主義を持ち出す。これが軽い言葉遊びで終わらず、なかなかに真剣なものになっていく。ともかく、これは仲子の死を知って、さしあたり恋愛問題についてはミスティフィケイションを施しておいたわけだ。この「恋愛神秘主義」は一応「黒い風琴」で、絶妙なまでに詩に盛り込まれた。これに先立つ「鶏」の「恋びとよ／母上よ／早くきてともしびの光を消してよ」もまた「恋愛神秘主義」を込めた詩ではないのか。

ついでにいっておくと、大正三年末に書かれたとされる「ノート二」に「秋から冬にかけて詩人は疾患する、夕暮の寝台、母上とも、または知らぬよその少女ともおぼえない、たそがれのものうい影は夢のごとくにきて、夢のごとくにしぬび去る」という言葉が書き残されていて、これを「鶏」で再現したと推測しても無理ではあるまい。あの幻視と疾患の直線的な詩を書いていた時期に、その疾患からの脱出として「夕暮の寝台、母上とも、または知らぬよその少女」などといういかにも『青猫』前期向きの曲線的な草稿を書いていたというのも不思議な話である。朔太郎の二重性ということが時々いわれるが、これなどもその奇妙な二重性の一つというほかない。

それならば、そのふた月前に発表され、『青猫』冒頭を飾る「薄暮の部屋」（『詩歌』大正六年十一月で「夕暮室内にありて静かにうたへる歌」）はどうなのか。この詩を書いた十月段階では今いったように書簡で見る限り朔太郎が仲子の死を知っていると窺わせる文言はない。しかし、この詩を書いているときの朔太郎は、仲子がすでに亡くなってそれを知っているのに、その死を予感する風な書き方をしている。朔太郎には不思議なズレがしばしばあるが、これなどもその一つだ。彼は、よく手紙を書いた白秋にも元吉にもすべてを告白するのではない。半分隠したり、時差をおいたりすることがよくある。詩においても時差に気を向ける必要がある。

四　虚無の要素（一）

『虚妄の正義』（昭和四年十月）の表紙には、篇中の一章「意志！　そは夕暮の海よりして、鱶の如く泳ぎ来たり、歯をもつて肉に嚙みつけり」の高柳真三によるドイツ語訳を印刷してある。そのような歯を持つ意志を当時の朔太郎は強調した。またすでに『新しき欲情』に「一つの鋭どい意志の尖角が固い冬の氷を突き破って驀進することよ」とあった。

この『虚妄の正義』の別の所で朔太郎は、「漠然たる敵」は、「正体のはつきり」しない「地球の全体をさへ動かすところの根本的のもの」であるといい、「漠然たる戦闘」という言葉を使い、さらに白秋の「何所《いづこ》にか我が敵のある如し」を引いている。

また、朔太郎は昭和十一年四月にリヴィエール著辻野久憲訳『ランボオ』に序文を書いたが、それにふれて西條八十は、朔太郎の作品全体に流れる一種の反逆感は、ランボオについていわれる「形而上学的範疇に属する反逆心」に似ているという。人生の瑣末を問題にせず、因習に反逆して「真の生活」を求めたランボオに似ている、思想に憧れて詩から離れ『氷島』では「独自の詩境を放擲」したという（西條八十「萩原朔太郎回想」『蠟人形』昭和二二年十—十二月）。これは当らずといえど遠からざる意見である。朔太郎のプラトン的ノスタルジーは自らいうようにメタフィジカルなものだが、彼の反逆感もまたそういう類のものだ。「郷土望景詩」に始まる反逆心は、つらくあたった郷土への「復讐」という言葉ではいい尽せない形而上的なものだ。それを表現するために『氷島』で敢えて激越な漢詩調文語詩形に頼ったのであった。

「仏陀の敵」（『虚妄の正義』）という文章がある。

自分の不幸について、原因が外部にあるのでなく、むしろ自分自身の中に、性格として実在することを知つて人は、避けがたく宿命論者になつてしまふ。彼は仮象に対して怒らないで、むしろ仮象を貫ぬくところの、全体の無慈悲な方則——宇宙の方則——に対して腹を立てる。それ故に道は、彼にとつて二つしか選ばれない。仏陀（覚者）となつて、自ら宿命の上に超越するか。もしくはまた仏陀そのもの——即ちあらゆる悟つたもの、納つたもの、平和なもの、彼自身に満足して、宿命の上に超越するもの共——を敵として、残酷の意志の悪い快楽から、ニヒルの歯ぎしりをして戦うかである。げに我々は、そこにあの提婆達多を見る。あの悲痛な、あさましい、破れかぶれの外道！　仏陀と人道の久遠の敵を。

朔太郎は自然、因習、宿命に逆らおうとする者だ。「悟つたもの、納つたもの、平和なもの、彼自身に満足して、宿命の上に超越するもの」とは反対の者である。但し、「仏陀と人道の久遠の敵」だの、「悲痛な、あさましい、破れかぶれの外道」まではいかないが、これに強い関心を抱く。彼には、宿命に逆らう者の表現が容易には見出せず、それが反逆、復讐、漂泊、「鋭い意志の尖角」、「鱶の如き歯をもった意志」、「死なない蛸」その他の表現となる。右の「ニヒルの歯ぎしりをして戦う」という言葉から、「われは狼のごとく飢ゑたり／しきりに欄干にすがりて歯を噛めども／せんかたなしや」(大正十四年六月)が思い浮かぶ。しかし、「郷土望景詩」には烈しい反逆の精神はあるが、「ニヒル」はまだない。

また、『虚妄の正義』では、少し前に「復讐としての自殺」という短文で朔太郎は、「或る自殺者等は、それによつて全宇宙への復讐を考へてゐる」といっている。直ちに「いかなれば故郷のひとのわれに辛く……葉桜のころ／さびしき椅子に「復讐」の文字を刻みたり」(「公園の椅子」大正十三年一月)を思い出す。朔太郎が如何に故郷の人々にあらぬ嘲笑を浴びせられたかを嘆き、復讐をいう言葉は枚挙に暇がないほど多い。また、被害妄想、大袈裟な自己悲劇化という見方もよくされて、これも当たらないではない。しかしまた、「全宇宙への復讐」というのもやや大袈裟ではあるが、現実生活を越えた、メタフィジカルな発想も朔太郎にむしろふさわしいのだ。

話を過去にもどすことになるが、さらにまた「歯ぎしり」から、「ゆきぐもる空のかなたに罪びとひとり／ひねもす歯がみなし／いまはやいのち凍らんとするぞかし。／ま冬を光る松が枝に／懺悔のひとの姿あり」という『蝶を夢む』の『月に吠える』系列に拾われた「懺悔——浄罪詩篇」(初出「姿」『地上巡礼』大正四年三月)を関連して思い出す。「ひねもす歯がみなし」というのは、冬の寒気に耐える苦痛をいうのだが、いくら懺悔をしても聞き入れられない悔しさ、さらには絶望感さえ込められているのではないか。「凍らんとする」に目をとめれば、「竹」(大正四年二月)にだって「凍れる節節りんりんと、／青空のもとに竹が生え」がある。しかし、「歯がみなし」は「仏陀の敵」の「ニヒルの歯ぎしり」に遠いながらも通じていのではあるまいか。犀星は『月に吠える』によせた「跋」で「天上の松を恋ふるより」とすべきところを「凍れる松が枝に／祈れるままに吊されぬ」と書いてしまった。それくらい「凍れる」という言葉の印象は当時は強烈だった。「凍れる」は懺悔しようとする詩人の意志の強さを語るとともに、転じて、望みの果たされないことへの絶望となる。

ところで、そもそも、どんな罪を懺悔して、浄罪をえようとするのか。「みよすべての罪はしるされたり／されど／まことにわれに現はれしは／かげなき青き炎の幻影のみ」という次第であったのだ。罪といっても世俗の罪ではない。ゾシマ長老の若く病死した兄マルケールが、自分は何も害はなしていないのに窓先の小鳥に「どうぞ私を許しておくれ、私はお前らにも罪を犯しているのだ」といって、小鳥のために祈る、そういう宗教的、超越的な罪の挿話が大正三年十一月末に朔太郎に大いに影響していたのである。『カラマゾフの兄弟』を読んで感動したことを従兄萩原栄治に報告するのが十二月十六日であるが、三浦関造の訳本（大正三年十月）を読んだ時を手紙の文面から十一月末ぎりぎりにまで狭く限定する必要はない。（十二月発表の「悲しい月夜」はエレナとのうしろめたい不倫をめぐるもので、『罪と罰』の影響が前からあっての結果であろう。）

朔太郎が散文においても事実の半分しか言わないことが頻繁にあるのは、白秋あての手紙の詳細さと粗雑さの混在を思えばうなづけることだ。手紙にあることと、手紙になくとも作品にあることを内面的に見ることが肝心だ。ともかく、白秋に大正三年十一月二五日に「恐るべき犯罪（心霊上の）を行つたために天帝から刑罰されているると書き、ついで十一月二十何日かに「罪びと」と題して「いと高き梢にありて／ちひさなる卵ら光り／あふげば小鳥の巣は光り／いまはや罪びとの祈るときなる」と書き送った。（「天帝」はブレイクの言葉である。）それが浄罪詩篇の始まりだったといってもいい。冬に入っているのに梢に卵を見るというのは現実を越えている。彼の疾患は想像力と宗教意識とを刺激して昂揚させるのである。エレナ事件とマルケールの祈りとアルコールとがからまり合って草木姦淫の幻覚を呼び起し、そこから複雑な浄罪衝迫が生じたのである。十二月十日に「天上縊死——浄罪詩篇」と「亀」は「小生生命がけの大作」と書く。

「天上縊死」では「遠夜に光る松の葉に／懺悔の涙したたりて／遠夜の空にしも白き／天上の松に首をかけ／

天上の松を恋ふるより／祈れるさまに吊されぬ」と歌った。垂直な天上憧憬である。そして先に引用したように「ゆきぐもる空のかなたに罪びとひとり／ひねもす歯がみなし／いまはやいのち凍らんとするぞかし」という「懺悔」を書いて『地上巡礼』（大正四年三月）に載せる。こちらは宙吊り意識である。その同じ号に「地面の底の病気の顔」が載る。

地面の底に顔があらはれ／さみしい病人の顔があらはれ。
地面の底のくらやみに／うらうら草の茎が萌えそめ／鼠の巣が萌えそめ、
巣にこんがらがつてゐる／かずしれぬ髪の毛がふるへ出し、
冬至のころの／さびしい病気の地面から／ほそい青竹の根が生えそめ、
生えそめ／それがじつにあはれふかくみえ／けぶれるごとくに視え、
じつに、じつに、あはれふかげに視え。
地面の底のくらやみに／さみしい病人の顔があらはれ。（『地上巡礼』大正四年三月）

これには「浄罪詩篇」という付記はない。最後の方に「白い朔太郎の顔があらはれ」というパーソナルな一行が雑誌初出にはあったが、詩集では削られた。これは死者の顔でもなければ、甦った人の顔でもない。詩人がいるのは地面の底である。それは天上縊死が拒まれたからだ。詩人はもはや罪びとではなくて、病人である。「すべてはかがなき青き炎の幻影」であったからだ。朔太郎は何を罪として懺悔しようとしたか。萩原栄治あての手紙や「ノート一、二」にあるように、「草木の霊と姦淫」したという罪であり、エレナとの想像的姦淫の罪であり、病床のマルケールのいう「小鳥にたいする罪」から導かれた宗教的に加うるに形而上の罪である。朔太郎流の原罪のイデアとでもいうべきものだ。そういう罪からの浄罪詩篇を考えていた朔太郎の芸術意識に影響を与えたのは、栄治あて書簡から固有名詞を挙げるならば、ドストエフスキーの心理考察に加えて、「実に人をして一見戦慄せしむるに足る怖るべき幻惑と錯覚の絵画」をのこした神秘派の巨頭ウイリアム・ブレイク、「心霊上の暴風雨を感じ」させるムンク、それに「幻覚及び錯覚」の天才ゴッホ、ビアズレ、クリムト、ボオドレール、ランボオなどであった。とりわけ、ブレイクの神をも見るゴシック的垂直意識と、ドストエフスキーの罪と罰の意識、神と悪魔が人間の心を戦場として戦う心理葛藤、『聖書』における死者蘇り伝説が、朔太郎の詩的意識の中に渦巻いていた。それは概念としてではなく感情として精神に働きかけた。

かくして「罪びと（卵）」や「天上縊死」や二篇の「竹」が大正三年末から翌年初めにかけて浄罪詩篇として書かれた。ブレイク的な天をさすゴシック意識と地獄の底まで行くのを辞さないドストエフスキー的意識とが争い、ブレイクが破れ、その上ドストエフスキー的世界それ自体の葛藤もあるという二重構造の中で、ラスコリニコフにおけるようにラザロ甦りの段を読んでくれるソーニャのような女性（それへの願望は「ノート二」に書き残されていたが）との再会は決定的に閉ざされてしまい、ラザロを甦らせたイエスの復活を、トマスのように信じたくても信じるに至らない。（これを後にかなりはっきりいったのが、大正五年十一月元吉あての手紙においてであった。）神を見るというブレイクが戦いに破れたため（一時柳宗悦のブレイク研究に影響されたのであるが、大正四年五月に「いはなければならないこと」においてブレイクをまやかしと決めつける）、天上への憧憬は拒まれる。むろん、そういうことは、概念、理屈として朔太郎の意識面で働きかけたのではない。あくまで芸術心理、詩的言語及び深層意識面において、朔太郎が感化を受けて、興奮し、沈下し、煩悶したのである。この状況を朔太郎における〈ラザロ・コムプレックス〉と呼んでおく。ちなみにラザロには「神助け給う」の意味がある。ドストエフスキーは『月に吠える』前半においてむしろ葛藤をもたらし、後半においてやっと慰籍をもたらしたのであった。

かくして「ひねもす歯がみなし／いまはやいのち凍らんとする」ほどの「懺悔のひとの姿」は、地下に落ちて、「暗い土壌に懺悔の巣」をかけ（「巣」『蝶』）、ついには「地面の底のくらやみに／さびしい病気の顔」として現れることになる。これを歌った詩に「浄罪詩篇」という付記は付けるべくもない。この病気の顔は、あらゆる心理葛藤の複雑を抱え込んでいる顔である。天上への強い憧憬はもはやない。地下もまた幻影の薄衣を被っている。然しこの顔は、朔太郎の存在のすべての混沌を、複雑を内在させている。創造への願望は消えはしない。しかし、この松の枝に身を吊し、「ひねもす歯がみなし」てまでの天上願望が拒まれるとなると、いやおうなしに虚無の意識が浮かび上がらざるをえない。いや、すでに「歯がみ」は虚無意識の現れであった。ただ、イワン・カラマゾフは虚無意識だけでなく「青い空」や「ねんばりした芽生え」を愛することをも教えた。だが、芽生えは、また朔太郎にひどい息苦しさをもたらし、腐敗感覚の到来をうながした。「くさつた蛤」が書かれ、そこで『月に吠える』の前半期が終わる所以である。そして虚無意識が朔太郎の内面で蓄積されていくのである。

五　虚無的感情（二）

虚無という言葉は、『青猫』後半期から目立つようになるが、それ以前の散文では、イワンについて、「彼は極端な無神論者で、恐ろしい懐疑家である」とか「どうにもこうにもすることのできない近代の虚無思想家」といっているのが、早い例である（「生えざる苗」大正五年八月）。手紙では、大正六年十一月二六日、元吉あてに「一種の光明が湧出し、まだ完全なデカダンにもならず、完全な虚無思想家にもなりきつていません、ボオドレールのやうに悪魔的に徹底することができません、またかのニイチェのやうに大胆な虚無思想家となりきつてしまうこともできない。一方に神を信じ、一方に悪魔を愛する半神半獣の人間です」といっている。「ある女の友に」

では「私のやうな虚無思想家」とか「ある男の友に」には「世の多くの虚無思想家が墜るべき、あの恐ろしい風穴」という言い方がある。詩ではつぎのようなものがある。

「虚無」のおぼろげな景色のかげで／艶めかしくも　ねばねばとしなだれて居るのです（「艶めかしい墓場」大正十一年六月）

ばうばうとした虚無のなかを／雲はさびしげにながれて行き（「風船乗りの夢」大正十二年一月「青猫（以後）」）

非力の反逆人で、厭世の、猥弱、虚無の冒瀆を知つているばかりだ（「絶望の逃走」）

鴉のやうに零落して／かなしい空虚感から／貧しい財布の底をかぞへ（「郵便局の窓口で」昭和二年六月）

我れはもと虚無の鴉／季節に認識ありやなしや／我れの持たざるものは一切なり（「虚無の鴉」昭和二年三月）

俺は波止場に吠える痩せ犬だ。虚無のゴミタメに尻尾をひきずる霊魂の廃物のやうな人間だ（「天に怒る」昭和二年四月）

こういう虚無意識は、思想的なものでなくはないが、多分に感情的なものである。思想が感情の中に取り込められたようなものだ。昭和に入ると虚無とか虚妄という言葉が著しく増える。『氷島』時代は、虚無の時代であり、妻稲子の不貞（昭和四年）以前から高まりつつあった虚無意識が、この事件以後一段と高まるのは事情が事情だからやむをえない面もあるが、それが虚無意識肥大の最大の原因なのではない。因習などへの虚無感にとどまるのでもないが、はけ口は、因習、社会的不条理に向くことが少なくない。稲子の件をめぐっては、犀星に手紙で「ニヒリスティックな宿命論者にさえ傾向し、宿命論者から跳躍してアナキズムの復讐鬼にさえ傾向し」たという。確かにこれが朔太郎の虚無意識を深めはした。しかし、それは一因にすぎない。

乃木坂倶楽部に移る少し前の、一番惨めなときに、出版されたばかりの『虚妄の正義』の読後感を書いてくれた岡本潤に感謝して、朔太郎はこう書いた（昭和四年十一月）。「僕にして若し哲学を持たなかつたら、一種のデカダン的耽美主義者として終わつたでせう。二重に尚不幸なことには、僕にはプラトンのやうなメタフィヂックと、哲学を哲学する理性を背負はされて居た。悲しみの底で常に怒り、孤独の窓で常に鬱憤を感じて居ました。理性は僕にとつての仇敵で、それが僕を苦しくし、デカダンへの没落を妨げてゐた。僕は一方で『月に吠える』を書きながら、一方で『新しき欲情』の憤怒を書いた。」

『愛憐詩篇』、『月に吠える』、『青猫』、『郷土望景詩』、『氷島』を通じて「プラトンのやうなメタフィヂックと哲学を哲学する理性」は貫いている。なるほど頽廃と幻覚とセンチメンタリズムが大きい要素だが、二元論の言い立てをしながらも概念に陥没するのを避けつつ、朔太郎流に緩められた「プラトンのメタフィジック」が出没を繰返していた。それは後年の『宿命』、『日本回帰』をも貫いている。これは、西洋から離れるとか離れないということではない。明治末期から昭和十年代まで朔太郎のクリティシズムが、彼の詩にも散文にもあったということである。クリティシズムというものは、批判的機能とともに創造的機能を持っていることはいまさらいう必要もない。朔太郎の書き方がしばしば不用意で捻れがあっても、耽美的古典主義に陥ったままでいることはなかった。いかに消極的、退行的な言辞を吐こうとも、退嬰的伝統主義者に没落したことはなかった。そういう没落に陥ることは、『新しき欲情』、『詩の理論』、『虚妄の正義』などの散文の仕事をみずから否定することになる。それは彼の理性と意地が許さない。かれの批評的感覚の許せる範囲でかれは伝統に返ることを語った。それは、皮相な疑似西洋文化の批判であって、反動的な日本古典への回帰ではない。メディアに曇らされながらも、批評感覚を喪失はしなかった。

晩年に丸山薫に手紙をよく書くが（『青猫』時代に美しい死者エレナの夢をよく見て、「遂情」に及んだこともある、と告白もしている）、丸山に「詩人はセンチメンタリストであると共に、一方で冷静な知性人でもなければならない」と、分かりやすい言い方をしている。丸山は「固定してゐて、流動性」がない。朔太郎はベルグソンとニイチェから「流動性」、「流動持続の哲学」を学び、「幾度か心境を変へ、絶対の悲劇から救われ」て来たという（昭和十四年十一月）。なるほど、朔太郎は日本回帰の方に向く。しかしその変わり方は固定的な性格の変化ではなく、メディアに誑かされかけても、反動的に固定してしまわない。「悲劇を客観する知性」は失わない。保田與重郎のような悲劇にまでは下降しない。この柔軟な流動性が朔太郎の虚無意識の中にある。宿命に抗うには、この柔らかい流動性が必要だ。昭和四年に辻潤に手紙で「もちろん真の俗物には成れないでせうが、和光同塵まで達すれば真人でせう、そしたら辻潤は救世主で」といっている。晩年の朔太郎は、批評感覚の光を和らげて隠し、日本主義の塵に同化したふりをしてみせたわけではむろんない。

朔太郎は晩年詩を書かなくなる。彼の最後の詩篇の代表作は、散文詩「虚無の歌」（『四季』昭和十一年五月）である。

　私は老い、肉欲することの熱を無くした。墓と、石と、蟾蜍とが、地下で私を待つてるのだ。

ああ神よ！　もう取返す術もない。私は一切を失ひ尽した。けれどもただ、ああ何といふ楽しさだらう。私はそれを信じたいのだ。私が生き、そして「有る」ことを信じたいのだ。永久に一つの「無」が、自分に有ることを信じたいのだ。神よ！　それを信ぜしめよ。私の空洞《うつろ》な最後の日に。

今や、かくして私は、過去に何物をも喪失せず、現に何物をも失はなかつた。私は喪心者のやうに空を見ながら、自分の幸福に満足して、今日も昨日も、ひとりで閑雅な麦酒を飲んでる。虚無よ！　雲よ！　人生よ。

中年を過ぎた読者は、『青猫』の一見弱々しく女々しい情痴詩に顔をしかめてもこの詩にあまり文句をつけない。人生はこんなところでいいとしておこうという読み方であり、それはそれで一つの読み方である。しかし、朔太郎が本当に「幸福に満足して」いると思う読者も少ないだろう。そもそも、「無」が自分に有る、といってみても、その無は本当の無とは違う、朔太郎流の「無」でしかない。それでは、何物をも喪失しなかったことにはならない。彼は、自分のいっていることに意味上のズレがあり、詭弁すれすれのものだということを百も承知している。「虚無」は、ここでは手なずけてしまった流動性の虚無で、そこには硬直性も脅かすものもない。いわゆるニヒルではない。「神よ！」といったが、これは「無よ！」といっても同じことだ。「神」と「無」を同じようなものと見なすのは、西洋流にいえばそれこそ無神論、ニヒリズムだ。そういうぎすぎすした考えは朔太郎の頭にはない。では、朔太郎は、捉え所もないほど柔かいニヒリズムに到達したのか。これは、朔太郎流の多重構造の現れだ。概念では捉えきれない東洋的虚無を、自己流にふわりと雲のように空に浮かべて見せたのだ。それが散文詩のリズムというものだ。

この「虚無の歌」の表題の脇に「我は何ものをも喪失せず／また一切を失い尽せり」の二行が付いている。

『月に吠える』において浄罪を望むが同時に「すべての罪」が「かげなき青き炎の幻影」であったのに似た発想である。矛盾であり、詩的ノンセンスといってしまえばそれまでだが、ノンセンスを超えた、相互背反とも綜合ともいえない、言葉のリズムに支えられて存在する意識とでもいったものである。この二行は「乃木坂倶楽部」(『詩・現実』昭和六年三月)からとったものである。この詩の作者によって巻末に付された「詩篇小解」に「一日辻潤来り、わが生活の荒蕪を見て唖然とせしが、忽ち顧みて大いに笑ひ、共に酒を汲んで長嘆す」とある。妻稲子と別れ、子供を前橋の両親に預けて上京し、昭和四年十一月十四日から十二月末まで、乃木坂倶楽部アパートに仮寓していたときの模様を書いたものである。朔太郎の生活の荒れ方をみて、さすがの辻潤もあきれ、二人で呵呵大笑したというのである。ここに越す直前に前橋から犀星に出した手紙に「辻が手紙をよこし、デカダンに没落し、ジダラクの浮浪漢として徹底することからのみ、唯一の救いが望められると忠告したが、全く賢明な忠告で、これから大いに徹底して、真のデカダン生活に堕落しやうと考えている、冗談でなく真剣に」と書いた。虚無主義者辻潤とはうまがあったようで、年譜によれば大正十一年十二月ころ知るようになり、「思想上、感覚上、深く文学上の一致と友情を感ずるものは貴下一人」(昭和四年八月)というほどで、一緒に昭和五年二月から五月まで雑誌『ニヒル』(三号まで)を出したこともある。辻潤は当時荏原郡中延(現品川区)にいて、馬込の朔太郎を訪れたが留守で、事情を知って、前橋に手紙を出したのである。朔太郎は『ニヒル』創刊号に詩三篇「火」、「告別」、「動物園にて」(いずれも『氷島』に収録)を、第二号にエッセイ「辻潤と螺旋道」をのせた。雑誌の内容は「スバラシク愉快で、戦闘的な城といふ感じもある」(昭和五年二月)。しかし、朔太郎がデカダンぶりにおいて辻潤と肩を並べるのは無理な話で、辻の方が徹底していて、これは無茶苦茶に近い。朔太郎は所詮書斎の虚無主義者であり、書斎に腰を預けた漂泊者にとどまる。

ただし、これは家庭上の不運からの俄な姿勢ではなく、旧制高校を退学し、京都大学文科に選科生として入ろうと自分らしく目的を定めて、それに失敗して東京を放浪して以来のものである。朔太郎は当時の物を考える普通の若者らしい煩悶も経験し、それを長文の手紙で妹や従兄に書き送ることによって、その煩悶を深めもした。そういう彼なりの思索体験を経た後に徐々に憂鬱意識が溜まってきて、それが宙づり状態で発酵して初期の短歌や『純情小曲集、愛憐詩篇』を経て同年輩の啄木と比べて決して早熟とはいえない詩人としての出発をした。憂鬱意識が虚無的なものになって顕在するには時間がかかっている。虚無の要素は早くからありながら、表に現れるのはおそかった。しかも最後は甚だ方丈記的一面もある虚無感情となったのであった。

前にふれた詩だが、かつて朔太郎は「公園の椅子」(『上州新報』大正十三年一月)において、「われの思ふことはけふもまた烈しきなり／葉桜のころ／さびしき椅子に「復讐」の文字を刻みたり」と書いた。復讐は朔太郎の表現の発条をなすものである。文字面は「辛く」あたった故郷の人たちに向けられているが、それは表面上のそう大きくない一面であって、心的な、内面意識のマグマにとぐろまく鬱屈した情念と思惟の捩くれが、そういう形で出たまでである。これは、明治四四年に妹若子や従兄萩原栄治にあてた長文の書簡にあったものと本質は同じものである。明治四五年栄次あての書簡で、早くも邦訳『ツアラトストラ』(生田長江訳と思われる、晩年には皆目分からなかったといっているが)を読み「中には私には不可解の文句も大分あつたが大体の要領をうるは差し支えなかつた」と報告して気概を示したし、『失楽園』も読んでルシファーの存在に興味を持った。朔太郎は明治末から大正にかけての日本の近代を、後に思想家、文人となる同時代の人たち(少し年長の和辻哲郎など)に劣らず、本気で考え、これを人並み以上に強く過渡期として捉えたうえで、感傷的な短歌や文語詩を書きながらも、それを頭の中で独自のやり方で掘り返し、捏ねまわしていた。彼の若いときの深刻な煩悶は様々の形をとって現れる。復讐といい、デカダンというのも、そこから糸を引いている。朔太郎は物事をまず二項対立で提示しておいて、ある時はその止揚、調和を求め、またある時は二項の一方を極度に強調する。シンメトリーはしばしば崩れ、痙攣し、捻れ、歪み、ズレを生じ、それが詩と書簡にかなり赤裸々に現れる。現れかたもそう単純でなく、誇張と隠蔽といっていいほどの言い落としとがある。表現上の破綻と不都合は少なくない。エッセイにおいて懸命に捻れ、破綻を繕う試みをするので、ある程度の乱れのない変化、成長、自然な発展が窺われるが、全面的に自然な流れと見るわけにはいかない。これは、生涯を通じて変らないのである。

（1）これについては『中央大学人文研紀要』四二号で論じた。
（2）久保忠夫編『萩原朔太郎集』日本近代文学大系37、角川書店、一九七一年、頭注。
木下豊房『近代日本文学とドストエフスキー』成文社、一九九三年、一七一頁。
（3）佐渡谷重信『ポーの冥界幻想』国書刊行会、一九八八年、二二三頁。

大西民子論

中島昭和

一　運命のかげり

大西民子は大正十三年五月の生れである。昭和十六年、盛岡高女を卒業、四月、奈良女子高等師範学校文科第一部（国漢専攻）に入学した。その頃の学制のもとでは女子としての最高学府である。太平洋戦争の激化による繰上げ卒業で、昭和十九年九月、奈良を去って郷里に近い岩手県立釜石高等女学校（後の釜石第二高等学校）の教諭となる。当時は戦時下の特例で全国の大学、高等学校、専門学校の修学年数が六カ月短縮されていた。ただ、昭和十九年九月で半年繰上げということは高等師範の修学年限が本来四年制だったからであろう。一般には高等・専門学校はおしなべて三年制であった。

釜石は製鉄の町であったため、昭和二十年八月、米軍の艦砲射撃の目標ともなった。壊滅状態のこの市を逃れ、生徒を引率して二十キロ余の道を遠野の町まで退避行、そこで終戦を迎えたという。

翌々昭和二十二年の三月、教員組合の活動で知り合った一歳年下の釜石工業高校教師、大西博と結婚した。結婚前、相手に「青春の再発見をしましょう」などと言ったという。「生活という煩瑣なアンチテーゼを克服して、新しいテーゼを築こう」と考えたようだ。頭のいい女性だけに、いささか観念的な趣も否定しがたい。あるいは戦後澎湃としてこの国の風土を蓋った「戦後民主主義」の風潮を思い出させる言葉であるようにも感じられる。

夫は機械工学が専門であったが、月給の大半を文学書の購入にあて、家計を顧みないような人であった。そんな彼が私は好きであった。

『自解100歌選——大西民子集』

博は仙台高等工業学校、当時の呼称を用いれば工専（工業専門学校）の出身であるが、文学好きの青年で小説家志望であった。彼は小説を書き、自分は歌を作り、それぞれ文学の道を歩もうと誓い合っての結婚であったという。ともあれ釜石での新婚時代、そこには明るい幸福に満ちた生活が開かれていた。逆年順に編まれた第一歌集『まぼろしの椅子』（昭和三一年刊）の中ではむしろ巻末近くに組まれているが、その頃の作として次のような歌が見かけられる。

バス降りて十字路をよぎり来る君よ夕陽の中のわれに手あげて
夜の間も人生は流れるものをとて読書に更かす夫にわれも縫ふ
とはに続かむ幸と思ひきリアス海岸の入江の町に君と住みつつ
無名作家のまま終るともながく生きよと希ふを君も知り給ふべし

やがて子を身ごもる。だが、これは死産に終った。そればかりではない。民子自身「網膜剥離」によって半年のあいだ半盲の状態で動くことも出来なかったという。釜石時代のことである。「私の不運の始まりであった」

と、後にこの時期を回顧して民子は言っている。

かの草山に残し来し吾児が墓思へば漂泊《さすらひ》の身の如くはかなし
山の彼方に雲ゆく見れば訪ひがたきわがみどり児の墓辺思ほゆ
風化して傾きゐずや年を経しかの草かげの吾児が墓標よ
『まぼろしの椅子』

幸福はまことに短かったと言わねばなるまい。死産そして自らの病臥という暗い記憶から遁れるようにして釜石を引き払い、夫の郷里である大宮に転居したのは、この早死産の翌年、昭和二十四年の二月である。彼女は埼玉県教育局職員となり県立文化会館に勤務、文化係を担当。各種出版物の編集や文化団体の事務に携わった。夫もまた県立図書館の職員となって、二人は民子の勤務先、文化会館の宿舎に住んだ。

だが大宮へと移り住んだのを転機として、家庭の生活は急速に暗転していったようである。釜石での教師時代、一滴の酒も嗜まなかった夫が、酒気を帯びて帰宅するようになり、さらには酒に惑溺する大酒家に変貌していった。家に帰らぬ夜が増え、ついにはまったく帰らぬ人となってしまったのである。共に暮した釜石以来七年を経ていた。帰らざる夫を待つ懊悩と孤独の悲哀が彼女の身を包んでいった。『まぼろしの椅子』（昭和三一年刊）はそうして家庭の崩壊してゆく嘆きを託する作品に満たされている。

声あげて母よと呼びたき時のありわが寂しさは夫にも響かむ
乱れゆく君が生活に脅えつつ身の去就さへ定め難けれ

今一たび夢を見むとも願はねど追ひつめて寂し遠き日の思慕
酔ひて遅く帰れる夫の表情の寂しげなれば立ちて寄りゆく
いつまでも明けおく窓に雨匂ふもしや帰るかと思ふも寂し

直接夫を歌題にすることなく、己の内面にのみ眼を向ける沈静した言葉のなかに孤独の悲しみは一層深く湛えられて哀切である。

今は誰にも見することなきわが素顔霧笛は鳴れり夜の海原に
よるべなく旅ゆくこころ湾口にかかりて船は汽笛を鳴らす

第二歌集『不文の掟』（昭和三五年）、その次の歌集『無数の耳』（昭和四一年）いや、さらに後に至るまで、この悲しみは後を引いて残ると言わねばならない。夫との別居後の歌としてはまた次のようなものが見られる。

『まぼろしの椅子』

酔へば寂しがりやになる夫なりき偽名してかけ来し電話切れど危ふし
酔へば乱れて帰る夫を夜々にみとりたる来し方も今の独りも寂し
孤独にゐて人を恕すことも易からずまた堰を切りて悲しみは来る

『不文の掟』

意識して互《かたみ》に避くる語彙をもちバス揺るる時気弱く笑ふ

病むといふ噂を聴けばまた惑ふいつまでわれを放たぬ夫か
肩触れて揺られゆくとも行く先の違ふ切符を別々に持つ

『不文の掟』の後記に民子は次のように記している。

「『冬にしか役立たぬ陳腐なモラル（ジイド）』という言葉がありましたが、他人には強いられない掟をみずからに課したながい月日をかえりみて、後悔はしないでおこうと思っております。〔……〕つねに自由なように見えながら、その実は、過ぎ去った年月の影が唯一つの未来を規定してゆく、というジイドの言葉も否定し切ることは出来ませんでした」。

つまりは離反して家を去った夫を否定しきることのできない愛情が彼女のうちに消え去ることなく残っていたということでもあろう。

彼とて理由もなく妻に背いて他の女に走ったと考えることはできない。懸命に小説執筆に過した日々もあった。戦後間もないこの頃、ヒロポンなどという覚醒剤が流布していて、一種風潮として当時の、言わば破滅型の作家たちに愛用されていた趣は知られた事実である。おそらくは彼もその種の薬物などを常用、徹夜の執筆など続けたのに違いない。朝、蹌踉として勤めに出てゆくエピソードなども伝えられている。要するにそうした努力にもかかわらず、夢見た文学の道に生きる方途、契機を見出すことはできなかった。

一方妻の民子はどうか。文化会館の仕事にむしろ充実感をもっていそしむ風であることを否定できない。(1) 木俣修主幹の歌誌「形成」のなかでは主要同人としての地位を占めて、順調な作歌活動を続けている。そうした妻を傍らに持つ家庭のなかで、文学落伍者の自覚は傷に塩を塗られるような痛みを伴うものであったろうことも推測される。それは彼の持つ弱さのゆえと決めつけることも出来るであろう。だが、挫折感から自棄的に酒に溺れていった経緯はむしろ自然の成行きとすら思われるのである。

それが筆者一人の推断によるものでないことは、例えば民子の師、木俣修の次のような言及によっても知られるであろう。

「新鮮なその作風はやがて私の門流の中で特異な水脈をかがやかせ、歌壇における新人として注目されるようになった。

〔……〕このことが、その夫との間の不調和をもたらしたことの一つの因をなしたのではなかったかと考えることはあながち見当外れではないような気がする。」『大西民子全歌集』――栞

おそらく、民子自身、そうした事情、心情の機微に盲目であったとは思われない。

見えざるものを見つめて生くる如きわれに堪え得ざりし夫と今は思ふも

これは『まぼろしの椅子』中にすでに見かけられる一首であるが、漠然とした表現ながら、冷静に自己を客観化した彼女の「理解」のほどを示す一首と思われる。そして、今や報われることない言わば無償の愛を、それでも強いて否定することなく生きてゆこうという「不文の掟」を自らに課したのである。歌集の標題そのものがその内心の決意を語るものにほかなるまい。よしんばそれが一筋の愛に貫かれるというものではなく、愛憎の情念

のはざまを行き戻るのが実態であったとしても。

ところで『まぼろしの椅子』はすでに見た通り、きわめて私小説的な告白の集であった。それはリアリズム短歌の常道であるとも言えよう。だが、時代は昭和も三十年代初期であることにも目を向ける必要があるかもしれない。

それはいわゆる「前衛短歌」隆盛の時代であった。古いアララギ系の短歌を乗り越えた新しい試みがさまざまな形で行われていた。例えば当時のその「前衛」として、目覚しい活躍をした歌人塚本邦雄の名が知られている。その他岡井隆、寺山修司らの名を挙げることができるであろう。

高野公彦はその編著『現代の短歌』（講談社学術文庫）末尾の「解説」において、彼らを含め前衛歌人として当時第一線で活躍した八人ほどの名を挙げ、さらにそれら前衛短歌の特色を次のように指摘している。

「非写実（または反写実の志向）、〈私《わたくし》〉の変質、比喩表現の多用、ドラマ性の導入、社会的視点の重視、性的テーマの開拓、句割れ（句またがり）の活用、新しい連作の試み、といったものであろう。」

もちろんこれは総括的に言ったもので、当然のことながら、人それぞれに上記項目中の幾つかを当てはめて考えることができるというほどのことであろうけれども。

話を大西民子にもどそう。

彼女が奈良の女高師時代、短歌の師としたのは奈良在住の歌人前川佐美雄であった。前川は後の民子の師、木俣修よりやや年長で、昭和五年、第一歌集『植物祭』を上梓、「モダニズム短歌の旗手」とも称された歌人である。当然のことながら、アララギ流リアリズムの系譜に連なる歌人でなかったことは言うまでもあるまい。前川が彼女に教えたのは「写真のような歌ではなく、心で、言葉でえがく絵のような歌を」ということであったという。

告白調による赤裸々な自己表出に倦んだ、ないし躊躇いを生じたということもあったろうか。そうしたリアリズムから抜け出そうと思ったのが第二歌集『不文の掟』であったという。彼女もまた当時の歌壇における前衛短歌の潮流に多少とも影響を受けずにいなかった事実は否定できないであろう。

師の木俣は前衛短歌につよく反対の立場をとっていた歌人である。とはいえ、彼もまた北原白秋の高弟であった人、系譜としては浪漫派に属している。第一歌集の心情告白のリアリズムを超えようと苦慮する民子の意向をむげに否定することなく、その試みを許容する幅の広さは当然持ち合わせていたということであろう。

当時をふりかえって彼女は言う——

たとえば荒涼とした風景を如実に描くことによって内面の無残を表現するとか、現実を離れて夢の世界でみずからを飛翔させるとか。主としてこの二つの、一見相反する方法をとってみようとした。

『自解100歌選』

これが従前のリアリズムを超える試みとして考えられた彼女なりの方法であった。そしてその実践例として、挙げているのが次に示す「はばたきて」の一首である。同じ「方法」によるものと思われる歌、二、三を付け加えて引いておこう。

『不文の掟』

はばたきて降《お》り来しは壁のモザイクの鳩なりしかば愕きて醒む
わが合図待ちて従ひ来し魔女とおちあふくらき遮断機の前

『無数の耳』

木耳《きくらげ》を剝ぎゆく魔物見し日より日毎に烈し林の落ち葉
うらがへりまた裏返る海月《くらげ》のむれ藻となりてわれの漂ひゆけば

いずれも自信作なのでもあろう。事実、諸家にもまたよく引かれる歌である。右に引用した自解の趣旨については格別異論を挟む気持はないけれども、残念ながらこうして実作を示されるとこれらに対する理解はいささか筆者の能力を超えるという思いを禁じ得ない。心奥の不安感の表出と捉えればまったく理解の外にあるというものではないにしても、少なくとも引きつける歌の魅力は感じ取れないのだ。

これに対して、同じ『不文の掟』中の作でも、

夢のなかといへども髪をふりみだし人を追ひゐきながく忘れず
突き落とす刹那に醒めし夢のあと色無き雲の流れてやまず
前髪《まへがみ》に雪のしづくを光らせて訪《おとな》はむ未知の女のごとく

などは上記コメントに言われる民子の意図、その実現された成功例と受け取ることができる。そしてこれならばわが理解の範疇にも入ってくる。さらには歌の姿も、前歌集のそれと比してはるかに整っていることが知られ

る。『まぼろしの椅子』にあっては五七の定型をはみ出る、不器用とも言える印象を伴う作も少なくなかったが、そうした歌が目に見えて減少していることも見てとれるのである。

作者は自制心の強い人であったという。科学的にもそのことが実証されているというエピソードすらあるほどに、である。(2) そうした自身の性格からしても、当然わが身に加える抑圧の力も強かったであろうことは容易に推察される。したがって、上掲のような歌を現実の事実として表現するのにはしたたかな内心の抵抗があったにちがいない。それを夢のなかの事実に転化することによってはじめて表現と結びつけ得たものと考えられる。抑圧された内奥の情念を夢に託することによって、それを夢のなかに解放することによって。

一首目、離反して去った人を追い求める心情が惻々と身に迫るのを覚えるほどだ。つまりは「夢の世界」に心奥を解放した結果であろう。二首目、「突き落とす」の作はさらに衝撃的な一首。何という荒涼とした心象であろうか。これもまた夢の中という設定の上で初めて表現可能になる図というほかあるまい。

三首目は前二者とはまた対極的な趣の作であるが、まさしく内に秘めた願望とでも言うべき、現実にはあり得ない虚構の想像図として、景情ともに美しい絵図と言ってよい。まさに前川に教えられた「心に描く絵」の実践でもあったろうか。

ついでながら、その後の作品であるが、この三首目の系列に属するものとして、次の一首もここに引いておきたい。

青みさす雪のあけぼのきぬぎぬのあはれといふも知らで終らむ　　『雲の地図』

語調もやわらかく優美な景であり情である。このような作を見る限り、第一歌集の、心情告白型リアリズムを超えようとした作者の意図はみごとに成功したと見ることができるであろう。もっとも、最後の一首は美しい言葉の衣装をまとってはいるものの、実感吐露の作と受取ることもできるけれども。

昭和三十九年六月、夫からの申し入れがあり、十年間別居していた夫との協議離婚が成立した。釜石での結婚の時から数えて十七年、民子四十歳の年である。申し入れの翌日「独りで大宮の市役所に行き、戸籍係の職員が困ってしまうほど泣きながら離婚の手続きをした」という。　　　　『自解100歌選』

その離婚を間にはさむ三十五年から四十一年の五年にわたる作品を収めたのが第三歌集『無数の耳』（昭和四一年刊）ということになる。この歌集を特に高く評価し「技法についても、もともとあった心理主義的傾向の深化が見られ、個性の際立った自己確立の集」として民子の代表歌集と位置付けているのは上田三四二である。

『無数の耳』

山脈《やまなみ》に雪ひだ蒼くかげるまで待ちしことさへ告げむすべなし
袖口の毛糸のほつれ見しことも別れ来し夜のかなしみを呼ぶ
前の世に別れしままの夫のごと雨の夜更けの眼裏《まなうら》に来る
橋灯のほとりに立ちて待つ時間かのときめきは還ることなし
枕木に雪積もりゐし夜の別れ呼び戻されむことを願ひき
待ちて得しものいくばくぞ十年目白髪のめだつ君を見しのみ

冒頭「山脈《やまなみ》」の一首など、景情ともにとりわけて美しく孤独の悲愁を余りなく表現している作と言えよう。上記上田は、これらを含む第三歌集を評して、「この時期、新しい愛の屈折に富んだ展開もあって充実している」『大西民子全歌集』―栞―とも言っている。きわめて暗示的な言葉であるが、残念ながらその具体例を示していない。そのため筆者としても、それをどの作と特定しがたい思いであるが、ただ、言われて再読してみれば、

『無数の耳』

偶然を装ほふ逢ひの寂しきに樹脂かたまれる赤松も見き
溶闇に転換さるる場面にて映画ならねばながながと会ふ
ゆられつつ片頰ほてるバスのなか花を齎《もたら》すやうに訪ひたき

などがあるいはそれに当るのであろうか。また、この頃にはすでに夫との間に出来ていたであろう距離を思い測ると、上掲の「枕木に雪積もりゐし夜の別れ……」の一首なども、あるいは「新しい愛」の歌に属するものと見ることができるのかもしれない。だが、それにしても、そうした「新しい愛」がその後どのような発展を辿るのか、作品の上にその定かな形跡は認めがたいことも事実である。

二　父　と　母

うち揃ひ夕餉なしたる日のありき小さき額の絵のごとく見ゆ

第七歌集『風水』中の一首である。大西民子は家族に恵まれた人であった。肉親の絆、情愛をとりわけて強く持ち合う家族であったと思われる。「うち揃ひ夕餉なしたる日」が「小さき額の絵」のように追憶のうちに喚起されるのは、かつて在り今はない肉親の父母姉妹に寄せる彼女の思いの深さを証すものであろう。『風水』は昭和五十七年、民子五十八歳のときに刊行された。それまでの生涯のなかで彼女は彼ら肉親のすべてを次々と失っている。死別である。そういう意味では、前言にたがい、むしろ家族に恵まれない人であったとも言わねばなるまい。すでに他家に嫁いでいた九歳年上の姉は、彼女の少女期十五歳の時に没している。そして、二十一歳の冬には父を、次いで十五年を経て母を失ったばかりか、昭和四十七年四十八歳の夏、七歳年下の妹まで も彼女に先立って世を去ったのである。その後二十年の余を、彼女は言わば家系の最後の人として孤独な人生を送ることになった。

一つには、この家族自体が親類縁者という血縁の人々に恵まれなかったということもあろう。そうした意味では、この一家には家族ぐるみどこか世間のなかに孤立してでもいるような、一抹侘しい印象のまつわることも否定できない。

後年、民子はその著『自解100歌選――大西民子集』で、『無数の耳』中の一首

阿武隈の水照る見ればこの丘に埋まりたかりし父母かも知れず

を取上げて、それに次のようなコメントを付している。

所用で福島県へ赴くことがあった。風の冷たい日であったが、空気が澄んで、阿武隈川の水が光っていた。

私の両親は福島県の出身である。父の生家は名主であったが、後妻の子に父が生まれたため、先妻の子であった兄がぐれてしまって、家産のすべてを蕩尽したということである。父と母は遠縁に当たっていたようであるが、周囲の反対を押し切って結婚し、盛岡へのがれて住んだ。〔……〕福島を訪れて阿武隈川をのぞむ丘に立つと、はるかに安達太良《あだたら》の山が望まれて、こうした風景のなかに育った両親が、故郷を捨てなければならなかった悲しみが私のなかによみがえってくるのであった〔……〕。

つまりはこうして駆け落ち同然にして故郷を捨てたこともあって親族との縁も絶たれてしまったということであろう。父、菅野佐介は岩手県の警察官であった。剣道に長け、「全国の警察官の大会で優勝したりする有段者」であり「和製シャーロックホームズ」と異名をとる、敏腕有能な警察官であったという。太平洋戦争終戦の年の初め、陸前高田の警察署長として五十七年の生涯を終えた。「敗戦を知らずに済んだ」ことを言って母は自らを慰めたという。

『まぼろしの椅子』

果たし得ざりし学問を汝こそ遂げよとぞ言ひ遺せる父の忌はまためぐり来ぬ

妹と母の待ちゐむ父の忌に菜の花あまた買ひて帰らむ

「美田は買はず」と言ひて遊学させくれし父を思ふ今宵の忌に帰り来て

夜更かして語り尽きずシャーロック・ホームズと謳はれつつ貧しかりし父の思ひ出

『花溢れゐき』

亡き父のマントの裾にかくまはれ歩みきいつの雪の夜ならむ

『風水』

幼くて父と行きたるサーカスに火の輪くぐりの獅子などもゐき

すべて父親死後の追懐の歌である。いずれも亡き父親に向ける愛情に満ちた作と言わねばなるまい。同時に、父親の側からの娘に寄せる深い愛情をもまた証言しているものと言えるであろう。

父を歌った作品は少ない。ひとつには父親の没年である昭和二十年初頭、彼女の歌作がまだ本格的には始まっていなかったことにもよるであろう。『まぼろしの椅子』所収の歌も、昭和二十八年、木俣修主宰の歌誌「形成」創刊以降のものに属する。それ以前の作は例外的な少数で、木俣の指導下にあった女流誌「朱扇」に発表されたなかの幾首かに限られているのである。

これに比して、母親を歌った作は必ずしも少なくはない。ひとつには昭和二十五年四月、妹佐代子の埼玉大学入学に伴い、佐代子のみか母親も共に父の任地であった岩手県、陸前高田の地を去って埼玉県岩槻に移り住み、日常的な接触が増したためもあるだろう。すでに述べたように、民子はそれより一年余先立つ昭和二十四年二月に夫の郷里である大宮市に移ってをり、言わば彼女が二人を岩槻に呼び寄せたということであるようだ。

末娘遊学の地へ母親も一緒に転居したのは、独り岩手の地に残るよりも娘二人の傍近くに身を置くことを望んだ結果というものであろう。新しい生活の場にたやすく身を移す腰の軽さにも、根づいた土地を持たぬこの母親のいわば哀れさといったものが感じられぬでもない。ただし民子の証言によれば、一面気丈な母でもあったらしい。

かつて民子の結婚に最もつよく反対したのはこの母であったという。それもあってか、母が妹と共に近間の岩槻に住んでいても、夫の家出のことなど民子はひた隠しにしていた。もっとも、勘の鋭い母にはいちはやく夫の不在を見抜かれていたということであるけれども。

その頃の作品はおそらくそこらへんの事情を背景としているものであろう。気丈な一面、娘に対しては優しい心遣いを示す母親であったことが見てとれるのである。

『まぼろしの椅子』

安らひもなく老いゆく母ぞふと来世《らいせ》を信ずる如き言葉を洩らす
満ち足れる如く思はせ来しことも負担となりつ母と対へば
コートなど縫ふに紛れてゐるさまを見届けて母は帰りゆきたり
告げ難き悲しみ持つと知る母か薔薇切りて駅まで見送りくれぬ
まどゐ得よと母が持たせくれし長火鉢独りとなりし部屋に位置占む

『不文の掟』

終戦を知らで逝きしを語りつつ慰むか父の忌の夜の母よ
ネオンの天馬仰ぎゆきつつ病む母に待たれゐる身を紛《まぎら》はし得ず

夫との別居後しばらくして、民子もまた大宮の宿舎を去り、岩槻に来て母や妹と一緒に住んだ。そして数年間をそこで過したもののようだ。勤務先の文化会館での上司が住職をしている浄国寺という寺の僧房のあとの離れ、その三室であったという。

『無数の耳』

つきつめて母のため何をなし得しや病みゐたる日も逝きしあとにも

気折れせる夜々に思へば念力《ねんりき》のごときを持ちて生《しやう》終へし母

共に来て仰がむ母も今は亡し曇りに遠き安達太良《あだたら》の山

木の芽あへ食む夜は思ふふるさとを捨てにし父母のながきかなしみ

亡き母は混りてゐずや坂下の野菜車を人らのかこむ

岩槻での生活十年、半年を病に臥した後、この母も、昭和三十五年に没した。享年六十八歳。民子第二歌集『不文の掟』刊行の年の春である。

三　妹、佐代子

民子の妹、佐代子は菅野家の末娘である。

『まぼろしの椅子』以来、ということは、佐代子大学入学以後の姿でいずれの歌集にもこの妹は登場している。

『まぼろしの椅子』

母の心配をうとむ言葉われに囁きて夕方より図書館に出でゆく妹

せめて最後の学年は働かせずに学ばせたし夜更かして妹は英詩を訳す

思ひあぐみて幾夜眠らぬわれの名を幼く呼びて妹は来ぬ
『不文の掟』
嫁げば必ず不幸になると思へるや妹を帰してよりながく寂しむ
『無数の耳』
ガラス戸に湯気こもらせて雪の日の煮炊きたのしむ姉と妹
『花溢れゐき』
幼くて父を失ひし日のみぞれ今に憶えゐて妹の言ふ
姉妹にて分ち持つ鍵緋の房をつけし一つは妹が持つ
『雲の地図』

母亡き後も二人はしばらくの間、岩槻の浄国寺にそのまま住んでいたが、やがて大宮公園の一角にある県官舎に移り住んだ。

佐代子は大学卒業後、地元高校の英語教師として教壇に立ったが、「気が弱くて男子生徒にいじめられたりして、長く続かず、一年ほどでやめて」「あとは家で近所の中学生や高校生の家庭教師などをして生計を助けてくれていた」『自解100歌選』という。姉と二人の家にあって、勤めのある姉のため、炊事その他の雑用を担当してもいたようである。

彼女はこの地での知人も増えて来客の多い姉の生活を不満としたらしい。愛する姉を独占したい願望でもあったろう。

遠き雲の地図を探さむこの町をのがれむといふ妹のため

第五歌集『雲の地図』(昭和五十年刊)の題名ともなったこの歌は、そうした妹の気持を汲み取った姉の思いである。妹との共同生活は姉にとっても孤独を癒す格好のよすがとなったことは疑いない。民子も今や残された唯一の肉親であるこの妹をこよなく愛し、妹と睦み合う日々であったことが知られるのである。

妹もまた、こうした姉と共にする生活に十分に心満たされていたのであろう。「結婚話がいくら持ち込まれても『わたしは一生民ちゃんといたい』と言い張って」動かなかったという『自解100歌選』。

前掲の歌にもあるように、姉の結婚の実態、破婚に至る経緯を傍近くからつぶさに見てきた彼女にしてみれば「嫁げば必ず不幸になる」という思いもあるいは免れがたいものであったのかもしれない。『雲の地図』が昭和四十六年から四十九年にわたる間の作品を収録していることから推測すれば、その頃、佐代子もすでに不惑に近い年頃であったろうと思われるのである。

この頃には大宮の市内に建売住宅を買って、姉妹はそこに移り住んだという。ともあれ妹と共にする生活のなかでは、その分だけ民子も孤独から救われていたであろうことは想像に難くない。今や妹の存在は彼女にとって貴重なものですらあったであろう。

円柱は何れも太く妹をしばしばわれの視野から奪ふ

『雲の地図』

その妹の「不在」は、直ちに民子における内奥の飢餓、不安を喚起して、一種パニック状態を惹起するものであることを如実にのぞかせる一首と言えるであろう。繰り返し愛する者を失ってきた彼女にあって、喪失の不安は常に内在することを止めなかった。ふとしたことにも喪失の不安に慄く心情がこの作からも伺われるのである。そうした不安にあたかもおびき寄せられでもしたように、まさに思いもかけず、その妹の死が訪れる。昭和四十七年六月、心臓麻痺による突然の死であった。

『雲の地図』

朝明けて白布に顔をおほひやり今いっさいをわれは失ふ
してやらむこと何もなく名を呼びて水を替へたる花籠を置く
明日のことを言ひて眠りき明日の無い人と知ります神などゐしや
まだ何か奇蹟を待ちてゐるわれにをりかさなりて弔電は来《く》る
水道をとめて思へばかなしみは叩き割りたき塊《かたまり》をなす

「をりかさなりて」届いて来る弔電は、妹の死の現実をいやが上にも民子の胸に突きつけずにはいなかったであろう。心の隅に捨てきれず残る「奇蹟」への期待を無惨に踏みにじるようにして。「叩き割りたき悲しみ」という、この語調の強さは絶望の激しさを表現して余りあるというものだ。この世に残されていたたった一人の肉親、まさに昨日まで愛し合い睦み合っていた相手である妹を、思いもかけず突如にして失った民子の、身も世もあらぬ内心の号泣を聞く思いにさせる一連である。

『雲の地図』後記の末尾に、旅先の師、木俣修から発信された弔電の文面が載せられている。愛弟子の悲しみを共感のうちに抱き取るような文で、わざわざ後記に留めたのも民子の心に深く沁み透る感銘があったからに外なるまい。敢えて引用すれば次のようなものである。

「アワレタミコ、タビニアリテ、スクセツタナクミマカリシヒトヲオモイ、キミノココロヲシノベバタエガタシ、タエヨタミコ、イキヨタミコ、ナラニテ、オサム」

続いて民子の筆にもどり「これは、木俣先生が妹の死のとき下さった電報で、かたときもはなさずにおります」と付け加えてある。

同じ歌集に「幾月かたつ」の題名でまとめられた中の一首

われの死を見ずにすみたる妹とくり返し思ひなぐさまむとす

があり、この歌について、後に民子は次のようなコメントを付している。

……妹が一番恐れていたのは、私が先に死んで、唯一人自分がこの世に残されることであったろう。〔……〕二人で並んで寝ていて、夜中に目を覚ました妹が、「民ちゃん!」と呼んで私が目を覚まし「なあに」と答えると、彼女は「ああ生きていたよかった」と安心してまた眠ってしまう。私はおかげで取り残されて眠りそびれてしまったりするのであった。」『自解100歌選』

妹もまた姉と似た不安症的感覚を身に持っていたのであろうか。血は争われぬものと、素質的な同一性を感じさせられずにはいない。

『雲の地図』

亡き人のショールをかけて街行くにかなしみはふと背にやはらかし
履きて見て靴を買はむによろめきしわれを支ふる妹はゐず

『雲の地図』のあとがきの中で、民子は妹死後の「二年余り、私のノートは挽歌でうずまりました。挽歌を作るために、三十年も歌を習い続けて来たのだろうか、と思えたりしました」と長嘆息している『自解100歌選』。とはいえ、身も世もあらぬ慟哭の思いも、時を経るにつれて少しずつ静かな悲しみに融けてゆく経緯を辿るのもまた自然の成行きというものであろう。上掲の二首、とりわけ一首目の下句、「かなしみはふと背にやはらかし」にその辺の消息がうかがわれるのである。

『雲の地図』

そのほかの費し方を問はずしてわがために生《しやう》を終へし妹
亡きあとの月日ながれてわがためにひたすらなりしことの離れず
もし馬となりゐるならばたてがみを風になびけて疾《と》く帰り来《こ》よ

ここへ来てもはや挽歌という領域を過ぎて、直接的な悲しみの歌というよりも、追憶の懐かしさという感情のなかに静かに納まってゆく気配すら感じられる。もちろん、この愛してやまなかった妹が追憶のなかに後々まで長く生き続けて、折にふれその面影の蘇るさまは次のような歌にも知られるのであるけれども。

ことぎれてわれにかかりし重みなどよみがへりつつ忌の夜をゐる　『野分の章』

妹といふあいらしきもの日も夜もわがかたはらにゐたる日ありき

逝きしより八年を経ておもかげもいつしか写真の顔に定まる　『風水』

こうして、肉親のすべてを他界に送って民子はただ一人この世に残ったことになる。このころの歌として次のような作がある。失われた家族全員に向ける挽歌の趣もあるので引いておきたい。

長かりし夕映えのあとしんしんと土寒からむ黄泉《よみ》なる国も　『風水』

四　孤独の人

前二章において、民子の肉親との関わり、家族に寄せる民子の心情、愛と哀しみの起伏を辿ってきた。前章においてはとりわけ妹、佐代子への挽歌に満ちた第五歌集『雲の地図』についての記述がもっぱらとなったが、それらによって素描に過ぎなかったとはいえ、菅野家における言わば「家族の肖像」を一応そこに留め得たと考えてよいであろう。

再び民子自身に目を向けてみることにしたい。

『花溢れゐき』（昭和四十六年刊）は第四歌集で『雲の地図』に先行するものであるが、これに触れることなく過ぎた。それに立ち戻って見ておきたい作がこの集にはある。

『花溢れゐき』

藻《も》の花のゆらぐを見ればいつの日も創《きず》持つ魚《うを》の遅れて泳ぐ

笹原を渡る嵐に目ざめつつ盲ひの蛇のごときさびしさ

硝子鉢の中に飼われている金魚でもあろう。「創持つ」ゆえに行動も緩慢、群から脱落するように「遅れて泳ぐ」魚に、思わず作者が心を寄り添わせていることが見て取れる。それはわが身に抱く欠如、欠落の感覚から常住離れ得ない作者自身の姿にほかなるまい。「笹原を渡る」荒涼とした風音に目覚めながら、どこへと身を寄せる方途もない「盲ひの蛇」の、身動きもならぬ寂しさにもまた作者は同一化している。

こうして自らを「魚」に「蛇」に仮託してその孤独の悲哀を表現する手法にいささかの違和も感じさせないのはさすがと言わねばならない。以前、『まぼろしの椅子』の告白的リアリズムからの脱却を志向した民子の、一つの達成としてみごとな成果と見ることができるであろう。

『自解100歌選』のなかで、自作の一首についての青井史氏の評釈を取上げ、それを踏まえる形でさらに民子自身がコメントしている言葉がある。ここに両者の言を引用しておこう。つまり、「物や物事が原形を保っていることが、作者の心を平静に保つための一つの条件のようだ」という青井氏の見解について、それを肯定しつつ彼女は次のように言っている。「ものごころついたころから、次々に喪失を繰り返して来た欠落感、欠如感がおのづからそうさせるのである」と。

上掲の二首など、まさにそうした欠落、欠如の感覚の表現としてみごとなものというほかない。

そうした欠如、欠落の感覚はそのまま、民子において人間存在の実存的孤独の感覚につながってゆくことは、自然な成行きでもあったろう。それはいわば民子の持ち前のようになってゆくほかなかった。その孤独の思いにとざされた悲しみの吐露をさらに以下の作品のうちに見ることが出来よう。

雪の夜の更けて寂しも遠くよりわが名呼びて近づく声はあらずや
『不文の掟』

坐りても立ちても雨の音溢れ今年は犬も妹もゐず
『雲の地図』

遠くより青く点してバスは来《く》る帰りゆきてもたれもをらぬに
雨の音に取り巻かれゐてのがれえずはげしくたれかわが名をよべよ
一つだけのコーヒーカップぬくめをりゆきどころなく帰れるわれは
『野分の章』

紫に染《そ》みて靄だつ街のさま当然ひとりの夜がまた来《く》る
しみじみと今日もひとりぞ帰り来て雨に濡れたる把手《ノブ》回すとき

切々と告ぐるに誰もをらざりき夢さへわれのうつつを越えず
香を焚くほかあらぬかなたのしみの待つ如く帰り来りし家に
『風水』
夕刊を取りこみドアの鍵一つかけてしまへば夜の檻のなか
どのやうに身を刻むとも恋ふるともあめつちにただひとしづくなる

二首目に言われている「犬」とは、母の死後、姉妹二人だけの生活のなかで、文字通り十年余の間「同居」していた飼犬で、ローリエと名づけたこの犬を二人は「弟のように」愛していたが、その犬も妹佐代子の死の前年、老衰によって死んだ。
「帰りゆきてもたれもをらぬに」「はげしくたれかわが名をよべよ」「しみじみと今日もひとりぞ」「切々と告ぐるに誰もをらざりき」などなど、いずれも胸つきあげてくる孤独の嗟嘆として哀切な響を帯びることは言うまでもない。

自らの胸にそうした孤独の寂しさを抱懐する人間は、他人の寂しさにもきわめて敏感であることが知られる。よしんばそれが行きずりの他人であっても、瞬間に見て取った表情のうちにその人物の抱く寂しさを感じ取り、共感をもってその思いを抱き取るといった趣ですらあるのだ。

人の持つさびしさは知らねゆきずりに暗かりし顔のしばし離れず
『風水』

どのやうにさびしき顔をして歩む人かと思ひ追ひこさず行く

一方、そうした孤独感と背中合せの心情でもあるだろう。他から受ける温情とでも言うべきもの、それが些細なことであれ、温情の表現とも言えよう他人の言動を心に沁みる思いで受け取る風であることも知られるのである。晩年の歌集『風水』の中にも

守られて生きたる日なきわが上にいたくやさしくいざなひの声

の一首があり、そのように「守られ」てあること「庇護された」状態に身を置くことにこの上ない喜びを見出す風でもある。慰謝ないし安堵の思いを含めた喜びとでも言うべきであろうか。少女期まで、父親の庇護の下にあった以外、結婚の状態のなかですら「守られて生きた」日を持たなかったゆえの一種飢餓感、常住の感覚として身に持っている欠落感に根ざす「庇護」願望とでもいったものをかりそめながら満たされている、そういう意味でそれは彼女にとって「幸福な瞬間」ということもできるであろう。

『不文の掟』

人のさす黒の蝙蝠傘《かうもり》大きくて匿まはれゆく錯覚あまし

『花溢れゐき』

亡き父のマントの裾にかくまはれ歩みきいつの雪の夜ならむ

駅までを連れだちてゐて身の左庇はれて歩むことのやさしさ
『雲の地図』

「錯覚」と思いながら、なおかつそれを「あまし」と受取る心の貧しさが一抹の哀れを誘わずにはいない。

五　古風な女

大西民子の生年が大正十三年であることは、冒頭に記したとおりである。

ということは、昭和十二年、大陸にかの果てしない戦争が始り、その後四年を経て太平洋戦争にまで拡大、さらに四年後終戦に至る昭和二十年まで、いわば彼女の少女期から青春期に至る八年間はまるまる戦争のなかで過されたことになる。

その履歴に即して言えば、盛岡高女一年からやがて奈良女高師卒業後一年、釜石高女の教諭時代までの期間に当る。

この若き日の戦争体験に関する歌、戦争詠といったものはきわめて少ない。九巻に及ぶ膨大な数の作品のなかでほんの一握りといった程度に過ぎないのだ。一つには彼女が作歌した時代はもっぱら戦後であり、その時代における日常詠であったことにも依るであろう。戦争はすでに過去のことに属していて、日常の生活のなかに現前するものではなかった。以下に示す作品もおしなべて回顧詠である。

『無数の耳』
雪原《ゆきはら》に軍馬の碑見しかなしみのよみがへりつつ夜汽車にゐたり
北風の夜は聞こえて来る喇叭遠き兵舎も灯を消すならむ
『花溢れゐき』
遠き夜の記憶のなかに立ちそそる照明弾の下の樫の木
夕焼けがまぶしグアムに果てむとし何の光を最後に見しや
降りやまぬ雨の奥よりよみがへり挙手の礼などなすにあらずや
『風水』
野に伏せて艦載機の過ぐるを待ちにしが草合歓などの今も咲けるや
塹壕は何に見えしやたどりつきて落ち込みざまに果てしと伝ふ
『印度の果実』
すさまじき海の入り日よかの島に全滅したる一隊ありき
『風の曼陀羅』
クリークに落ちてかへらぬ兵ありき同級の一人なれば忘れず

「遠き夜の」の作は釜石の女学校教師として、終戦間近、艦砲射撃に曝された町を、艦載機の機銃掃射を浴びながら生徒を引率して脱出した折のことを歌ったものであることが知られる『自解100歌選』。「野に伏せて」の一首もおそらくその夜の体験であったろう。直接「戦火」に身を曝した体験の詠はこの二首のみに限られるようだ。

おおむねは戦場に死に行く兵士を悲しみ悼む哀韻に貫かれた悲歌であり挽歌である。その多くが、まさに敵前での死の直前、倒れこむ最後の瞬間の姿において捉えられている点が注目を引く。その痛ましさに心寄せる作者の思いに作歌の動機があるということであろう。

雪原に見た軍馬の碑にも——これもまた戦火に倒れた馬たちに捧げられた碑なのであろう——一掬の泪を濯いでいることが知られる。

『花溢れゐき』一連のなかで、三首目、「降りやまぬ」の一首は特定個人の面影を喚起している点で他の作と異なる趣を示すものだ。あたかも幽暗の底から浮び出るようにして「降りやまぬ雨の奥より」蘇る面影、「挙手の礼」をもって彼女に対する相手に、作者が深く情感を喚起されつつ息を飲んで見入っている図が想像される。「なすにあらずや」の結句には、その驚きをこめた作者の詠嘆の思いが深くこめられている。当時の言葉で言う「学徒出陣」により戦陣に赴いて死を遂げた青年でもあったろうか。もちろん作者旧知の青年であったようだ。(3)

ともあれ今やかの戦争——太平洋戦争——が終ってから半世紀の余を閲する。終戦時十歳の子供ですら今や七十代に近いはずである。上記最後の一首にある「クリーク」などという語を知る世代はこの国の人のなかでもきわめて少数になったことであろう。筆者自身、わずかに小学生の頃の記憶として思い出される言葉であるにすぎない。

それでも国語辞典には記載されていて「大河川が海に注ぎ入る地方(デルタ地帯)の短い枝川。中国の上海付近などに多い」とある。つまりは、かの戦争もごく初期、「支那事変」なる呼称をもって呼ばれていた頃の新聞・ラジオで目にし耳にした言葉である。

それはともかくとして、大正生れの民子にはかなり若い頃、つまり年齢にして二十代か三十代あたりにしてすでに自らを、「古風」な感覚の持主とする自覚があったようだ。例えば『まぼろしの椅子』のなかに、早くも次のような歌が見かけられるのである。

妹も寂しからむ古風な女の型を抜けられぬ姉よと蔑みにつつ

おそらくこれは、離反して家を去った夫との絆をいつまでも断ち切れずに悩む姿に、多少とも苛立ちをこめた批判を妹から向けられたことを意味するものであろう。『まぼろしの椅子』の刊行は昭和三十一年で、昭和二十四年以降六年間の作品をまとめた集である。

その年代、つまりは戦後まだ間もない頃にあっては、一般的な通念としても結婚という形をとった男女の結びつきは、当事者たちにとって後の世、つまりは今の世のそれとは比較にならぬほどの重みを持っていたというのが実情であったと思う。

妹の眼から見て、裏切られた愛情に執する姉が、まさにそうした通念を脱し得ない「古風な女」の一人と映ったのであろう。民子の場合、離反して去って行ったとはいえ、その夫に対する愛情がたやすく消え失せたわけではなかった。かつて自らに課した「不文の掟」も、上記のような一般的な通念に由来するものではなかった。裏切られたとはいえ、民子の側において愛情に執することは、言わば自己の心情に即した行為でもあったのであろう。ただし、七歳年下の、当時の言葉に言われた「戦後派」世代の若い妹の眼から見れば、まさにそのことが「古風」と映ったのであろうけれども。

だが、筆者にしてみれば、正直なところそれがとりわけ「古風」という風には受取れない。昭和も初年生れの世代あたりでは「大正生れ」と同じ「古風」な心性を育まれていたということであるのかもしれない。
それというのも、例えば次のような歌に示される感覚、「古い」と言えばたしかに古いのであろうけれども、わが世代にも共通するもの、ないし女性の感覚として素直に共感を持ちうるものであることを否定できないからである。

『野分の章』

駅前にあつまる車見てあれば流線型とふ言葉も古りぬ

『風水』

ふるびたる思想をわれの持ちてゐむ俸給などとはこのごろ言はず
引き潮に裾あらはなる岩一つ見てはならざる思ひに過ぎつ
独断にすぎざらむハイビスカスはみだらな咲き方をなすと思ひつ

「流線型」「俸給」など、筆者らもかつて日常的に用いていた語であったし、後二首に示される性的な面での、とりわけ女性的な羞恥の感覚も、ごく自然な反応として受取れるのである。たしかに、かつてあった「大和撫子」などという言葉とともにそうした感覚も今や古びそして忘れ去られたものであろうけれども。

これまでもっぱら「人事」にかかわる作品、そこに発露する大西の情感、つまりは主情的な作を見てきた。最後に、民子作品中の、特に自然詠、叙景歌の類を見ておきたい。長文にはならないはずなので、章を改めることなくこのまま続けよう。

『花溢れゐき』

ひとり身を照らし出されぬヘッドライトの穂先が棒のごとく伸び来て
球場の照明のなか雨を衝きて一気に戻りくるボール見ゆ

『雲の地図』

雪の野に残る枯れ木はむらさきの影を短く置きてしづまる
動くともなくただ薄く運命のかげりのやうな雲が見えゐる
白鳥のプリマ追ひゆく円光のなかを影なる部分も走る
いつ知れず雪の降りゐてかすかなるわが指の影灰皿の影

『風水』

地表にいまボール一つが残されて外切円をなしてしづまる
帆船のかたちの黒き影となり光の海を渡りてゆきぬ

冒頭『花溢れゐき』中の一首、「ひとり身を」および『風水』中「地表にいま」の一首、「ヘッドライトの穂先」が「棒のごとく伸び来て」、あるいはボールが「地表に」「外切円をなして」など、いささか意表を衝く表現がきわめて新鮮な感じで景を浮き彫りする印象があると言えよう。

『雲の地図』の一首目、「雪の野」について言えば、これは典型的な叙景歌として一幅の絵を成しているものと言える。表現において特に新味を指摘することはできないけれども、景の捉え方は具体に即していかにも鮮明である。枯木の影の短さは日もまだ傾かぬ頃合であることを示すものであろう。

二首目、四首目、「動くともなく」「いつ知れず」の二首はいずれにもあえかな陰影をまとう趣が感じられる。

とりわけ二首目は「運命のかげりのやうな」という比喩表現もあって、景そのものがいささか憂愁の翳りを帯びたものとなって眼に映るのである。

『雲の地図』の三首目、『風水』二首目の「白鳥」および「帆船」はいずれも光と影の鮮明な対照のなかに捉えられた影像がくっきりと浮び出ている。

要するに一口に自然詠、叙景歌とは言いながら、旧来のいわゆる「写生」といった古い自然主義流を脱した斬新な捉え方で「景」を叙している趣のあることが知られるのである。そうしたところに言わば民子の個性が光っているとも言うことができるであろう。

制作年代から言えば逆順になるが、第二歌集『不文の掟』中の作を見てみよう。

いつの間に東京を去りし友ならむ風のなかに麦踏む日々と告げ来ぬ

山の駅の長き停車に女ひとり向きを変へつつ麦踏める見ゆ

以上「麦踏み」の歌二首。一首目は『自解100歌選』にも収録されていて、そのコメントによれば最初「形成」の歌会に提出されたもの、その折、師の木俣修にも褒められた作で「この歌には詩があるのね、風の中に麦踏む、のあたりがとてもいい」と言われたという。作者名が発表されると、彼女の方に向って「短歌における詩とはこういうものだよ。このあたりで止めるのがいいよ」と「優しく諭された」とも付言している。折しも昭和の三十年代、前衛短歌隆盛のころである。その影響をまともに受けつつあった民子の動向を危ぶんでの言であったろう。「それまで何も言わずに見守っておられた師匠の気持が、じんと私の胸に伝わって来た」と民子は言っている。

二首目「山の駅の」作、木俣の言う「詩」がここにもまた確かにあると言えよう。おそらくは山間の広からぬ麦畑に、手拭ででも頭を被い、両手を背にまわして組みながら、余念なく畝を往き戻りするのでもあろう女の姿がまざまざと喚起されるのである。

しかしながら、この景、当然、嘱目の景であろうが、今の時代にあるかと言えば、おそらくは否であろう。それこそ現代のこの国からは決定的に失われた風景とも思われるのである。筆者は関東平野の片隅に在る、山近い村里に生い育った。しかし、その故里の現在の姿に比べるとき、この歌の景の方がはるかに追憶の故郷に近いことを感ずるものだ。当然、懐かしさの情感をそそるのは後者である。

本文記述の対象としてきた歌人、大西民子に対してもいささかそれと似た感情を覚えるのである。彼女は筆者よりわずか三歳の長であるに過ぎず、その年齢的な近さもあって、戦争など、少・青年期の体験はほぼ似たようなもの、妹佐代子に指摘される彼女の「古風さ」にしても、考えてみればこれは筆者にもまた共通するものであるのだ。そうしたこともあって、物事の感受の仕方にも多分に通じ合うところがあるのは否めない。抵抗なく彼女の歌の世界に入っていけるのである。当然、そこに共感も生ずるという具合であった。民子がわが偏愛の歌人となった所以でもある。彼女の人と作品について一文を草する気持になったのもそのために他ならない。

大西民子は平成六年一月五日、大宮の自宅でその苦難の、とはいえ短歌の世界にあってはいくつかの栄誉の賞に輝く生を閉じた。享年六十九歳。かつて母や妹と共に数年をそこに過した岩槻市の浄国寺、その境内に父母、妹と共に法名を刻まれた墓碑があるという。

（1）「私の勤め先の文化会館では、『埼玉文化月報』というのを発行していた。県内の文化人や文化団体の連絡広報紙で、B5判八頁のうすいパンフレットであったが、編集から発送するまで私一人の担当で、なかなか忙しかった。」『自解100歌選』

（2）昭和三十五年ごろであったろうか、馬場あき子氏が、「あなた、歌集に『まぼろしの椅子』なんてつけてるけど、幻を見たことあるの」と尋ねて、「ない」と答えた私を「幻を見せてあげる」と言って東大の神経科へ連れて行ってくださった。幻想剤L・S・Dの実験であった。体重に比例した薬剤の注射を受けて実験台の上に横になったが、私はなかなか狂わないのであった。隣の部屋で医師と一緒に見ていた馬場氏が、「ねえ、面白くないじゃない。もう少し薬を増やしたら」と言い、「いいえ、これ以上は危険です」という医師の声が聞こえたりして、私はうすぼんやりした気分になったまま二時間の実験を終えてしまった。『自解100歌選』

（3）「青年は、私の女学校二年生のころ知り合った東京工大の学生であった。父の転任によって別れ別れになり、戦後にその町をたずねたが、既に戦死の公報が入っていた。希望を失った私は別の男性と結婚したのであったが、その人のことを長く忘れることはなかった。」『自解100歌選』

参考資料

大西民子著　『自解100歌選―大西民子集』、本文中では概ね『自解100歌選』と略記、牧羊社。
有本倶子著　『評伝　大西民子』短歌新聞社。
沢口芙美著　『大西民子の歌』雁書館。
北沢郁子　「大西民子　その愛と死と」雑誌「短歌」平成九年三月号。
北沢郁子　「反悲劇　大西民子、その愛の完成」雑誌「短歌」昭和四七年四月号。
高野公彦編　『現代の短歌』講談社学術文庫。

大西民子の短歌作品引用にはもっぱら『大西民子全歌集』沖積社版を使用。これに含まれない作については単行本『印度の果実』大西民子集―短歌新聞社、短歌研究文庫『大西民子集』（増補『風の曼陀羅』）に依った。

大西民子歌集一覧

第一歌集『まぼろしの椅子』昭和三一年四月刊。昭和二四年木俣修に師事して以来、三〇年まで六年間の作四八六首を―逆年順に―収録。

第二歌集『不文の掟』昭和三五年一一月刊　昭和三一年～三五年の作、四五三首。

第三歌集『無数の耳』昭和四一年七月刊　昭和三五年～四〇年、六〇〇首。

第四歌集『花溢れゐき』昭和四六年六月刊　昭和四一年～四五年、六二六首。

第五歌集『雲の地図』昭和五〇年四月刊　昭和四六年～四九年、六二七首。

第六歌集『野分の章』昭和五三年一一月刊　昭和五〇年～五三年、四八八首。

第七歌集『風水』昭和五六年一二月刊　昭和五三年～五六年、五五八首。

第八歌集『印度の果実』昭和六一年六月刊　昭和五七年一月～六一年一月、二七四首。

第九歌集『風の曼陀羅』平成三年一一月刊　昭和六一年～平成三年、四五八首。

第II部

森鷗外論
——ペッテンコーファー、ミュンヘン「南墓地」によせて

相馬久康

一 南墓地

ミュンヘンにある共同墓地の一つ「北墓地」のことは、トーマス・マンの小説『ベニスに死す』（一九一二年）を読んで知っていた。戦後のイタリアの映画監督ヴィスコンティによる同名の映画では、どこかニーチェ風の風貌をたたえた作曲家に仕立てられ、明らかにマンのもう一つの長篇小説『ファウスト博士』（一九四七年）の主人公を意識して描かれていた作家アッシェンバハ、「にも拘らず」（*Trotzdem*）をモットーにして生きるこの「精神の人」は、ミュンヘン・シュヴァービング先の「北墓地」前の停留場で市電を待っているあいだに、「異国風の、どこか遠くから来たような印象を与える」一人の異形の男の姿を見て、俄に激しい旅への促しに捉えられる。ギリシア神話の冥界への渡し守カローンを写したとも言われるこの男との作品冒頭での出会いには、ワーグナー終焉の地でもあるベニスでの、主人公のコレラによるグロテスクな死が早くも予告されていたのである。

その「北墓地」とは対照的な名前の、旧市門の一つ「ゼンドリンガー・門《トーア》」からも遠くない「南墓地」に初めて向かいあったのは、一九七五年四月早々のことである。一年間の「在外研究」の機会を与えられ、ローマで

の最初の一週間を振り出しに、やがてテルミニ駅発の長距離列車で大雪のブレンナー峠を越えてたどり着いたミュンヘン中央駅の夜空にも、白々と雪の舞い続けていたのを覚えている。そう言えば、ローマを発つ前日、テルミニ駅からも遠くないローマ大学を訪れた帰路、通りすがりの古いサン・ロレンツォ寺院の隣りに「カンポ・ヴェラーノ」という名の墓地があった。カラフルな春の花を売る花屋の屋台に囲まれた広場脇の入口から入り、白亜の墓石に常緑樹の緑が美しく調和する春の訪れのさなかのローマの墓地を歩いているうちに、同じく三〇年代初頭に生まれ、早くもこの墓地に葬られている人の少なくないことにふと気付いた。「日独伊防共協定」(一九三七年)の下で第二次大戦の悲惨を共有した東京下町の「国民学校」の同級生たち、あの「東京大空襲」で幼い生命を散らした何人もの少年少女たちのことも思い出されてくる。

偶会した春の日のそのローマの墓地に比べて、ミュンヘンの旧市街フラウンホーファー街の一角にあるパーンズィオーンで眠れぬ最初の夜を過ごし、翌朝歩いて数分のところに訪ねた「南墓地」の印象は、これはまたなんと対照的だったことだろう。カンポ・ヴェラーノがさしずめティティアーノの描くイタリア・ルネッサンス期に生きる豊満な女人像だとすれば、昨夜来の雪がようやく降り止み、落葉したツタの枝を一面に絡めた赤黒い煉瓦の高塀を背にしたこのミュンヘンの墓地は、宗教改革と農民戦争の時代の、青黒い死斑と共に描かれたキリスト受難像の悲しみと信徒たちの嘆きとを、グロテスクなまでにデフォルメさせた形象で描き上げたグリューネヴァルトの絵そのものの印象だったからである。入口に近い礼拝堂脇のベンチに腰を下ろし、一面の雪景色のなかに僅かにのぞいた土くれを前にしながら、みるみる身体全体が厳粛な思いに包まれて来るのを覚える。その夜、近くを走る市電の騒音のために再び眠れぬ第二夜を過ごし、予め中央駅構内の書店で買い求めておいた小さな案内書をベッドで読んでいると、一六世紀に当時の市門の外側に貧民、無宿者のために造成されたこの墓地が、一七世紀に至ってこの一帯でも猖獗を極めたペストによる死者たちのための、いわゆる「ペスト墓地」でもあった由が書かれていた。古い記録によれば、一三四九年に初めてこの地に発症したペストは、一六八〇年までに二五回もの流行を繰り返している。初めて訪れた折に座ったベンチ脇のあの礼拝堂（一五七八年建立）の「聖シュテファン」の名も、実は一六七八年の再建の折にペストからの守護神に因んで命名されていたのである。

四月中旬、その墓地とはイーザル河を隔てただけの対岸ゾンマー街に一年の宿りを定めたのも、この朝の印象が忘れられなかったからである。中央駅の横から出る市電を利用してこの墓地を訪れる場合は、大学医学部棟の並ぶ一帯を過ぎれば、やがてもう左手に新・「南墓地」の例の高い煉瓦塀が見えてくる。ナポレオン戦争直後の一九世紀初頭は人口四万五千に過ぎなかった小都市が、一世紀後の第一次大戦開始の年には六四万五千人を擁するバイエルン王国首都へと発展する歴史過程は、そのまま「南墓地」拡張のそれでもあった。カプツィーナー通りに面したこの入口から入った一帯では、この街の発展に貢献した貴顕の士たちの墓石が、故人の生前の勲功を誇示するかのように、殆どきらびやかとでもいうような印象で次々に登場してくる。かつての「ペスト墓地」は、いつしか普仏戦争とビスマルクの時代の「泡沫会社乱立の時代《グリュンダーヤーレ》」風潮そのままの変貌を遂げていたのである。

「ミュンヘンは輝いていた」（*München leuchtete*）、――この言葉をルフランのように繰り返しながら、当の「輝き」に苛立つ若者の心象を描いたトーマス・マンのもう一つの「ミュンヘン小説」、『神の剣』（一九〇二年）のことも思い出されてくる。「芸術だ。享楽だ。美だ。この世を美で包んで、いっさいの事物に様式の高貴を与えろ、と彼等は叫んでいる。――やめてくれ、無頼漢ども。お前たちはこの世の悲惨を、けばけばしい色で塗り隠せると思うのか。悩める大地のうめき声を、豊潤な美感のお祭り騒ぎで消してしまえると信ずるのか。それは違うぞ、恥知らずども……」、――「神の剣、地の上に夙く早くくだり来よ」（*Gladius Dei super terram cito et velociter*）と叫ぶ青年ヒエロニムスの青春の暗さ、マン自身がかつて傾倒したニーチェの場合をも思わせる反時代的鬱屈と高揚の思い、北ドイツ・ハンザ同盟都市に生まれ、父の死後一八九三年にこの街に移り住んだ一八歳の若者が当時前にしていたのも、アジアからこの街で学んだもう一人の若者が『うたかたの記』(一八九〇年)に既に一〇年前に描いていた、狂王ルートヴィヒ二世の時代のこの街の「光と影」に他ならなかった。

イーサルの青きながれとひと歌ふこの山川《やまがは》はあはれとどろく　　『遠遊』

一九二一年のヒトラーの「ミュンヘン一揆」を直接目撃し、故国の家人からは「関東大震災」の報告も受けていたこの地に留学中の斎藤茂吉の歌う、ドーナウ河上流、イーザルの「山川」は、その後五〇年の血塗られた歴史をも知らぬげに、昔ながらの青の色をたたえて流れていた。水鳥の乱舞する川面を眺めながらヴィッテルスバハ橋を渡り、例のカプツィーナー通りに開いた入口をくぐれば、そこはもう新・「南墓地」の一帯である。そんな四月のある日、左手の木茂みの向こうに奇妙な一基の墓に気付いて、思わず足を速めた。十字架に替わる五輪風の墓石は明らかに日本風で、しかも墓石の裏側には漢字で「強哉矯」と刻まれている。これがあの「シーボルト」の墓だった。正面に向かいあうと、果たせるかな、晩年のプロフィルを刻んだ下に「フィリップ・フランツ・フォン・ジーボルト、一七九六―一八六六」の墓碑銘がドイツ活字で彫られている。

シーボルトの墓がミュンヘン「南墓地」に、それも、通いそめた墓地の道からは僅かに逸れただけの「三三区」にあることは　この街に暮らすまでは思ってもいなかった。この夏、来独した今は亡き先輩のシーボルト研究者のTさんと一緒に、旧宮殿内にある「バイエルン科学アカデミー」の一室に「系譜学」研究者のK博士を訪れることが出来たのも、この「発見」を国元に伝えたのがきっかけである。そのK博士からは、系譜学の研究対象は王侯、貴族の家系であり、「市民の子」ゲーテ、トーマス・マンは対象に馴染まないことなどを直接教えられ、ヴュルツブルクの貴族の血を受けたシーボルトについての研究レジュメを頂戴した。一八五九(安政六)年、長子アレクサンダーと共に日本再訪を果たし、一九六二（文久二）年に狂王ルートヴィヒ二世の父、「学者王」の渾名のあるマクシミーリアン二世（一八一一―六四年）に招かれ、後に当地で没した等々のことを知ったのも、このK博士のレジュメに依る。そのシーボルトの日本風の墓に向かいあうたびに、長崎・鳴滝の蘭学塾に全国から集うた幕末の若者たち、分けても「陸中・水沢」の人、高野長英の生涯のことが思われた。当局に忌避され、一時釈放後は薬で顔を焼いて人相を変え、各地を逃げまわり、遂には自らの命を断つに至る『夢物語』の著者の姿が、ミュンヘン「南墓地」の一隅からその都度こちらを見据えているような気がしてくる。

そのシーボルトの墓からも遠くない「三一区」に、『独逸日記』に登場するドイツ人中、ドレースデンの軍医総監ロートと共に最も鮮かに描かれているペッテンコーファー、衛生学の創始者にして泰斗、帰国後も鷗外がその学恩を幾つかの文章にまとめ、果ては長男於菟の息子である嫡孫「眞章《マックス》」にその名を拝してさえいる、あの「別天過俠」の墓はあった。「帽は脱いだが、辻を離れてどの人かの跡に附いて行かうとは思はなかった。多くの師には逢ったが、一人の主にも逢はなかった」という後の『妄想』（一九一一年）中の発言にも拘らず、ペッテンコーファーが単に鷗外にとっての「多くの師のうちの一人」に留まらなかったであろうことは、「南墓地」にある墓標そのものが明かしているように思われる。後に鷗外がレッシングの『賢者ナータン』を宮廷劇場で観劇した折、主役ナータンを演じて、「実に人の耳目を驚かすに足れり」（後掲）と『日記』中に書かしめもした俳優にして演出家、エルンスト・ポッサルト（一八四一―一九二一年）の墓と並んだその墓標板は、四囲を地植えの草花に囲まれ、五段に分けたブロック活字で

MAX
VON
PETTENKOFER
1818
1901

とだけ彫られていた。初めてその墓標に向かいあったとき、とっさに「墓ハ森林太郎ノ外一字モホル可カラス」という、鷗外による名高い「遺言」中の一節を、併せて、島根・津和野・永明寺、東京・三鷹・禅林寺の鷗外の墓標を思い浮かべ、師弟のあいだに無言のうちに交わされる人間的交感のことが、改めて思われずにいられなかった。

二 「廣面大耳の白頭翁」

帰国早々の一八八八（明治二一）年一二月発表の「別天過俠氏の書簡」に始まり、五年後の一八九三年六月発表の「ペッテンコオフェル痧菌を食ふ」に及ぶ都合四篇の文章の残り二篇、すなわち、一八八九年二月、三月に「東京医事新誌」に載った「ペッテンコーフェル師の七十誕辰」、「ペッテンコーフェルの逸事」は共に、鷗外の跡を受けてペッテンコーファーに学んだ小池正直による、現地での新聞報道の和訳原稿を参照したものであることが、所収の全集版「後記」からは確かめられる。ちなみに、ここで「親友」と呼びかけられている小池は、かって医学部の同窓である鷗外に自らと同じ陸軍軍医への道を推した当の人で、後の「小倉左遷」にもかかわりを持つ人でもあった。「後記」からは更に、和訳原稿中では「伝」とされていた表題が鷗外によって「逸事」に改められた事情と、そのことに抗議する鷗外宛小池書簡のあることも知ることが出来る。

小池正直を経由して発表された「伝」ならぬ「逸事」の内容については、手にしている比較的新しい評伝の一つ、カール・ヴィーニンガー『マクス・フォン・ペッテンコーファー　ある慈善の人の生涯　一八一八―一九〇一』（ミュンヘン、一九八七年、以下『評伝』と略称）(1)の内容と対照することで、幾つかの論点が浮かび上ってくる。要約的に言えば、一つには、鷗外の手で書き改められた「逸事」の題名は内容からみても不適切であり、小池の主張していたように、あくまでも「伝」でなければならないということである。手元にある一九八七年刊行の、つまりは小池、鷗外の手で発表された文章から百年を経て刊行された『評伝』二〇〇ページの内容は、既にこの「逸事」のうちに美事に要約されている。要約化に伴うある種の「成功物語化」、例のサクセス・ストーリー化を別とすれば、ミュンヘンの北およそ六〇キロのドーナウ河畔の中都市インゴルシュタット西方、同じくドーナウ河畔の小都市ノイブルク近郊の貧しい農家に「ドーナウ湿原《モーア》の子」として生まれ育ち、宮廷付き薬剤師にまで出世した父方の伯父の援助でミュンヘンのギムナージウムに進学、卒業後の進路は当初古典文献学を希望、伯父の説得で薬学を専攻、一時はその伯父の家を脱走して俳優修業を体験、やがてもう一人の伯父の娘に思いを寄せ、後に妻となるその娘ヘレーネの説得を受けて、後年彼自身の手でミュンヘン大学に移ることになるギーセン大学の世界的碩学、リービヒ（後掲）の下で研究生活に復帰するという、この破天荒な青春物語には、後の鷗外への対応そのものにも示される彼の人間的なあたたかさの原点が既に示されている。ペッテンコーファーにおける異色の青春体験は、鷗外に即して言えば、後に小説『灰燼』（一九一二年）に一部が描かれてもいる一八七二年、故郷の先輩にして血縁でもあった神田・小川町の西周邸に寄寓しながら、本郷の「進文学舎」でドイツ語を学んだ自らの幼年後期の日々に、どこか結びあうものとして映じていたかも知れない。

恩師生誕七〇年を祝う「逸事」では、更に一三年を加年し最後はピストルによる自死を選んだ彼の最晩年を描くことはもとより不可能だったが、やがてリービヒから自立して実験衛生学、予防医学に先鞭をつけ、後にライプツィヒ、ウィーン大学からの招聘を拒否し、当時の「コレラ都市」ミュンヘンの衛生学的立場からの都市改造計画を立案・具体化して、いまや内外からの多くの弟子たちに囲まれるに至った剛直にして犀利な研究者の後半生のことも、美事に要約されている。百年の時差を置きながらなおかつ内容が酷似しているという、一見したところ不可解なこの現象を説明することが出来るのは、生誕七〇年の時点でペッテンコーファーはすでに伝説の人であったという事実によってだけであろう。後にベルリーンのローベルト・コッホらに仕事は引き継がれながら、しかもその名は、ミュンヘンの街路名、更には目抜きの広場に鎮坐する坐像によって永遠化されるよりも早く、かつて鷗外、小池たちが直接向かいあった生身のペッテンコーファー自身の伝説化、いわば結晶化作用によって、より堅固な永遠化を遂げていたのである。

手元にある『評伝』巻末の「文献目録」中には、エルンスト・エメリヒ『回想のペッテンコーファー』(シュトゥットガルト、一九〇二年)が掲げられているが、鷗外の在ミュンヘン時代の『独逸日記』中には、後掲のようにペッテンコーファーの「助教」としてエメリヒの名が頻りに登場する。鷗外にも親しく、一八五二―一九一九の生没年を担うこの細菌学者は、従って師の没後一年を置いて刊行されたこの回想録の著者である資格を充分に担いながら、ただしその洗礼名はエルンストならぬルードルフ(*Ludolf*)なのである。ペッテンコーファーとは深い結びつきがあるに相違ないこの二人のエメリヒについて、文献が手元にない現在の立場からは、探索への関心だけを記しておく他はない。むしろここでは、「助教」ルードルフ・エメリヒにも増して鷗外とは深くかかわり、『日本兵食論』(一八八六年)、更には前掲の小説『妄想』中にもその名を留めるカール・フォン・フォイト

（後掲）による、当初は師として、やがては同僚として対したペッテンコーファーへの献詞の一節を、手元にある前掲の『評伝』中から原文、拙訳共々に引いておきたい。(2)

Ein hervorstechender Zug seines Wesens war seine außerordentliche Herzensgüte und gewinnende Liebenswürdigkeit. Seine Güte gegen Alle, auch den Geringsten, war unerschöpflich. Jeder konnte zu ihm kommen mit irgendeinem Anliegen, stets war er bereit, zu beraten und durch persönliches Eingreifen zu helfen, wo es möglich war. Er nahm den herzlichsten Anteil an den Freuden und Leiden der Mitmenschen, und besonders den ihm Näherstehenden war er ein allzeit treuer und mitfühlender Freund ; jedesmal hatte man das Gefühl, von ihm wieder etwas Gutes und Schönes empfangen zu haben. Von mildem, versöhnlichem Sinn, suchte er Meinungsverschiedenheiten möglichst auszugleichen.

その人となりのきわだった特徴は、並みはずれた心の優しさ、身にしみる思いやりにありました。すべての人々に、どんなに身分のいやしい人にでも向けられたこの優しさは、決して涸れることはありませんでした。願いごとのある人なら誰でも訪ねることが出来ましたし、進んで相談に乗り、力の及ぶかぎり、身体を張ってでも、援助の手をさしのべることを惜しみませんでした。分けても、身近かな人びとに対しては、いつも誠実で思いやりにあふれていました。その都度、素敵なお土産が頂けたような気持でした。優しく、和解を願う気持から、可能なかぎり意見の相違を取り除こうと努める人でした。

ちなみに、ペッテンコーファーの名が初めて『独逸日記』に現れるのは一八八四（明治一七）年一〇月一四日、鷗外のベルリーン到着三日目のことで、大山陸軍卿下の陸軍調査団に軍医部代表として参加していた橋本綱常軍医監を訪れ、その折に受けた指示の中にであった。「衛生学を修むることに就きて順序をたづねしに、先づライプチヒなるホフマンを師とし、次にミュンヘンなるペッテンコオフェルを師とし、最後にこゝなるコッホを師とせよと諭されぬ」（原文中の固有名詞に添えたドイツ語表記を省略）がそれである。ちなみに、後掲の独訳『独逸日記』の訳者シェッヒェの「訳注」(3)によれば、ライプツィヒ大学のホフマン（一八四三―一九二〇年）も実はミュンヘン大学医学部に学び、前掲のフォイトと共にペッテンコーファー一門の研究者であることが判明する。予防医学としての衛生学という新たな領域を拓いたペッテンコーファーの、幅広い影響力を示すこの「訳注」からも、フォイトによる上掲の献詞に、かつての師にして現在は同僚でもある人への追従を読もうとするのは、あながち無理からぬことではあろう。しかしながら、平易な言葉で語られるこの発言が阿諛・追従からはきわだって遠いものであったことは、幼年から青春を経て晩年に至る人生の全過程を誠実に生きたことの証言である『評伝』そのものの記述からも、併せて、一八八六（明治一九）年三月八日から翌年四月一五日に至る、ミュンヘン在留中の『独逸日記』での鷗外の記述そのものからも、確かめられるように思われる。

そのペッテンコーファーとの待望の出会いについて、ミュンヘン到着二日目の日記記述中に、鷗外は次のように書いている（独訳の一部に明らかな読み違いがあるため、あえてシェッヒェによる訳文を併記しておく）。

九日。到着届の為めに奔走す。兵部省、軍團司令部、衛戍司令部等に至る。軍醫總監フオン、ロツツベツク von Lotzbeck、軍醫正パハマイル Pachmayr を訪ふ。既にして大學衛生部に至る。助教エムメリヒ Emmerich 在り。曰く師は家に在りと。即ち其家に至る。輦轂街 Residenzstrasse № 1 (Hofapotheke, III Etage) に在り。濶大なれども華麗ならず。ペツテンコオフェル余を其作業室に延く。廣面大耳の白頭翁なり。弊衣を纏ひて書籍を堆積したる机の畔に坐す。余ロオトの翰を呈し、來由を陳ず。ペツテンコオフエルの曰く。緒方正規久く余が許に在り。余これを愛すること甚し。子も亦正規の如くならんことを望むと。辞して家に還る。

9. März

Ich bin umhergelaufen, um mich anzumelden und war unter anderem im Kriegsministerium, in der Kommandostelle des Armeecorps und in der Kommandostelle der Garnison. Ich habe Generaloberstabsarzt *von Lotzbeck* und Obermilitärarzt *Pachmayr* aufgesucht. Auch im Hygine-Institut der Universität war ich schon. Dort traf ich den Assistenten *Emmerich*. Er erklärte mir, daß der Professor zu Hause sei, worauf ich mich sofort auf den Weg dorthin machte. Der Professor wohnt in der *Residenzstraße Nr. 1* (*Hofapotheke, III. Etage*). Das Haus ist zwar recht groß, aber nicht besonders prächtig. Pettenkofer führte mich in sein Arbeitszimmer. Er ist ein weißhäuptiger älterer Herr mit einem breiten Gesicht und großen Ohren. *Wir nahmen neben dem Schreibtisch Platz, über den ein schon eingestaubtes Tischtuch gebreitet war und* auf dem sich Bücher und Akten stapelten. Ich überreichte ihm den Brief von Roth und legte ihm die Gründe für mein Kommen dar. Er erwiderte : "Ogata Masanori war lange Zeit hier bei mir. Ich mag ihn sehr und hoffe, daß ich mich mit Ihnen auch so gut verstehen werde." Dann verabschiedete ich mich und kehrte in meine Unterkunft zurück.(4)

ちなみに、シェッヒェによる誤訳は、鷗外原文中の「弊衣を纏いて」の「弊衣」の意味を取りかねて、「埃に

まみれたテーブルカバー」と訳したところにあり、従って独訳文中のイタリック部分は、たとえば

Er war schlecht angezogen und nahm neben dem Schreibtisch Platz, auf dem sich Bücher und Akten stapelten.

となるべきところであろう。ここでの誤訳からはむしろ、日本人の語感からさえ現在は遠い和漢混交文の独訳作業のいかに難事であったかが、改めて思われてくる。併せて、このこととの関連では、本来は漢文で書かれていた『在徳記』が現在の『独逸日記』に至るまでに、大きな「変貌」を遂げていること（長谷川泉、他）にも留意すべきであろう。具体的には、帰国後一一年を経た一八九九年の「小倉時代」に、鷗外自身の手で「その時点でのさまざまな思惑を交え」た（中井義幸）[5] 改筆が加えられ、その原稿は東京在住の母清子の手で清書され、加えて、一九三七年、一九三八年刊行の戦前版岩波書店版全集初出の折には、他の日記共々、おしなべて息子である於菟、娘である杏奴の「意向、配慮」が働いていたこと（長谷川泉）[6]、従ってまた、「多少の脚色、若々しい気負いと自己栄光化が入り混じる〈青春日記〉」（佐伯彰一）[7] とみなす視点もあること、等々を考慮に入れておく必要がある。

前掲の「助教」エメリヒも登場する三月九日のこの日記記述からは、初めての出会いの場は、宮殿内のペッテンコーファーの「かなりの大きさの、さほど華やかではない」書斎であったことが判明する。例の「ドーナウ湿原」育ちの幼い少年が俄に都会生活を始めたのも、宮廷付き薬剤師の伯父の暮らしたこの住居であった。いまや「廣面大耳の白頭翁」であるかつての少年は、乱雑に本を積み上げたテーブル越しに、若冠二四歳の異郷からの留学生と向かいあっている。以前彼の下で学んだ同郷の学生で、後に「東京帝大奏任御用係として日本の医学に

貢献することになる緒方正規」（三好行雄）に言及しながら、粗服をまとったこの老碩学は、おそらくは期待と緊張に顔を強張らせていたであろう若き日の鷗外に向かって、言葉少なに語りかける。一見してさりげのないこの出会いの光景から見えてくるのは、この「白頭翁」についてのフォイトの発言にもあった「並みはずれた心の優しさ、身にしみる思いやり」である。後に「師は多言せず。然れども其文飾せざる数語は能く人の心肝に銘ず」（同年一二月一七日『日記』より。後掲）と書かれてもいるように、この出会いの日の「師」の言葉も鷗外の「心肝に銘ずる」ものであったであろうことは、ミュンヘン在留時代の幾つもの日記記述から伺うことが出来る。

六月七日。夜ペツテンコオフエル師余を薔薇園 Rosengarten に招く。圓錐木戯 Kegelschieben を為すなり。師は一代の耆宿なりと雖、遊戯する状は我黨と殊なることなし。東洋人の自ら尊大にすると殊なり。

八月二十七日（日曜）。加藤岩佐とウルム湖に遊び、国王及グツデンの遺跡を弔す。舟中ペツテンコオフエル師と其令孫とに逢ふ。

明治一九年のミュンヘンが鷗外にとって、後に『うたかたの記』（一八九〇年）に描かれた狂王・ルートヴィヒ二世をも含めたいずれの人々にも増して、「師」ペッテンコーファーによって忘れがたいものとなってゆく道筋をも、これらの日記記述はさりげなく明かしている。

三　「自由と美の認識」

前項に紹介した佐伯の言う「若々しい気負いと自己栄光化」の一面を覗かせながらも、ミュンヘン在留中の鷗外の書いた最も印象深い日記記述の一つが、いわゆる「ナウマン論争」にかかわるペッテンコーファーと、その紹介を得て初めて会うことになる新聞編集者のブラウンとの対応を伝えた「十二月十七日」の記述である。

十七日。ペッテンコオフエル師余を招く。是より先き余駁拏烏篾論を作る。ナウマンが普通新聞 Allgemeine Zeitung に投じたる一文章日本聯島の地と民と Land und Leute der japanischen Inselkette 及其の民顯府人類學會 Anthropologische Gesellschaft（リユウヂンゲル Ruedinger 之に長たり）に演したる日本論に向ひて一攻擊を試みたるなり。ナウマンの文辭は彼徳停府地學會の祭日に演したる一篇と大同小異にて、獨逸の諸府何處にか渠が此妄言を擅にせざりし所あらん。最後に其口舌のみにては飽かず思ひて、遂に獨逸語を操る學問社會に貴重せらるゝ普通新聞（此新聞の價値は先月瑞西國チユウリヒ府に歿したる諷世嘲俗に名ある文士シエル Johannes Scherr が終焉に近き日まで之を病状に讀ませて聞きしにても明ならん）に掲録せしめたりしは、憎む可き事といふべし。余が駁文をば一友人に筆削せしめ、之をペッテンコオフエル師の許に托し置き、閑ある時に一覽し、若し可とせられなば、之を其友人たる普通新聞の編輯者ブラウン Braun に送られんことを謂ひしに、此日同君余を招き、一書翰を手にし、余を呼びて曰く。君の駁論は已に閲したり。君自ら此稿と此翰とを携へて編輯局に至るを可とす。ブラウンも亦奇なる文士と相識るを喜ぶなるべし。余が書は君に慝す可きに非ず。請ふらくば余が讀むを聽けと。其文の大意に謂へらく。森學士は我衛生學教室の同人 Mitarbeiter なり。貴局新聞に記載せるナウマン氏の文を讀みて、太く其實に悖るを憎み、駁文一篇を草す。森君は獨り醫學及他の自然學の教育を受けたるのみならず、其内外の書籍を讀み、古今の事蹟に通じたるは、其文に徴して明たり。羅甸の諺に謂はずや。訟を断ずる人は原告被告の双方を聞くに非では不可なりと。君若しナウマンの文を編録して、森君の文を容れざらん乎。恐らくば君が平生の言に違はん。僕想ふに此の如き愛國者ある國（das Land, wo ein so warmes Herz fuer ihn schlaegt）はナウマンの杞憂の如く顚覆滅亡する憂なからんとなり。讀み了りて余が稿を出し、其自ら添削せる處を示し、余が同意を表するを待ちて、稿と書とを余に渡して曰く。渠の許に往け。君の此擧は甚だ善し Gehen Sie zu ihm! Das haben Sie gut gemacht.といへり。師は多言せず。然れども其文飾せざる数語は能く人の心肝に銘ず。余好意を謝し、辞して試験室を出て、シユワアンタアレル街七十一號なる編輯局に至る。ブラウンを見る。ブラウン名はオツトオ Otto 一の肥胖翁なり。明色の鬚髯其方面を繞る。余が稿本と標目と師の書状とを見る。曰君自ら之を草せるや。曰然り。曰ナウマンは現に民顯府に在り。君渠と相識るや。曰曾て其面を識る。未だ其人と為りを詳にせず。曰ナウマンの文は大に吾曹の意に適せり。果して實に乖く者ありや。曰一にして足らず。曰十四日内には君の文を掲載する好機會あらん。校合は君自ら之に任ずるや。曰諾。余は宿所を記したる名刺を留め、再會を約して歸れり。嗚呼彼の日本癖あるロオトすら、ナウマンの演説を聞き、余が之に服せざる故を解せざりき。ブラウンの未だ余を識らず、未だ余が稿を閲せずして之を疑ふ意あるは、蓋し怪むに足らず。

冒頭にもあるように、ミュンヘンに向かう直前の三月六日、ドレースデンの「地学協会」の集いの席上、東大で一〇年間に亘って地質学を教えて帰国したナウマン（*Naumann, Edmund.* 1850/1929）による日本ならびに日本人論「日本聯島の地と民と」の講演を直接耳にしていた鷗外は、先進国学者のどこか優越的立場からの臭みのあるこの「日本論」に、「飲啖皆味を覚えず」（同日の日記記述）と書かねばならない程に激しい不満を、その後も抱き続けていた。しかも、その「日本論」が、この年の六月、世評高いミュンヘン発行の「普通新聞」紙上に、殆ど論旨を変えずに二度に亘って掲載されたのである。

一八七五年に来日、その後の日本の地質学研究の基礎をつくり、「ナウマン象」の名でも知られるこのナウマンならびにその「日本論」については、例えば次のような指摘もなされている。

「ナウマンは、今日なお日本において地質学の基礎を築いた恩人と仰がれる優れた学者で、在日十年の間にいまだ未踏の地の多かった日本各地の山々を精力的に廻って実地調査を重ね、絶大の業績を挙げた人である。ロートが彼を講演者に招いたのは林太郎への餞けのつもりだったのであろう。長年日本に滞在したナウマンの話が、林太郎を喜ばせると信じたのだ」（中井義幸）[8]。前掲の「一七日・日記記述」後段に登場する「普通新聞」の編集者ブラウンの発言、「ナウマンの文は大に吾曹の意に適せり。果たして実に乖く者ありや」、更には、同じく前掲引用文の最後に書かれている「他ならぬ日本通のロートでさえ、ナウマンの演説の内容に自分が承服出来ない理由を理解していない」ことへの鷗外自身による苛立ちの記述、加えて、「ナウマン論争」で交わされた両者による都合四篇の独文の和訳を示しながら、ナウマンの第一論文が「鷗外の強い憤激を招いたといふことは、ほとんど意外の感さえ与えるほどである」と述べる小堀桂一郎の発言等[9]を読み重ねると、小堀のいう「鷗外の強い憤激」のうちに、他ならぬ「若々しい気負いと自己栄光化」の昂然がひそめられていることは、一見したところ明らかなように思われる。

ちなみに、「ナウマン論争」におけるナウマン側からの「問題提起」として、㈠日本社会の後進性（貧困、不潔、伝染病、若干の風俗）についての指摘、㈡西洋化を批判し、無差別の西洋化がかえって日本の力を弱めるであろうことへの危惧、㈢日本の伝統文化を評価しつつ、日本人による自国の過去を軽視することへの批判、の三点を要約する加藤周一は、それぞれの論点への鷗外の対応について次のように述べている。

鷗外にとって、ナウマンによる日本の後進性の誇張を、事実をあげて反駁することは、比較的容易であったにちがいない。しかしナウマンの第二および第三の点、すなわち選択的に何を西洋化し、日本の伝統文化のどんな部分を評価するかという問題は、きわめて複雑で、西洋の技術・学問・文化を学ぼうとして身構えていた青年の手には余ったらしい。その問題に、ほんとうに答えるためには、日本の伝統文化を世界史のなかで見なおし、その上での一応の見透しをもたなければならない。そういう見透しは、ナウマンと論争したときの鷗外には欠けていた。したがって反論は、要点を外れるか、積極的主張において弱いものであった。しかし鷗外は、相手を完全に理解すると同時に、自己の弱点を見抜いたに違いない[10]

在日一〇年の体験から生まれたナウマンの「日本論」には、一部主題からの逸脱を除けば、「維新」後二〇年の「日本の実情」に則した問題指摘と提言とが含まれていた。そして鷗外は、加藤の指摘にもあるように「相手を完全に理解し、自己の弱点をも見抜いていた」のである。鷗外の「憤激」にひそめられていたのは、ナウマンの問題提起の㈠にしか当面応えることの出来ない焦燥の思い、あるいは、せめてのところ「若々しい気負い」ではあっても、断じて「自己栄光化」であるはずはなかった。残された問題提起に応えるために、彼はその残りの全生涯を賭したからである。それにしても、ナウマンの第一論文への反論として書かれ、やがてペッテンコーファーの尽力によって同年年末の「普通新聞」第五六〇号の「附録」に掲載されることになる「*Die Wahrheit ueber Japan*」(「日本の実状」、直訳は「日本についての真実」)中の、「言葉の真の意味におけるヨーロッパ文化の本質としての〈自由と美の認識〉」という当の言葉の、なんという美しさであることだろう。たとえそれがナウマンへの反論中の言葉としては「要点を外れ」たものであったとしても、例えば『舞姫』、『うたかたの記』、『文づかひ』のいわゆる「ドイツ三部作」に込められることになる鷗外の思いの、これは端的な表現でもあったからである。

このことの傍証として、鷗外を生涯師表として仰ぎ、一方、鷗外によっても例えば『青年』（一九一〇年）中の「大村荘之助」のモデルに選ばれてもいる木下杢太郎の言葉を、ここに引いてみたい。「鷗外文献」（一九三四年）中に、この「ナウマン論争」にも触れながら、「自由および美―後年には幾重にもいぶしを掛けられてしまったが而も之を崇ぶことの厚かったのは等身に餘る其著作からも窺ふことが出来る。而して年少氣を負ふの時最も眞率にその信念を表白したのである」[11]と書いていた杢太郎は更に、一九四五年一〇月一五日の没後一月を経て発表された「森鷗外の文学」でも次のように述べている。

所が廿三歳の時にドイツに留學して見ると、そこにはユマニテエといふ人間の精神活動が、海の波の如く澎湃してゐた。「ヨオロツパ文明と云ふものは何であるか。眞のヨオロツパ文明は純粋の意味の自由及び美の認識に存するのではないか」、鷗外の解した所はさうであつた。これは単純の批評ではなく、傾倒であると見なければなるまい。

少年より以来の鷗外の創作欲はここに其肯定の基礎を得たのである。後年の「舞姫」（明治廿三年、二十九歳）、「うたかたの記」（同）などはその結果されたつつましい創作である。ハルトマンの美學の紹介、幾多の飜譯などはこの時に胚胎した生産物である。[12]

既に「森鷗外」（一九三二年）中に、「われわれから見ると、鷗外は休息無き一生涯の間にあれだけの為事をした。自分でも満足としたであらうと思ふ。それにも拘らずその随筆、創作の到る處に、悲哀に似る一種の氣分を感ずるは何の故であるか。加之或は既に引く所の霞亭傳の冒頭の章に於て、或は〈あそび〉に於て、〈なかじきり〉に於て、しばしばこの歎聲をあらはにしてゐるのは何の故であるか。余は岩波書店の需に應じてこの記を作るに當り、再び鷗外全集十八巻を讀んだが、讀み了つて心中に寂寥の情緒の湧起するを防ぐ能はなかつたのは、獨り余の漸く老いて、生來怯弱の心のレトロスペクチイフの觀照によつて一層傷けられたのに因るのであるか。」[13]とも書いていた杢太郎は、「年少気を負う時」、すなわち一八八六年のミュンヘンで、「最も眞率に信念として表白された」この「自由と美の認識」の、「後年には幾重にもいぶしを掛けられてしまった」過程と重なる鷗外の生涯をつぶさに追いながら、「悲哀に似る一種の気分」を、「寂寥の情緒の湧起するを防ぐ能はなかった」。にも拘らず、なおかつ木下杢太郎の見るところでは、若き日の鷗外における「ヨーロッパ文化の本質としての自由と美の認識」は、「批評」すなわち認識としてではなく、「傾倒」すなわち信仰告白として、その生涯と共にあり続けたのである。一八八六年一二月一七日の「日記」の中に生きる二四歳の鷗外にとって、『妄想』（一九一一年）、『なかじきり』（一九一七年）の晩年、『カズイスチカ』（一九一一年）の老父の姿に見たあの「レジニアシヨン」の世界は、もとより未だ遙か彼方にある。

ところで、この「自由と美の認識」の言葉を含んだ「反ナウマン論」の新聞掲載のために奔走する、この日の鷗外の姿にも増して印象深いのは、またしても「師」ペッテンコーファーその人の姿である。日本からの帰国後、私講師とはいえミュンヘン大学で教えるナウマンに対する、一介の留学生による反論の新聞掲載が実現されるためには、現に前掲の小堀桂一郎も述べているように、「コレラ予防の功績によってミュンヘン市民の恩人とさえ言われた老碩学の、新聞社に対して持っていた無言の圧力が無視することのできない後楯となっていたであろう[14]」ことは、誰しもが認めるところであろう。この若い留学生を紹介して「仕事仲間《ミットアルバイター》」と呼び、自らも潜在させていたに相違ない人文学的資質をこのアジアからの若い弟子の文章に見定め、ブラウン宛の自らの推薦文を読んで聞かせ、同意を得て後に初めて「渠の許に往け、君の此挙は甚だ善し」と語るこの「師」の言葉が、鷗外の「心肝に銘じ」ないはずはなかった。シェッヒェによるドイツ語訳を借りれば、Aber seine wenigen einfachen Worte gehen zu Herzen.―「その飾らない数語は眞情に訴えずにはいない」のである。[15]

鷗外の『独逸日記』中の白眉の一つと目されてもいるミュンヘン・「一八八六年一二月一七日」のいわば主役は、ロート、ナウマン、ブラウンはもとより、書き手である鷗外でも、ことによると「師」ペッテンコーファーその人でさえなかった。その主役はおそらく、この人の担っていた「優しさ」そのもの、――やがてこの留学生が生涯担い続けることになる「自由と美の認識」の形成過程にさえその影を落としていたはずの、当の「優しさ」そのものであった。ここでの「優しさ」の言葉を「自らに具足した時と所をえらばぬ人がらの美しさ、えらさ」に置き替えれば、次に引く中野重治の発言にほぼそのまま重なるものとなろう。

ロートやペッテンコーフェルのともがらは、荷風の説いた外国留学生待遇論によつては確かに鷗外を待たなかつた。鷗外が「異国に在るの愁を忘れ」ることが稀れにもあつたとすれば、それはかえつて持続的にあつたと見られるが、それは決して「酒と女の二者のみ」によつたものではなかつた。「酒と女」とは、あずかつて力があつたにしろ根源的なものではなかつた。外国留学生鷗外を待つのに、彼らには、「酒と女の二者」以外、それよりも高く、それをも包括して、酒と女とを与えるにもその与え方を決定するような一つの根源的な力、先進国学者としての確信があつた。それは必ずしも、かかるものとして彼らの意識にのぼつていたものではなかつた。また同じものとして鷗外の胸にも眼にも映つていたものではなかつた。そこには人間としての、人がらとしての美しさ、人と人との出会いのほとんど偶然ともいえる不思議なよろこびと感動とがあるだけであつた。そうして、そうであつただけ、それはいつそう深く、待つ側についてはその血、肉、心づかい、心づかい上のしきたりと化していた先進国学者としての自信と信念とであつた。これは、先進国の学者を国内に迎えた場合にも同じく見られる関係であり、わが国でいえば、シーボルトの鳴滝塾、札幌農学校のクラークなどがきわやかな例であろう。そしてこのことが、おそらく学藝の世界の一種の国際性にたいする、またこの国際性のとらえ方における一般および特に鷗外の歴史性の理解に一つの鍵を与えるものであろう。[16]

文末に言及のある「シーボルトの鳴滝塾」の言葉からは、あのミュンヘン「南墓地・三三区」の墓前に佇立した折の高野長英への思いも戻ってくる。

四 「根付の国」の自嘲

前項三に全文を引いた一八八六(明治一九)年一二月一七日の『日記』記述の冒頭に近いあたりに、当時ミュンヘン人類学会の会長だった「リユウヂンゲル」の名が記されている。解剖学者にして人類学者でもあったこのリューディンガー(*Rüdinger, Nikolaus.* 1832/1896)の墓がペッテンコーファーと同じくミュンヘン「南墓地」に、それも「一七区一三—三九」にあることは、三年前の一九九九年夏にミュンヘンを訪れた折に手にしたフーフナーゲル『ミュンヘン南墓地に葬られた著名人—一九世紀ミュンヘンの文化・精神・政治生活を証言する五百人』(ヴュルツブルク、一九八三年。以下あえて『墓誌』と略称)[17]によって確かめることが出来る。ペッテンコーファーにかかわる人と言えば、彼がギーセン大学で学び、一八五二年以後は彼の招きでミュンヘン大学で教えたリービヒ（*Liebig, Justus.* 1803/1873）の墓も、カプツィーナー通りに開いた入口に近い「四〇区一二—一一」にある。

以下、この『墓誌』、『独逸日記』、筑摩書房版全集第七巻所収の「語注」（担当は三好行雄）、シェッヒェによる『独訳』所収の「訳注」とに依って、「南墓地」に眠る鷗外ゆかりの人々とその略歴、『日記』登場場面（反復の場合は省略）を添えて紹介してみよう。

㈠　チイムセン（*Ziemssen, Hugo Wilhelm von.* 1829/1902）

一八七四年以後ミュンヘン大学医学部内科教授。ペッテンコーファーとの共著『衛生と職業病ハンドブック』等の著作も多い。墓は九区八—五二。

『日記』、一八八六年三月一〇日。

……夜民顯府醫會 Der aerztliche Verein in Muenchen の集同に赴く。チイムセン、ヰンケル Ziemssen, Winckel 等の諸家を見る。醫某飲水の窒扶斯原因たる説を唱ふ。ペツテンコオフエル起ちて駁す。其痛快を極めたり。後笑ひて曰く。余三十年來同一の事を説く。世人未だ覺らず。歎ず可き哉と。

㈡　ロートムント（*Rothmund, August von.* 1830/1906）

ミュンヘン大学医学部外科学教授を父に持ち、自らは後に眼科学教授となる。三好行雄の「語注」には「ただし、ここでは〈二世〉とあるゆえその子供か」、と誤記されている。墓は父と共に三六区一—三四。

『日記』、三月一四日。

十四日（日曜）。ロッツベルクの家に午餐す。夫人佛語を善くす。來客中アンゲルル Angerer、ロオトムンド August von Rothmund junior 夫妻、軍醫正ポルト、拜焉國歩兵第二聯隊長大佐某及び大尉某あり。アンゲレルは曾てウュルツブルク Wuerzburg 大學に在りて助教たり。時に我總監學生たり。故に相識れり。余はロオトムンド夫人の左に坐す。夜始て輦下戯園 Residenztheater に至る。一等軍醫正ヱエベル Weber 及びワアルベルヒの誘ふ所なり。劇場は宮廷戯園と相隣す。甚だ細小。僅に看客八百人を容る。然れども建築の美實に宮廷戯園に遜らず。演する所はカルデロン Calderon の怪夫人 La dama duende なり。

㈢　フォイト（*Voit, Karl von.* 1831/1908）

一八六三年以後ミュンヘン大学医学部生理学教授。ペッテンコーファーに最も親しかった一人で、鷗外とも深く交わった。鷗外の『日本兵食論』（一八八六年）の原文の標題の原語では「フォイトの視点からの」が添えられている。作品『妄想』にも登場する（後掲）。墓は一七区一二―½。

『日記』、三月一七日。

十七日。早起。仕女窓を開き雀を飼ふ。余偶然戸外を望めば、晴日テレジア牧 Theresienwiese の緑を照し、拜焉神女 Bavaria の像半空に屹立す。牧場の南、遙に山嶽を望む。余初め此家を僦す。曾て此奇觀あるを慮らず。自ら迂濶を笑ふなり。此日師余を延いてフオイト Carl Voit を見る。亦白頭の人なり。師に比すれば言動稍〻角あり。

『妄想』より

帽は脱いだが、辻を離れてどの人かの跡に附いて行かうとは思はなかつた。多くの師には逢つたが、一人の主《しゆ》には逢はなかつたのである。

自分は度々此脱帽によつて誤解せられた。自然科学を修めて帰つた当座、食物の議論が出たので、当時の権威者たるVoit《フオイト》の標準で駁撃した時も、或る先輩が「そんならフオイトを信仰してゐるか」と云ふと、自分はそれに答へて、「必ずしもさうでは無い、姑《しばら》くフオイトの塁に拠つて敵に当るのだ」と云つて、ひどく先輩に冷かされた。自分は一時の権威者としてフオイトに脱帽したに過ぎないのである。

㈣　ランケ（*Ranke, Heinrich.* 1830/1909）

一八六一年ミュンヘン大学生理学、後に小児科学、人類学教授。著名な歴史学者レーオポルト・フォン・ランケの甥でもある。墓は三三区三―三〇。

『日記』、五月二八日。

二十八日。加藤照麿伯靈より來る。加藤は試験畢りて學士の稱を受く。昔三昧橋畔小幾孃の家を訪ひたる風流の餘習全く除かれ、日間はハインリヒ、ランケ Heinrich Ranke の許に往きて小児科の講を聴き、初夜東洋骨喜店Café Orientの園中に至りて一盞の麦酒を傾くるを樂む。行止温和、共に坐すれば春風の中に在る心地す。

㈤　ポッサルト（*Possard, Ernst.* 1841/1921）

一八六一年以後ミュンヘン宮廷劇場の俳優兼演出家。モーツァルトやワーグナーのオペラ演出も手がけた。鷗外との面識は無い。墓は三一区一―三〇。

『日記』、八月一三日。

十三日。府の戯園レッシングLessingの作哲人ナタンNathan der Weiseを演す。余長松篤棐と往いて觀る。ポッサルトPossartのナタンNathanに扮したるは、實に人の耳目を驚かすに足れり。

㈥　ロットマン（*Rottmann, Karl.* 1798/1850）

著名な風景画家。シュタルンベルク湖を望む彼の名にちなんだ丘の上の石碑のことが、『うたかたの記』に記されている。面識無し。墓は六区七―三四。末弟レーオポルト（*Leopold*, 1812/1881）も著名な画家で、墓は同じく「南墓地」の三六区一一―一八にある。

『日記』、九月七日。

七日。好天氣なり。ロツトマン丘 Rottmannshoehe に登る。途に一人あり。二児を曳いて來る。余を呼びて曰く。君は一等軍醫某君に非ずやと。蓋し拜焉参謀本部の幕僚なり。既にして丘上に達す。客舎あり。結構其美を極む。碑あり。其銘の畧に曰く。畫工カル、、ロツトマン Karl Rottmann 曾て此丘に登り、喚びて湖上第一勝と作すと。ロツトマンはハイデルベルヒ Heidelberg の人。千八百五十年ミユンヘンに終る。畢生力を寫景に竭すと云ふ。碑の傍に小苑あり。薔薇花盛に開く。

『うたかたの記』より

レオニにて車を下りぬ。左に高く聳ちたるは、所謂ロツトマンが岡にて、「湖上第一勝」と題したる石碑の建てる処なり。右に伶人レオニが開きぬといふ、水に臨める酒店あり。巨勢が腕にもろ手からみて、縋るやうにして歩みし少女は、この店の前に来て岡の方をふりかへりて、「わが雇はれし英吉利人の住みしは、此半腹の家なりき。老いたるハンスル夫婦が漁師小屋も、最早百歩が程なり。われはおん身をかしこへ、伴はむとおもひて来しが、胸騒ぎて堪へがたければ、此店にて憩はゞや。」巨勢は現《げ》にもとて、店に入りて夕《ゆふ》餉《げ》誂ふるに、「七時ならでは整はず、まだ三十分待ち給はではかなはじ、」といふ。こゝは夏の間のみ客ある処にて、給仕する人も其年々に雇ふなれば、マリイを識れるもなかりき。

(七) リュウディンガー（前掲。省略）

見られるように、『独逸日記』中にその名を留め、併せてミュンヘン南墓地の『墓誌』の「人名録」にも掲げられている人々は、画家ロットマン、俳優にして演出家ポッサルトを除けば、いずれもミュンヘン大学医学部ゆかりの人々であり、従ってまた「師」ペッテンコーファーとも、親疎の違いはあれ、かかわりの少なくない人々でもあった。しかも、このささやかな日記の切り抜きからだけでも、一八八六年のミュンヘンでの鷗外の留学生活がいかに内容の濃い、充実したものであったかが自ら浮かび上ってくる。朝はテレージエン草地《ヴィーゼ》の彼方にアルプスの眺められる下宿に目覚め、昼はペッテンコーファーの言う「仕事仲間《ミットアルバイター》」としての日常を保証され、夜は軍医総監邸での舞踏会に招かれ、あるいは宮廷劇場で観劇し、好天の日は近郊の湖に遠遊を試み、折々に同朋の日本人とカフェその他で女たちと戯れたりもする。

　ちなみに、前項の「ナウマン論争」のかかわりで文章の一部を引いた中井義幸は、同じく『鷗外留学始末』の第五章「鵠山城外の雲」第二節「湖上の小記」の冒頭で、「ドイツ帝国第二の都会ミュンヘンは留学生の数も多く、林太郎は、ドレスデン時代とは違って、ドイツ人の仲間よりはむしろ、日本人の友達と賑やかな楽しい日々を送ることになつた[18]」と述べ、併せて、鷗外がミュンヘン時代に親しんだ何人かの「日本人の友達」についての身元調べを行っている。それによれば、例えば医学留学生の岩佐新（前々項「八月二七日」の日記参照）は、鷗外の次の弟篤次郎とは大学予備門の同級生で、一等侍医である父、岩佐純に同行して来独していた。もう一人の年少の医学生で同じく鷗外と親しんだ加藤照麿（前掲五月二八日、ランケの項参照）は、東京大学総理加藤弘之の長男、『うたかたの記』の主人公「巨勢」のモデルとされる画学生原田直次郎は、元老院議官原田一道少将の次男、七月二七日から三一日までの日記記述中に連続して登場する「近衛公」は、「公家の筆頭近衛家の嫡男で、英明の誉れ高い青年貴族である」（中井）。この夏の一日、近郊のウルム湖に遊んだこれらの若者たちには（八月三〇日の記述）、例えば次に引く高村光太郎の詩「根付の国」の自嘲は、おそらくは無縁なものであったに相違ない。

根付の国(19)

頬骨が出て、唇が厚くて、眼が三角で、名人三五郎の彫つた根付《ねつけ》の様な顔をして
魂をぬかれた様にぽかんとして
自分を知らない、こせこせした
命のやすい
見栄坊な
小さく固まつて、納まり返つた
猿の様な、狐の様な、ももんがあの様な、だぼはぜの様な、麦魚《めだか》の様な、鬼瓦の様な、
　茶碗のかけらの様な日本人

「モンゴリア形の狭き目も光る」、「色黒き小男」、「遠きやまとの画工」として描かれた『うたかたの記』の主人公、あの「巨勢」のモデルとされる原田直次郎のミュンヘンでのさしずめ「ボヘミアン・ライフ」が、実は元老院議官にして陸軍少将でもある父の手厚い庇護の下にあったように、鷗外の周辺にいた日本の若者たちの多くは、二〇年後にアメリカ、イギリス、フランスに留学し、最初のニューヨークでは現地の彫刻家の家で働き、旅費を稼ぎつつ夜学に通っていたこの「根付の国」の詩人の日常とは無縁だった。そして鷗外自身についても、「鷗外を鷗外としたものは鷗外自身であった。しかし、日本陸軍と陸軍軍医部もまたあづかってほとんどはかり知れぬ力があった」(20)(中野重治)ことが忘れられてはならないであろう。「師」ペッテンコーファーとの出会いはもとより、この項の冒頭に掲げた人々との交流も、優雅とさえ言える充実の日々も、例の『遺言』の言葉を借り

れば、実は「生死別ル、瞬間」まで鷗外を拘束し続けた当のもの、陸軍ならびに陸軍軍医部によって支えられていた。「英明の誉れ高い」これらの若者たちから鷗外を区別するのは僅かに、彼がこのことを自覚し続けていたことだけだったのである。

後の「小倉時代」に、帰国後に早くして死んだ原田を偲んで、鷗外は幾つかの文章を書いている。その一つ、「明治三十二年十二月於小倉」の書き添えのある「原田直次郎」中に、「原田は小男であった。顔は狭く長くて、太だ黄に見えた。色は黒い方と自分で言って居たが、傍から見ればさうでもない」と述べた鷗外は、前掲の近衛篤麿と原田との遣り取りを紹介した後、他ならぬ自分が当の「色黒」であることを告白している。すなわち、あの「モンゴリア形の狭き目も光る色黒き小男」である『うたかたの記』の主人公「巨勢」のうちには、鷗外その人の姿もいわば塗り込められていたことになる。このさりげのない発言のうちからは同時に、光太郎によって端的に歌われた「根付の国」の自嘲の、つとに鷗外自身のものでもあったことが明かされている。三月六日のドレースデンでの「飲啖皆味を覚えず」とある程に激しい不満は、ミュンヘンでの一見して優雅な、充実の日々を送る鷗外のうちで更に増殖を重ねていた。ロートやブラウンの眼にはむしろ好意的とさえ見えるナウマンの「日本聯島の地と人と」の発言の背後に、おそらく鷗外は、他嘲としてではない、自嘲としての「根付の国」を見ていたからである。ひそかに自らを塗りこめた「モンゴリア形の狭き目を光らせた色黒き小男」と、かつてその彼に向かって「ファイルヘン、ビッテ（召しませスミレを）」と語りかけてきたあの花売り娘マリイとの、まさしく「うたかた」そのもののように儚い悲恋物語はおそらく、自らのうちに奥深く塗りこめられた「根付の国」への自嘲をやがて「自由と美の認識」に寄せる信仰告白の受肉化へと転化させるための、『舞姫』に先んじて試みられた最初の試みでもあったはずである。

五　「闇の中の聖女」たち

一九七五年四月からの一年間のミュンヘン滞在中に、一冊の写真アルバムを手にしていた。[21]『往時のミュンヘン――写真アルバム　一八五〇―一九一四年』（ミュンヘン・ウィーン、一九七二年）がそれである。「七百年祭からメルヘン王の死まで　一八五〇―一八八六年」、「摂政時代　一八八六―一八九九年」、「二〇世紀のミュンヘン一九〇〇―一九一四年」の三部仕立ての、都合二七六葉の写真から成る二百ページ足らずのこの写真集からも、第二次大戦中の七一回もの空襲で失われた往時の街並みとこの間の歴史的事件の数々、いまは亡き人々の風姿等々が視覚的に鮮かに甦り、『独逸日記』中には記述のない一八八六年六月一九日、旧植物園前をパレードするルートヴィヒ二世の葬列や、更には、一九〇九年五月、マクシミーリアン広場でのペッテンコーファーの坐像の除幕式を写したスナップ等を眺めていると、百年余の時空を越えて、かつて鷗外が実際に暮らしていた頃のミュンヘンが俄に生動し始めるのを覚える。

その写真集の冒頭一〇ページほどの「前書き」中に、鷗外が在留した頃のミュンヘンについて、次のような記述がある。

ミュンヘン子が「良き旧き時代」に熱烈な思いを寄せるとすれば、それはルーイトポルト摂政の時代に対してである。しかし、トーマス・マンの短篇小説『神の剣』の言う「光り輝いている」このミュンヘンにも、黒々とした陰りはあった。住宅難、ストライキ、賃金紛争のために労働者たちの気分は暗く、建設業界で一〇時間労働がかち取られたのは、ようやく一九〇五年になってからのことである。食料品代が安いからといって、時給三八ペニヒでは、建築労働者の暮らしは到底豊かにはならなかった。

狂王ルートヴィヒ二世の叔父に当たる、美術とハンティングを愛好するルーイトポルトの下での「ミュンヘンの輝き」は、まさしく『神の剣』に描かれた如くであり、従ってまた、当の『神の剣』によって痛烈な批判を受けたように、「泡沫会社乱立《グリュンダー・ヤーレ》の時代」の光と影の対照には、それに比例して凄じいものがあったはずである。にも拘らず、鷗外の日記記述中には、写真アルバム『往時のミュンヘン』の「前書き」中に僅かに七行を占めるに過ぎない当の「陰り」の部分に直接見合うような発言は、ただの一行も見当たらないと言ってよい。

八月五日。長《(永)》松篤棐ヴュルツブルク Wuerzburg より來る。秋琴居士の子なり。植物學を修む。容姿あり。翩々たる貴公子なり。是より先き、余等晝餐の後加藤、岩佐とシュワアンタアレル街 Schwanthalerstrasse なるフインステルワルデル Finsterwalder の珈琲店に至り、一時間許會話するを常とす。店に婢ありアンナ Anna と呼ぶ。ダツハウ Dachau の產、甚だ美ならず。余等毎に之に戯る。婢加藤を呼びて美學士 schoener Doctor となし、岩佐を悪學士 boeser Doctor となし、余を正直學士 braver Doctor となす。加藤は皙白となるを以ての故、岩佐は多く悪謔を為すを以ての故、余は色氣なく眞面目なるを以ての故なり。今や永松來りて美學士の名はこれに歸し、憐む可し加藤は無名學士となりぬ。蓋し余を以て觀れは、加藤は通客なり、長松は顧影叔自憐の美少年なり。村婢の彼を棄てゝ此を取るも復た怪むに足るもの無し。

ペッテンコーファーの衛生学研究室の所属する医学部棟にも近いシュヴァーンターラー街のカフェにたむろする、「根付の国」の自嘲を知らない例の仲間達、その仲間たちと「甚だ美ならぬ」女給アンナとの他愛のない遺り取りを伝える鷗外の日記記述と、「神の剣、地の上に夙く早くくだり来よ」の絶叫との、これはまた何という対照であることであろう。

八月十五日。原田直二郎其妾宅をランドヱエルストラアセ Landwehrestasse にトす。妾名はマリイ Marie フウベル Huber 氏。曾て「ミネルワ」骨喜店 Café Minerva の婢たり。容貌甚だ揚らず。面蒼くして軀痩す。又才氣なし。両人の情は今膠漆にも比べつ可し。原田の曾て藝術學校に在るや、チエチリア、プファッフ Caecilia Pfaff といふ美人あり。エルランゲン Erlangen 府大學教授の息女なり。黧髪雪膚、眼鋭く準隆し。語は英佛に通じ、文筆の才も人に超え、乃父の著作其手に成る者半に過ぐと云ふ。余未だ親く其人に接せざれども、曾て其圖を原田の家に見るに、才氣面に顯れ、女中の大丈夫たること、問はでも知らるゝ程なりき。此女子藝術學校に在りて畫を學ぶ際原田と相識り、交情日に渥く、原田の為めに箕箒を執らんと願ふこと既に久し。然れども原田は毫も動かさるゝこと無きものゝ如くなりき。而るに今や此一小婢の為めに家を営む。余は怪訝せざることを得ず。蓋し原田の意、チエチリイは良家の女なり、若しこれと約せば一生の大事なり、マリイは旗亭の婢なり、以て一時の歡を為すに足るといふに在らん。抑ゝチエチリイの如き才女と婚を約すると、マリイの如き才なく貌なき婢と通ずると、孰か快く孰れか快からざる。且チエチリイは資産あり。嘗て原田と倶に私財を擲ちて巴里に遊學せんと議したりと云ふ。マリイの父母は貧窶甚し。他日の紛紜恐らくは免れ難からん。要するに原田の所行は不可思議と謂ふべし。原田は素と淡きこと水の如き人なり。余平生甚だこれを愛す。故にその此の如き行あるや、余又甚だこれを惜む。

前項で紹介した追悼文「原田直次郎」の「後記」中には、「十一月二十一日」、「十一月二十二日」の日記記述を添えた上で、この「八月十五日」の記述の全文が引かれている。念のために「十一月二十一日」の日記記述を引くと、「夜ヲルフ *Wolf* の旗亭に會す。原田直二郎を送るなり。愛妾マリイも亦た侍す。原田の遺子を妊めり」とあるところから、「此一小婢の為めに家を営」んで僅か三カ月の後には、原田は自らの子を妊んだこの「一小婢」マリイを残したまま、やがて帰国の途につくことが分かる。そもそも鷗外によるこの「原田直次郎」には、一面上掲「八月十五日」の日記内容の解説の趣きがあり、それによれば、原田には実は国元に妻がいたこと、そのため素姓正しい「チエチリア」との結婚をためらったこと、一方の「マリイ」は、『うたかたの記』にも登場する美術学校前の「カフェ・ミネルヴァ」の主人フーバーの女で、なおかつ原田を慕っていたことが記されている。「矢張金などに目をつける流義とは違って、この無教育なるマリイも原田の放縦なる芸術家に殊なる處を識っていたらしい」のである（傍点引用者）。

「原田の所行は不可思議と謂ふべし」と鷗外自身も述べている、この由緒正しい元老院議官・陸軍少将の息子の「ボヘミアン・ライフ」を跡づけているうちに、『うたかたの記』に登場する「小説のなかのマリイ」共々、実在のマリイをも包んでいるもう一つの「黒々とした陰り」のことが思われてくる。勤めているカフェの店主の囲われの身でありながら、原田に向かっていわば「無償の愛」を注ぐ「一小婢」、貧しい父母の下に育ち、しかも「容貌甚だ揚らず、面蒼くして軀痩せ、又才気なし」と記述されているこの実在のマリイの、おそらくは慎ましい日常を包んでいる「陰り」の、なんという濃密さであろう。そう言えば、この「陰り」は、あの『舞姫』の女主人公「エリス」にも共有されたものでもあった。しかも、この「小説のなかのエリス」の場合は、鷗外の『日記』中から、その実在性をさえ奪われていた。ここでは更に、『ヰタ・セクスアリス』（一九〇九年）の末尾に近く、「*München* の珈琲店を思い出す」で始まる文章に登場するあの「腹の皮に妊娠した時の痕のある女」のことも思い併されてくる。「舞踏に着て行く衣裳の質に入れてあるのを受けるため」、主人公の「金井君」に身を売る「凄味掛かった別品」の姿を包んでいたのも、『うたかたの記』の女主人公とは洗礼名を同じくする実在のマリイや、その実在性を喪失し、後にその喪失の回復を求めるかのように横浜の港に到着した『舞姫』のモデルでしかないエリスをも包んでいた「黒々とした陰り」、つまりは、ヨーロッパ一九世紀八〇年代の大都会の裏街に、下層市民の日常を生きた女たちの共有する当の「陰り」に他ならない。そう言えば、医学部棟からも遠くないカフェにいた「甚だ美ならぬ」女給アンナ、「根付の国」からの医学生たちと他愛なく戯れ、後の「一二月二〇日」、例の「反ナウマン論」の原稿を新聞社に届け了えて数日後の鷗外が、カールス・トーアを過ぎがてに声をかけられたどこか憎めないあのアンナも、おそらくこの「黒々とした陰り」とは無縁ではありえなかったことであろう。狂王ルートヴィヒ二世亡き後、ルーイトポルト執政時代ミュンヘンの「光と影」の「影」の部分は鷗外において、当面は日記記述中に登場する巷の女たちの姿に活写され、やがて『うたかたの記』、『舞姫』に、更には『ヰタ・セクスアリス』はじめ後期の作品群のうちに、その残像は引き継がれてゆく。

『獨逸日記』の記述を『舞姫』のエリス像に関わらせるならば、寡黙で受け身に見えるエリスが、豊太郎以上に雄弁に自己を主張し始めるように感じる。それはエリスの背後にいる多くのエリスたちの声でもある。すなわち、〈作品〉に書かれたエリスは、当時のベルリンに生きていた無数のエリスたちの一つのありうべき姿であったと読めるのである。しかし、このエリスがすべてのエリスたちの代表ではなかった。「賤しき業」に陥らざるをえなかった多くのエリスたち、そしてベルタのように自らの道を〈教育〉で切り開いた多くはないエリスたちも、この〈作品〉のエリスの背後に影のように姿を見せているのである。その姿をも考察の対象にのせないならば、その『舞姫』論は不十分であると言わざるをえない（金子幸代。なお、文中の「ベルタ」は、鷗外のドレースデン時代の日記中にしきりに登場する女性で、これに先だつ文章で金子は「闇の中の

聖女」とも呼んでいる)。(22)

金子の言う「多くのエリスたちを背にしたエリス」ということでの発言は、同じく金子の言う「愛と死のドラマを秘めたシュタルンベルク湖の水の妖精マリイ」についても、そのまま当て嵌まることであろう。モデルはいないむねを明言する鷗外の発言にも拘らず、その「顔ばせ、エヌスの古彫像をも欺く」作品の中のマリイ像の背後には、「才なく貌なき婢」ながら、進んで無償の愛に身を委ねることをも辞さない多くの現実のマリイたち、「闇の中の聖女」たちの、変容と浄化への願いに向かって差しのべられた鷗外の思いそのものがひそめられている。

おわりに

三年前の一九九九年の夏、「超短期留学」の機会を得て三度目のミュンヘンに暮らして、折々に「南墓地」を訪ね直してきた。深々とした夏木立の下の公園墓地のなかには、既に無縁化したのでもあろうか、一部は墓石が傾いたりしたものもあって、時の移ろいを思わずにはいられない。ただし、シーボルトの墓にも、ペッテンコーファーの墓碑板にも変わりはなかった。人気のない昼下がりのひととき、一隅に置かれたベンチに腰を下ろして、木々の梢を渡るかすかな風の音に耳を澄ましていると、いつしかそれが人の声のように聞こえてきたりする。

そんな折に、三冊の本を交互に手にしていることが多かった。一冊は前文中に引いたシェッヒェ訳の独訳『独逸日記』、もう一冊は同じく前掲の『墓誌』、そしてもう一冊がシャモニ訳『普請中』(23)である。『独逸日記』は、宿からも遠くない本屋の若主人が、文献集めに協力してくれた折にプレゼントしてくれたものである。『普請中』

の訳者シャモニは、一九七五年の初めての訪独当時はミュンヘン大学の助手で、大学近くの街頭で立ち話をした覚えもある。その彼の手になる訳書『普請中』は、『ドイツ三部作』に加えて、『杯』、『桟橋』、『普請中』、『花子』、『妄想』、『堺事件』、『最後の一句』、『寒山拾得』の都合一一篇の作品、それと「注解」、「あとがき」を加えて二三〇ページ、シェッヒェの独訳『日記』は、「注解」、それと「ビスマルクのドイツで暮らした或小壮日本人」と題した四一ページの「あとがき」を添えた三二二ページである。二つの「あとがき」共々、「普請中の日本を内と外からの複眼で見ることの出来た鷗外」という視点から彼の生涯と仕事とをとらえ、最後を『遺言状』の訳(シェッヒェは部分訳、シャモニは全訳)で閉じている。シェッヒェが「森林太郎トシテノミ死セント欲ス」(*Als bloßer Mori Rintaro . . .*)と記しているのも興味深かったが、ペッテンコーファーの墓碑を前にする毎に、「墓ハ森林太郎ノ外一字モホル可カラス」の一節がその都度思い返されたことは、前に書いたとおりである。ちなみに、シェッヒェ訳には省かれているこの部分を、シャモニは *Auf meinem Grabstein soll nichts stehen außer : Grab des Mori Rintaro.* と訳している。

全体として、「留学回想録」風の書き方が恥じられる。この文字通りの「試論」を、これからの勉強の出発にさせたいと思っている。

〔二〇〇二年九月三〇日〕

テキストは岩波書店版全集(一九七一年—)を用い、筑摩版全集(一九五九年—)所収の「語注」をも参照した。鷗外の作品からの引用は、「日記」をも含めて、引用箇所を示さなかった。参考文献についても、基本的には、引用文の出典だけを示すに留めた。

（1）Karl Wieninger : Max von Pettenkofer, Das Leben eines Wohltäters 1818-1901, Hugendubel Verlag, 1987.
（2）Ebd., S. 202.
（3）Mori Ogai : Deutschlandtagebuch 1884-1888, hrsg. und aus dem Japanischen übersetzt von Heike Schöche, konkursbuch Verlag, 1992, S. 302.
（4）Ebd., S. 120f.
（5）中井義幸『鷗外留学始末』岩波書店、一九九九年、五一頁。
（6）長谷川泉『森鷗外論考』（長谷川泉著作集①）明治書院、一九九一年、八七二―八九一頁。
（7）佐伯彰一「鷗外のエロス的関心」（講座「森鷗外」一、『鷗外の人と周辺』所収、新曜社、一九九七年、四二九―四三〇頁）。
（8）中井　前掲書、二三六―二三七頁。
（9）小堀桂一郎『若き日の森鷗外』東京大学出版会、一九六九年、二六四頁。
（10）加藤周一『日本文学史序説　下』（加藤周一著作集　⑤）平凡社、一九八〇年、三九三頁。
（11）『木下杢太郎全集　第一五巻』岩波書店、一九八二年、二二〇―二二一頁。
（12）『木下杢太郎全集　第一八巻』岩波書店、一九八三年、三〇二―三〇三頁。
（13）木下　前掲書、七〇頁。
（14）小堀　前掲書、一八七頁。
（15）Mori Ogai : a. a. O., S. 169 ff.
（16）中野重治『鷗外　その側面』（『第一次全集　第一〇巻』筑摩書房、一九六二年、二八―二九頁）。
（17）Max Joseph Hufnagel : Berühmte Tote im Südlichen Friedhof zu München, 4. Auflage, Zeke Verlag, 1983.
（18）中井　前掲書、二一八―二二四頁。
（19）高村光太郎『高村光太郎詩集』（伊藤信吉編）新潮文庫、一九九四年版、一五頁。

(20) 中野 前掲書、一〇頁。

(21) Zusammengestellt und vorgestellt von Ludwig Hollweck, unter Mitarbeit von Wolf Bachmann : Das Alte München-Photographisches Album 1850-1914, Albert Langen & Georg Müller Verlag, 1972.

(22) 金子幸代『鷗外と〈女性〉—森鷗外研究—』大東出版社、一九九二年、四五頁。

(23) Mori Ogai : Im Umbau — Gesammelte Erzählungen, ausgewählt, aus dem Japanischen übertragen und erläutert von Wolfgang Schamoni, Insel Verlag, 1989.

本間久雄論
――前半生の人間関係を中心に

平田耀子

はじめに

本間久雄は「そんぴん」であった。「そんぴん」というのは久雄の郷里米沢の方言で、その意味は「へんくつ者」とでも言うのであろうか。米沢藩といえば上杉家。遠く戦国時代には上杉家は越後にあり、もし運命の女神がほほえめば、猛将謙信のもとに天下を取ったかもしれない家柄であった。豊臣家のもとで、会津一二〇万石を擁したが、徳川の世になって関ヶ原の責を受け三〇万石に減らされた。あふれかえった家臣一同、上杉景勝の臣直江兼続がかつて領していた小国米沢の地にひしめきあうこととなった。忠臣蔵として知られる浅野家の仇討ち事件では、夫人が上杉家から入ったにもかかわらず、吉良上野介を領内にかくまうことなく、とにかくお家断絶を免れたいきさつもある。その後跡目問題からさらに一五万石に減封。上杉家の米沢は運命に翻弄され、たびかさなる抑圧にあいながら、とにかく維新まで一族をまっとうした家風土地柄であった。そんな歴史が妙に正義派で、判官贔屓で、体制に従わず、したがって世に入れられず、そのくせ世に媚びるのをよしとしない、ねばり強く頑固で誇り高い、まさしく「へんくつ者」の気風を生み出したのであろうか。ただ、本間が無類の「そんぴん」ぶりを発揮するのは晩年になってからであるが。

本間久雄は早稲田の人であった。一九歳で早稲田大学高等予科に入学して以来、彼の活動は常に「早稲田」を中心として行われた。早稲田大学文学部英文科学生、早稲田文学社職員、『早稲田文学』編集員、早稲田大学講師、早稲田大学教授、早稲田大学名誉教授、早稲田大学坪内博士記念演劇博物館顧問等々。「早稲田」は彼をつくり、そして彼は早稲田という核のまわりに多彩な活動をおこなった。その結果、九四歳で鬼籍に入るまで、翻訳を含めてほとんど寿命の数ほどの著書を残したのである。ただし、本間は、「その他大勢」の教員としてきわだった役職についたこともなければ、早稲田名士でもなかった。「早稲田を代表する一〇〇人」のなかにも無論その名はない。現在早稲田大学中央図書館に開架図書として置かれている本間の数少い著作のなかには、彼の代表作『明治文学史』全五巻がある。しかし、彼の『明治文学史』がその一部をなすシリーズ日本文学全史がおさめられている書架は、シリーズのオリーブグリーンの背表紙がダークブラウンの書架のなかに沈み込んで、ちょうどその一段だけまったく本のない空架のようにみえる。

本間久雄は幸か不幸か非常な長寿の人であった。したがってその人生や業績もいくつかの転換期を経ている。本間は「そんぴん」であり、長寿である以外その生きた時代、そしてのちの時代になにがしかの貢献をした人物でもあった。大正から昭和初期にかけて『早稲田文学』の編集主幹をつとめ、評論家、ジャーナリストとして活躍、大正デモクラシー、昭和デモクラシーの旗手のひとりであった。昭和初期からは研究者としての業績もあげ、『英国近代唯美主義の研究』で博士号を獲得。明治文学研究の面でも代表作『明治文学研究』全五巻その他膨大な量の著作物を残し、歌舞伎の評論家としても知られている。また、一九世紀末の日英文化交流に関心を持ち、比較文学というジャンルの形成者のひとりでもあった。ただ、長寿の人であったためかその業績範囲はあまりに広く、しかも没して日が浅いため純粋な研究対象とはなりにくい面もあった。そのなかで、愛知学院大学の清水義和氏による、イギリス文学の移入者、とくにオスカー・ワイルドの移入者としての本間[1]、早稲田大学の内藤寿子氏による初期の本間、婦人問題とのかかわり、あるいは『早稲田文学』編集者としての本間についての研究がある[2]。事実、清水氏の多大な努力の結晶である本間久雄著作目録にもかかわらず、本間の著述活動の全貌も完全に把握されているとは言い難い。したがって、多岐にわたる本間の活動のそれぞれの分野での位置づけ、あるいは見直しがされはじめたというのが現状である。

そのような実情を認識した上で、筆者が本章で試みるのは、本間久雄の諸分野における業績の位置づけや、彼の思想や業績について分析を試みることではない。むしろ、著作活動の背後にあり、その性質に微妙に影響を与える諸環境、つまりそれらの業績が生み出される背景、土壌について考えてみることである。本間はどのような家庭環境に生まれ育ったのであろうか、学校生活や友人はどうだったのであろうか、どのような経緯で上京し、どのように生計を立てたのであろうか。ジャーナリストとして、評論家として、早稲田大学の教員としての活躍の背後にはどのような状況が、人間関係があったのだろうか。そして、本間久雄とその家族との関係は？　本章では字数の関係上、本間の人生九四年のうち、その前半の人間関係に焦点をあてて考察する。また同様の理由で、より広い視野に立って、本間の思想や業績が生まれた社会的背景や、同時期の他の思想や著述作品との関係についても、本章では充分ふれることができない。そのため、本章に「結語」を付すことはあえてしない。彼の後半生を論じる折に総括したいと思う。

一　米沢（ルーツ）

本間久雄は明治一九年（一八八六年）一〇月一一日山形県米沢市越後番匠町で生まれた。米沢は盆地である。

四方を見渡せば、視線は山に阻まれ、はね返される。米沢の地は戦略上の要地ではあるが、財源を外に求めて大きく発展する可能性は少なかった。もともとの人口過剰に加えてお役目遂行のための借財にあえぎ、英主上杉鷹山が、きめ細かな殖産政策と厳しい倹約によってようやく財政をたてなおしたが、幕末にいたるまで貧にあえぎ、徳川三〇〇年のあいだ、およそ豊かさとか潤いを知らない藩であった。その上、このあたりいったいは明治維新には戊辰戦争に巻き込まれ朝敵となり、明治に入って山形県となってからも、世を挙げての近代化政策から取り残され、あとまわしにされた地域である。盆地の閉塞感からはおよそ対外発展など考えられず、豪放磊落、自由闊達などという気風は育たず、上に逆らわず、他にかまわず、勤勉を事としひたすら誠意恭順をつくして持てる物を守るだけで精一杯という土地柄であった。

本間の生地越後番匠町とは、越後出身の大工の町で、町人町である。本間家は代々上杉藩に仕えた能役者の家系であった。『芸者組』（藩士の『能楽組』）に属し、もともと士族であったが後に町人町へ分散転居したものと思われる。『芸者組』の名が示すように士族ではあっても文武の道で藩政にしかるべき寄与をするのではなく、かといって芸事に専従したわけでもない。人の上に立つこともなく、石高も少なく諸役を兼帯し、子弟を江戸表で修行させようなどと思うと、たいそうな物いりでなかなかたいへんな勤務であったらしい。[3] そのせいか本間は早稲田在職当時長い間能役者の家系であると言われるのをいやがったという（上智大学名誉教授村松定孝直話）。

祖父本間益美は久雄を跡継ぎとするつもりで、幼い久雄に「うたひはもとより、舞のてぶり其他、熱心に且つ厳格に」教え込み、上杉家の菩提寺で毎年のように催された能舞台で、二、三度、子役として使った。[4] 能の金剛流は上杉家の後援を得て栄えたが、明治維新の動乱期、廃藩置県、秩禄処分の世の中では、藩おかかえの能役者は、困難な立場に置かれ、多くが新たな生活の糧を求めて転身せざるをえなかった。それに、世を挙げての文明開化、欧化推進をめざし、伝統芸能である能楽が重んじられる時代ではなかった。他に生活のすべもなく益美は隠居の身分となったが、能楽振興の思い捨てがたく、青年子弟を集めて謡曲を教え、[5]久雄もその席につらなった。久雄に読書に対する興味を植え付けたのはこの祖父であった。[6]また、本間が後に歌舞伎に興味をもち、歌舞伎評を手がけるようになったのも、幼い頃舞台に立ち、芸事の手ほどきをうけた背景があったためであろう。益美は明治三一年（一八九八年）久雄が一二歳のとき他界。一家の家計を支えた益美の息本間保之助は、金融業を営み一時は繁栄し、本間が中学を出るころまで一家は何不自由なく暮らしていたが、のち事業に失敗し、貧困のうちに大正八年（一九一九年）六月七日他界。享年五九歳。[7]最後は、土蔵のなかに住んでいたという（本間久雄長女高津久美子〈以下久美子〉直話）。

本間の母タケは上杉家につかえた志賀家の出で、曾祖父には神保蘭室の門下の儒者、『水明楼外史』などを著した志賀青岡がいる。[8]久雄の学究としての血筋は志賀家からも受け継いでいると言ってよい。志賀家のいまひとりの女マツの息で、銀行業を営んでいた志賀槙太郎は、米沢大火と昭和はじめの金融恐慌で関係する銀行が閉鎖され、昭和九年（一九三四年）に東京に移った。古文書収集家であり、優れた古文書解読家であった志賀は、昭和一四年（一九三九年）より東京大学史料編纂所に勤務、[9]久雄は古文書解読にあたって槙太郎に、教えを請うたこともある。また、槙太郎の息景昭および謙は、しばしば本間宅を訪れ、謙は、本間久雄早稲田大学在職中文学部に学び、のちに早稲田大学政経学部教授となる。[10]

本間には弟国雄と妹みちがいた。みちは米沢にて豊島三郎に嫁し、弟は米沢中学中退、久雄とともに上京し、画家を志す。国雄は白馬会の洋画研究所に学び明治四三年（一九一〇年）五月白馬会第一三回展に『北国の茶屋』を出品、白馬会仲間に、岸田劉生、木村荘八がいる。ちょうど久雄が『早稲田文学』や『読売新聞』に寄稿しはじめたころのことであった。久雄と国雄は当時の、絵画、詩、演劇等を巻き込んだトータルな運動のなかにその活動の接点を見出し、『劇と詩』、『早稲田文学』、『読売新聞』、『文章世界』、『演芸倶楽部』等に久雄は文章を書き、国雄は挿絵や表紙を描いている。国雄も、大正元年（一九一二年）、岸田劉生、斉藤与里、木村荘八、萬鉄五郎等によって結成されたヒューザン会に加わっている。画家としての国雄の存在とその交友関係は、久雄の感性に刺激を与え、編集者としての本間の人脈の形成に役立ったものと思われる。[11] 国雄は明治末期から大正初期にかけて漫画が勃興した時、北澤楽天・岡本一平・近藤浩一路・池部釣等と共に雑誌『漫画』を経営し、著書『東京の印象』出版。その後日本画に転向し、朝鮮や満州を放浪。画号を逸老庵とあらため、昭和四〇年（一九六五年）には「水墨日本風物抄」完成。久雄は大変弟思いで、彼の作品頒布会や個展のためにあらゆる援助をした。[12] そして久雄の妻み江はなかなか艶福家であった国雄のための突然の出費に心を悩ませることもあったという（本間久雄次女星川清香〈以下清香〉直話）。

久雄は明治三二年（一八九九年）米沢興譲館中学入学。米沢市は、辺鄙な土地柄にも似合わず明治四年（一八七一年）にはいち早く洋学舎（外国語学校）を設立し、英国人チャールズ・ヘンリー・ダラス(Charles Henry Dallas)を語学教師として招聘するなど、教育に関しては進取的であり、英学に強く、海軍で活躍した人材も多い。外国語学校はのち私立米沢中学校に吸収。本間が在学していた明治三〇年代に「山形県立」となった米沢中学校の英語教育の実態は定かではないが、ダラスの伝統が受けつがれていた。洋書の教科書、少なくとも洋書の解説書が教師によって使われ、生徒用の英文法なども和文英訳の練習問題以外は英語で解説された教科書が用いられたようである。当時本間は代数も英語で学んだという（清香直話）。興譲館には現在でもマクミラン社の *Algebra*（『代数』第七版、一八七五年）が残っており、教授をした痕跡をしめす書き込みがある。[13]

当時の興譲館中学は、松山亮校長のもとで黄金時代を迎え、次々と英才が育っていった。本間は級長をつとめ、まじめな勉強家であった。当時の本間の才能に方向性を与えたのが短期間ではあるが米沢中学で国語教師をつとめ、後に國學院大学教授となった松尾捨次郎であった。[14] 本間は彼から強い刺激を受け、後述の高橋里見、後の大連中学校長丸山英一、仙台二中教諭氏江富雄等とグループを作り、作文や和歌の研究をしていたらしい。作文の即題にどんなものを出してもすらすらと書き、末尾に一、二首の和歌をつけて提出したという。坪内逍遙の『文学その折々』などを耽読していた。法律でも哲学でもなく、「文学」というまだ正体のはっきりしない学問に対する情熱と好奇心を本間に吹き込んだのは松尾であったらしい。帝国大学には講座がまだなく、東京専門学校ではじめて「文学」の講座が開かれたころであった。松尾の在職中明治三四年（一九〇一年）四月一一日にようやく奥羽本線福島山形間が開通し、たとえトンネルを通る度に鼻の穴がススで真っ黒になろうとも、板谷峠の峠越えから解放されたということは、東京と米沢の距離を心理的にも相当にちぢめたに相違ない。[15]

当時の興譲館時代の同級生に久雄の従兄弟高橋里見がいる。本間保之助の姉妹きよが、東置賜郡新田の庄屋高橋伊兵衛に嫁ぎ、その次男が里見であった。父の死後母の実家にもどり、以来久雄とともに育ち、ともに学んだ。米沢中学校卒業後、上京して第一高等学校予科第一部に入学、卒業後、東京帝国大学文科大学哲学科入学。のちに東北大学総長をつとめ、文化功労賞を受賞した。[16]そのほか当時の興譲館中学に学び、上京後も本間との交友関係をたもった同窓生には、明治三八年（一九〇五年）卒、後に大阪大学教授となった須貝清一、海軍少将であった氏家親治、明治三九年（一九〇六年）卒、丸信石油取締役をつとめた穴沢精一らがいる。[17]

本間久雄は興譲館中学を卒業後一九歳のとき、弟国雄と従兄弟高橋里見とともに上京。明治三八年（一九〇五年）早稲田大学校高等予科に入学。同年早稲田大学入学者は一、九八一名、最初の入学選抜試験がほどこされる一年前であった。[18]当時の学生のなかには小遣いが潤沢で豪奢な生活をしていたものもいたが、月謝と寄宿費を払うのも難しく「新聞に投書をして原稿料を貰ったり、講演の筆記をして謝礼を貰ったりして、所謂苦学をしていた」学生も多く、[19]本間久雄は疑いもなくそのひとりであった。ご多分にもれず鶴巻町一帯の学生相手の下宿屋に落ち着き、そして下宿で夕食をとった後九時の閉館まで図書館で勉強する毎日であったらしい。[20]学問の志に燃えていたせいもあろうが、もっとも安価な夕のすごしかたでもあったのであろう。

本間は一時弟とともに目白坂にある荒木郁子が取り仕切る下宿兼旅館を利用していたこともあったらしい。彼らの人間関係の一端はここを起点としてつくられたと思われる。場所柄、早稲田の文人たちが頻繁に利用し、三富朽葉、相馬御風、徳田秋声らもここに泊まりにきていたといわれ、伊藤野枝はその小説のなかで本間兄弟や相馬御風らがこの下宿につどった様子を描いている。(21) 郁子を中心に下宿人仲間のあいだで一種の文芸サロンがあったらしい。一方郁子のまわりには女性として新しい生を、新しい表現を模索した「新しい女たち」の群れがあり、彼女らは雑誌『青鞜』を発行する。のちに婦人運動の中心的存在となる平塚らいてう、大杉栄の愛を得たが彼とともに二八歳の若さで虐殺された伊藤野枝、日陰茶屋事件の果てに恋では野枝に負けたが、文筆活動を続け、戦後衆議院議員となる神近市子……本間は彼女たちの共感者のひとりであったようである。(22) 本間兄弟がここを利用したのは明治三八年（一九〇五年）から四三年（一九一〇年）、久雄が一九歳から二四歳までのあいだであるが、本間とらいてうや神近市子らとの交流は文筆家仲間として長期にわたって続いた。昭和三四年（一九五九年）、本間は荒木郁子一七回忌の法要に出席し、その席で正宗白鳥、神近市子らと会っている。(23) このような煌めくような女性たちとその運動との出会いは、当時大正デモクラシーの波に乗ってクローズ・アップされた婦人問題に対する本間の覚醒をうながすきっかけともなり、大正初期の頃から本間が婦人問題について盛んに論じる一因ともなったのではないか。丸善で手に取ったエレン・ケイの著書との出会いをきっかけに、(24) 平塚らいてうとほぼ同時期にエレン・ケイの婦人論の紹介と翻訳公刊を行う。大正元年（一九一二年）「エレン・ケイ女史の恋愛道徳論」を『早稲田講演』に発表。本間は大正年間にエレン・ケイに関する著書数冊をまとめた。

早稲田大学卒業当時、本間のまわりには個性的で華やかな活躍をしている女性たちの一群があった。彼女らは恋愛や結婚に関しても自由な考えをもっており、らいてうと森田草平、大杉栄と神近市子、伊藤野枝、のように、彼女らと文士との恋愛事件のいくつかは当時評判になった。そして当時本間とおなじく、エレン・ケイの唱道者であった原田実は『青鞜』の同人斎賀琴子と結婚した。だが、本間久雄は私生活においては地味で堅実であった。明治最後の年、本間久雄が結婚相手として選んだ女性は、文学活動とは関係のない、同郷の高橋み江であった。み江は米沢の人高橋盛蔵の長女であったが、母親の死後、当時名古屋在住であった叔父竜造のもとに預けられ、少女期をその地ですごした。久雄とみ江の共通点はふたりとも米沢の言葉を話し、米沢気質を理解し、米沢の知人を共有するが、いったん故郷を離れて生活する開放感を味わったことのある者の常として、「故郷」のもつ閉塞感から逃れ、米沢をはなれて住みたい、首都東京で一旗揚げてみたいという願望であったのかもしれない。長男としての責任感が強く、実直で真面目な本間は、結婚に関しても着実な選択をしたのだろう。あるいは本間の心のどこかにあるルーツ米沢に対する抜きがたい愛着がこの選択の原因であったのかもしれない。東京の女性でなく同郷のみ江と結婚したことによって本間は米沢とのつながりを保ち、終生米沢を、米沢人を、そして米沢気質を慈しんだ。

大正二年（一九一三年）には長女久美子、六年（一九一七年）には次女清香誕生。

二　早稲田（開花）

能役者の家系に生まれたためか、独特の感性と表現力をもち、優秀ではあったが生活体験の幅がせまかった貧しい青年本間のもてる才能を開花させたのは、早稲田での生活であった。

下宿と図書館を往復する以外に、本間は多くの出会いを経験し、その世界は急速に広がっていった。その一つは友人関係の形成であろう。同級生ではたとえば坪内士行。坪内逍遙の養子であったが、その後、結婚問題で養父との関係がこじれた際も、住まいがすぐ近くであったためか親しく行き来した。共に長寿であったが、本間が数年先立ち、その葬儀に際して心のこもった弔電をよせたのも士行であった。明治四二年度卒業生のなかで、当時本間と接点があったものには、『早稲田文学』に寄稿し、卒業後読売新聞社につとめ、のち脚本家となった仲木貞一、一時高校教諭をつとめたが帰京して抱月の『戦争と平和』の翻訳の手伝いをし、大正末年に東洋大学講師となった三木春雄、演劇研究家、劇作家で、大正一三年（一九二四年）まで早稲田大学で講師をつとめた島村民蔵等がいる。島村とは大正当時何となく協調関係があったようで、『読売新聞』には、本間と島村が相談してストリンドベルヒの作品を分担翻訳する予定がある、とか、「本間久雄氏、島村民蔵氏、演劇研究所の講師」となる、など報じられている。(25) また、島村が主宰した『大正文学』には本間も投稿している。仲木貞一、島村民蔵は大正末期、本間が国民新聞紙上演劇の合評をおこなった際によく同席しているし、同紙上には時に三木春雄の記事もみえる。卒業後すぐイギリスに留学し、バーナード・ショー研究家となった市川又彦もある時期から本間の親しい友人となった。七〇歳代まで音信がつづいていたもののひとりに、佐藤緑葉（利吉）がいる。小説家を志し上京、創作にはげみ卒業後万朝報に入社、創作活動をつづけたが教職につくと同時に創作を断念、恵まれない晩年をすごし、昭和三三年（一九五八年）に自殺。同年開かれた、明治四二年組同窓会の出席者は、本間のほか、この佐藤緑葉、中島利一郎、高賀貞雄、三木春雄、市川又彦、坪内士行であった。(26)

本間のもっとも重要で基本的な人間関係は疑いもなく早稲田大学英文科の師弟関係をめぐって形成された。そのひとつが抱月との出会いである。本間は当時逍遙に惹かれて上京した多くの若者のひとりであったが、明治三九年（一九〇六年）、早稲田大学高等予科を卒業して翌年英文学科生となった当時、本間が学問上、そして生活上、直接間接にもっとも影響を受けたのは前年英独留学から帰国したばかりの島村抱月であった。抱月は、英文学、近世欧州文芸研究、美学などを担当し、教壇の上から、熱っぽく学生に語りかけ、逍遙の意を受けて再刊された

『早稲田文学』誌上に次々と文章を発表した。[27] 抱月の思想もさることながら、大学における卒業論文の意義、観劇の準備と劇評の仕方、梗概の大切さ、難しさについて等々、師抱月のどのような教えに感心し、彼から何を学んだかに関しては、本間自身が折に触れ語っているし、[28] 抱月の学問上あるいは思想形成上の影響については清水義和氏が論じておられる。[29] 本間は抱月の英文学史、文学批評論、トルストイ講義などを聴き、[30] 抱月に心酔し、卒論指導も抱月より受けた。タイトルは『シェークスピアとトルストイ（近代批評上の一問題）』。

本間は一九〇九年（明治四二年）早稲田大学を卒業。卒業とほぼ同時に、『早稲田文学』にほとんど毎号執筆。本間自身のちに「私は、もともと自然主義運動の発祥地とも云ふべき稲門に学び、自然主義提唱の先端に立っていた島村抱月の影響を受けたばかりでなく……雑誌「早稲田文学」が自然主義運動の華々しい一つの舞台であっただけ、私も自然、自然主義運動の評論家として世の中に出ることとなったのであった。」と述べている。[31] 本間は、大正三年（一九一四年）までは『建築学界』の編集員であったらしいが、[32] 同年辞任、抱月の認可をへて早稲田文学社に入社。抱月はイルジョー・ヒルン著、本間久雄訳『芸術之起源』（早稲田出版局　一九一四年）の序文も書いている。そして大正五年（一九一六年）本間が『早文』に書いた「民衆芸術論」が大変な反響を呼ぶと、抱月は本間のインタビューに答えて翌六年「民衆芸術としての演劇」[33] を発表する。『早稲田文学』のまわりにつどった多くの若者のひとりとして本間久雄もまた、抱月によって啓発され、才能を開花させる機会を与えられたひとりであった。

そんな本間は、抱月死去のおりには、当時『早稲田文学』の編集主幹をひきついでいたためか、抱月とは近しい間柄にあった。抱月葬儀当日の『秋田羽雀日記』によれば、葬儀の際、「平沼博士、田山花袋、中村（吉）、相馬、中井、本間諸君の弔詞、遺族および坪内博士、須磨子の焼香……」とある。[34]

抱月との出会いは当然卒業のころから本間も執筆することとなった『早稲田文学』の執筆者仲間や、編集者たちとの出会いを生んだ。そのなかで特に親しんだのが、米沢と同じく上杉家ゆかりの新潟県出身の相馬御風であった。御風は、第二次『早稲田文学』が抱月を主幹として再興された明治三九年（一九〇六年）卒、卒業と同時に同期の片上伸（天弦）と白松南山（杉森孝次郎）とともに『早稲田文学』の編集員として採用された。だがその後まもなく、片上、杉森は母校の講師となり、抱月も文芸協会付属演劇研究所の活動に力を入れはじめたので、編集一切が彼にまかされることとなった。御風は「鋭敏な頭脳と繊細な感覚とを併せ持った文明批評家的ジャーナリスト」(35)であり、四〇年卒の中村星湖を片腕とし、事実上の主宰者として相応の手腕をふるった。(36)本間の早稲田文学社入社に関しては、御風の意向もあったと思われる。相馬御風は、自然主義論を展開する一方で、小説も書き、翻訳も行い、詩人として詩歌の革新を提唱し三木露風、野口雨情、人見東明らと早稲田詩社をつくり、はたまた芸術座の『復活』のために「カチューシャの歌」の作詞をするなど、抱月門下生のあいだでも柔軟に華やかにその活動を展開したひとりであった。彼は、後述の抱月・須磨子事件が明るみに出ると、一門の片山伸、中村星湖、人見東明、楠山正雄らを集め、いち早く抱月支持をうちだすなど、抱月の弟子達のあいだにあってリーダー的な存在でもあった。(37)御風と本間兄弟は編集者仲間として以前に、ともに荒木郁子の下宿兼旅館につどうなど親しい間柄であった。国雄は御風の父徳治郎が東京に出てきた折りのことであろうか、彼をモデルに油絵の肖像画をものしている。本間と御風との交流は御風没年直前まで続く。御風は、『早文』のこと、家族のこと知人のことなど、四方の事について忌憚なく語り合える先輩であり、友人であった。(38)

相馬御風の他にも『早稲田文学』につどった人物で本間とのかかわりの跡をたどれるものもある。たとえば片上伸。大正七年（一九一八年）六月三〇日朝、「片上、本間久雄講師の件」で坪内逍遙を訪れ、(39)大正九年（一九二〇年）片上にかわって本間は『文章世界』の論壇の選者となっている。秋田雨雀も抱月の推挙により『早稲田文学』に小説を発表。『早稲田文学』のみならず『文章世界』『新小説』『新潮』『読売新聞』などで広く活躍し、抱月の芸術座創立に参画したが、大正・昭和期には『早稲田文学』編集者としての本間宅をよく訪れて、その交流を日記に書き残している。(40) のちに教育者となり、昭和女子大学を創立した人見東明とは、彼のプロジェクト『近代文学研究叢書』に協力し、昭和女子大学に出講し、東明の没後、『人見東明全集』の監修者として名を連ねている。

本間と逍遙との関係は、より長期にわたる。本間は逍遙に対して、学生として、評論家として、編集者として接しながらも、終生一弟子として逍遙を師と仰ぎ生涯深い尊敬と感謝をもってつくした。多くの弟子を育て、それぞれの才能を伸ばした逍遙は本間の才能をも良く見極め引き出し、愛したようである。

本間が待望の逍遙先生の英文学購読及研究（シェークスピヤ）の講義を聞くことになったのは、明治四〇年（一九〇七年）のことであった。(41) 大正元年の早稲田大学校友会名簿によれば、本間久雄と同級、明治四二年度英文科卒業生数は六二名であった。大御所逍遙にとってすべての学生の名前と顔とを覚えるには多すぎる数であろう。ただし、本間は、逍遙の養子、坪内士行らが催していたイブセン研究会の一員であったことが縁で坪内家に親しく出入りするようになったとのことである。(42)

本間と逍遙とのつながりを考える際、当然彼もまた逍遙門下の若人たちの一員となったということも意味する。明治末から大正にかけて逍遙の関心事は文芸協会と演劇改良運動をめぐる活動であった。したがって逍遙のまわりの若人たちも当然演劇に関心を持ち、逆に逍遙のまわりにいればおのずとそうしたことに関心をもつようになった。本間も明治末期から大正初期にかけて『歌舞伎』、『演芸画報』、『演芸倶楽部』等に演劇関係の文章を書くようになる。本間と逍遙の定期的な交流を跡づけることができるのは、大正五年（一九一六年）以後、逍遙劇をめぐってである。逍遙は早稲田大学を引退し、そして本間は『早稲田文学』、『読売新聞』、『文章世界』『演芸画報』等を中心にかなりの文筆活動をおこなっている頃であった。大正五年（一九一六年）一〇月九日歌舞伎座にて『沓手鳥孤城落月』上演のさい、逍遙は「楠山、池田、島村、本間、西村、高須、士行を歌舞伎へ招」き、[43]一〇月二七日には、ほぼ同じメンバーが逍遙を浜町小常磐に招待。[44]同年一一月号逍遙を顧問とする『新演芸』に本間による「弧城落月合評『悲劇としての価値』」掲載。本間は翌六年七月四日歌舞伎座にて『牧の方』上演のさい、再度「劇談会」の一員として島村、池田、東儀、不倒とともに歌舞伎招待にあずかっており、[45]一一月一日には「劇談会」としてともに鶴見花香園にて食事をしている。[46]大正七年（一九一八年）三月二一日には「劇談会」の面々が『義時の最後』朗読に東京より熱海に招かれている。

逍遙には弟子が多く、昭和三、四、五年（一九二八、二九、三〇年）に開かれた倘佯会（逍遙を師と仰ぐ早稲田大学文科校友有志の会）に集まった人数は数十名を数えたという。本間が共に歌舞伎招待にあずかった「劇談会」のメンバーである池田大伍、楠山正雄、河竹繁俊、西村真次、高須梅溪、島村民蔵、東儀鉄笛らはほとんど逍遙、あるいは逍遙、抱月両方の推挙をうけ、活躍の場を与えられた人々であり、[47]大正中期に逍遙を核として行を共にした若手の集まりである。このうち、長らく同じ早稲田で教鞭をとったという点で、河竹繁俊とは見える機会も多かったであろう。特に個人的な交流がつづいたのは、西村真次と高須梅溪であった。西村真次は明治三八年（一九〇五年）、国漢文・英文科卒、『朝日新聞』記者をへて冨山房『学生』の編集主任。人類学、史学の才能を逍遙によって認められ本間と同じく大正七年より早大講師となった。のち、筆禍事件に巻き込まれ、[48]戦時中の昭和一八年（一九四七年）他界。息子朝日太郎ものち早大教授となり、本間久雄をしばしば訪れ、父親をなつかしんでいる。[49]高須梅溪は、明治三八年（一九〇五年）英文科卒業、文学、思想、歴史にわたる幅広い評論活動を行い、本間の『早文』明治文学号をいち早く「近時文壇の一収穫」と好意的に評価した。[50]昭和三〇年代には、本間久雄や女婿の高津春繁と親しい交流があった（久美子直話）。

本間の大学卒業当初逍遙、抱月がかかわった問題で、本間もまた関与し、彼に大きなインパクトをあたえたのが、第二次文芸協会にまつわる一連の出来事である。[51] 明治四二年(一九〇九年)、逍遙、抱月らによって第二次文芸協会が発足し、その付属機関である演劇学校より女優松井須磨子が誕生する。その須磨子と抱月との恋愛が発覚し、逍遙と抱月が決別する。抱月は早稲田大学を辞職し、須磨子は文芸協会退会、逍遙の文芸協会会長辞任、第二次文芸協会解散、抱月と須磨子による芸術座結成と続く。本間は大正二年(一九一三年)一二月帝国劇場における芸術座公演「サロメ」の劇評のなかで「……須磨子氏はエゴイステックな、勝気な我侭なサロメといふ女性を極めて巧みに演出した。一體須磨子氏はかう云ふ方面の性格を演出する上には恐らく現存の日本の女優中の随一に置かるべき人である。」と評している。[52] そして、本間がいわば舞台の上の須磨子の『サロメ』を見ると同じように至近距離から見たものは、女優須磨子のたけだけしい情熱としたたかさの前に理知の世界のふたりの男性が翻弄され、その創造物が壊される過程であった。舞台上で須磨子が演じ上げたファム・ファタール「サロメ」は、抱月に対してファム・ファタールとなった須磨子の姿とだぶって見えたに違いない。

須磨子に惹かれていった妻帯者抱月の姿をみて本間は従来の婦人問題への関心からさらに恋愛のあり方、特にいわゆる三角関係という現象についての関心を深めた。大正一〇年(一九二一年)には『男女三角関係物語』(新潮社)大正一二年(一九二三年)には『恋愛の殉教者』(小西書店)を著作する。なにしろ、男女間の「恋愛」という概念に社会がようやく慣れてきたころのことである。昭和三〇年代、本間が酒田市を訪れた際、酒田港座にて『復活』を公演した折りに、抱月が書き残した横額「夢の世の中」を当地の池野氏より贈られた。その折りに本間は、「恋愛」のために学究としての将来を捨て、有り余る才能の結実を断念せざるをえなかった抱月の心中を思い、感慨にふけっている。[53]

こうした人的交流のなかで、大正七年(一九一八年)六月、本間久雄を早稲田大学講師とする話が持ち上がった。本間は、当時早稲田を揺さぶったいわゆる「早稲田騒動」[54] の結果学園を去ることとなった服部嘉香、村岡典嗣のあとにリクルートされた若手教員のひとりであったかもしれない。[55]「著述に従事」[56]していた本間久雄は、同年九月には早稲田大学講師となり、雑誌や新聞に寄稿をしつつ教鞭をとることになった。担当科目は、近代芸術論と芸術批評。[57]恐らく本間は教えるということの楽しさ、難しさ、そして教えるための勉強の必要性を感じたのであろう。彼の著作物には、一般の読者を対象としたものに加えて、『最近欧州文芸思潮史』とか『西洋最近美術史』のような講義録があらわれる。

三　早稲田（発展）

大正七年（一九一八年）一〇月、本間が初めて教壇にたった翌月、彼は『早稲田文学』の主幹をつとめることとなる。主幹抱月にかわって、編集に関して事実上とりしきっていた相馬御風が家庭の事情で大正五年（一九一六年）突然故郷糸魚川に隠棲したことは編集者のあいだで大きな困惑を招いた。単に誰が御風の役割を果たすかということだけではなかった。『早稲田文学』もまた他の多くの雑誌とともに発禁処分をこうむり、『早稲田文学』が再度発禁になったさい、編集人、発行人をかねている抱月に累がおよぶことが懸念された。そこで名義をかえるという話しが持ち上がったのである。[58]抱月のもとで編集の主要任務を引き受けた本間は、『早文』発禁後、再発行にあたり、彼を引きついで編集主幹となった。[59]皮肉なことに、本間が手がけた最初の大仕事は、突然の抱月の死と、大正七年一二月『早稲田文学』島村抱月追悼号であった。つぎに彼は翌八年二月号で松井須磨子の追悼文を執筆することとなる。

抱月を失い、他の文芸雑誌の伸長著しいなかで、財政的にも非常に困難な時期をむかえ、本間は、大正八年（一九一九年）秋、『早稲田文学』の今後の編集方針相談のため逍遙を訪問し、[60]第一次『早稲田文学』にならって講座的なものを取り入れることにする。そして、同年終わりの頃より坪内逍遙が、ふたたび『早稲田文学』の主たる寄稿者として登場する。大正九年（一九二〇年）一月より逍遙は『早稲田文学』にて『五十年前に観た歌舞伎の追憶』の連載をはじめ、同年内に完結。師弟であるとともに、著者兼相談役と編集者の間柄となった本間と逍遙の交流は頻繁となり、逍遙が引退後住むこととなった箱根と東京間をしばしば往復する本間の姿がみられる。大正六年（一九一七年）七月一日の前述『牧の方』への招待状からはじまって昭和六年（一九三一年）六月六日まで本間は逍遙よりはがきも含め一五六通の書簡を受け取っているが、そのほとんどは『早稲田文学』に関するものだという。(61)

『早稲田文学』の変化を嫌う当時の若い作家のブーイングのなかで、(62)紙上に取り上げることが出来なかった新進作家に断り状を出しつつ、(63)値段が高い、「古色蒼然たるお宮」であると(64)批判されながらも、本間はともかく老舗『早稲田文学』の編集を続ける。

その間、本間の文筆家としての活躍はますます盛んになった。発表紙も初期の『早稲田文学』や『讀売新聞』に加えて、『新潮』、『新小説』、『文章世界』、『中央文学』などにも広がり、扱うトピックも自然主義、ワイルドの紹介や翻訳、ズーダーマンやストリンドベリの翻訳、エレン・ケイと婦人問題から、小説一般、文壇、芸術論、結婚問題や性道徳、世界平和、労働問題、国語問題、教育問題など社会問題全般にわたり飛躍的に増えた。さらに演劇評論にも手を伸ばし、上の諸雑誌に加えて、『演芸画報』、『新演芸』、『歌舞伎』にも盛んに執筆している。新聞も『読売新聞』に加えて本間の名前は『時事新報』『東京日日新聞』、『みやこ新聞』にもにぎにぎしく登場する。大正年間の読売新聞のゴシップ欄には、本間久雄の講演予定、本間久雄が風邪をひいた、故郷に帰省した、本間一家が避暑に行った、どこそこに転居した等々が報道されている。

一見華やかな活躍ぶりにもかかわらず、大正年間の本間久雄の生活は財政的に必ずしもめぐまれたものではなかった。本間兄弟が勉学のため上京するに際して越後関町の近藤勘次郎より財政的援助をうけ、その返済のために、毎月一度、同一人物のもとへ母が訪れ辞を低くして礼をいうのを同伴者の娘久美子が幼いとき目撃している(久美子直話)[65]。

明治末期から大正にかけて、早稲田大学の教師はきわめて薄給であった。そのため他に収入の道がない場合には、講師となっても講義録、学校関係の出版物の編集、執筆、新聞雑誌への寄稿など、さまざまなアルバイトをせざるをえなかった[66]。僻地の貧乏士族の出であった本間には他に収入の道があろうはずもない。後日、大正八年(一九一九年)の父の死をふりかえって次のように述懐している。「その頃の余は新進批評家として評論壇にいさゝか活躍せりしとは云へ、一竿の筆、辛じて一家(妻及び二人の娘)を支へるにとゞまり、父の窮乏を救ふの餘裕なく、わづかに野辺の送りの資を妻の才覚によりて得たるのみ。[67]」本間の場合、たとえ研究に専心したくても、ジャーナリスティックな活動をせざるをえなかったといってもよいであろう。夏には諸肌脱ぎになり、蚊取り線香をたきながら、冬にはどてらをはおり、凍える手を火鉢にかざしながら、『現代の婦人問題』であろうが、『日記文の書き方』であろうがひたすら著述にはげむ本間の姿があった。

そして大正一二年(一九二三年)、この年九月一日、関東大震災がおこった。本間は当時、吉野作造博士の斡旋により、基督教青年会主宰夏期講座の文学思潮講座講演のため上海を訪れていた[68]。吉野作造と本間久雄の接触がどのようにはじまったかは定かではない。本間の関心は大正中期ごろより、従来の文学、文化、婦人問題の枠を越えたひろがりをみせ、ひろく平和問題、社会問題について『中央公論』などに発言をするようになる。婦人問題、社会問題もつきつめてみれば政治問題に還元されると言う点で本間も吉野博士の活動に共鳴する部分もあったのであろうか。早稲田文学に「黎明会の設立を喜ぶ」の一文をのせ、「現代の青年を動かしつつある政論家、思想家吉野作造博士と与謝野晶子女史」の一文を『中央公論』にのせている[69]。また吉野博士も大正一一年(一九二三年）より何度か早稲田大学にて科外講演を行っている。一二年（一九二三年）七月一〇日には本間は上海行きを相談するために吉野博士を訪れている。吉野作造は同年七月三〇日より八月七日まで日本人青年基督教会の招待で上海に滞在、本間自身は、八月一九日には上海におり、帰路関東大震災のニュースを聞き、大変な苦労をして東京にたどり着いて家族の無事を知り、ようやく安堵した記憶を三〇数年後の昭和三〇年代に生き生きと描き出している。[74]

関東大震災から吉野博士が、逍遙が、そして本間を含めて多くの人々が学んだことは、明治時代のものを保存することの大切さであった。翌一三年発足した吉野等の明治文化研究会に震災を期に英文学から明治文学研究に転向した柳田泉が、木村毅が参加したのになぜか本間はいない。根っからの文学、芸術愛好家であった本間のありかたは、本質的に吉野博士の広汎な政治的生き方とは異なっていたのかもしれない。明治文学研究に必要な資料を集めることに関して本間なりの貢献は『早稲田文学』の「明治文学研究号」であった。[75] また当時、おそらくは逍遙の賛同をへて行われた企画のひとつが東京堂より刊行された明治文学名著全集であるかもしれない。本間は、山口剛、神代種亮、木村毅などとともにこの全集の編者として久保田彦作、仮名垣魯文、尾崎紅葉作品の校訂をおこなっている。

そして、本間は『早稲田文学』が研究誌的な色彩を帯びるようになると、ますます学究のおもしろさ楽しさ、奥の深さに惹かれていった。大正末期になると、タイムリーでジャーナリスティックな評論に加えて、名著といわれた『文学概論』や、博士論文の基礎となった近世イギリス唯美主義に関する論文のように、学問的な色彩の著作物があらわれる。教壇に立つという経験もあながち体質に合わないこともなく、将来的に、学究としての道を進むことを考えたのであろうか。[76] そして昭和三年（一九二八年）に本間にも英国留学の道が開かれた。本間、当時四一歳。

航空機もなく、留学には莫大な費用を要した大正から昭和にかけても、卒業後大学の援助なしに留学した学生は以外と多い。明治三八年（一九〇五年）卒では横山有策、本間と同期では坪内士行、市川又彦らがいる。大正年間に、早稲田大学給費留学生として欧米に留学した学生は文系では留学年度順につぎのような研究者がいる。杉森孝次郎（明治三九年卒業）、片上伸（同三九年）、吉江喬松（同三八年）、関与三郎（同三九年）、日高只一（同三八年）、森口多里（大正三年）、西条八十（同四年）、宮島新三郎（同四年）、そして昭和に入って、本間久雄（明治四二年）[77]。

明治四二年（一九〇九年）卒の本間が昭和三年にして海外留学するというのは早いほうではなかった。おそらく留学して成果を上げるべき論文のテーマがまとまってきたのがこのころであったのであろう。また、一年間著述業にかかわる収入がとだえても家族の暮らしが成り立つだけの準備をするぎりぎりの年齢であっただろう。

ともあれ、ようやく昭和三年（一九二八年）、世界大恐慌が始まる前年、明治三五年（一九〇二年）に島村抱月が、明治末期に級友坪内士行やバーナード・ショーの研究家市川又彦が見たイギリスの地をたずねることとなった。彼のイギリス滞在の大きな目的は、オスカー・ワイルドと英国唯美主義の研究のためであった。オスカー・ワイルド研究資料を集め、関係者に会い、ゆかりの地を訪ねるかたわら、本間もまた抱月や士行に倣って観劇し、文壇、および演劇関係者にインタビューをした[78]。最新イギリス事情を紹介しながらも、イギリス留学をきっかけに本間が興味をもったことは、当時のイギリスにおけるジャポニズム、ラファエル前派、浮世絵の伝播等々、遙かなるイギリスの地と日本を結びつける文化交流であった[79]。

大正年間、本間久雄は、ある種の進取性をもち、文化について、社会について時代の要求する事柄に対して鋭い嗅覚をもち、インテリ大衆のオピニオン・リーダーとして世論を形成する役割をはたしたジャーナリストのひとりであった。しかし、早稲田大学文学科関係者で、本間と同様な活躍をしていたものは少なくない。例えば、大正年間における逍遙・抱月の弟子の活躍を『読売新聞』でみてみると、中村星湖が書いた、あるいは彼について言及のある記事は三四二件、相馬御風は二九六件、中村吉蔵二七七件、吉江喬松二〇八件、秋田雨雀にいたっては四三一件もあり、本間久雄の二四二件は特に多いほうではないのである。

四　早稲田（挫折）

早稲田大学文学部の本間のあり方に影響をあたえたのは昭和六年（一九三一年）の総長交代と大学組織の変革、それと前後する世代交代であった。大正一二年（一九二三年）から早稲田大学総長をつとめた高田早苗が引退し[80]、田中穂積が総長となり、高田早苗、市島春城、坪内逍遙が維持員引退。田中は高田のもとで理事をつとめ、学校行政に辣腕を振るって来たので、その経営者的手腕には定評があった。坪内逍遙が総長に要する資格としてあげた「徳望」とか「学問に対する深い造詣と熱愛」といった資質には欠けるところがあったが、実務家としての手腕を期待されて総長になった人物である[81]。文学部でもその前年昭和五年より本間の郷里の先輩五十嵐力が文学部長の職をしりぞき、文学部長は昭和五年（一九三〇年）より一五年（一九四〇年）まで吉江喬松となり、そのあと昭和二一年（一九四六年）まで日高只一と続く。昭和五年当時本間は四〇代半ば、そしてかつて『早稲田文学』に、文芸協会に、芸術座に若き情熱をたぎらせた仲間たちも、もはや本間と同じく四、五〇歳代。片上伸はすでに鬼籍に入り、中村吉蔵は劇作家、秋田雨雀も脚本や童話そして社会主義に傾倒し、相馬御風は故郷に引退、楠山正雄は劇評の世界から児童文学の道に進んだ。

吉江喬松は本間より四年前の明治三八年（一九〇五年）に早稲田の文学科を卒業。在学中は逍遙と抱月に師事し、『早稲田文学』にも吉江孤雁の名で美しい文章を発表し、活躍したひとりであったが、学問の道を追求、明治四一年（一九〇八年）に母校の講師となり、四五年（一九一二年）には教授。大正五年（一九一六年）から若くして早稲田大学派遣留学生としてフランスに留学の機会にめぐまれた。フランスでは研究のかたわら逍遙の『役の行者』をフランス語に訳し、紹介する。かつての抱月のように、文学科におおいに資することを期待されての留学だったのだろう、大正九年（一九二〇年）帰国後文学部フランス文学専攻主任教授となり、同年逍遙により早大文学部内に創立された文化事業研究会には逍遙の意をついで活動の推進力となった。この会には逍遙を中心として、金子馬治、横山有策、日高只一、片上伸、吉江喬松、西条八十、山岸光宣、坪内士行、山口剛、五十嵐力、長谷川天溪、河竹繁俊、等が参加したが、本間久雄の名前はなぜかここにない。『仏蘭西古典劇研究序説・ラスィヌの悲劇』で昭和六年（一九三一年）に博士号を得る。フランス文学者吉江喬松は、いわば早稲田の純粋培養の学者であり、学究としての能力も高く、前学部長のもとで文学科教務主任をつとめ、田中総長のもとでは維持員となり、行政手腕にもすぐれていた。

彼が学部長になって翌六年、新総長田中穂積のもとで文学部も大きく変化する。より専門化され、細分化された学問大系に対応するためか、文学部教員構成も前年度の教授二七名、助教授八名から、教授三四名、助教授四名となった。金子馬治や五十嵐力などの長老が現存しているなかで吉江より少し若い世代が大挙して加わった形である。昭和六年に教授になった人々に関しては逍遙や長老的存在の教授たちの影響力も感じられるが、同時に、彼の弟子の世代の影響力の伸長も感じられる。伝統的に、そして学部の性質上、他に活躍の場をもっている教員も多かった。昭和六年（一九三一年）に新しく教授になった一二人のなかには、歌と書の會津八一、劇作家の中村吉蔵、詩人の日夏耿之介、詩と歌の西条八十らがいた。谷崎精二も作家であったが、大正一〇年（一九二一年）に早稲田大学講師、ついで助教授になると、文筆活動から遠のいていった。そして長老にとって吉江は若輩であり、若手にとって吉江は長老クラスより距離感が少なく、よく言えば近づきやすいが、年齢が近いだけ、学究としての技量、スケールの大きさ、影響力、カリスマ性については明らかに先代より小振りに見えたにちがいない。この状況のなかで吉江は文学部をまとめていかなければならなかった。そして彼をサポートするべく教務主任には同期の日高只一があたった。(82)

当時本間は、早稲田大学という組織の一員であると同時に、あるいはそれ以上に文壇人であった。昭和年間になってますます発達し、重要性を増したメディアの世界で活躍を続けた。大正一四年（一九二五年）、『国民新聞』学芸部の特別寄稿者となり、(83)昭和年代に飛躍的に部数をのばした『東京朝日新聞』にも執筆し、大正一四年七月東京放送局のラジオ放送が開始されると翌一五年三月二二日、本間はさっそくラジオ放送、『婦人講座』で「物の哀れ」を講じている。イギリス留学を終えて帰国した昭和四年秋にはシリーズで倒叙英文学講座を放送。本間の役割は文化や社会問題に関して、かなり広くコメントできるジャーナリスティックなセンスをもつ評論家であり、同時にマスメディアの世界で知名度があり、当時のインテリ大衆に対して特定の学問領域の講座を担える学者でもあった。評論家としての活動を続けながら、研究にも力をいれ、イギリス留学の成果を博士論文の形で発表しようとしていた。この時期の本間のパワーには他を圧するものがあり、その活躍振りは際だっていた。

外出には、はおりはかまに白足袋、懐中時計から眼鏡のフレームまでこだわりを捨てないスタイリストであった本間は、ほかにも個性的な教授が多いなかでも、学園のなかで文壇の匂いを感じさせる人物であった。そんな本間にあこがれる学生がいる一方、教員としては新参でありながらどことなく自己顕示欲を感じさせる本間の言動にたいして、眉をひそめる人もいた。

そうした状況で物議を醸したのが彼の博士論文の装丁であった。昭和九年五月東京堂より刊行された本間の学位請求論文『近代唯美主義の研究』は白い表紙に小林古径描くところの孔雀図、見返し表にはおなじく古径による百合を、裏にはひまわりを配したもので、贅を尽くしたものであった。本間としてはおそらく、自分の学問の記念碑としてそれにふさわしい装丁をデザインしたのであろう。ところが、これが学術論文は質素であるべしという不文律に触れたのである（久美子直話）。

また、本間その人の性格か、それとも評論家という職業のためなのか、教授会の成員となってまもなく、本間は学園や文学部のあり方、文学や文学者のあるべき姿等々についても意見をもつようになった。そして意見を述べることも好んだ。おそらくかつて評論においてみられるポレミカルな論調で主張し、反対するものに対してテコでも動かぬという姿勢をもって。さらに悪いことには、自分の考えを実現するために、行政の場で指導的な地位につきたいものだ、と思い始めたことである（清香直話）。かつて祖先が、勤務に精進して一石でも一斗でも石高を増やすことに汲々としたように、本間もまたさらなる飛躍をめざしたのかもしれない。

学内の人々に働きかけるのは、新聞を通じて、ラジオを通じてひろくインテリ大衆に対して発言し、彼らを啓蒙するのとはわけがちがう。華やかな理想論は、実現に難く、組織のもとで生を営む人々の実質的な利益を約束するものでもない。個人的には本間に対して好感をもち、本間的な路線の延長線上にあり、本間の意見に賛同する人も、政策的に彼を支持するとは限らない。むしろ学内政治に積極的にかかわらないことを選ぶ。学校行政にたずさわるものは、政策を立案し実現するためには事前の根回しや、組織全般に対する気配り目配りに時間をかけ、常に対人関係に心を砕き、コミュニケーションをたやさないことに神経とときには金銭を費やす。だが、本間の念頭には、彼以外の人々の一般的な考え方を理解し、それに歩調を合わせていこうという意識はなかった。

組織は、異質なものを嫌い、その異質性を攻撃し、排除する。学外活動のような余人と異なる活動には攻撃が加えられやすい。

このころから家内で本間の愚痴がきかれるようになる。当時父の話をきいていた長女久美子は「早稲田とは本当にひどいところだと思った。」と述懐する（久美子直話）。

本間の従兄弟高橋里見は松野鶴平氏の談話をあげて、つぎのように述べている（「米沢人気質」昭和三三年『心』六月号[84]）。

「米沢人はなかなか頑固だから、役人などになって行く時には用心しなくてはならない。何かいうことだけ言ってしまって尻をまくってしまう、皆なかなか一家言持っていて扱いにくい。その点、例えば薩摩とか長州は後輩を育てて大勢を成して行く。ところが米沢人は一人一人はそれ相当なものだけれども、進取的な力に結集することができないようなところがある。……」といっていましたが、なるほどそういうところがありますね。まあ、ある意味で個人主義みたいなことになるわけですね。

おそらく本間は文学部内部で米沢人の欠点を露呈してしまったのではなかろうか。つまり、ひとの意向をさぐることなく、自分が正しいと思う意見を発言する、ただし、その意見を実現する手段は一切講じることなしに。米沢の学者のそして能役者の血筋は本間に鋭い感受性とすぐれた文章表現力を与えた。米沢の貧乏士族の血筋は彼に質実剛健とねばり強さを与えた。しかし彼の環境のなかには、組織の中での身の処し方や人心掌握術は教えなかったのである。

そして、二〇年先の、否、五〇年先の彼の評価を決定したのはこの時期の彼の行動であった。

（1）清水義和『ショー・シェークスピア・ワイルド移入史』文化書房博文社、一九九九年。
（2）内藤寿子「思想の芽ぶくところ―序論　本間久雄と「婦人問題」―」（『文藝と批評』第八巻　第六号　一九九七年）三八―四八頁、同、「評論家本間久雄―〈青鞜の女〉との共振を軸として―」（『国文学研究』第百二十四集一九九八年）七〇—八〇頁。同、「小論　本間久雄宛田中王堂書簡」『繡』二〇〇〇年、一—一〇頁。同、「本間久雄『婦人問題十講』の意味—〈女性〉論と歴史叙述の連環について」（『文藝と批評』第九巻第二号、二〇〇〇年）六三—七五頁。同、「大正期の〈エレン・ケイ〉—翻訳・解説・受容の力学」（『文藝と批評』第九巻第四号、二〇〇一年）一四—二五頁。

（3）「芸者組」、および「番匠町」の由来に関しては東北芸術工科大学名誉教授、米沢市研究家松野良寅氏にご教示いただいた。その他、米沢市に関して多々ご教示いただいたことに感謝の意を表する。

（4）本間久雄「幼年時代の思ひ出—読書その他—」（『実践文学』第四号、一九五八年）六五—六七頁。

（5）『本間久雄日記』。謡曲の師としての本間益美と「米沢金剛九曜会」との関係については、『米沢市史　第四巻近代編』米沢市史編さん委員会編集、一九九五年、四五二頁。

（6）本間　前掲「幼年時代の思ひ出—読書その他—」六五—六七頁。

（7）『本間久雄日記』。「よみうり抄」（『読売新聞』大正八年六月一〇日）朝刊。

（8）川口忠夫編『興譲館史話』山形県立米沢興譲館高等学校創立九十周年記念事業実行委員会、一九七六年、四二頁。

（9）志賀家と志賀槙太郎については前掲書、六七—六八頁。

（10）昭和三〇年代の本間家と志賀家の交際については、『本間久雄日記』。

（11）本間久雄主幹時代の『早稲田文学』の表紙や挿絵の担当者として岸田劉生や萬鉄五郎があらわれる。

（12）大正五年六月一四日国雄画会のことについて本間は逍遙に依頼。（「逍遙日記　大正五年—大正八年」『未刊・坪内逍遙資料集一』財団法人逍遙協会、一九九九年、三七頁。昭和三〇年代、石橋湛山にも同趣旨の依頼をしている（『本間久雄日記』）。

（13）米沢の英語教育に関しては、松野良寅編著『興譲館世紀』山形県立米沢興譲館高等学校創立百年記念事業実行委員会、一九八六年、一八一—二一六、二三七—二六〇頁。

（14）松尾捨次郎と本間に関しては、前掲書、三〇六—三一三頁。松野良寅『米沢興譲館藩学創設三百年記念誌　興譲

館人国記』米沢興譲館藩学創設三百年記念事業実行委員会、二〇〇一年、三八〇―三八二頁。『興譲―創立五十周年記念号』一九三六年、六一―六五頁。

(15) 奥羽本線の開通については、山本由輝『山形県の百年』（県民一〇〇年史）山川出版、一九八五年、一三二―一三三頁。

(16) 松野　前掲『興譲館人国記』三〇一―三〇七頁。

(17) 昭和三〇年代の本間の中学同窓生との交流については『本間久雄日記』。須貝と穴沢については松野　前掲『興譲館人国記』五一、五七頁、氏家については前掲、川口忠夫編『興譲館史話』四六頁。

(18) 『稿本早稲田大学百年史　第二巻　上』、早稲田大学大学史編集所編、早稲田大学出版部、一九七六年、一〇五頁。

(19) 明治期の学生については、『稿本早稲田大学百年史　第一巻　下』早稲田大学大学史編集所編、早稲田大学出版部、一九七四年、三六四―四六八頁。

(20) 明治末の東京専門学校の学生生活、学生気質については、前掲『稿本早稲田大学百年史　第二巻　上』五五七―五六〇頁。本間自身の学生生活については本間久雄「その頃―追憶断片」（『早稲田大学新聞』一九四〇年一〇月二三日号）。同「あのころ　図書館通い」（『日本経済新聞』一九五四年一〇月一八日）朝刊。

(21) 『「青鞜」人物事典―一一〇人の群像』らいてう研究会編著、大修館、二〇〇一年、三四―三五頁。『雑音「青鞜」の周囲の人々「あたらしい女」の内部生活』（定本伊藤野枝全集第一巻　創作）学藝書林、二〇〇〇年、一三七頁。

(22) この点に関しては内藤、前掲、『評論家本間久雄―〈青鞜の女〉との共振を軸にして―』に詳しい。

(23) 『本間久雄日記』。

(24) 本間久雄『自然主義及び其以後』東京堂、一九五七年、一―七頁。

(25) 「よみうり抄」（『読売新聞』一九一四年一月七日）朝刊、同、（一九一六年五月二六日）朝刊。

(26) 『本間久雄日記』。

(27) 本間　前掲『自然主義及び其以後』一―七頁。

(28) 本間久雄「逍遙と抱月（講演要旨）」『坪内逍遙研究資料　第十集』財団法人逍遙協会編集、新樹社、一九八一年、一一一〇頁。本間、前掲書一一七頁。本間　前掲「その頃―追憶断片」『早稲田大学新聞』参照。

(29) 清水　前掲書、三〇一―三〇八頁。

(30) 本間　前掲「その頃―追憶断片」『早稲田大学新聞』。

(31) 本間久雄「『明治文学史』後記」（『実践文学』第二三号、一九六四年）一九頁。

(32) 本間の『建築学界』辞任については、「よみうり抄」（『読売新聞』一九一四年一月九日）朝刊。

(33) 島村抱月「民衆芸術としての演劇」（『早稲田文学』第一三五号、一九一七年二月号）四二―四九頁。この一文のいきさつについては本間　前掲「逍遙と抱月（講演要旨）」『坪内逍遙研究資料　第十集』一一一〇頁参照。

(34) 『秋田雨雀日記　第一巻』尾崎宏次編、未来社、一九八七年、一六〇頁。

(35) 本間久雄「追憶一、二」（『早稲田文学』一九八八年、六月号）二八―三〇頁。

(36) この間の事情は浅見淵『史伝早稲田文学』新潮社、一九七四年、とくに六九―七九頁。『早稲田文学』の歴史については『早稲田大学文学部百年史』早稲田大学第一、第二文学部編集、一九九二年、五七五―五八八頁。

(37) 抱月・須磨子事件にたいする、抱月門下生の反応については、河竹繁俊『逍遙・抱月・須磨子の悲劇』毎日新聞社、一九五二年、一一〇―一一二、一五八頁。

(38) 相馬御風記念館所蔵、相馬御風宛書簡二九九八―三〇二九。早稲田大学中央図書館所蔵、相馬御風書簡、本間久雄宛（大正八年四月三日）文庫一四―C五六。

(39) 前掲「逍遙日記　大正五年―八年」『未刊・坪内逍遙資料集一』一四五頁。

(40) 前掲『秋田雨雀日記　第一巻』随所。

(41) 明治四〇年当時の文学科のカリキュラムと担当教員については、前掲『稿本早稲田大学百年史　第二巻　上』四〇九―四一〇頁。

(42) 本間　前掲「逍遙と抱月（講演要旨）」『坪内逍遙研究資料　第十集』一一一〇頁。明治四一年から文学科に担当

講師が指導にあたり、学生を任意に研鑽させる特殊研究科が新設された。イプセン研究は坪内が、トルストイ研究は抱月が指導にあたった（前掲『稿本早稲田大学百年史　第二巻　上』四二二頁参照）。

(43) 前掲「逍遙日記　大正五年―大正八年」『未刊・坪内逍遙資料集二』五二―五三頁。一〇月歌舞伎座の出し物は歌右衛門、梅幸、羽左衛門、仁左右衛門による逍遙作「沓手鳥弧城落月」であった。『坪内逍遙事典』財団法人逍遙協会編、平凡社、一九八六年、四四七頁。

(44) 前掲「逍遙日記　大正五年―大正八年」『未刊・坪内逍遙資料集二』五五頁。

(45) 前掲書、九五頁。（歌舞伎座における大正六年七月歌舞伎では五世歌右衛門、二世左団次、一五世羽左衛門で逍遙の『牧の方』上演中であった）前掲『坪内逍遙事典』三四三頁。

(46) 前掲「逍遙日記　大正五年―大正八年」『未刊・坪内逍遙資料集二』一一四頁。

(47) 「劇談会」のメンバーと逍遙との関係については前掲『坪内逍遙事典』当該項目参照。

(48) 佐藤能丸『近代日本と早稲田大学』早稲田大学出版部、一九九一年、三四八頁。

(49) 『本間久雄日記』。

(50) 高須芳次郎「近時文壇の一収穫　『早文』の明治文学号」（『国民新聞』一九二五年三月一八日）朝刊。

(51) 詳しくは河竹　前掲書参照。

(52) 本間久雄「先代萩とサロメ」（『演芸画報』第八年第一号、一九一四年）五〇―五一頁。

(53) 『本間久雄日記』。『財団法人本間美術館資料』。早稲田大学中央図書館所蔵、島村抱月書扁額、「ゆめの世の中」文庫一四―B二〇。

(54) 「早稲田騒動」については、佐藤　前掲書、一八〇―二〇五頁。『早稲田大学百年史　第二巻』早稲田大学大学史編集所編、早稲田大学出版部、一九八一年、二〇九―二九八頁。

(55) 前掲『早稲田大学百年史　第二巻』二九四頁。

(56) 大正一二年六月以降早稲田大学に提出された履歴書では「早稲田大学卒業後著述に従事す。」となっている。

(57) 前掲『早稲田大学百年史　第二巻』一二〇一頁。
(58) 本間　前掲「追憶一、二」『早稲田文学』二八—三〇頁。
(59) 本間　前掲「逍遙と抱月（講演要旨）」『坪内逍遙研究資料　第十集』一一一〇頁。
(60) 前掲「逍遙日記　大正五年—大正八年」『未刊・坪内逍遙資料一』中、大正八年一一月二日「本間来、早稲田文学新年号の件」、一一月一五日「本間久雄来」、一一月二五日「本間久雄」、一二月一五日「午前本間来　来年度早稲田文学に「五十年前に観た劇」をかくことを約す」とある。
(61) 本間久雄「逍遙書簡集（その二）」『坪内逍遙研究資料　第二集』逍遙協会編集、新樹社、一九七一年、七八—八五頁。前掲「逍遙日記　大正五年—八年」『未刊・坪内逍遙資料集一』二二九、二三二、二三四、二三七頁。「逍遙日記　大正九年—一一年」『未刊・坪内逍遙資料集　三』財団法人逍遙協会、二〇〇一年、随所。
(62) 註(36)参照。
(63) この点に関しては、内藤　前掲「小論　本間久雄宛田中王堂書簡」一—一〇頁。また、本間久雄から逍遙宛書簡のなかにも、逍遙から推薦された作家の作品掲載を断ったという内容のものがある。本間　前掲「逍遙書簡集（その二）」『坪内逍遙研究資料　第二集』七八—八五頁、とくに八二頁。
(64) 「雑誌特大号全廃論（その他）—主として山本改造社長に—」（『読売新聞』一九二七年二月一九日）朝刊。池田さぶろ「（四）早稲田文学」（『読売新聞』一九二七年七月一四日）朝刊。
(65) 本間国雄は彼の著書『東京の印象』（大正二年）を近藤氏に捧げている。
(66) 『稿本早稲田大学百年史　第二巻　下』早稲田大学大学史編集所、早稲田大学出版部、一九七七年、一六八一—一六九頁。早稲田大学の教員給与については、『稿本早稲田大学百年史　第三巻　上』早稲田大学大学史編集所、早稲田大学出版部、一九八〇年、二九九—三一二頁。
(67) 『本間久雄日記』。
(68) 『本間久雄日記』。

(69) 本間久雄「黎明会の設立を喜ぶ」(『早稲田文学』第一五九号、一九一九年二月号)、六一―六二頁。本間久雄「現代の青年を動かしつつある政論家、思想家吉野作造博士と与謝野晶子女史」(『中央公論』第三六五号、一九一九年一月号)、一三三―一三六頁。
(70) 『早稲田大学百年史 第三巻』早稲田大学大学史編集所、早稲田大学出版部、一九八七年、四八二―四八八頁。
(71) 「吉野作造日記」『吉野作造選集 一四』(岩波書店 一九九六年)三一〇頁、七月一〇日火曜の項。
(72) 『吉野作造選集 別巻』岩波書店、一九九七年、九七頁。
(73) 『早稲田学報』(第三四五号、早稲田大学校友会、一九二三年一一月一〇日)一四頁。
(74) 『本間久雄日記』。
(75) 本間 前掲「追憶一、二」『早稲田文学』二八―三〇頁。
(76) 本間久雄「近代英文学上の唯美派運動(一)」(『文学思想研究』第三巻、一九二六年)一四七―一七九頁。同「近代英文学上の唯美派運動(承前)」(『文学思想研究』第四巻、一九二六年)一五五―一七五頁。
(77) 前掲『早稲田大学百年史 第二巻』、七〇八―七〇九頁、『同 第三巻』七三九―七四二頁。
(78) 抱月の滞英生活については、岩佐壮四郎『抱月のベル・エポック、明治文学者と新世紀ヨーロッパ』大修館 一九九八年。
(79) 本間はイギリス滞在中の経験談を随所に発表し、のちに一冊の本として『滞欧印象記』東京堂、一九二九年にまとめている。
(80) 髙田早苗の引退と田中穂積総長就任、維持員の交代については前掲『早稲田大学百年史 第三巻』五八一―五九九頁。
(81) 『稿本早稲田大学百年史 第三巻 下 第一分冊』早稲田大学大学史編集所編、早稲田大学出版部、一九八三年、四八―四九頁。
(82) 役職、教員構成については『早稲田学園 昭和五年』早稲田大学、一九三〇年、および『早稲田学園 昭和六年』早稲田大学、一九三一年参照。

（83）本間久雄「高台雑記―徳富蘇峰翁」（『芸術生活』一九五八年一月号）一三―一五頁。

（84）高橋里美『高橋里美全集第七巻』福村出版、一九七三年、一四六頁。松野 前掲『興譲館人国記』三〇五―三〇六頁。

川端康成論
――『山の音』をめぐって

行吉邦輔

はじめに

男と女の愛、あるいは性的関係は、川端康成文学の重要な主題の一つであって、多くの作品がこの主題によって書かれている。例えば、代表作として評価の高い『伊豆の踊り子』、『雪国』、『千羽鶴』、『山の音』、『眠れる美女』、『片腕』などがそうである。

この六作品は形式面においても、或る共通した特徴を持っている。それは、主人公である一人の男性が視点的人物となっていて、彼の視点から作品全体、特に彼の愛の対象となっている女性が描かれているという点である。各作品の視点的人物の年齢は、その作品が書かれた年代、すなわち作者、川端康成の年齢に準じて変化している。そしてそれに呼応して、視点的人物の愛の形も変化してきている。

一九二六年（作者二七歳）に書かれた『伊豆の踊り子』では、青年の愛が描かれている。

一九三四年から一九三七年（作者三五歳から三八歳）にわたって書かれた『雪国』と、一九四九年から一九五一年（作者五〇歳から五二歳）にわたって書かれた『千羽鶴』では、壮年の愛が描かれている。

そして『山の音』、『眠れる美女』、『片腕』の三作品では、老年の愛と性が描かれている。『山の音』は一九四九年九月から一九五四年四月（作者五〇歳から五五歳）にかけて発表された。主人公、尾形信吾の年齢は数え年で六二歳である。『眠れる美女』は一九六〇年一月から一九六一年一一月（作者六一歳から六二歳）にかけて発表された。主人公、江口老人の年齢は六七歳となっている。『片腕』は一九六三年八月から一九六四年一月（作者六四歳から六五歳）にかけて発表された。主人公の男の年齢は明記されていないが、内容から見て、かなりの老人と判断される。

『伊豆の踊り子』における青年の淡い恋から、『眠れる美女』や『片腕』における老年の哀れで醜い性に至るまで、作品に描かれた男の愛と性の形を見てくると、主人公はそれぞれ異なっているけれども、それらの作品を通して描かれているのは、普遍的な「男」の愛と性の歴史であるように思われてくる。

この小論では、老年の愛と性を描いた三作品のうちから、最大の作品である『山の音』を取り上げ、それを中心に、老年の愛と性を考えてみたい。

一　登場人物達とその人間関係

『山の音』は、人々の心に戦争の傷痕がまだ消えやらぬ昭和二四、五年の世相を背景に、鎌倉に住む尾形家の人々の心の動きを、美しい自然の四季の移ろいと共に描いた作品である。

主な登場人物達と、彼等の人間関係を簡単に述べておこう。

尾形信吾

尾形家の家長で、数え年六二歳。東京の会社の重役（社長か？）をしている。本篇の主人公で、作品全体が主として彼の視点から描かれている。

尾形保子

信吾の一つ年上の妻。若い頃、信吾は保子の美しい姉に憧れていた。その姉が別の男と結婚し、やがて亡くなった後、信吾は美人とはいえない保子と結婚したのであった。

保子は達者なせいかよく眠る。五〇歳を過ぎてから、またいびきをかき始めた。夜中に信吾は保子のいびきで目をさますことがある。いびきを止めるために信吾は、保子の鼻をつまんだり、咽をつかまえてゆすぶったりする。信吾は機嫌の悪い時、長年つれ添って来た妻の肉体に老醜を感じることがある。はっきり手を出して妻の体に触れるのは、もういびきを止める時くらいかと思うと、信吾は底の抜けたようなあわれみを感じる。

尾形修一

信吾の長男。信吾の会社に勤めていて、毎朝父と一緒に電車で東京まで通っている。菊子と結婚して二年にならないのに、もう女をこしらえている。その女は絹子という戦争未亡人で、同じく戦争未亡人の池田という友人と同居している。戦争に行った経験のある修一は、絹子のところで酒に酔って、彼女に手荒いことをしたり、歌をうたえと強要して泣かせたりする。彼女の友人の池田は、修一のは酒癖ではなくて戦争の癖である、修一は「心の負傷兵だ」と言う。

絹子は修一の子をみごもっている。信吾は彼の会社の事務員、谷崎英子の手引きで絹子たちの家を訪れ、絹子に手切れ金を渡して、修一と別れてくれと頼む。絹子は別れることは承知するが、子供はどうしても産むと言う。

尾形菊子

修一の妻。八人きょうだいの末っ子である。難産で額に鉗をかけられて生まれた。今でもその傷あとがかすかに残っている。それが目につくと、信吾はふっと菊子が可愛くなることもあった。

修一が谷崎英子や絹子に、菊子のことを「子供だ」とよく言っていると聞かされて、信吾はそれは菊子のからだのことを言っているのだと察した。そこにはおそろしい精神の痲痺があると思った。そして修一が残忍に感じられた。しかし修一の痲痺と残忍の下で、いやそのためにかえって、菊子の女は目ざめたようでもあった。女ができてから、修一と菊子の夫婦生活は急に進んできたらしい。菊子のからだつきが変った。夜中に信吾が目をさますと、前にはない菊子の声が聞えた。

しかし妊娠した菊子は、ほとんど同時期に絹子も修一の子をみごもったと知った時、今はどうしても生みたくないと言って、中絶手術を受けた。そのような潔癖さが菊子にはあった。

信吾の意識の中では、菊子は保子の亡くなった美しい姉のダブル（分身）となっている。

相原房子

信吾の長女。房子が生まれた時、信吾は妻の姉に似て美人になることを願ったが、房子は母親よりも醜い娘になった。相原という男と結婚して、里子、国子という二人の娘を産んだが、やがて彼と不仲になり、娘たちを連れて実家に帰ってきている。相原は女と心中をはかり、女は死亡して、彼は生き残る。完全に心の冷えた房子は相原と離婚する。

信吾は、修一と房子の結婚生活を見るにつけ、心の中で「今の世で、子供の結婚生活に、親がどれほど責任が持てるんだ」とつぶやきながらも、子供達のために有効な手を打つことのできなかった自分をくやしく思う。そして「結局自分は誰のしあわせにも役立たなかった」という無力感に襲われる。

二　老いの自覚と死の恐怖

『山の音』という題名は、第一章で、信吾が深夜、自宅の裏山が鳴る音を聞いたことに由来する。

月夜だつた。

菊子のワン・ピイスが雨戸の外にぶらさがつてゐた。だらりといやな薄白い色だ。洗濯物の取り入れを忘れたのかと信吾は見たが、汗ばんだのを夜露にあててゐるのかもしれぬ。

「ぎやあつ、ぎやあつ、ぎやあつ。」と聞える鳴聲が庭でした。左手の櫻の幹の蟬である。蟬がこんな不気味な聲を出すのかと疑つたが、蟬なのだ。

蟬も悪夢に怯えることがあるのだらうか。

蟬が飛びこんで來て、蚊帳の裾にとまつた。

信吾はその蟬をつかんだが、鳴かなかつた。

「おしだ。」と信吾はつぶやいた。ぎやあつと言つた蟬とはちがふ。

また明りをまちがへて飛びこんで來ないやうに、信吾は力いつぱい、左手の櫻の高みへ向けて、その蟬を投げた。手答へがなかつた。

雨戸につかまつて、櫻の木の方を見てゐた。蟬がとまつたのか、とまらなかつたのかわからない。月の夜が深いやうに思はれる。深さが横向けに遠くへ感じられるのだ。

八月の十日前だが、蟲が鳴いてゐる。

木の葉から木の葉へ夜露の落ちるらしい音も聞える。

さうして、ふと信吾に山の音が聞えた。

風はない。月は満月に近く明るいが、しめつぽい夜氣で、小山の上を描く木々の輪郭はぼやけてゐる。しかし風に動いてはゐない。

信吾のゐる廊下の下のしだの葉も動いてゐない。

鎌倉のいはゆる谷《やと》の奥で、波が聞える夜もあるから、信吾は海の音かと疑つたが、やはり山の音だつた。

遠い風の音に似てゐるが、地鳴りとでもいふ深い底力があつた。自分の頭のなかに聞えるやうでもあるので、信吾は耳鳴りかと思つて、頭を振つてみた。

音はやんだ。

音がやんだ後で、信吾ははじめて恐怖におそはれた。死期を告知されたのではないかと寒けがした。

風の音か、海の音か、耳鳴りかと、信吾は冷静に考へたつもりだつたが、そんな音などしなかつたのではないかと思はれた。しかし確かに山の音は聞えてゐた。

魔が通りかかつて山を鳴らして行つたかのやうであつた。(1)

尾形信吾は還暦の去年、少し喀血した。念入りの診察も受けず、改まった養生もしなかったが、その後故障はなかった。しかし近年物忘れがひどくなり、五日前に暇を取った女中の名前も忘れていた。ネクタイの結び方を忘れ、妻に結んでもらうこともあった。そのような状況の中で、信吾は山の音を、死期の告知ではないかと恐れたのである。

老いの自覚と死の恐怖は、この作品の重要なモチーフの一つである。

もう一つの重要なモチーフは、菊子に対する信吾の愛である。それは舅が嫁に対して抱く情愛の域を超えている。それは意識の表面上ではプラトニックな愛であるが、意識の底に肉体的欲求を潜在させている性的な愛でもある。

菊子がこの作品に初めて登場するのは、引用文にあるように、夜中に雨戸の外に干されているワン・ピイスとしてである。このワン・ピイスの描写に、一種のエロティシズムを感じとるのは行き過ぎであろうか。それが「だらりといやな薄白い色」をしているのは、菊子と修一のこわれかかった夫婦関係、さらには信吾の非倫理的な愛を暗示しているように思われる。

桜の樹にとまって、不気味な声で鳴く蟬がいる。桜の樹はこの後でも数回登場するが、それはいつも何らかの障害物を伴っている。桜の樹は信吾と菊子の関係を象徴しているように思われる。

通りがかりに山を鳴らして行った魔とは、死の予告、あるいは不倫の愛の予感でもあろうか。

山の音についての言及は、第一章の終りで、もう一度繰り返される。

「山の鳴ることってあるんでせうか。」と菊子が言つた。

「いつかお母さまにうかがつたことがありますわね。お母さまのお姉さまがおなくなりになる前に、山の鳴るのをお聞きになつたつて、お母さまおつしやつたでせう。」

信吾はぎくつとした。そのことを忘れてゐたのは、まつたく救ひがたいと思つた。山の音を聞いて、なぜそのことを思ひ出さなかつたのだらう。

菊子も言つてしまつてから気にかかるらしく、美しい肩をじつとさせてゐた。(2)

菊子が、言ってしまってから気にかかるらしくしているのは、保子の姉が死ぬ前に鳴ったのと同じ山の音を、この度信吾が聞いたということは、信吾の死を予告しているのではないかと思ったからである。

信吾が救いがたいと思ったのは、保子の姉は美しい人で、若い信吾の憧れの的だったのに、その人が亡くなる前に鳴った山の音をすっかり忘れていたからである。

山の音を聞いてからの数ケ月間に、信吾は相次いで友人達の訃報に接することになる。

更年期の妻君にひどく虐待されていて、死んだ鳥山。

鏡の前で白髪を抜いているうちに気が狂って死んだ北本。

温泉宿へ若い女性を連れて行っていて急死した水田。

肝臓癌で死んだ友人。

友人ではないが、遺書を残して家出した六九歳になる日本漕艇協会副会長夫妻。

その他に、夢で、たつみ屋の小父さんにそばをご馳走になったこと。

去年の暮に脳溢血で死んだ相田が一升徳利をぶらさげてやって来た夢を見たこと。

しかしこれらの人々の死を、信吾はそれほど深刻には受けとめていない。深夜に山の音を聞いた時には、一瞬、死の恐怖に襲われたけれども、自分の死の実感はまだ持っていない。友人達は死んでも、自分はまだ死なないという心の余裕さえ感じられる。

川端康成が『山の音』を書き始めたのは、一九四九年、彼が五〇歳の時であった。その前後数年間に、彼の多くの友人達が亡くなった。

片岡鉄兵（一九四四年没）、島木健作（一九四五年没）、武田麟太郎（一九四六年没）、横光利一（一九四七年没）、菊池寛（一九四八年没）、林芙美子（一九五一年没）、堀辰雄（一九五三年没）などである。

二三年後の一九七二年、七二歳で自ら命を断つことになる川端が、この当時、死についてどのような考えを持っていたか知らない。しかしそれが六二歳の信吾の心境に或る程度投影されていると考えることはできるであろう。

幼い頃に両親、姉、祖父母を亡くし、孤児となった川端は若い頃から死に対する覚悟ができていて、死を冷静に見つめる余裕さえ持っていたとは考えられないだろうか。

三　再生と愛

『山の音』には、老いと死のモチーフだけでなく、生と再生のモチーフも見られる。そしてその生のモチーフが、菊子という愛の対象の存在と相俟って、信吾の老いと死の不安を和らげているように思われる。

生と再生のモチーフが提示されているのは、次のような場面である。

秋の颱風で裸木になっていた公孫樹の大木が再び芽を吹いた。

家の床下で、のら犬が仔を産んだ。

家の浦山に鳶が帰ってきた。

日本とアメリカで、二千年前の蓮が花を開いたという新聞記事を読んだ。

以上の例で判るように、生のモチーフは自然の動植物によって提示されている。それは人間達によって提示されている死のモチーフと対比するかのように使われている。そしてそのいずれの場面にも、信吾と菊子が二人で立合っている。一つの例をあげてみよう。

信吾はうなづいて、

「千年にしても五萬年にしても、蓮の實の生命は長いものだね。人間の壽命にくらべると、植物の種子は、ほとんど永遠の生命だな。」と言ひながら菊子を見た。

「私らも、地下に千年も二千年も埋まつて、死なずに休んでゐられるとね。」

菊子はつぶやくように、

「地のなかに埋まつてゐるなんて。」

「墓ぢやなくさ。死ぬんぢやなく、休んでゐるんだ。ほんたうに地のなかにでも埋まつて休めないものかね。五萬年も經つて起き出して來ると、自分の難儀も社会の難題も、すつかり解決ずみで、世界は樂園になつてゐるかもしれないよ。」(3)

文中の「私ら」によって信吾が最も強く意識しているのは、あるいは願っているのは、「菊子と自分」ということであろう。

「地のなかにでも埋まつて休めないものかね。……」以下の言葉には、信吾がかかえている家庭内の難儀が暗示されている。

信吾はかつて菊子を相手に、「頭を胴から離して、病院にあずけて、洗濯か修繕出来ないものか」と言ったことがあった。その時菊子は「お父さま、お疲れなんでしょう」と言った。信吾はきれいに洗われる脳よりも、むしろぐっすり寝ている胴の方を空想していた。首をはずしてもらった胴の眠りの方が、気持よさそうだ。たしかに疲れていると思った。

信吾の心を悩ましているのは、死の不安よりもむしろ、現実の生活から生じるこのような難儀や、疲労である。

そして信吾をそれらから救ってくれるのは菊子であった。

信吾にとつては、菊子が鬱陶しい家庭の窓なのだ。肉親が信吾の思ふやうにならないばかりでなく、彼ら自身がまた思ふやうに世に生きられないとなると、信吾には肉親の重苦しさがなほかぶさつて來る。若い嫁を見るとほつとする。

やさしくすると言つても、信吾の暗い孤獨のわづかな明りだらう。さう自分をあまやかすと、菊子にやさしくすることに、ほのかなあまみがさして來るのだつた。

菊子は信吾の年齢の心理まで邪推はしない。信吾を警戒もしない。(4)

信吾にとって菊子は「鬱陶しい家庭の窓」であり、「暗い孤獨のわづかな明り」であるが、それだけではない。彼が菊子に対して、それ以上の気持を抱いていることは、「菊子は信吾の年齢の心理まで邪推はしない。信吾を警戒もしない。」という言葉で暗示されている。六二歳の信吾は時たま、みだらな夢を見ることがあった。先夜も、誰だか思い出せない一人の娘に、夢の中で触れたのであった。

四　菊子への愛

菊子に対する信吾の気持はどのようなものであろうか。

まず考えられることは、菊子は保子の亡くなった美しい姉の分身だということである。

若い信吾の憧れの人であった美しい義姉は、今でも信吾の記憶や夢の中に生きている。形身の見事なもみじの盆栽のくれないが、信吾の頭いっぱいに照り映えたこともあった。信吾のネクタイを最初に結んでくれたのが彼女であったことを思い出したこともあった。夢の中で彼女に「信吾さあん、信吾さあん。」と呼ばれて、しびれるようにあまい目ざめを経験したことや、子供の頃の信州の田舎の家に着いて、彼女に会った夢を見たこともあった。

菊子が息子の嫁に来た時、信吾は菊子が肩を動かすともなく美しく動かすのに気づいた。明らかに新しい媚態を感じた。そしてほっそりと色白の菊子から、信吾は保子の姉を思い出した。菊子によって、思い出に稲妻のような明りがさすのを感じた。この時から、菊子は亡くなった美しい義姉の分身となった。

菊子が妊娠中絶した子供、この失われた孫こそ、保子の姉の生れかわりではなかったろうか、そしてこの世には生を与えられぬ美女ではなかったろうか、というような妄想が彼をとらえた。

菊子にネクタイを結んでもらおうとして、亡き義姉を思い出した時、信吾は、幼い子がさびしい時にあまえるような気持がほのめくのを感じた。

亡き義姉の分身、菊子によせる信吾の思いには、このようなあまえる気持と、美しく清らかな女性に対する純粋な憧憬の念が含まれている。

前にも少し触れたように、信吾の菊子に対する愛は、意識の表面上では清らかなプラトニックな愛であるけれども、潜在意識として肉体的欲求を持つ性的な愛でもある。それを暗示する次のような場面がある。

信吾は日まわりの花を見て、男性のしるしを連想する。

また、さかんな自然力の量感に、信吾はふと巨大な男性のしるしを思つた。この蕊の圓盤で、雄しべと雌しべとが、どうなつてゐるのか知らないが、信吾は男を感じた。

夏の日も薄れて、夕凪だつた。

しべの圓盤のまわりの花瓣が、女性であるかのやうに黄色に見える。

菊子がそばに來たので、變なことを思ひつくのかしらと、信吾は日まわりを離れて歩き出した。(5)


信吾は戦争の間に、女とのことがなくなった。そしてそのままである。まだそれほどの年ではないが、習い性となってしまっている。しかし肉体的欲求がないわけではないので、時々女と交わる夢を見る。

たつみ屋の娘の一人に触れた夢を見たことがあった。

松蔭の草原で、若い女を抱擁している夢を見たこともあった。

そして或る夜、決定的な夢を見る。


信吾は尖り氣味の垂れ乳をさはつてゐた。乳房は柔いままだつた。張つて來ないのは、女が信吾の手に答へる氣もないのだ。なんだ、つまらない。

乳房にふれてゐるのに、信吾は女が誰かわからなかつた。わからないといふよりも、誰かと考へもしなかつたのだ。女の顔も體もなく、ただ二つの乳房だけが宙に浮いてゐたやうなものだ。そこで初めて、誰かと思ふと、女は修一の友だちの妹になつた。しかし信吾は良心も刺戟も、起きなかつた。その娘だといふ印象は微弱だつた。やはり姿はぼやけてゐた。乳房は未産婦だが、未通と信吾は思つてゐなかつた。純潔のあとを指に見て、信吾ははつとした。困つたと思つたが、そう悪いとは思はないで、

「運動選手だつたことにするんだな。」とつぶやいた。

その言ひ方におどろいて、信吾の夢はやぶれた。

「なんだ、つまらない。」といふのは、森鷗外の死ぬ時の言葉だつたと、信吾は氣がついた。いつか新聞で見たやうだ。

しかし、いやな夢からさめるなり、鷗外の死ぬ時の言葉を先づ思ひ出して、自分の夢のなかの言葉と結びつけたのは、信吾の自己遁辭であらう。

夢の信吾は愛もよろこびもなかつた。みだらな夢のみだらな思ひさへなかつた。まつたく、なんだ、つまらない、であつた。そして味氣ない寢覺めだ。

信吾は夢で娘を犯したのではなく、犯しかけたのかもしれない。しかし、感動か恐怖かにわなないて犯したのであれば、覺めた後にも、まだしも悪の生命が通ふといふものだ。

信吾は近年自分が見たみだらな夢を思ひ出して見ると、たいてい相手はいはゆる下品の女だ。今夜の娘もさうだつた。夢にまで姦淫の道徳的苛責を恐れてゐるのではなからうか。

信吾は修一の友だちの妹を思ひ出してみた。胸は張つてゐたと思へる。菊子の嫁に來る前に、修一と輕い縁談があつて、交際もあつた。

「あつ。」と信吾は稲妻に打たれた。

夢の娘は菊子の化身ではなかつたのか。夢にもさすがに道徳が働いて、菊子の代りに修一の友だちの妹の姿を借りたのではないか。しかも、その不倫をかくすために、苛責をごまかすために、身代りの妹を、その娘以下の味氣ない女に變へたのではないか。

もし、信吾の欲望がほしいままにゆるされ、信吾の人生が思ひのままに造り直せるものなら、信吾は處女の菊子を、つまり修一と結婚する前の菊子を、愛したいのではあるまいか。

その心底が抑へられ、ゆがめられて、夢にみすぼらしく現はれた。信吾は夢でもそれを自分にかくし、自分をいつはらうとしたのか。

菊子の前に修一と縁談のあつた娘に假託し、しかもその娘の姿も空漠としたのは、女が菊子であることを極端に恐怖するからではなからうか。

また後から思ひ出すと、夢の相手がぼやけ、夢の筋道もぼやけて、よくおぼえてゐず、乳房をさぐる手のこころよさもなかつたのは、目ざめ際に、もう狡猾なものが機敏に働いて、夢を搔き消したのかとも疑はれた。(6)

この夢で、それまで意識の深層に眠っていた、菊子に対する肉体的欲求は目覚め、意識の表面に浮び上ってきた。そして、それはさらにその奥底にある欲望、処女の菊子を愛したいという欲望を意識させることになった。しかしその欲望は道徳の働きで抑えつけられ、ゆがめられて、みすぼらしい形でしか充たされていないことを、信吾は明確に認識している。

その夢の後は眠れないで、夜明けを待ちながら信吾は思った。

夢で菊子を愛したつていいではないか。夢にまで、なにをおそれ、なにをはばかるのだろう。うつつでだつて、ひそかに菊子を愛してゐたつていいではないか。信吾はそう思ひ直さうとしてみた。

しかしまた、「老いが戀忘れんとすればしぐれかな。」と蕪村の句が浮んで來て、信吾の思ひはさびれるばかりだ。

修一に女が出來たために、菊子と修一との夫婦関係は深くすすんだ。菊子が堕胎をした後で、二人の夫婦なかは溫かくなごんだ。はげしい嵐の夜、菊子は常よりも濃く修一にあまえ、修一が泥酔して歸つた夜、菊子は常よりもやさしく修一をゆるした。

菊子のあわれさか愚かさか。

それらのことを菊子は自覚してゐるのだらうか。あるひはそれとさとらないで、菊子は造化の妙、生命の波に、素直に従つてゐるのかもしれない。

菊子は子を産まないことで修一に抗議し、さとに歸つたことでも修一に抗議し、そこに自身の堪へがたいかなしみも現はしたわけだが、二三日でもどつて來ると、自身の罪をわびるかのやうに、また自分の傷をいたはるかのやうに、修一となかよくなつてしまつた。

信吾にしてみれば、なんだ、つまらない、でないこともない。しかし、まあ、よかつた、といふことなのだろう。[7]

夢で菊子を愛したっていいではないか。うつつでだって、ひそかに菊子を愛していたっていいではないか、と信吾は思い直そうとしてみた。しかし、うつつで菊子を愛することは、信吾と菊子が魔界に足を踏み入れることを意味している。

『山の音』とほぼ同時期に書かれた『千羽鶴』では、若い主人公、三谷菊治は亡父の女であった太田未亡人と性関係を持ち、後に彼女の娘の文子とも関係を持った。そしてそれによって、魔界の住人となった。しかし『山の音』では、六二歳の熟成した分別は信吾がそうすることを許さない。

また、たとえ現実の世界で、二人の愛を実現することができたとしても、それを永続させることは困難であろう。やがては夫婦生活の機微によって、菊子が修一のもとに帰って行き、残された信吾が「なんだ、つまらない」という思いをする可能性は大きいであろう。

夫婦生活の機微について、信吾は別のところで次のように述べている。

またしかし、夫婦といふものは、おたがひの悪行を果しなく吸ひこんでしまふ、不氣味な沼のやうでもある。絹子の修一にたいする愛や、信吾の菊子にたいする愛なども、やがては修一と菊子との夫婦の沼に吸ひこまれて、跡形もとどめぬだろうか。(8)

菊子が修一と仲良くなるのを口惜しく思う反面、親としてそれをよしとしなければならぬ信吾の複雑な気持はよく理解できる。

以上のことを考えると、菊子への愛はあくまでも夢の世界に閉じこめておくほうが、信吾にとって無難と言えるであろう。

また、考え方によっては、信吾ぐらいの年齢になると、愛の行為に入る一歩手前で立ち止まって、愛の予感や雰囲気を楽しむほうが幸せと言えるかもしれない。

信吾自身そのような場面を体験したことがあった。或る時信吾は、友人が知っている築地の待合に芸者を呼んだことがあった。彼女は信吾がかつて宴会の帰りの車の中で、膝に乗せた若い芸者であった。可憐で上品な芸者であった。

信吾はその子と小部屋へ行つた。信吾はなにもしなかつた。

いつのまにか、女は信吾の胸にやさしく顔をすり寄せて來た。媚びるのかと思つて見ると、女は寝入つたやうだつた。

「寝たの？」と信吾はのぞいたが、寄り添つてゐて、顔は見えなかつた。

信吾はほほ笑んだ。胸に顔をつけて、すやすや眠つてゐる子に、信吾は温かいなぐさめを感じた。菊子よりも四つ五つ若く、まだ十代だらう。

娼婦のみじめないたましさかもしれないが、信吾は若い女に寄り添はれて寝るといふ、やはらかい幸福になごんだ。

幸福といふものは、このやうにつかの間で、はかないものかもしれないと思つた。(9)

これを読むと、秘密の宿に若い美しい娼婦を裸で眠らせておいて、それを老人の男性客に供するという内容の『眠れる美女』は、その発想をここから得ているのだということがわかる。

五　現実の世界と夢の世界

信吾にとって、菊子は鬱陶しい家庭の窓であり、彼の暗い孤独のわずかな明りである。家庭で、彼が心を通じ合えるのは菊子しかいない。

菊子が「これからは、お父さまの御覧になるものは、なんでも見ておくように気をつけますね。」と言ったことがあった。自分の見るものをなんでも相手に見ておいてほしい、そのような恋人を、信吾は生涯に持ったことはなかった。

家庭という現実の世界の中に、信吾と菊子だけの夢の世界が形成されて行く。

芝生の荒れた庭だ。向うのはづれに萩やすすきがひとむら、野生のやうにのびてゐる。その萩の向うに蝶が飛んでゐた。青い萩の葉のすきまから、ちらちらと見えるので、幾羽もの蝶のやうに見える。萩の上へ飛び立つか、萩の横へ飛び出るかと、信吾は心待ちしてゐるのに、蝶はいつまでも萩の裏ばかりを飛んでゐた。

信吾は見てゐるうちに、その萩の向うになにか小さい世界があるかのやうに思へて來た。萩の葉のあひだにちらちらする蝶の羽が、美しいものに思へて來た。

この前の満月に近い夜、裏の小山の木々のあひだから透けて見えた星を、信吾はふと思い出した。

保子が來て縁側に坐つた。團扇を使ひながら、

「今日も修一はおそいんですか。」と言つた。

「ああ。」

信吾は顔を庭に向けた。

「あすこの萩の向うに、蝶が飛んでるだろう。見えるか。」

「ええ。見えますよ。」

しかし蝶は保子に見つかつたのをきらふかのやうに、この時、萩の上へ出た。三羽だつた。(10)

萩の向うの小さい世界は、信吾と菊子だけの世界である。蝶は、菊子を、あるいは菊子と信吾の魂を象徴していると考えられる。

庭の桜の樹も、信吾と菊子の関係を象徴しているように思われる。桜の樹について述べられる時、そこにはいつも信吾と菊子がいる。そしていつも桜の樹を妨害する邪魔者がいる。それは、不気味な声を出す蟬であったり、

桜の根方にしげっている八つ手であったり、桜の芽をむしり取る里子であったりする。

修一が女をつくって、菊子との夫婦関係が危機的状態になって行くにつれて、信吾と菊子が心を通わせあう機会も増えてきて、二人の共感も深まって行く。

菊子に慈童の面をつけさせる場面がある。


艶めかしい少年の面をつけた顔を、菊子がいろいろに動かすのを、信吾は見てゐられなかつた。

菊子は顔が小さいので、あごのさきもほとんど面にかくれてゐたが、その見えるか見えないかのあごから咽へ、涙が流れて傳はつた。涙は二筋になり、三筋になり、流れつづけた。

「菊子。」と信吾は呼んだ。

「菊子は修一に別れたら、お茶の師匠にでもならうかなんて、今日、友だちに會つて考へたんだらう?」

慈童の菊子はうなづいた。

「別れても、お父さまのところにゐて、お茶でもしてゆきたいと思ひますわ。」と面の蔭ではつきり言つた。

ひいつと里子の泣聲が聞えた。

庭でテルがけたたましく吠えた。(11)


信吾にとって嬉しく感動的な場面である。ただしここでも、二人の共感を防げるものがある。里子の泣声とテルの吠える声が二人を現実の世界へ引き戻す。

信吾にとって同じように嬉しい、美しい場面がある。妊娠中絶をした後、実家で休養をとっている菊子に、信吾が電話すると、受話機を通して、ショパンの舞踊組曲「レ・シルフィィド」の美しい音楽が流れてくる。その中で菊子の嬉しそうな声が聞こえ、会いたいと言うので、新宿御苑で会う約束をする場面がそうである。それに続く、新宿御苑を二人で散歩する場面も美しく感動的である。

信吾と菊子は、お互いの心の中に、二人だけの世界を作っているのだが、この新宿御苑の場面では、現実の空間においても二人だけの世界が作られているので、一層感動的であると言えよう。

新宿御苑での美しい場面の一つ。

> 菊子は素直にうなづいて、
>
> 「帰りたかつたんですの。」と言ふと、美しい肩を動かして、信吾を見つめた。肩をどう動かしたのか、信吾の目はとらへられなかつたが、そのやはらかい匂ひに、はつとした。(12)

これまで引用した文章の中にも何回か出てきたが、川端の作品には、「美しい肩」についての言及がしばしば見られる。川端は、美しい肩に特別の魅力を感じているようである。

川端康成の作品には、何人かの魅力的な女性が登場する。名作と言われている作品において特にそうである。例えば、『伊豆の踊り子』の踊り子、『雪国』の駒子や葉子、『千羽鶴』の太田夫人やその娘の文子など、いずれも魅力的な女性である。そして『山の音』の菊子もその中に入れてよいであろう。

次の場面にも、菊子の美しさが魅力的に表現されている。

> 日曜日の午後、菊子は目のさめるような赤さのからす瓜を、床の間の前で生けている。
>
> からす瓜をながめてゐると、菊子も目にはいつた。

あごから首の線が言ひやうなく洗練された美しさだつた。一代でこんな線は出來さうになく、幾代か經た血統の生んだ美しさだらうかと、信吾はかなしくなつた。

髪の形で首が目だつせゐか、菊子はいくらか面瘦せして見えた。

菊子の細く長めな首の線がきれいなのは、信吾もよく知つてゐたが、ほどよく離れて寝そべつた目の角度が、ひとしほ美しく見せるのだらうか。

秋の光線もいいのかもしれない。

そのあごから首の線には、まだ菊子の娘らしさが匂つてゐる。

しかし、やはらかくふくらみかかつて、その線の娘らしさは、今や消えようとしてゐる。(13)

次の場面は、この作品の最後の劇的場面である。

菊子は生け終つたからす瓜を、と見かう見してゐた。

信吾もその花をながめながら、

「菊子、別居しなさい。」と唐突に言つた。

菊子ははつと振り向いて立ち上ると、信吾のそばへ來て坐つた。

「別居はこはいんです。修一がこはいんですの。」と菊子は保子に聞えぬ小聲で言つた。

「菊子は修一と別れるつもりがあるのか。」

菊子は眞劍な顔になつて、

「もし別れましたら、お父さまにどんなお世話でもさせていただけると思ひますの。」

「それは菊子の不幸だ。」

「いいえ。よろこんですることに、不幸はありませんわ。」

初めて菊子の情熱の表現であるかのやうで、信吾ははつとした。危険を感じた。

「菊子がわたしによくしてくれるのは、わたしを修一と錯覚してなんぢやないの？　それで、かへつてなほ修一にへだてがあるやうに思ふんだよ。」


（中略）


菊子はじつとしてゐた。

「菊子は自由だつて、修一は菊子に言はなかつたかね。」

「いいえ。」と菊子はいぶかしげな目を上げて、

「自由つて……？」

「うん、わたしもね、自分の女房が自由とはどういふことだと、修一に反問したんだが……。よく考えてみると、菊子はわたしからもつと自由になれ、わたしも菊子をもつと自由にしてやれといふ意味もあるかもしれないんだ。」

「わたしつて、お父さまのことですの？」

「さう。菊子は自由だつて、わたしから菊子に言つてやつてくれと、修一が言ふんだ。」

この時、天に音がした。ほんたうに信吾は天から音を聞いたと思つた。

見上げると、鳩が五六羽庭の上を低くななめに飛んで行つた。

菊子も聞いたらしく、廊下の端に出ると、

「私は自由でせうか。」と鳩を見送りながら涙ぐんだ。(14)

そしてこの作品は、次のように終る。

食事のあとで、修一がまつさきに立つて行つた。

信吾もうなじの凝りをもみながら立ち上つて、なんとなく座敷をのぞいて灯をつけると、

「菊子、からす瓜がさがつて來てるよ。重いからね。」と呼んだ。

瀬戸物を洗う音で聞えないやうだつた。(15)

初めて菊子の情熱の表現を聞いて、二人の間に何か新しい局面が展開するかもしれないというところで、この作品は終っている。

菊子は修一から自由になって、信吾との夢の世界を現実の世界にするのか、あるいは信吾からも自由になって、独りの新しい世界に入って行くのか、それとも夢と現実が相剋する現在の状態を続けるのか、それは読者の判断に任されている。

菊子の情熱の表現を聞いた時、信吾が真剣にその気になれば、二人は夢の世界を現実のものとすることもできたはずである。しかし信吾は菊子の情熱を危険だと感じて、「菊子は自由だ」という修一の言葉を持ち出して逃げている。このあたりが老年の恋の限界ということになるのだろうか。

菊子が「私は自由でしょうか」と言って涙ぐむのは、このような信吾の態度に対する不満と失望の表明であろう。

からす瓜は、菊子、あるいは菊子と信吾の夢の世界を、象徴していると思われる。信吾が「からす瓜は重い」と言っているのは、菊子とのことが、今となっては重荷になってきていると解釈することもできるのではないだ

ろうか。

台所で瀬戸物を洗う音が現実の世界を象徴していると考えれば、からす瓜のことを知らせる信吾の声が、瀬戸物を洗う音に妨げられて、菊子の耳に届かないという結末は、今後の二人の生き方に関して暗示的である。

むすび

『山の音』に描かれている信吾の恋を考察すると、老年の恋の特質が浮び上ってくるように思われる。老年の恋の特質は次のようではないだろうか。

㈠　老年の恋は思い出の中に生きる。若い頃の純粋な恋へのノスタルジアがある。
㈡　夢や空想の中での性体験。
㈢　自分が孤独であるが故に、共感願望が強い。相手と心を通じ合うことを切望する。
㈣　夢と現実の相剋がある。たいていの場合、夢は現実に負ける、あるいは譲歩する。

老年の愛と性の物語は、『山の音』以後も、『眠れる美女』や『片腕』といった作品に書き継がれている。この二作品の中にも、右に挙げたような老年の恋の特質は認められる。

『眠れる美女』では、眠らされていて、もの言わぬ若い娼婦を、愛撫し、添寝する老人たちの孤独と、それに抵抗して、彼女たちに何とか話をさせようとする江口老人の共感願望が強く浮き彫りされている。

『片腕』では、若い女から一晩片腕を借りて帰り、その片腕と会話したり、自分の片腕と付けかえたりする主人公の中に、深い孤独と強い共感願望を見ることができる。

老人の愛と性を描いた以上の三作品に、共感願望が特に印象深く描かれているのは、作者、川端康成の中にある深い孤独を暗示しているのであろうか。

(1)『川端康成全集』第一二巻、新潮社、平成一一年、二四七、二四八頁。
(2) 前掲書、二六〇頁。
(3) 前掲書、五一〇、五一一頁。
(4) 前掲書、二七七、二七八頁。
(5) 前掲書、二六七頁。
(6) 前掲書、四六七―四六九頁。
(7) 前掲書、四七一、四七二頁。
(8) 前掲書、三八一頁。
(9) 前掲書、四九八頁。
(10) 前掲書、二六九、二七〇頁。
(11) 前掲書、四一四頁。
(12) 前掲書、四四七頁。
(13) 前掲書、五三三頁。
(14) 前掲書、五三六、五三七頁。
(15) 前掲書、五四一頁。

太宰治論
――太宰治と音楽

渡部芳紀

はじめに

太宰治と音楽というと一見ミスキャストのように聞こえるかもしれない。太宰文学を読んでいても、音楽が特に目立つと言うわけではない。しかし、「鷗」では、〈歯が、ぼろぼろに欠け、背中は曲り、ぜんそくに苦しみながらも、小暗い露路で、一生懸命ヴァイオリンを奏している、かの見るかげもない老爺の辻音楽師（中略）私は、自身を、それに近いと思っている。（中略）私は辻音楽師だ。ぶざまでも、私は私のヴァイオリンを続けて奏するより他はないのかも知れぬ。〉と言い、「善蔵を思ふ」では、〈私は一生、路傍の辻音楽師で終るのかも知れぬ。馬鹿な、頑迷のこの音楽を、聞きたい人だけは聞くがよい。〉とも言っているように、太宰は、自身をたびたび〈辻音楽師〉に例えてもいる。今回は、太宰治と音楽との関わりを、全作品を視野に入れながら検討していきたい。

音楽といっても幅広いジャンルなので、とりあえず、作品に取り上げられているものを視野にいれ、いくつかの項目をたて、それに従って論じていきたい。

「トカトントン」の主人公をして、〈恋をはじめると、とても音楽が身にしみて来ますね。あれがコイのヤマイの一ばんたしかな兆候だと思います。〉などと言わしめている太宰である。ここで言う、音楽はポピュラーなものであろうが、太宰と音楽を論ずるには、幅広くジャンルを考えなければならない。まずは伝統的な音楽から見ていこう。

一　太宰治と伝統音楽

義太夫、長唄、新内、小唄、都々逸、そして謡といった古典音楽との関わりをまずは探っていこう。
幼年時代から、中学時代までを回想した自伝的作品「思ひ出」には、次のような、話が紹介されている。

〈村の芝居小屋の舞台開きに東京の雀三郎一座というのがかかったとき、私はその興業中いちにちも欠かさず見物に行った。(中略)生れて始めて歌舞伎というものを知ったのであるし、私は興奮して、狂言を見ている間も幾度となく涙を流した。その興行が済んでから、私は弟や親類の子らを集めて一座を作り自分で芝居をやって見た(中略)「山中鹿之助」と「鳩の家」と「かっぽれ」と三つの狂言を並べた。(中略)「かっぽれ」は雀三郎一座がおしまいの幕の時、いつも楽屋総出でそれを踊ったものだから、私もそれを踊ることにしたのである。(中略)私は山中鹿之助や「鳩の家」の男の子の役をつとめ、かっぽれも踊ったけれど少しも気乗りがせずたまらなく淋しかった。〉

歌舞伎は、今で言うミュージカルみたいなものだから、幼い太宰はこういうものを通して伝統音楽にふれていったということが出来よう。なかでも、俗曲「かっぽれ」は、幕末、江戸で行われていた大道芸。「かっぽれ、かっぽれ、甘茶でかっぽれ」と繰り返しながら豊年踊に卑俗滑稽（こっけい）な踊りを混ぜたものだったが、明治一九年、九世市川団十郎が風俗舞踊化したものが今日に伝わっているという。こうした幼い頃の体験が、戦後発表の「パンドラの匣」で、〈かっぽれさん〉を登場させたのかもしれない。

「思ひ出」には新内も登場する。

〈私の長兄は、そのころ東京の大学にいたが、暑中休暇になって帰郷する度毎に、音楽や文学などのあたらしい趣味を田舎へひろめた。（中略）レコオドもかなり集めていた。私の父は、うちで何かの饗応があると必ず、遠い大きなまちからはるばる芸者を呼んで、私も五つ六つの頃から、そんな芸者たちに抱かれたりした記憶があって、「むかしむかしそのむかし」だの「あれは紀のくにみかんぶね」だのの唄や踊りを覚えているのである。そういうことから、私は兄のレコオドの洋楽よりも邦楽の方に早くなじんだ。ある夜、私が寝ていると、兄の部屋からいい音が漏れて来たので、枕から頭をもたげて耳をすました。あくる日、私は朝早く起き兄の部屋へ行って手当り次第あれこれとレコオドを掛けて見た。そしてとうとう私は見つけた。前夜、私を眠らせぬほど興奮させたそのレコオドは、蘭蝶だった。〉

〈「むかしむかしそのむかし」だの「あれは紀のくにみかんぶね」〉は、俗謡だろうか。「蘭蝶」は、新内でもっとも知られた曲。哀調をおびたゆったりとした歌い方は、今でも人をしびれさせる。

「葉」は、昭和二年から八年までの、回想を、自分の作品の断片で表そうとした作品だが、昭和四年に弘前高等学校新聞に発表したものとして引用している「哀蚊」の中に次のような文章がある。

〈「わしという万年白歯を餌にして、この百万の身代ができたのじゃぞえ。」／富本でこなれた渋い声で御生前よくこう言い言いして居られました（中略）私の婆様は、それはそれは粋なお方で、（中略）富本のお稽古をお始めになられたのも、よほど昔からのことでございましたでしょう。私なぞも物心地が付いてからは、日がな一日、婆様の老松やら浅間やらの咽び泣くような哀調のなかにうっとりしているときがままございました〉

富本節は、浄瑠璃の一派で寛延元年に、富本豊前掾が独立して語りはじめたもので、常磐津節よりも繊細で高雅、節まわしは技巧に富むという。そうした雰囲気の中で、太宰の繊細な感性も養われていったのであろう。

「服装について」では、〈ほんの一時ひそかに凝った事がある。服装に凝ったのである。弘前高等学校一年生の時である。縞の着物に角帯をしめて歩いたものである。そして義太夫を習いに、女師匠のもとへ通ったのである。けれどもそれは、ほんの一年間だけの狂態であった。〉と言うように、弘前高等学校時代、義太夫を習ったようだ。

戦後の「チャンス」でも、

〈「あなたは、義太夫をおすきなの？」／「どうして？」／「去年の暮に、あなたは小土佐を聞きにいらしてたわね。（中略）あの時、あたしはあなたの傍にいたのよ。あなたは稽古本なんか出して、何だか印をつけたりして、きざだったわね。お稽古も、やってるの？」／「やっている。」／「感心ね。お師匠さんは誰？」／「咲栄太夫さん。」／「そう。いいお師匠さんについたわね。あのかたは、この弘前では一ばん上手よ。それにおとなしくて、いいひとだわ。」〉

といった会話が交わされている。こうしたものも太宰の文学の根底に忘れてはならないであろう。

「惜別」では、〈「日本の浄瑠璃などは？」／「ええ、あれは、きらいでありません。あれは音楽というよりは、Romanですものね。僕は俗人のせいか、あまり高尚な風景や詩よりも、民衆的な平易な物語のほうが好きです。」〉と言った会話を交わさせてもいる。太宰のそういった素養が背景になっているのであろう。

こうした、伝統音楽に対する教養が、〈徳川中期より末期の人。箏曲家他。文化九年、備後国深安郡八尋村に生まれた。名は、重美。前名、矢田柳三。孩児の頃より既に音律を好み、三歳、痘を病んで全く失明するに及び、いよいよ琴に対する盲執を深め、九歳に至りて隣村の瞽女お菊にねだって正式の琴三味線の修練を開始し、十一歳、早くも近隣に師と為すべき者無きに至った。すぐに京都に上り、生田流、松野検校の門に入る。十五歳、業成り、勾当の位階を許され、久我管長より葛原の姓を賜う。時、文政九年也。その年帰郷し、以後五十余年間、三備地方を巡遊、箏曲の教授をなす。傍ら作曲し、その研究と普及に生涯を捧げた〉葛原勾当をモデルに「盲人独笑」を書かしめたのでもあろうか。

ダンディズムを駆使した前衛的実験小説「ダス・ゲマイネ」には、小唄が出てくる。

〈その日は土曜日で、朝からよく晴れていた。私はフランス叙情詩の講義を聞きおえて、真昼頃、梅は咲いたか桜はまだかいな。たったいま教ったばかりのフランスの叙情詩とは打って変ったかかる無学な文句に、勝手なふしをつけて繰りかえし繰りかえし口ずさみながら、れいの甘酒屋を訪れたのである。〉

文中の〈梅は咲いたか桜はまだかいな〉の一節は、江戸小唄の名作〈梅は咲いたか桜はまだかいな、柳ゃゆらゆら風次第、山吹ゃ浮気で、色ばっかりしょんがいな〉を挿入したもの。前衛と伝統の対照がダンディズムの表れと言えようか。

俗曲の一種、都々逸も作品に取り入れられる。都々逸は、江戸末期から明治にかけて愛唱された歌で、七七七五の二六文字でさえあれば、どのような節回しで歌ってもよく、現今のものは、初世都々逸坊扇歌（どどいつぼうせんか）の曲調が標準になっていると言われる。最初に登場するのは、「ロマネスク」である。

〈結婚してかれこれ二月目の晩に、次郎兵衛は花嫁の酌で酒を呑みながら、おれは喧嘩が強いのだよ、喧嘩をするにはの、こうして右手で眉間を殴りさ、こうして左手で水落ちを殴るのだよ。ほんのじゃれてやってみせたことであったが、花嫁はころりところんで死んだ。（中略）次郎兵衛は牢屋へはいってからもそのどこやら落ちつきはらった様子のために（中略）牢名主としてあがめられた。ほかの罪人たちよりは一段と高いところに座らされながら、次郎兵衛は彼の自作の都々逸とも念仏ともつかぬ歌を、あわれなふしで口ずさんでいた。／岩に囁く／頬をあからめつつ／おれは強いのだよ／岩は答えなかった〉

リズムも、字余りだらけで、都々逸の例にあげていいかと思ったが、〈都々逸〉という語彙が使われたという意味はあろう。

もっとはっきり、都々逸が登場するのは「パンドラの匣」である。登場人物である結核療養所の入院患者の一人〈かっぽれ〉の紹介は次のようになされる。

〈そのお隣りは、木下清七殿。左官屋さんだ。（中略）都々逸というものが一ばんお得意のようである。僕は既に、五つ六つ聞かされた。松右衛門殿は眼をつぶって黙って聞いているが、僕は落ちつかない気持である。富士の山ほどお金をためて毎日五十銭ずつ使うつもりだとか、馬鹿々々しい、なんの意味もないような唄ばかりなので、全く閉口のほかは無い。なおその上、文句入りの都々逸というのがあって、これがまた、ひどいんだ。唄の中に、芝居の台詞のようなものがはいるのだ。あら、兄さん、とか何とか、どうにも聞いて居られないのだ。（中略）この粋な男の名は、かっぽれ。〉

〈部屋へ帰ったら、まだ講話は始まらず、かっぽれが、ベッドにひっくりかえって、れいの都々逸なるものを歌っていた。みちの芝が人に踏まれても朝露によみがえるとかいう意味の前にも幾度か聞かされた都々逸であるが、その時だけは、いつものような閉口迷惑を感ぜず、素直に耳傾けて拝聴したのだから奇妙なものだ。〉

といった使い方である。ここの〈富士の山ほどお金をためて毎日五十銭ずつ使うつもり〉は、都々逸の名作〈富士の山ほどお金を積んで　それをそばから使いたい〉によっており、同じく〈みちの芝が人に踏まれても朝露によみがえる〉は、〈土手の芝　人に踏まれて一度は枯れる　露の情けで　よみがえる〉に依っている。

なお、「パンドラの匣」には、他にも、

〈夕食の時、お膳を持って来たのは、マア坊である。（中略）同時に固パンのほうに向き直り、／「やい、こら、固パン、白状せい。」と大声で言って、「テニスコートで、お江戸日本橋を歌っていらっしゃったのは、どなたです。」／「知らんよ、知らんよ。」と固パンは、顔を赤くして懸命に否定している。／「お江戸日本橋なら、おれだって知ってらあ。」とかっぽれは不平そうに小声で言って、食事にとりかかった。〉と、俗曲「お江戸日本橋」も登場している。

「津軽」には

〈いくう、山河あ、と、れいの牧水の旅の歌を、N君は目をつぶって低く吟じはじめた。想像していたほどは、ひどくない。黙って聞いていると、身にしみるものがあった。（中略）こんどは、ひどかった。彼も本州の北端の宿へ来て、気宇が広大になったのか、仰天するほどのおそろしい蛮声を張り上げた。／とうかいのう、小島のう、磯のう、と、啄木の歌をはじめたのだが、その声の荒々しく大きい事、外の風の音も、彼の声のために打消されてしまったほどであった。〉

と朗吟にもふれている。実に様々な日本音曲が取り入れられていると言えよう。

次にわらべうた・唱歌・童謡のたぐいを見てみよう。

二　わらべうた・童謡・唱歌

ジャンルをはっきり分けられないものもあるので一緒に論ずる。

「雀こ」は、作品自体がわらべうたの世界である。子もらい遊び歌「すずめすずめ」を歌いながら遊んでいる津軽の子供たちの姿を津軽の方言で写した作品である。

〈ひとかたまりの童児、広い野はらに火三昧して遊びふけっていたずおん。春になればし、雪こ溶け、ふろいふろい雪の原のあちこちゆ、ふろ野の黄はだの色の芝生こさ青い新芽の萌えいで来るはで、おらの国のわらわ、黄はだの色の古し芝生こさ火をつけ、そればさ野火と申して遊ぶのだずおん。そした案配こ、おたがい野火をし距て、わらわ、ふた組にわかれていたずおん。かたかたの五六人、声をしそろえて歌ったずおん。〉

〈――雀、雀、雀こ、欲うし。（中略）

――どの雀、欲うし？　（中略）

――右りのはずれの雀こ欲うし。　（中略）

――羽こ、ねえはで呉れらえね。

――羽こ呉れるはで飛んで来い。（中略）

――杉の木、火事で行かえない。（中略）

――その火事よけて飛んで来い。
向うの方図では、雀こ一羽はなしてよこしたずおん。タキは雀こ、ふたかたの腕こと翼みんたに拡げ、ぱお、ぱお、ぱお、て羽ばたきの音をし口でしゃべりしゃべりて、野火の炎よけて飛んで来たとせえ。これ、おらの国の、わらわの遊びごとだずおん。〉

わらべの遊びを通して、少年の孤独の寂しさを語った作品である。わらべうたが生かされているといえよう。

「玩具」では、

〈いまもなお私の耳朶をくすぐる祖母の子守歌。「狐の嫁入り、婿さん居ない。」その余の言葉はなくもがな。〉

と「子守歌」が取り入れられている。

「姥捨」

〈浅草へ行った。活動館へはいって、そこでは荒城の月という映画をやっていた。さいしょ田舎の小学校の屋根や柵が映されて、小供の唱歌が聞えて来た。嘉七は、それに泣かされた。〉

「I can speak」では、ちょっと変わった形で童謡が使われている。

〈I can speak というその酔漢の英語が、くるしいくらい私を撃った。はじめに言葉ありき。よろずのもの、これに拠りて成る。ふっと私は、忘れた歌を思い出したような気がした。たあいない風景ではあったが、けれども、私には忘れがたい。〉

という表現だが、ここでは、童謡「歌を忘れたカナリア」(北原白秋)がふまえられているということが言えよう。

「富岳百景」では、

〈甲府へ行って来て、二、三日、流石に私はぼんやりして、仕事する気も起らず、机のまえに座って、とりとめのない楽書をしながら、バットを七箱も八箱も吸い、また寝ころんで、金剛石も磨かずば、という唱歌を、繰り返し繰り返し歌ってみたりしているばかりで、小説は、一枚も書きすすめることができなかった。〉

と小学唱歌の「金剛石」を取り入れている。

「新樹の言葉」では、

〈その夜、私は、かなり酔った。しかも、意外にも悪く酔った。子守唄が、よくなかった。私は酔って唄をうたうなど、絶無のことなのであるが、その夜は、どうしたはずみか、ふと、里のおみやに何もろた、でんでん太鼓に、などと、でたらめに唄いだして、（中略）それがいけなかった。どしんと世界中の感傷を、ひとりで背負せられたような気がして、どうにも、たまらなかった。〉

ここでは、子守歌の「坊やはよい子だ」が登場する。
参考までに、歌詞の一部を掲載する。

ねんねん　ころりよ
おころりよ
ぼうやは　良い子だ
ねんねしな
（中略）

里の　土産（みやげ）に
何もろた
でんでん太鼓（たいこ）に
笙（しょう）の笛

「俗天使」では、古い唱歌が使われているようだ。

〈「わたしは、鳥ではありませぬ。また、けものでもありませぬ。」幼い子供たちが、いつか、あわれな節をつけて、野原で歌っていた。私は家で寝ころんで聞いていたが、ふいと涙が湧いて出たので、起きあがり家の者に聞いた。あれは、なんだ、なんの歌だ。家の者は笑って答えた。蝙蝠の歌でしょう。鳥獣合戦のときの唱歌でしょう。「そうかね。ひどい歌だね。」〉

参考にした資料には含まれていなかった。後日確かめたい。

「鷗」では、

〈私はいま、なんだか、おそろしい速度の列車に乗せられているようだ。この列車は、どこに行くのか、私は知らない。まだ、教えられていないのだ。汽車は走る。轟々の音をたてて走る。イマハ山中、イマハ浜、イマハ鉄橋、ワタルゾト思ウ間モナクトンネルノ、闇ヲトオッテ広野ハラ、どんどん過ぎて、ああ、過ぎて行く。私は呆然と窓外の飛んで飛び去る風景を迎送している。(中略)イマハ山中、イマハ浜、――童女があわれな声で、それを歌っているのが、車輪の怒号の奥底から聞えて来るのである。〉

ここでは、尋常小学唱歌三年「汽車」が、当時の時代状況の象徴として使われている。

「汽車（きしゃ）」作詞不詳・大和田愛羅作曲／文部省唱歌（三年）

今は山中、今は浜（はま）、
今は鉄橋（てっきょう）渡るぞと、
思う間も無く、トンネルの
闇（やみ）を通って広野原（ひろのはら）。

「（夏も近づく）八十八夜」は、作品の表題そのものが、唱歌「茶摘み」を前提にしている。

「茶摘み」作詞作曲不詳／文部省唱歌

夏も近づく八十八夜、
野にも山にも若葉が茂る。
「あれに見えるは茶摘じゃないか。
あかねだすきに菅（すげ）の笠。

「女生徒」では、唱歌が登場する。

〈バスから降りると、少しほっとした。どうも乗り物は、いけない。空気が、なまぬるくて、やりきれない。

大地は、いい。土を踏んで歩いていると、自分を好きになる。どうも私は、少しおっちょこちょいだ。極楽トンボだ。かえろかえろと何見てかえる、畑の玉ねぎ見い見いかえろ、かえるが鳴くからかえろ。と小さい声で唄ってみて、この子は、なんてのんきな子だろう、と自分ながら歯がゆくなって、背ばかり伸びるこのボーボーが憎らしくなる。いい娘さんになろうと思った。〉

「かえろかえろと」北原白秋作詞・山田耕筰作曲

かえろかえろと　なに見てかえる
寺の築地（ついじ）の影（かげ）を見い見いかえる
「かえろがなくから　かえろ」

かえろかえろと　だれだれかえる
お手々ひきひき　ぽっつりぽっつりかえる
「かえろがなくから　かえろ」

かえろかえろと　なにしてかえる
畑の玉ねぎ　たたきたたきかえる
「かえろがなくから　かえろ」

「津軽」では、

〈翌る朝、私は寝床の中で、童女のいい歌声を聞いた。翌る日は風もおさまり、部屋には朝日がさし込んでいて、童女が表の路で手毬歌を歌っているのである。私は、頭をもたげて、耳をすました。／せッせッせ／夏もちかづく／八十八夜／野にも山にも／新緑の／風に藤波／さわぐ時／私は、たまらない気持になった。いまでも中央の人たちに蝦夷の土地と思い込まれて軽蔑されている本州の北端で、このような美しい発音の爽やかな歌を聞こうとは思わなかった。（中略）希望に満ちた曙光に似たものを、その可憐な童女の歌声に感じて、私はたまらない気持であった。〉

と「茶摘み」が巧みに取り入れられている。同じく「津軽」の中で、

〈私は小学校二、三年の時、遠足で金木から三里半ばかり離れた西海岸の高山というところへ行って、はじめて海を見た時の興奮を話した。その時には引率の先生がまっさきに興奮して、私たちを海に向けて二列横隊にならばせ、「われは海の子」という唱歌を合唱させたが、生れてはじめて海を見たくせに、われは海の子白波の騒ぐ磯辺の松原に、とかいう海岸生れの子供の歌をうたうのは、いかにも不自然で、私は子供心にも恥かしく落ちつかない気持であった。〉

「われは海の子」文部省唱歌

我は海の子白浪の
　さわぐいそべの松原に
煙たなびくとまやこそ
　我がなつかしき住家なれ

「惜別」では、古い唱歌「雲」が取り入れられている。

〈幽かに歌声が聞えて来る。耳をすますと、その頃の小学唱歌、雲の歌だ。
瞬く間には、山をおおい、
うち見るひまにも、海を渡る、
雲ちょうものこそ、奇すしくありけれ、
雲よ、雲よ、
雨とも霧とも、見るまに変りて、
あやしく奇しきは、
雲よ、雲よ、
（中略）私も小学校の頃から唱歌は、どうも苦手で、どうやら満足に歌えるのは「君が代」一つくらいのものであったが、それでも、その驚くべき歌の主よりは、少し上手に歌えるのでなかろうかと思った。〉

「舌切り雀」では、鬼遊び歌「とうりゃんせ」が使われる。

〈昨年、私が仙台地方を旅行した時にも、その土地の一友人から仙台地方の古い童謡として次のような歌を紹介せられた。
カゴメ　カゴメ
カゴノナカノ　スズメ
イツ　イツ　デハル
この歌は、しかし、仙台地方に限らず、日本全国の子供の遊び歌になっているようであるが、
カゴノナカノ　スズメ
と言って、ことさらに篭の小鳥を雀と限定しているところ、また、デハルという東北の方言が何の不自然な感じも無く挿入せられている点など、やはりこれは仙台地方の民謡と称しても大過ないのではなかろうかと私には思われた。〉

「浦島さん」では、
〈お上品なお方たちは、洒落が下手だ。雪はよいよい帰りはこわいってのはどんなもんだい。あんまり、うまくもねえか。〉
と「とうりゃんせ」のもじりを使って会話が交わされる。
「通りゃんせ」作詞作曲不詳（わらべうた）

通（とお）りゃんせ　通りゃんせ
ここはどこの　細道じゃ
天神（てんじん）さまの　細道じゃ
ちっと通して　くだしゃんせ
ご用の無いもの　通しゃせぬ
この子の七つの　お祝（いわ）いに
おふだをおさめに　まいります
いきはよいよい　帰（かえ）りはこわい
こわいながらも
通りゃんせ　通りゃんせ

「冬の花火」は悽愴たる作品だが、清涼剤のように唱歌が歌われる。

〈（清蔵）（中略）数枝さん、あなたは覚えていますか、忘れたでしょうね、あなたが、女学校を卒業して東京の学校へいらっしゃる時、あの頃はちょうど雪溶けの季節で路がひどく悪くて、私があなたの行李を背負って、あなたのお母さんと三人、浪岡の駅まで歩いて行きました。路傍にはもう蕗の薹などが芽を出していました。あなたは歩きながら、山辺も野辺も春の霞、小川は囁き、桃の莟ゆるむ、という唱歌をうたって。〉

「春の枯葉」では、「荒城の月」が使われている。

「人間失格」

〈こうこは、どうこの細道じゃ？
こうこは、どうこの細道じゃ？
哀れな童女の歌声が、幻聴のように、かすかに遠くから聞えます。〉

太宰最後の作品「人間失格」に於いても、わらべうたは、主人公の心の底にある郷愁の象徴として歌われるのである。

以上、われべうた・唱歌・童謡と様々なものが太宰作品に登場し、それぞれの場所で作品に効果的な作用をもたらしているのである。

三　歌曲・歌謡曲

ここでは、ジャンルに入れにくいものもふくめ、幅広くふれていきたい。

「思ひ出」では、応援歌が出てくる。

〈学校の勉強はいよいよ面白くなかった。（中略）なにか他校と試合のある度に私も応援団の一人として、選手たちに声援を与えなければならなかったのであるが、そのことが尚さら中学生生活をいやなものにして了った。（中略）私たちは立ち上って、紫の小さい三角旗を一斉にゆらゆら振りながら、よい敵よい敵けなげなれども、という応援歌をうたうのである。そのことは私にとって恥しかった。私は、すきを見ては、その応援から逃げて家へ帰った。〉

「猿ヶ島」では、ジャンルと言うより歌をうまくテーマの象徴に使っている。

〈はたはたと耳をかすめて通る風の音にまじって、低い歌声が響いて来た。彼が歌っているのであろうか。目が熱い。さっき私を木から落したのは、この歌だ。私は目をつぶったまま耳傾けたのである。／「よせ、よせ。降りて来いよ。ここはいいところだよ。日が当るし、木があるし、水の音が聞えるし、それにだいいち、めしの心配がいらないのだよ。」／彼のそう呼ぶ声を遠くからのように聞いた。それからひくい笑い声も。／ああ。この誘惑は真実に似ている。あるいは真実かも知れぬ。私は心のなかで大きくよろめくものを覚えたのである。けれども、けれども血は、山で育った私の馬鹿な血は、やはり執拗に叫ぶのだ。／――否！〉

テーマとは反対の小市民的幸福の象徴として歌が使われているようだ。

「逆行」では、何か郷愁に誘い込むような音楽の使い方である。

〈チャリネの音楽隊は、村のせまい道をねりあるき、六十秒とたたぬうちに村の隅から隅にまで宣伝しつくすことができた。一本道の両側に三丁ほど茅葺の家が立ちならんでいるだけであったのである。音楽隊は、村のはずれに出てしまってもあゆみをとめないで、螢の光の曲をくりかえしくりかえし奏しながら菜の花畑

のあいだをねってあるいて〉

「ダス・ゲマイネ」では、登場人物の一人が音楽学校の学生であることもあり、いろいろな形で登場する。

〈「僕は馬場みたいに出鱈目を言うことはきらいですねえ。荒城の月の話はまだですか？」

（中略）「馬場がむかし、滝廉太郎という匿名で荒城の月という曲を作って、その一切の権利を山田耕筰に三千円で売りつけた。」〉

「荒城の月」をふまえた表現である。

「喝采」

〈かれ、友を訪れて語るは、この生のよろこび、青春の歌、間抜けの友は調子に乗り、レコオド持ち出し、こは乾杯の歌、勝利の歌、歌え歌わむ、など騒々しきを、夜も更けたり、またの日にこそ、と約した〉

「乾杯の歌」はドイツ民謡であろうか。ヴェルディ作曲のオペラ「椿姫」中の「乾杯の歌」であろうか。

ドイツ民謡「乾杯の歌」は

　盃をもて　さァ卓をたたけ

立ち上がれ飲めや　歌えやもろびと

祝いの盃　さァなつかしい
昔のなじみ　心の盃を

飲めや歌え　若き春の日のために
飲めや歌え　みそなわす神のために
飲めや歌え　わが命のために
飲めや歌え　わが愛のために　ヘイ

盃をもて　さァ卓をたたけ
立ち上がれ飲めや　歌えやもろびと
祝いの盃　さァなつかしい
昔のなじみ　心の盃を

の歌詞で有名な曲である。

ヴェルディ「乾杯の歌」は、福田三岐夫訳詞では

いざ　いざ歌え
高らかに

歌え　歌え　歌え
いざ　いざ踊れ
かろやかに
踊れ　踊れや
若き心　燃ゆる
楽し春の日に
若き心　酔う
うれし春の日
いざ　いざ歌え
高らかに
歌え　歌えや

となっている。どっちにしろ、クラシック音楽を連想させる使い方である。

〈勝利の歌〉は、オペラ「アイーダ」で歌われる「凱旋の歌」に相当するのだろうか？

「女生徒」では、実にうまく、歌が使われる。

〈お掃除しながら、ふと「唐人お吉」を唄う。ちょっとあたりを見回したような感じ。普段、モオツアルト

だの、バッハだのに熱中している筈の自分が、無意識に、「唐人お吉」を唄ったのが、面白い。〉

ここでは、西条八十作詞の「唐人お吉小唄」（明烏篇）が使われている。

駕籠で行くのはお吉じゃないか
下田港の春の雨

「女生徒」には、流行歌も出てくる。

〈しっかりした、つましい、つましい娘になります。ほんとうに、それは、たしかなのです。それなのに、ああ、それなのに、という歌があったのを思い出して、ひとりでくすくす笑ってしまった。〉

「ああそれなのに」（星野貞志作詞・古賀政男作曲）

空にゃ今日もアドバルーン
さぞかし会社で今頃は
おいそがしいと思うたに
あゝそれなのに　それなのに
ねえ　おこるのは　おこるのは
あたりまえでしょう

「乞食学生」では、歌の長い、引用がある。ミュージカル化されたものがあるのだろうか。

〈私は二人の学生と、宵の渋谷の街を酔って歩いて、失った青春を再び、現実に取り戻し得たと思った。私の高揚には、限りが無かった。

「歌を歌おう。いいかい。一緒に歌うのだよ。アイン、ツワイ、ドライ。アイン、ツワイ、ドライ。アイン、ツワイ、ドライ。よし。

ああ消えはてし　青春の
愉楽の行衛　今いずこ
心のままに　興じたる
黄金の時よ　玉の日よ
汝帰らず　その影を
求めて我は　嘆くのみ
　ああ移り行く世の姿
　ああ移り行く世の姿
塵をかぶりて　若人の
帽子は古び　粗衣は裂け
長剣は錆を　こうむりて
したたる光　今いずこ

宴の歌も　　　消えうせつ
刃音拍車の　　音もなし
　ああ移り行く世の姿
　ああ移り行く世の姿
されど正しき　若人の
心は永久に　　冷むるなし
勉めの日にも　嬉戯の
つどいの日にも　輝きつ
古りたる殻は　消ゆるとも
実こそは残れ　我が胸に
　その実を犇と護らなん
　その実を犇と護らなん」（アルト・ハイデルベルヒ）〉

（レコードドラマ「思ひ出」　―アルト・ハイデルベルヒ―　マイヤー・フェルステル原作、藤田満雄編作、山田耕筰演出、日本樂劇協會、金曜會）というレコードがあるらしいので、その辺と関わりがあるのだろうか。

「花火」では、「東京行進曲」が使われる。

〈月夜だった。半虧《はんかけ》の月が、東の空に浮んでいた。薄い霧が、杉林の中に充満していた。三人は、その下を縫って歩いた。勝治は、（中略）月夜ってのは、つまらねえものだ、夜明けだか、夕方だか、真夜中だか、

わかりやしねえ、などと呟き、昔コイシイ銀座ノ柳イ、と怒鳴るようにして歌った。〉

「東京行進曲」西条八十作詞・中山晋平作曲（昭和七年）

昔恋しい　銀座の柳
仇な年増を　誰が知ろ
ジャズで踊って
リキュルで更けて
明けりゃダンサーの　涙雨

「東京だより」

〈東京は、いま、働く少女で一ぱいです。朝夕、工場の行き帰り、少女たちは二列縦隊に並んで産業戦士の歌を合唱しながら東京の街を行進します。〉

「産業戦士の歌」　大日本産業報国会制作、歌林伊佐緒。作詞礒辺房雄。

「酒の追憶」

〈そうしてお酒を一本飲み、その次はビイル、それからまたお酒という具合いに、交る交る飲み、私はその豪放な飲みっぷりにおそれをなし、私だけは小さい盃でちびちび飲みながら、やがてそのひとの、「国を出る時や玉の肌、いまじゃ槍傷刀傷。」とかいう馬賊の歌を聞かされ、あまりのおそろしさに、ちっともこっちは酔えなかったという思い出がある。〉。

「馬賊の歌」には、別の歌詞もあるようだが、古い本では、その四番にこの歌詞がある。

「春の枯葉」

〈(菊代)(むしろ得意そうに)そうよ。あたしたちは音楽会をひらくのよ。音楽会をひらいてもうけるのよ。新円をかせぐのよ。はる、こうろう、も、それから、唐人お吉も、それから青い目をした異人さんという歌も、みんなあたしが教えたのよ。きょうはこれからみんなでお寺に集ってお稽古。うちへ帰るのがおそくなるでしょうから、兄さんにそう言ってね、日本の文化のためですからってね。〉

〈あなたじゃ／ないのよ／あなたじゃ／ない／あなたを／待って／いたのじゃない／という歌を知っているかね。これはね、「ドアをひらけば」というこの頃の流行歌だがね、知らんのか、君は。聞いた事が無いのかね。(中略)現代の流行歌一つご存じないとは、君。(中略)これは。失恋の歌だそうだよ。あわれじゃないか。〉

吉本隆明によれば、〈あなたは〉、アメリカを指しているとのことだが、私は、戦後の混乱した世相を象徴させていると思う。様々な資料をみたが、「ドアをひらけば」という歌は見つけられなかった。太宰の創作だろうか。

「苦悩の年鑑」

〈人道主義。ルパシカというものが流行して、カチュウシャ可愛いや、という歌がはやって、ひどく、きざになってしまった。〉

これは、松井須磨子が歌って一世を風靡した「カチューシャの歌」であろう。

〈ジリ貧という言葉を、大本営の将軍たちは、大まじめで教えていた。ユウモアのつもりでもないらしい。しかし私はその言葉を、笑いを伴わずに言う事が出来なかった。この一戦なにがなんでもやり抜くぞ、という歌を将軍たちは奨励したが、少しもはやらなかった。さすがに民衆も、はずかしくて歌えなかったようである。〉

これは、昭和一七年二月に出された大政翼賛会作詩・作曲の「進め一億火の玉だ」である。

ゆくぞゆこうぞ　ガンとやるぞ
大和魂　だてじゃない

見たか知ったか　底力
こらえこらえた　一億の
かんにん袋の緒が切れた

靖国神社の御前に
拍手うって額（ぬかづ）けば
親子兄弟　夫らが
「今だ頼む」と　声がする
俺らの胸にゃ　ぐっときた

※そうだ　一億火の玉だ
一人一人が決死隊
ガッチリ組んだ　この胸で
守る銃後は鉄壁だ
何がなんでもやり抜くぞ

※くりかえし

進め一億火の玉だ

行くぞ一億ドンとゆくぞ

「おさん」

〈突然、お隣りのラジオがフランスの国歌をはじめまして、夫はそれに耳を傾け、「ああ、そうか、きょうは巴里祭だ。」／とひとりごとのようにおっしゃって、（中略）それ以来、フランスの、春こうろうの花の宴が永遠に、永遠にだよ、永遠に失われる事になったのだけどね、でも、破壊しなければいけなかったんだ、永遠に新秩序の、新道徳の再建が出来ない事がわかっていながらも、それでも、破壊しなければいけなかったんだ、革命いまだ成らず、と孫文が言って死んだそうだけれども、革命の完成というものは、永遠に出来ない事かも知れない、しかし、それでも革命を起さなければいけないんだ、革命の本質というものはそんな具合いに、かなしくて、美しいものなんだ、そんな事をしたって何になると言ったって、そのかなしさと、美しさと、それから、愛、……」／フランスの国歌は、なおつづき、〉

フランス国家「ラ・マルセーズ」に「荒城の月」を比喩に使っている表現である。

「グッド・バイ」は、女と別れる画策にあたって、

〈いっそ、その女たちを全部、一室に呼び集め、螢の光でも歌わせて、いや、仰げば尊し、のほうがいいかな、お前が一人々々に卒業証書を授与してね、それからお前は、発狂の真似をして、まっぱだかで表に飛び

出し、逃げる。これなら、たしかだ。女たちも、さすがに呆れて、あきらめるだろうさ。〉

と発言している。太宰最後の作品で、死を決した太宰が、読者への別れを、ユーモアを交えて語っている小説だが、そこで別れの曲として「螢の光」と「仰げば尊し」を取り上げている。

以上、歌謡曲をはじめ様々なジャンルの音楽が太宰作品に取り込まれているのがわかろう。

四　民　謡

「彼は昔の彼ならず」

〈渡り鳥というのは悲しい鳥ですな。旅が生活なのですからねえ。ひとところにじっとしておれない宿命を負うているのです。わたくし、これを一元描写でやろうと思うのさ。私という若い渡り鳥が、ただ東から西、西から東とうろうろしているうちに老いてしまうという主題なのです。仲間がだんだん死んでいきましてね。鉄砲で打たれたり、波に呑まれたり、飢えたり、病んだり、巣のあたたまるひまもない悲しさ。あなた。沖の鷗に潮どき聞けば、という唄がありますねえ。〉

「沖の鷗に」古謡

沖（おき）の鷗（かもめ）に 潮（しお）どき きけば ノーエ
わたしゃ立（た）つ鳥（とり） ヤッコラ サノサ トコヤン トコセイ
波（なみ）にきけ バイトコ ズイ ズイ〉

「正義と微笑」

〈ゆうべは、兄さんと木島さんと僕と三人で、猿楽軒に行き、ささやかな祝宴。お母さんの健康を祈って乾盃した。木島さんは酔って、チャッキリ節というものを歌った。〉

静岡の民謡「チャッキリ節」である。

「きりぎりす」

〈私は、呆れて、何も申し上げたくなくなりました。あなたは清貧でも何でも、ありません。憂愁だなんて、いまの、あなたのどこに、そんな美しい影があるのでしょう。あなたは、その反対の、わがままな楽天家です。毎朝、洗面所で、おいとこそうだよ、なんて大声で歌って居られるでは、ありませんか。私は御近所に恥ずかしくてなりません。〉

「おいとこ節」は、民謡の一つ。上総国（千葉県）山武郡千代田村白升の粉屋の娘、お小夜のことを歌ったのがそのはじまりで上総や下総地方の盆踊りなどに歌われ、天保の末、江戸にまで歌い伝えられたという。起句に「おいとこそうだよ」の句がはいる。

「佐渡」


〈「あれが、佐渡だね。」

「そうです。」高等学校の生徒は、答えた。

「灯が見えるかね。佐渡は寝たかよ灯が見えぬというのは、起きていたら灯が見えるという反語なのだから、灯が見える筈だね。」つまらぬ理屈を言った。

「見えません。」

「そうかね。それじゃ、あの唄は嘘だね。」〉

新潟地方民謡「佐渡おけさ」をふまえた表現。

ハアー　佐渡へ（ハ　アリャサ）
佐渡へと　草木もなびくよ
（ハ　アリャアリャ　アリャサ）
佐渡は居よいか　住みよいか
（ハ　アリャアリャ　アリャサ）

ハアー　来いと（ハ　アリャサ）
言うたとて　行かりょか佐渡へよ
（ハ　アリャアリャ　アリャサ）
佐渡は四十九里　波の上
（ハ　アリャアリャ　アリャサ）

ハアー　雪の（ハ　アリャサ）
新潟　吹雪に暮れてよ
（ハ　アリャアリャ　アリャサ）
佐渡は寝たかよ　灯（ひ）も見えぬ
（ハ　アリャアリャ　アリャサ）
（以下略）

「瘤取り」

〈お爺さんには、ほろ酔いの勇気がある。なおその上、鬼どもに対し、親和の情を抱いているのであるから、何の恐れるところもなく、円陣のまんなかに飛び込んで、お爺さんご自慢の阿波踊りを踊って、
むすめ島田で年寄りゃかつらじゃ
赤い襷に迷うも無理ゃない

嫁も笠きて行かぬか来い来い
とかいう阿波の俗謡をいい声で歌う。鬼ども、喜んだのなんの、キャッキャッケタケタと奇妙な声を発し、
よだれやら涙やらを流して笑いころげる。お爺さんは調子に乗って、
大谷通れば石ばかり
笹山通れば笹ばかり
とさらに一段と声をはり上げて歌いつづけ、いよいよ軽妙に踊り抜く。〉

と「阿波踊り」も登場する。

「酒の追憶」

〈私はひとり、古谷君の宅を出た。私は夜道を歩いて、ひどく悲しくなり、小さい声で、
わたしゃ
売られて行くわいな
というお軽の唄をうたった。
突如、実にまったく突如、酔いが発した。ひや酒は、たしかに、水では無かった。〉

〈お軽の唄〉とは、「どんどん節」の一節。「忠臣蔵」の「お軽堪平」の話を歌にしたものである。

以上のように、民謡や俗謡も広く作品に取り入れられているのがわかる。

五　軍　歌

「葉桜と魔笛」

〈あしたの晩の六時には、さっそく口笛、軍艦マアチ吹いてあげます。僕の口笛は、うまいですよ。いまのところ、それだけが、僕の力で、わけなくできる奉仕です。〉

「軍艦マーチ」（明治三十鳥山啓作詞瀬戸口藤吉作曲「軍艦」を明治三三年改作）

「十二月八日」

〈ラジオは、けさから軍歌の連続だ。一生懸命だ。つぎからつぎと、いろんな軍歌を放送して、とうとう種切れになったか、敵は幾万ありとても、などという古い古い軍歌まで飛び出して来る仕末なので、ひとりで噴き出した。放送局の無邪気さに好感を持った。（中略）背後から、我が大君に召されえたあるう、と実に調子のはずれた歌をうたいながら、乱暴な足どりで歩いて来る男がある。ゴホンゴホンと二つ、特徴のある咳をしたので、私には、はっきりわかった。〉

「敵は幾万（てきはいくまん）」作詞：山田美妙斉・作曲：小山作之助　（発表　明治二四年）

敵は幾万ありとても　すべて烏合の勢なるぞ
烏合の勢にあらずとも　味方に正しき道理あり
邪はそれ正に勝ちがたく　直は曲にぞ勝栗の
堅き心の一徹は　石に矢の立つためしあり
石に立つ矢のためしあり　などて恐るる事やある
などてたゆとう事やある

〈我が大君に召されえたあるう〉は昭和一四年一二月世に出た「出征兵士を送る歌」の歌い出しである。

「出征兵士を送る歌」生田大三郎作詩・林　伊佐緒作曲・編曲

わが大君に　召されたる
生命（いのち）はえある　朝ぼらけ
たゝえて送る　一億の
歓呼は高く　天を衝（つ）く
いざ征け　つわもの　日本男児

「母」

〈男は、やがて低く口笛を吹いた。戦争中にはやった少年航空兵の歌曲のようであった。〉(「若鷲の歌」か?)

東宝映画「決戦の大空へ」主題歌「若鷲の歌」西條八十作詩・古関裕而作曲・仁木他喜雄編曲

若い血潮の　「予科練」の
七つ釦は　桜に錨
きょうも飛ぶ飛ぶ　霞ヶ浦にゃ
でかい希望の　雲が湧く

「人間失格」

〈東京に大雪の降った夜でした。自分は酔って銀座裏を、ここはお国を何百里、ここはお国を何百里、と小声で繰り返し繰り返し呟くように歌いながら、なおも降りつもる雪を靴先で蹴散らして歩いて、突然、吐きました。それは自分の最初の喀血でした。雪の上に、大きい日の丸の旗が出来ました。自分は、しばらくしゃがんで、それから、よごれていない個所の雪を両手で掬い取って、顔を洗いながら泣きました。〉

有名な「戦友」の歌い出しである。

「戦友」真下飛泉作詞・三善和気作曲（明治三八年）

ここはお国を何百里（なんびゃくり）
離れて遠き満洲（まんしゅう）の
赤い夕日に照らされて
友は野末（のずえ）の石の下

以上軍歌も、古いものから、時代に沿ったものまで、いくつか引用されているのがわかる。作品のそれぞれの位置で効果を発揮しているといえよう。

六　労働歌

「トカトントン」

〈生々潑剌、とでも言ったらいいのでしょうか。なんとまあ、楽しそうな行進なのでしょう。憂鬱の影も卑屈の皺も、私は一つも見出す事が出来ませんでした。伸びて行く活力だけです。若い女のひとたちも、手に旗を持って労働歌を歌い、私は胸が一ぱいになり、涙が出ました。ああ、日本が戦争に負けて、よかったのだと思いました。生れてはじめて、真の自由というものの姿を見た、と思いました。もしこれが、政治運動や社会運動から生れた子だとしたなら、人間はまず政治思想、社会思想をこそ第一に学ぶべきだと思いまし

た。〉

時代を反映し、労働歌も登場する。

七　ジャズ・映画音楽

「虚構の春」

〈二十種にあまるジャズ・ソングの歌詞をしるせる豆手帳のペエジをめくり、小声で歌い、歌いおわって、〉

「女生徒」ではさらに、しゃれた映画音楽も出てくる。

〈この傘には、ボンネット風の帽子が、きっと似合う。ピンクの裾の長い、衿の大きく開いた着物に、黒い絹レエスで編んだ長い手袋をして、大きな鍔の広い帽子には、美しい紫のすみれをつける。そうして深緑の頃にパリイのレストランに昼食をしに行く。もの憂そうに軽く頬杖して、外を通る人の流れを見ていると、誰かが、そっと私の肩を叩く。急に音楽、薔薇のワルツ。ああ、おかしい、おかしい。現実は、この古ぼけた奇態な、柄のひょろ長い雨傘一本。自分が、みじめで可愛想。〉

これは、昭和九年公開されたハーバート・ウィルコックス監督のアメリカ映画「薔薇のワルツ」の主題歌をさすのであろうか。

「正義と微笑」

〈学校の帰り、武蔵野館に寄って、「罪と罰」を見て来た。伴奏の音楽が、とてもよかった。眼をつぶって、音楽だけを聞いていたら、涙がにじみ出て来た。僕は、堕落したいと思った。〉

こうした、新しい歌のジャンルも取り入れられている。

八　西洋古典音楽

「ダス・ゲマイネ」

〈ゆうべ徹夜で計算したところに依ると、三百円で、素晴らしい本が出来る。それくらいなら、僕ひとりでも、どうにかできそうである。君は詩を書いてポオル・フォオルに読ませたらよい。僕はいま海賊の歌という四楽章からなる交響曲を考えている。できあがったら、この雑誌に発表し、どうにかしてラヴェルを狼狽させてやろうと思っている。〉

これは、登場人物が、音大の学生という設定から来る表現である。

「虚構の春」比喩

〈僕は太宰治に、ヴァイオリンのようなせつなさを感ずるのは、そのリリシズムに於てであった。太宰治の本質はそこにあるのだと、僕は思っている。〉

「正義と微笑」

〈雨の中を、あたふたと床屋へ行く。実際、なってない。床屋で、ドボルジャークの「新世界」を聞く。ラジオ放送である。好きな曲なんだけれど、どうしても、気持にはいって来ない。大きな、櫓太鼓みたいなものを、めった矢鱈に打ちならすような音楽でもあったら、いまの僕のいらいらした気持にぴったり来るのかも知れない。けれども、そんな音楽は、世界中を捜してもないだろう。〉

〈「善く且つ高貴に行動する人間は唯だその事実だけに拠っても不幸に耐え得るものだということを私は証拠立てたいと願う。」これは、ベートーヴェンの言葉だが、壮烈な覚悟だ。昔の天才たちは、みんな、このような意気込みで戦ったのだ。折れずに、進もう。〉

「新ハムレット」

〈飲酒の作法は、むずかしい。（中略）つい酒を過した時には、それもむずかしくなる。その時には、突然立

ち上って、のども破れよとばかり、大学の歌を歌え。歌い終ったら、にこにこ笑って、また酒を飲むべし。〉

「津軽」

〈音楽、音楽。レコードをはじめろ。シューベルト、ショパン、バッハ、なんでもいい。音楽を始めろ。待て。なんだ、それは、バッハか。やめろ。うるさくてかなわん。話も何も出来やしない。もっと静かなレコードを掛けろ、〉

「パンドラの匣」

〈軽くて清潔な詩を、いま、僕たちが一ばん読みたいんです。僕にはよくわかりませんけど、たとえば、モオツアルトの音楽みたいに、軽快で、そうして気高く澄んでいる芸術を僕たちは、いま求めているんです。〉

〈「書いて下さい。本当に、どうか、僕たちのためにも書いて下さい。先生の詩のように軽くて清潔な詩を、いま、僕たちが一ばん読みたいんです。僕にはよくわかりませんけど、たとえば、モオツァルトの音楽みたいに、軽快で、そうして気高く澄んでいる芸術を僕たちは、いま、求めているんです。へんに大袈裟な身振りのものや、深刻めかしたものは、もう古くて、わかり切っているのです。焼跡の隅のわずかな青草でも美しく歌ってくれる詩人がいないものでしょうか。現実から逃げようとしているのではありません。苦しさは、もうわかり切っているのです。僕たちはもう、なんでも平気でやるつもりです。逃げやしません。命をおあずけ申しているのです。身軽なものです。そんな僕たちの気持にぴったり会うような、素早く走る清流のタッチを持った芸術だけが、いま、ほんもののような気がするのです。いのちも要らず、名も要らずというやつです。そうでなければ、この難局を乗り切る事が絶対に出来ないと思います。空飛ぶ鳥を見よ、です。主義なんて問題じゃないんです。そんなものでごまかそうたって、駄目です。タッチだけで、そのひとの純粋度がわかります。問題は、タッチです。音律です。それが気高く澄んでいないのは、みんな、にせものなんです。」〉

当時の理想の「かるみ」をモオツァルトを例に語っている。

「渡り鳥」

〈(青年)「音楽は、モオツアルトだけですね。」(中略)「近代音楽の堕落は、僕は、ベートーヴェンあたりからはじまっていると思うのです。音楽が人間の生活に向き合って対決を迫るとは、邪道だと思うんです。音楽の本質は、あくまでも生活の伴奏であるべきだと思うんです。僕は今夜、久し振りにモオツアルトを聞き、音楽とは、こんなものだとつくづく、……」〉

〈ベートーヴェンを聞けば、ベートーヴェンさ。モオツアルトを聞けば、モオツアルトさ。どっちだっていいじゃないか。〉

「グッド・バイ」

〈「ピアノが聞えるね。」

彼は、いよいよキザになる。目を細めて、遠くのラジオに耳を傾ける。

「あなたにも音楽がわかるの？　音痴みたいな顔をしているけど。」

「ばか、僕の音楽通を知らんな、君は。名曲ならば、一日一ぱいでも聞いていたい。」

「あの曲は、何？」

「ショパン。」

でたらめ。

「へえ？　私は越後獅子かと思った。」

音痴同志のトンチンカンな会話。どうも、気持が浮き立たぬので、田島は、すばやく話頭を転ずる。〉

太宰、最後の作品である。最後の最後まで、ダンディズムを演じ、読者にサービスしているのがわかる。


以上、クラシック音楽も適当に取り入れられている。

特に、終戦直後の太宰の理想を象徴する「かるみ」という価値観をモーツアルトを例えに説明しているところは、見事な例といえよう。太宰も結構クラシック音楽に通じていたということが出来よう。


以上、太宰文学と音楽との関わりを、実例を中心に検討してみた。まだ、たたきだいの段階である。もっと検討していきたい。まずは、太宰文学に登場する音楽を網羅的に取り上げたと言うことで読んで頂ければ幸いである。

遠藤周作論
――『沈黙』をめぐって

入野田眞右

一　はじめに

遠藤周作は、作家として出発する直前に、まだ三一歳の昭和二九年に、『カトリック作家の問題』という、彼の以後の文学創作にとって極めて重要な評論を発表している。彼は既に十一歳のとき洗礼を受け、カトリック教徒になっていたが、作家として出発する折に、自らカトリック作家として出発することを宣言したようなものであった。日本人のカトリック作家とは、それだけで一種驚きをもって迎えられ、奇異に感じられたに違いない。

このなかで、彼は先ず、キリスト教の伝統や社会基盤のなかで育っていない東洋人である彼自身と、西欧作家との距離感の確認から始めている。それは、「神々」の世界と「神」の世界、つまり汎神論的世界とキリスト教世界との距離感であった。彼は、例として、西欧では珍しい汎神論的傾向を持ったリルケの『ドイノの悲歌』と堀辰雄の『かげろふ日記』を対照して、こう述べている。

リルケの西欧の汎神論的世界、そこでは人間は天使にもなりえぬ、といって小禽にもなれぬ孤独な存在条件が課せられています。従って人間は天使とたたかい、自然を屈服せしめねばならぬ。……リルケ的人間の姿勢は、はなから、能動的でなければならぬ。一方、同じ汎神世界でありながら、堀氏の場合は、人間は神々の一部分であり、神々と人間とのあいだにはいかなる存在本質の差もみとめられません。そこで人間は自然や宇宙といったものにそのまま還ることが出来る。受身のままそれらの大いなるもの、永遠なるものにとけこめるわけです。

西欧では珍しい汎神論と日本の汎神論を比較した場合でさえ、人間の立場にはこれほどの違いがある。そして更にカトリシスムの場合はどうか。それを彼はこう述べている。「カトリシスムは…東洋的汎神論を拒絶する……神と天使と人間との間には厳然たる存在条件のちがいと隔たりがあり、……人間は人間しかなりえぬ孤独な存在条件を課せられております。したがって、神でもない、天使でもない彼は、その意味で神や天使に対立しているわけです。たえず神を選ぶか、拒絶するかの自由があるわけです。つまり神との闘いなしに神の御手に還るという事は、カトリシスムではありません。……カトリック者はたえず、闘わねばならない、自己にたいして、罪にたいして、彼を死にみちびく悪魔にたいして、そして神に対して。それ故、カトリック者の本来の姿勢は、東洋的な神々の世界のもつ、あの優しい受身の世界ではなく、戦闘的な、能動的なものです。彼が闘い終って、その霊魂をかえす時にも、神の審判が待っています。永遠の生命か、永遠の地獄かという、審判が待っています。」この時点で遠藤が考えていた神は、人間と対立し、人間を峻厳に裁く「父なる神」である。そして人間は、自己に対しても、神に対してさえも闘わねばならない存在とされている。優しく人間を受け入れてくれる「母なる神」はまだ全く考えられてはいない。

ところで、カトリック作家とは、宮内豊が述べているように、「それ自身ひとつの自己矛盾的な存在」であることは疑いない。カトリック作家は、一方でカトリック教徒として、信仰者として、カトリックの教義に従って厳しく身を処していかねばならない。他方ではしかし作家として、人間性そのものを探索し表現しなければならないので、カトリックの教義であれ、ある特定の世界観なりによって拘束されたり、曇らされてはならないのである。この相反する矛盾、自家撞着について、遠藤は、当然の事ながら、もしカトリシスムの護教的、宣伝的な目的のために、作中人物の人間的心理を作為的に歪めたりするなら、それはもはや真の意味の文学ではないと断り、こう答えている。

カトリック文学も、他の文学と同じように人間を凝視することを第一目的とするのです。それを歪めることは、絶対にゆるされない。極言を弄するならばカトリック文学は神や天使を描くのではなく、人間を、人間のみを探求すれば、それでいい。また、カトリック作家は決して聖人や詩人ではない。聖人や詩人の目的は、ひたすらに神をながめ頌め歌うことにある。けれどもカトリック作家は、作家である以上何よりも人間を凝視するのが義務であり、この人間凝視の義務を放擲することはゆるされない。

ここで遠藤は、カトリック作家といえども、作家である以上、人間凝視を第一に考えなければならないと言わざるを得ない。だが、十九世紀、二十世紀と時代を降るにつれ、フロイトやユングの深層心理学の発展に伴って、その影響を受けたプルーストやジョイスなどの作品によって、登場人物の深層心理にまで及ぶ人間探求が行われるようになり、作中人物の魂の奥深く入り込み、その罪深い秘密や悪さえも直視せざるをえなくなってきた。それだけではない。作家は、小説創作のため作中人物の魂の奥深く入り込めば、入り込むほど、作中人物の罪深い欲望や悪にまで入り込み、その欲望や悪とある種の共感を感じ、いわばそれらと馴れ合わざるを得ない。だが、カトリック作家は、作家であると同時に、カトリック者であり、信仰者であって、この人間凝視による罪深い欲望や悪と馴れ合い、共感を感ずることは許されないことなのである。かくして、「この作家としての、と同時に、カトリック者としての二つの義務の撞着は多かれ少なかれ、カトリック作家のくるしむ所でした」ということになる。このようなカトリック作家の二律背反の苦悩を解決する道を模索して、遠藤は、フランソワ・モーリヤックの『テレーズ・デスケールー』や『愛の砂漠』といった作品や「作家と作中人物」といったエッセイに解決の糸口を見出そうとする。モーリヤックは、カトリック作家のもつこの二律背反を訴えながら、「かかる苦悶から脱れるのは、ただ総体的誠実とできるだけ完全な人間的真実への尊敬と情熱とによってです。」と極めて抽象的に答えているだけである。この言葉を遠藤は、「それはつまり、人間への完全な凝視から、真の人間を描けた時は、それはカトリック的人間像に通じていく、何故ならばカトリシスムが真理なら当然それは真の人間像の上に照応するからであるという信念に到達したからでしょう。」と解釈している。人間を完全に凝視し、真の人間を描くという途方もないことが前提とされている。あるいはモーリヤックには可能だったことかもしれないが、ほとんど理想論に近い、と言わざるを得ないであろう。

更に遠藤は、モーリヤックの作品『テレーズ・デスケールー』に触れ、作者は、人生への激しい渇きから夫の殺害を図った救いようのないテレーズを幾度も作中で救おうと試みて、それが出来なかったと言われている作品である。このような救済に対して作者がいかに無力であるかを滲ませた作品であり、恩寵の光が少しも射し込まない真っ暗な、救いようのない作品である。これがなぜカトリック的作品なのか。これに対して遠藤は「これらのあまりに暗い救いのない小説は、人生のネガティブのごときものであり、それを焼き付けるのは神なのです。作者が果たさなかった生の現像を神の恩寵の光が焼付けしないと、どうして言えるでありましょうか。いいかえれば〈神なき人間の悲惨〉を悲惨として描くのもまたカトリック小説のひとつの方法なのです。」と述べている。

このことを、モーリヤックは、別な言葉でこう言っている。「作家は罪によごれた人間性をあらわにすべきなのですが、この奥底にひそむ悪の彼方に、キリスト者が確信する一事があります。それは今一つ別の光が作家の不安な眼差しの前で、この罪を浄化し聖化するということです。作家はこの光の証人となるべきです。」テレーズのような救いようのない作中人物の上にも、その苦しみの上にも、「夕暮れの光にも似たレンブラント的光線、恩寵の光が射し込む」ことがあるのだというのである。

あるいはまた、同じカトリック作家で、評論家でもあるダニエル・ロップスの主張を紹介している。ロップスは、作中人物の魂の奥底には、おのおのその心理を超えてひそかに存在する神の痕跡がある。この神のひそかな痕跡をカトリック作家は発見しなければならない。「魂のなかには一つの秘密があって、そこに救いが来るからである。作家は神の模倣者であるが、猿であって神ではない。自己の心から生まれた作中人物に対し、作家は慎みと愛をもつ義務を持っている。真実を見せることが問題なのではなく、怖ろしい罪に陥ちた作中人物のおのおののなかに、ひそかな慎ましい部分―全能の神の愛が救いの手をさしのべる―部分の取り扱い方が大切なのだ。」このロップスの主張は、遠藤の作品のなかに登場する作中人物に活かされているように思える。

結論として遠藤は、カトリック作家の問題として、カトリック作家は、このように、カトリック的良心と作家的良心の板ばさみとなり、その二律背反に絶えず引き裂かれているのだ、というのである。そしてモーリヤックの言葉、「私は小説家である。私はカトリックである。そこに闘いがある」という苦悩に満ちた言葉を援用しつつ、「カトリック作家は二つの深淵の間の細い綱を渡るのです。彼は味を失うてはならぬ地の塩でなければならぬのです。」という言葉で締めくくっている。カトリック作家としての自覚と、それによってもたらされるこの二律背反の苦悩と苦闘を、遠藤は、作家として出発する際にすでに心に刻み、その苦悩と苦闘のなかから創作することを決意していたのである。

二 『沈黙』の成立まで

遠藤周作の作品『沈黙』は、一九六六年、作者四三歳の時の作品である。この作品は、それ以前の『白い人』、『黄色い人』、さらに『海と毒薬』といったそれまでの遠藤周作の主要作品とはかなり傾向を異にしている。芥川賞を受賞した作品『白い人』では、幼児斜視の主人公が、周囲のさげすみや罵倒に抵抗し、見返すために、意図的にナチスの拷問者の側に接近し、意識的に加虐の限りを尽くす小説であり、作者の意図的な、作り物めいた、あるいは、実験的なとでも言うような作為を感じざるを得ない。『黄色い人』でも、信者の女性と関係し、教会を追われた神父デュランが、命の糧を密かに送りつづけてくれる最も信頼できるブロウ神父を裏切り、密告する。がしかし、ブロウ神父は、その裏切りを知りながら、デュランを許すのである。背教者デュランは爆撃で死んでしまうが、それは唯一の救いとされる。またこれと対照的に、何事にも無感動な、深い疲労感だけを感じて、欲望のままに生きている日本人学生がいて、許婚のいる従妹と関係を続け、一切罪の自覚はない。この罪の自覚は対比的に描かれていて、背教者デュランは徹底的に人を裏切り、日本人学生は徹底的に無感動で、『白い人』と同様、どこか作り物めいた作品になっている。

これらの作品と較べると、第二次大戦中実際にあったアメリカ人捕虜の生体解剖事件を題材にした『海と毒薬』は、作り物めいた感じは影を潜めて、日本人の罪意識の不在をテーマとする意欲的な作品になっている。大学の医学部内の勢力争いから、陸軍からの米軍人生体解剖の要望を、外科部長は引き受けざるを得なくなり、医局のインターン生や看護婦をも巻き込んで生体解剖が行われることになる。この事件を作者はそれぞれの登場人物の内面から描き、各人の視点から事件を検証することによって、各人の罪の意識を追究し、その罪意識の不在を描いている。この作品は、遠藤が長年抱き続けてきた問い、「日本人とは一体いかなる人間なのか」という問いかけから描かれたもので、日本人の精神的、倫理的真空を暴き出している、と言える。だが、この作品にしても、宮内豊によると、『海と毒薬』という小説が、読者の心のうちに〈罪の意識〉の不在に対する魂の凍るようなおののきを生み出すという効果を狙って、あとう限り周到に、ほとんど音楽的にさえ組み立てられているという事実は、多少とも小説を読みなれた読者の目には、あまりにも歴然としすぎているという一点である。換言すれば、どんなに反面教師的な形をとろうとも、教化はやはり教化なのである。……つまり、われわれには、遠藤周作が、〈罪の意識〉というキリスト教的理念のひとつに、手をつくして読者をいざなおうとしているのが、それを通して透けて見えるのである。」ということになる。遠藤周作という作家は、小説が上手すぎるのである。小説構成といい、描写といい、あまりに巧み過ぎ、小説を自在に操る術を心得ていると言ったらいいのであろうか。それが、却って作り物の印象を招いているし、カトリック作家を自称しているため、それがすぐカトリックの教化活動と見なされてしまうきらいがないか。ただ、日本人の罪意識の不在ということに関しては、生体解剖のみならず、戦争中の残虐行為に関して、キリスト教作家であろうとなかろうと、日本人の作家がいずれ取り上げなければならなかった問題なのではないか。更に宮内は、「ごく素朴に考えて、どうしてこの小説には、たとえひとりでも、事態の成行に敢然と反抗する勇敢な人物が登場しないのであろうか。どうしてだれもかれもが、こうまで一律に弱くて卑劣で醜悪で、おまけに無気力なのであろうか。」と語り、あたかもそれが遠藤周作の作為的なもののように言っているが、あの戦争中の雰囲気を知る者にとっては、当時は一律に皆権力に弱く、そのため卑劣で醜悪で、無気力だったのではないか。反抗する勇敢な人物を描けばそれこそ作為的な創作になったのではないか。そして更に罪意識の不在という日本人のもつ問題は、カトリック作家で、かつ日本人作家である遠藤周作にとっては、自己の分裂した矛盾した意識の問題としても格好のテーマではなかったか。この『海と毒

『海と毒薬』という作品は、作者自身、それぞれの登場人物の立場に自らを置き、その矛盾した罪意識を描写することで暴き、同時に自らの罪意識の不在をも告発するものではなかったであろうか。

この『海と毒薬』の発表後、遠藤周作の作風は一変する。それには、彼の生死の境をさまよった闘病体験がある。彼はフランス旅行から帰国した昭和三五年一月、肺結核再発のため入院生活を余儀なくされ、翌年には三回にわたる肺の手術を受けた。三回目の手術は、医者も手術が成功するかどうか危ぶむもので、手術中、心臓が何秒か停止するという極めて危険なものであった。なんとか二週間後に奇蹟的に回復したものの、この闘病体験は、その後の創作活動に大きな変化をもたらすことになる。

この闘病生活の四年後に『沈黙』が書かれるのだが、その四年間に遠藤は、大作『沈黙』を書くためのいわばデッサンのように、「再発」、「男と九官鳥」、「その前日」、「四十歳の男」といった小品を次々に書いていく。これらの小品は後にまとめられて、『哀歌』として出版される。従って『哀歌』に収められた小品は、『沈黙』のテーマを先取りしているとも言えよう。作者自身、この『哀歌』の思い出のなかで、こう述べている。

ある時期から、私はひとつの純文学長篇を三年か、四年かの間隔をおいて発表することにしていた。そしてその三年か、四年の間にいわゆる長篇のための準備と蓄電の期間であると同時にそれを模索する短編を幾つか書くという方法をとった。……

病中、切支丹時代の勉強もしてきたから、まだ、どのような材料を使うかはまったく考えもしなかったが、退院後、早速長崎に行き、踏絵をみることで、後に『沈黙』のテーマのひとつになるものを心のなかに獲得した。この長篇を心のなかで固めていくために、……短篇を幾つか書くことにした。それらの短篇を集めたのがこの『哀歌』である。だから『哀歌』を私の『沈黙』の前奏曲、と考えてくださってよい。
これらの短篇からまず聞えてくるのは、何と言っても生きるか死ぬかの瀬戸際に立たされた時の悲鳴にも似た、死からの脱出を願う思いである。「四十歳の男」では、手術を三日後に控えて、主人公は率直にこう独白する。

俺は死にたくない。死にたくないよ。三度の大手術がどんなに辛くともまだ死にたくない。俺には人生にそして人間にどんな意味があるのかわかっていない。ぐうだらで、怠け者で自分を誤魔化している。しかし人間が別の人間の横を通りすぎる時、それはただ通りすぎるだけではなく必ずある痕跡を残していくことだけはわかってきた。もし俺がその横を通りすぎなかったらその人たちは別の人生を送れたかもしれぬ。それは妻の人生であり、康子の人生なのだ。

そして思わず知らず、病室で飼っている九官鳥に向かって、「生きたいよ、俺は……」と小声で言うのである。九官鳥の「カキ色のとんがった嘴」は彼に外人司祭の鼻を連想させ、司祭への告悔を思い出させる。そして今までの人生でのさまざまな悪しき行為を思いだし、かつて妻を裏切り、康子に堕胎させたことを思い出し、心の痛みを感じずにはいられない。だが一方で、九官鳥の哀しそうな目に彼は救われる思いがするのである。「四十歳近くになって能勢は犬や鳥の眼を見るのが好きになった。ある角度から眺めると冷たく、非人間的なのに、別の角度から見ると哀しみをじっとたたえたような眼である。彼は十姉妹を飼ったことがあるが、ある日、その一羽が死んだ。息を引き取る前、小鳥は彼の掌のなかで、次第に瞳孔を覆ってくる白い死の膜に懸命に抗うように一、二度、眼をみひらいた。その鳥と同じような、哀しみをたたえた眼を彼は自分の人生の背後に意識するようになった。」いつも自らの死の想念にとりつかれ、それからの脱出を願い、その願いが九官鳥の眼の哀しみを誘う。九官鳥は、司祭を連想させるだけでなく、その眼は、「あの男」、つまりキリストの哀しい眼を思い出させる。短篇「私のもの」には、こう書かれている。

彼が「この男」を本気で選んだのではないんだと罵る時、その犬のように哀しそうな眼はじっと彼を見つめ、泪がその頬にゆっくりとながれる。それが「あの男」の顔だ。宗教画家たちが描いた「あの男」の立派な顔ではなく、勝呂だけが知っている、勝呂だけの「あの男」の顔だ。私は妻を棄てないように、あんたも棄てないだろう。私は妻をいじめたようにあなたをいじめてきた。今後も妻をいじめるようにあなたをいじめぬと言う自信は全くない。しかしあなたを一生、棄てはせん。

これは遠藤が幼い頃洗礼をし、自ら進んで洗礼を受けたわけではなく、そのためいつも借り物のように感じてきたこと、にもかかわらずすでになくてはならない人になっていることを語っているのである。このキリスト像はやさしい、涙もろい、まるで母親のようなイメージとなっている。

同じ頃の昭和三七年、病床にあって文学を思う、ということで書き始められた「初心わするべからず」には、十歳頃、熱心なカトリック信者だった伯母の勧めで何も分からず、教会に連れて行かれ、洗礼をうけた話や、自分の意志や思想的遍歴のすえに入った人にいつも羨望を感じ、劣等感を感じていたことを認め、「自分の体に甲羅のように覆われたカトリックを」いくら棄てようと考えたか分からないと告白しながら、こう書いている。

そんな私ではあったが、今度の病気のあいだは照れくさいことながらやはりカミサマのことばかり考えつづけてきた。甲羅が皮膚の一部になった部分で私はこの人間のやることで無意味なものはないだろうと考え、その意味をさぐるのが小説家だと思い甲羅と肉体とのあわない部分でカミサマに反抗しつづけた。……だが一番イヤだったのはある夜、私は神は本当は存在していないのではないかという不安に捉われた時だった。二千年のあいだ、神がいるものと信じてそのために生きてきた人間が無数にいる。一生をそのために捧げてきた人も無数にいる。しかしもし神などは人間がつくりだした架空の幻影だったとするならば、それらの人間はなんとコッケイな喜劇の主人公であったことだろう。……これは本当に辛いイヤな経験だった。

この闘病生活のなかで他人の死と出会い、否応なく自分の死と向き合うことで、死を考え、神を考え、神に祈り、そして神の存在を考える、病床でその繰り返しであったことが、「初心わするべからず」や当時書かれた「九官鳥の話」、「ある場所の話」、「大部屋」に書かれている。そして「九官鳥の話」のなかでは、「おい、おい、本当に神さまはいるんですかね」と、冗談ともつかず、思わず九官鳥に問いかけたりする。実際この生死を賭けた手術とその後の病床生活は、キリスト者にとってはおそらく異端的な問いかけだと思われるが、神は本当に存在するのか、存在するならなぜ神は姿を現すことなく沈黙し続けているのか、という、おそらくそれまでの遠藤周作にとってはあまり経験したことのない切実さで、カトリック作家の彼にとっては途方もない疑念を起こさせたのではないだろうか。神が果たして存在するのかという疑念が、この闘病生活で「本当に辛いイヤな経験だった」というのは正直な述懐だったのではないか。母親のようなキリスト像、神は本当に存在するのかという疑念、この二つが交互に現れ、闘病生活の作者の心を揺るがしている。

こうした厳しい闘病生活、死の恐怖の前に右往左往する精神、この辛い経験のなかから、彼は、手術の五年前の昭和三二年、初めて長崎を訪れ、十六番館という古びた木造西洋館の一室で見た踏絵のことを思い出すのである。笠井秋生の『遠藤周作論』によると、遠藤が踏絵を始めて見たのは、『海と毒薬』の取材旅行の際であって、佐藤泰正や武田友寿の主張のように、退院後、『沈黙』を書く数年前、つまり昭和三七年頃ではない、という。それは、すでに昭和三四年に仲間を裏切り、転んだ〈喜助〉の苦悩を描いた作品『最後の殉教者』が書かれているからだ、というのである。つまり、遠藤は闘病生活のなかで、かつて見た踏絵の持つ意味に思い至るのである。『哀歌』に収められた短篇「その前日」には、手術の成否五分五分と言われた生死を賭けた大手術の前日に、日本におけるキリシタン最後の迫害とも言うべき浦上四番崩れの際に使用された踏絵をどうしても見ておきたいと、主人公は考える。それは、浦上四番崩れの際に転んだ、つまり転向した藤五郎のことをカトリック関係の小冊子で読み、少なからず関心をそそられたからなのであった。もちろんその小冊子では、四番崩れの史実が述べられているだけで、藤五郎に重点が置かれていたわけではなかった。踏絵に対する関心は、実は拷問の肉体的恐怖に曝されて転んだ者への関心であった。作者は、病院での手術前の慌ただしい様子を描きながら、他方でそれに差し込む形で、長崎県高嶋村のキリスタン狩りの様子を書き込んで行く。藩の警吏たちは、村民が夕べの祈禱をしている最中に、祈禱の場所の農家に雪崩れ込んで、十人の男たちを浦上に引いていく。そのなかに不幸なことに、体が大きいくせに臆病な藤五郎もいた。吟味が開始されると、役人は踏絵を使い、転向しない者には弓で激しく打った。藤五郎は、弓を振り上げられる前に、踏絵に描かれたキリストの顔の上に汚れた足を載せた。外の者は誰一人足を載せた者はいなかった。藤五郎一人が釈放された。他の九人は、改宗しなかったので、長崎の牢に入れられ、翌年尾道に近い津山に船で送られ、そこで「子責め」と称する心理的拷問を受ける。高嶋村の子供達を隣の牢に入れて、飢餓状態にして、隣接した牢にいる大人たちに改宗を迫る拷問であった。それにも彼らは耐えた。ところがそこに藤五郎が現れ、牢に入ってくる。自訴したのだと言う。そして奇妙な声を聞いたと言うのである。「その声は藤五郎にもう一度だけ、皆のいる場所へ行くことを奨める。皆のいる津山に行って、もし責苦が恐ろしければ「逃げてもよい」から、あと一度だけ、津山まで行ってくれ、と泣くように哀願したというのである。」こうして藤五郎は、再び役人に拷問されて、再び転び、釈放される。これは、『沈黙』のなかのキチジロウそのものである。ここで作者は、死を眼前にして、その死からの脱出をひたすら希う己の弱さを見つめ、拷問の、肉体的恐怖に曝されて信仰を棄てる藤五郎の弱さを自分と重ね合わせているのである。

『哀歌』に収められた短篇「帰郷」（昭和三九年）では、長崎の伯父が亡くなって、自分の先祖の代々が住んでいた長崎県の三代田村に初めて帰ることになった主人公が、こう述懐する。「だが、考えて見ると三代田はころんでしまった者たちの村である。拷問を恐れて棄教した者をころび者と言うが、この村はころびの村だ。父も伯父もこの村に生まれたのだし、二人の血は私の体にも流れている。」遠藤周作の祖先が長崎だったのかどうか、史実はどうあれ、彼は、自らを拷問に耐ええぬ転びの子孫と考えている。

更に翌昭和四十年発表の「雲仙」では、キリシタンの歴史を調べているうちに、たまたま古本屋で見つかった、一六三二年にローマで上梓された、ディエゴ・コリヤードの『切支丹告白集』を読んで、「他のいかなる切支丹史よりも自分の心情にふれたような気が」するのである。他の切支丹史は、「信仰に燃えた教父や信徒や殉教者たちの行為だけが賛美の言葉をもって、つづられていた。それはどんな責苦や拷問にも屈せず自分の信念と信仰を守った人々の歴史だった。」俺はとても、こういう人々の真似はできない、と主人公は思う。自分のだらしなさや卑怯さ、弱虫をいやというほど知り尽くしている主人公は、長崎や江戸や雲仙で迫害をうけ、華々しく殉教した昔の信徒たちと自分の間には越えることのできない距離を感じないではいられない。どの切支丹史を読んでも、弱虫の自分に似た人間を一人も見つけることができない。だが、コリヤードの『切支丹告白集』には、名前を伏せられて一人の意志薄弱な節操のない男が書かれていて、「こちらの心にじんとしみてきた」のだった。そして、「もし自分が同じ時代に生れあわせていたならば、男と同じように自分が切支丹であることを知られないために、仏教徒に誘われれば寺にも参ることぐらい平気でやったろう。誰かが切支丹信仰のことを悪しざまに罵っても眼を伏せて、知らぬ顔をしていたろう。いや、転べといわれれば、自分や妻子の命を全うするために、転び証文さえ作ったかもしれない。」と、転びの者に対して限りない同情とあたたかな眼が注がれている。そしてこの名を伏せられた転びの者は、この「雲仙」のなかで、『沈黙』でと同じキチジローと命名されている。

ところで、『切支丹告白集』には、転びの者について、たった一行だけ「転びの者には、あなたらのわからぬ、転びの者としての苦しさがござります。」と書かれてあった。このたった一行の言葉は、「雲仙」の主人公の胸に「鋭い刃で切りつけてきた。それはまたキチジロウが、この雲仙で拷問を受けている昔の仲間の姿を見た時、胸の底で叫んだ声だったにちがいなかった。」と記されている。「その前日」の藤五郎、「雲仙」と『沈黙』のキチジロウ、この転びの者たちが踏んだ踏絵は、人間の足で少しずつ傷つけられ、すり減らされて、踏絵に描かれたキリストの顔が傷つけられ、汚されて行く。だが、それを踏んだ者もどんなに痛みを感じなければならなかったことか。作者は転んだ者のその痛みを感じ取り、踏まれたキリストもその痛みを感じ取り、憐憫の情にかられて「速やかに汝の為すところを為せ」と、かつてキリストが最後の晩餐でユダに言った言葉を、小声で言うのだ、と書いている。転びの者に対する限りない同情と許しがここにはある。「為すところを為せ」というキリストのユダへの言葉の解釈についても、遠藤は彼独自の解釈をしていて、昭和三七年のエッセイ「ユダと小説」でも論じているが、その基本的な考えは、「その前日」のなかに書かれているのと同じである。この短篇では、主人公の大手術の前に、長崎から踏絵を持ってきて見せると約束した井上神父にこのキリストの言葉を聞きただすと言う形で、一般的なこの言葉の解釈が披瀝されている。井上神父は、「この言葉はキリストにおける人間的な面をあらわす」、と言う。「キリストはユダを愛しているが、この男と同席することに嫌悪感を禁じえない。その心理はちょうど、心の底では愛しているが自分を裏切った女に対して我々が感ずる愛と憎しみとの混合した感情に似ているのだ」というのである。この意見に反対して、「お前はどうせそれを為すだろう。為しても仕方のないことだ、だからやりなさい。そのために私の十字架があり、私は十字架を背負うという意味がこめられているのではないか。キリストは人間のどうにもならぬ業を知っている」と主張する。エッセイ「ユダと小説」の末尾でも、「ユダの心理よりも更に重要なのはキリストのユダにたいする心理である。彼はユダを憎んだのか。愛したのか。この謎はユダの心理をとくより更に困難であり、西欧の作家がユダを主人公にして小説を書けなかったのはむしろキリストのこの男に対する感情があまりに深いせいであろう。しかし、我々にわかるこの問題の鍵は最後の〈行きて速やかに汝の為すところを為せ〉という言葉であろう。人間のどうにもならぬ業をキリストは知っていたのであり、この業を肯定もしていたのであろう。」と解釈している。おそらく、人間の業は許されるのだとするこの解釈は、カトリックからはみ出て、人間性を重んずる、異端的な見解ということになるのだろうが、しかし遠藤周作はこの意見に固執し、『沈黙』の終章でロドリゴ司祭が転ぶところでもこの見解を貫いているのである。

司祭は足をあげた。足に鈍い重い痛みを感じた。それは形だけのことではなかった。自分は今、自分の生涯の中で最も美しいと思ってきたもの、最も聖らかと信じたもの、最も人間の理想と夢にみたされたものを踏む。この足の痛み。その時、踏むがいいと銅版のあの人は司祭にむかって言った。踏むがいい。お前の足の痛みをこの私が一番よく知っている。踏むがいい。私はお前たちに踏まれるために、この世に生れ、お前たちの痛さを分つため十字架を背負ったのだ。

ここには人間に対する限りない人間的な許しがある。

三　『沈　黙』

『哀歌』に収められた幾つかの短篇をデッサン代りに用いて、本格的な小説として、昭和四一年に発表されたのが『沈黙』である。従ってそのテーマは、いままで論じてきた『哀歌』やそれと平行して書かれたエッセイなどとほとんど重なりあうと言ってよい。

この小説は、極めてショッキングな知らせから始まっている。当時イエズス会日本管区の代理管区長だったクリストヴァン・フェレイラ教父が、長崎で「穴吊り」の拷問を受け、棄教したという知らせであった。教父は、日本で活動すること二三年、司祭と信徒を統率して来た長老であった。フェレイラ教父の背教は、イエズス会のみならず、カトリック教会にとっても大変なショックだったようで、レオン・パジェスの『日本キリスト教史』にも「フェレイラ神父の背教が、ヨーロッパに知れると、イエズス会その他の修道会の中に非常な苦痛を与えた。イエズス会の修道士たちは、自分の血で、その修道士の罪を償うため、競って日本に派遣されることを志願した」と記載されている（片岡弥吉著『日本キリシタン殉教史』時事通信社、四四一頁）。おそらく当時のカトリック教会にとっては歴史的に大変ショッキングな事件だったのであろう。この歴史的事件から始まっているこの小説は、その「まえがき」で、歴史的背景、一五八七年の秀吉の「伴天連追放令」、更に一六一四年の家康の「切支丹の全面禁制」、それによる切支丹迫害と虐殺を説明している。その説明はほぼ歴史的事実にあっているが、フェレイラ背教の知らせを聞き、この教父の罪を償い、教会の不名誉を雪辱するために集まった神父たちのことから、史実に合っているようでありながら、少しずつ年代も、神父の名前も遠藤周作の創作世界に入っていく。フェレイラ背教の知らせを受けて志願したのは、片岡の説によると、三つのグループがあった。ひとつは一六三五年、マストリリ神父の率いる三四人の修道士、次に一六四二年ルビノ神父を団長とする四人の神父、一六四三年ペドロ・マルケスを長とするルビノ第二団で、マルケスのほか、アロンゾ・アロヨ、フランシスコ・カッソラ、ジュッセッペ・キャラの四人の神父と日本人修道士ビエイラ、その他四人の計十人であった。最初のマストリリ神父は殉教した。ルビノ神父達も全員拷問を受けて、殉教した。ただ、マルケス神父を団長とするグループは、この小説にも登場する井上政重の取調べを受け、全員転び、井上の下屋敷に収容された。この中のジュッゼッペ・キャラが、小説『沈黙』の主人公セバスチャン・ロドリゴのモデルとされる。またこの小説では、巡察師ヴァリニャーノ神父が一六三三年に澳門にいて、ロドリゴたちにフェレイラの消息や日本の状況を説明しているが、ヴァリニャーノ神父は、日本巡察師として通算九年間も日本に滞在し、少年使節のローマ派遣などに貢献した神父だったのは事実であるが、彼はしかし一六〇六年に既に亡くなっており、ロドリゴことキャラが日本に来るころには実在していない。これも遠藤が史実を自由に創作に用いた例である。子細に見て行くと、歴史的事実とかなり異なった点はあるものの、物語の展開にそれらの史実を自在に用いて、史実との違和感を感じさせないで物語を盛り上げていくその描写力はやはりすごいものがある。

「まえがき」では、虚実を交えながら歴史的背景を説明し、信仰篤きフェレイラでさえ棄教に追い込まれて行く日本における切支丹迫害の激しさを述べ、この激しい迫害があるにしても、フェレイラの罪を償い、教会の汚名を雪辱するために日本に渡ろうとする神父たちの熱情を伝えている。

本文は、九章に分けられ、最初の四章はセバスチァン・ロドリゴの書簡という形をとって、ロドリゴが日本へ上陸し、ほどなく逮捕されるまでの航海報告と現地報告で、すべてロドリゴの眼を通して描かれている。ロドリゴは、ようやく澳門に到着した夜、キリストが復活して使徒たちの前に姿を表わし、「汝ら、全世界に往きて、凡ての被造物に福音を宣べよ。信じ、洗せらるる人々は救われ、信ぜざる人は罪に定められん」と言った言葉を思い起こし、命を賭けた布教活動への熱意をあらたにし、これからの前途を思い、高揚した気持ちの中でキリストの顔を想像する。それは、「励ますような雄々しい力強い顔」であった。このロドリゴの思い描いたキリストの雄雄しい顔は、ロドリゴが苦難を体験する度毎に、彼の心を映して変貌して行く。それはロドリゴの、と言うより作者自身の信仰が徐々に変貌して行くことを映している。第二章もロドリゴの書簡になっていて、とうとう澳門を出発し、キチジローの道案内でようやく日本に上陸する。上陸して間もなくキチジローが姿を消す。得体の知れないこの日本人は、ロドリゴにいつも胡散臭い眼で見られている。「彼にはかなりずるい狡い性格があり、その狡さもこの男の弱さから生まれている」とロドリゴは観察し、いつ裏切るか分からない、油断のならないユダのごとき人物とされている。今度も日本上陸と同時に姿を消した彼はきっとわれわれを売りに行ったのではないかと疑ってしまう。ところが彼の知らせで、村の信者たちがやってきて、ロドリゴたちを出迎えるのであった。ロドリゴはキチジローを疑ったことを恥じるが、しかしキチジローに対しては「あの卑屈な笑いを浮かべて」と手厳しい。最初からキチジローがユダだと決め付けているような書き方なのである。第三章もロドリゴの書簡になっていて、ロドリゴの報告になっている。次第に近隣の村の信徒たちにもロドリゴたちのことが密かに伝わり、信者が訪ねて来るようになる。それもキチジローの働きなのである。少しずつではあるが、キチジローに対するロドリゴの見方に変化が現れてくる。第三章では、「この性来弱虫男には、勇気というものがどうしても持てなかったのです。性格そのものは本当に善良なのですが、意志の弱さと一寸した暴力にも震え上がる臆病さを治すのはお前の飲んでいる酒ではなくて、ただ信仰の力だと私は手厳しく言ってやりました。」と、極めて善良でありながら、意志薄弱で臆病なため、どことなくなく信用できない人物として考えられている。

第四章もロドリゴの書簡による報告になっているが、一転してトモギ村の探索が行われ、司祭たちの苦難が始まる。彼らの世話をしていた信徒三人が捕まり、二人は切支丹であることを自白したため、長崎の町を晒し者として引きまわされた上、水磔に処せられた。もう一人はキチジローで、彼は転んで、釈放された。水磔の惨たらしい処刑を目の当たりにして、ロドリゴの心は動揺する。「殉教でした。しかしなんという殉教でしょう。私は長い間、聖人伝に書かれたような殉教を……、たとえばその人たちの魂が天に帰る時、空に栄光の光が満ち、天使が喇叭を吹くような耀かしい殉教を夢見すぎました。だが、……こんなにみじめで、こんなに辛いものだったのです。」「何も変わらぬ。だがあなたならこう言われるでしょう。それらの死は決して無意味ではないと。それはやがて教会の礎となる石だったのだと。そして、主は我々がそれを超えられぬような試練は決して与え給わぬと。モキチもイチゾウも今、主のそばで、彼等に先立った多くの日本人殉教者たちと同じように永遠の至福をえているだろうと。私だってもちろんそんなことは百も承知している。していながら、いまなぜ、このような悲哀に似た感情が心に残るのか……」と、カトリックの司祭として答えは分かっていながら、にもかかわらず、その答に、この水磔を眼前にして、疑問を抱かざるをえない。ロドリゴは更に続けて、自分は「なにを言いたいのでしょう。自分でもよくわかりませぬ。ただ私にはモキチやイチゾウが主の栄光のためにうめき、苦しみ、死んだ今日も、海が暗く、単調な音を立てて浜辺を噛んでいることが耐えられぬのです。この海の不気味な静けさのうしろに私は神の沈黙を─神が人々の嘆きの声に腕をこまねいたまま、黙っていられるような気がして……」信徒たちの苦難を前にして、思わずロドリゴの発する疑問である。この疑念は、司祭としてはあるまじき疑念と言えるであろうが、人間としては当然の疑問であろう。ここで初めて「神の沈黙」が語られている。

今や、村の信徒たちに匿われていることができなくなり、もう一人の司祭ガルべとも別れて、ロドリゴは無人島に逃れる。一人になった時、怖ろしさに体が震えてしまう。「どんなに信仰をもっていても、肉体の恐怖は意志とは関係なしに襲ってくるのです。」これは、作者が生死を賭けた大手術を前にして実際に体験したことが書かせているのかもしれない。その怖ろしさのなかで、なぜかあの臆病者のキチジローの顔が思い浮かび、彼のように、司祭でなく、一信徒であれば、逃げ出していたであろう、と告白している。転び者のキチジローをもはや非難できないところまで追い詰められているのである。無人島の人気のない道を、食べ物を、人の気配を探し求めているうちに、ふと、モキチとイチゾウの死体を無感動に洗いつづけ、呑み込んだ単調な波の音を思い、その海と同じように黙り続けている神のことを思う。もし神がいなかったなら、水磔に処せられ殉教したモキチたちの人生は、はるばるポルトガルから幾多の苦難を経て辿りついた宣教師たちの人生は、人影ない山道を放浪している自分は、何と滑稽なことを行っていることになることか。神に対する絶望は、最大の罪であり、神に対する冒瀆であることは分かっていても、神はなぜいつまでも沈黙しているのか。思わずロドリゴは考えてしまうのである。

そうしているうちに、島の山道で計らずもキチジローに出会い、そして彼から自分の値段が銀三百枚であることを知らされる。ユダがキリストを売ったのは銀三十枚であった。このことでも、作者が、キチジローにユダの役割を演じさせようとしていることが分かる。そしてここでまた、短篇「その前日」やエッセイ「ユダと小説」でと全く同じように、キリストがユダに言った聖句「速やかに汝の為すところを為せ」を巡って解釈が行われる。ここでは、ロドリゴにもキリストの真意が分からない。いかなる感情で自分を売った男に去れという言葉を投げつけたのか。怒りと憎しみのためか。キリストの怒りをまともに受けたユダは永遠に救われることはないだろうし、主は一人の人間を永遠の罪に落ちるままに放っておかれたことになる。しかしそんなはずはない。キリストはユダさえも救おうとされていたのだ。そうでなければ彼は弟子の一人に加えられるはずはなかった。それなのにこの時になって道をふみはずした彼をキリストはなぜ止められなかったか。この疑問は、ロドリゴの神学生の時からの疑問とされているが、遠藤周作自身が幾度も問題にし、答えることのできない疑問でもあった。ほどなくロドリゴはキチジローに売られ、捕まる。

ロドリゴが捕縛されたことで、第五章以降は、ロドリゴの〈私〉ではなく、客観描写になり、作者は以前より自由な立場から書けるようになっているが、しかし依然として、ロドリゴの心理描写になっている。ロドリゴは小舟に乗せられ、島からヨコセの浦に渡され、更に、大村に連行される。そこで裸馬に手足を縛られて乗せられ、町を連れ回された後、長崎に護送される。その間キチジローが乞食となって付いて来る。キチジローは、時々窺うように目を向ける。視線が合うと、あわてて顔をそむける。司祭は裏切られた時のことが心に甦り、どうしても寛大になれない。「キリストでさえ、自分を裏切ったユダにこのような憤怒の言葉を投げつけた。その言葉の意味が司祭には長い間、キリストの愛とは矛盾するもののように思えてきたのだが、今、蹲って打たれた犬のような怯えた表情を時々むけている男をみると、体の奥から、黒い残酷な感情が涌いてくる。〈去れ〉と彼は心の中で罵った。」キチジローに対しては今や理性的になれなくなっている。だがキチジローは、「杖にすがりながら」も一行の後から従いて来るのである。

やがて長崎の牢に放りこまれるが、静かな牢の中で、ロドリゴは、キリストの生涯の一場面一場面を思い描き、キリストの顔を思う。それは、拷問にあっても美しさを失わない、やわらかな、人の心を見抜く澄んだ目をして、不安も怯えも鎮めてくれる顔であった。翌日捕われた切支丹たちが隣の牢に連れてこられるが、そのなかに知った者もいて、番人の許しを得て、久しぶりに司祭の仕事である告悔の秘蹟を与えることができたのだった。この平穏はしかし嵐の前の静けさであった。ある日着替えをするように言われるが、それは仏教の坊主の衣服であった。さらに、フェレイラ神父など何人もの神父をも転がした井上奉行の取調べがあり、農民の信徒たちへの踏絵が始まって一挙に緊迫した状況になる。平穏な状況と緊迫した状況を巧みに配置して、物語の緩急をおさえた筆致は、遠藤周作の小説の実に巧みな物語構成である。やがて一人も踏絵を踏む者がないのを見て、役人は、見せしめに一人を斬首する。これを見て司祭は動転してしまう。「一人の人間が死んだというのに、外界はまるでそんなことがなかったように、先程と同じ営みを続けている。こんな馬鹿なことはない。これが殉教というのか。なぜ、あなたは黙っている。あなたは今、あの片目の百姓が―あなたのために―死んだということを知っておられる筈だ。なのに何故、こんな静かさを続ける。……愚劣でむごたらしいこととまるで無関係のように、あなたはそっぽを向く。それが……耐えられない。」そして祈りの言葉を呟こうとして、祈りが舌から消えて行くのである。自分が殺されるのを望むのは、殉教などではなく、本当は、世俗的な願望、英雄になりたい、信徒に褒め称えられたい、聖者だった、と言われたいためではないか、と自問するにいたる。司祭の心の葛藤は、止まるところを知らず、その信仰は崩壊しかけている、といってよい。

第七章では、トモギ村で別れたガルベ神父と三人の信徒が連れてこられ、ロドリゴの眼前で、信徒三人は薦簀巻きにされ、海に駆り立てられていく。ガルベ神父が転ぶと言えば、三人は助けられるのだと言う。ロドリゴは思わず「転んでいい。転んでいい。」と心の中で叫ぶ。だが、四人とも波に飲み込まれて行く。その光景がロドリゴの心に焼き付いて離れない。ロドリゴは、弟子たちから一人離れて、「死ぬばかり苦しみ、汗、血の雫の滴った」という通辞の言葉が離れない。「見い。お前たちのためにな、……百姓たちの血がまた地面に流れよる。」とキリストの顔を嚙み締めている。モキチとイチゾウが杭に縛られ、波間に沈んで行った海、ガルベと三人の信徒を呑み込んだ海、この海の上で神は沈黙を続けている。突然、「なんぞ、我を見捨て給うや」という、十字架上でのキリストの言葉が胸に突き上げてきた。この言葉を長い間、司祭はキリストの祈りの言葉と考えていたが、神の沈黙への恐怖から出た言葉ではないか、と思えてくる。そしてまた、司祭にあるまじき疑念にとり付かれる。「神は本当にいるのか。もし神がいなければ、幾つも幾つもの海を横切り、この不毛の島に一粒の種を持ち運んできた自分の半生は滑稽だった。……首を落とされた片目の男の人生は滑稽だった。……ガルベの一生は滑稽だった。」

やがてロドリゴは、西勝寺に連れて行かれ、そこでフェレイラ師と会う。フェレイラは、「日本の黒い着物を着せられ、栗色の毛を日本人のように結わせられ、そして名まで沢野忠庵と名付けられ……しかもなお生き続けている。」ロドリゴは「むごい。どんな拷問より、これほどむごい仕打ちはない。」と叫ぶ。だが、フェレイラは、日本で二十年間布教して分かったことは、日本人は人間を超えた存在、神を考える力を持たない、日本人は、人間を美化したり拡張したものを神と呼ぶ、それは教会の神ではない、日本という沼地には、キリスト教は根を下ろせない、キリスト教を受けつけぬなにかがある、と言う。彼と別れた後、ロドリゴには、フェレイラの、「あの表情にはなぜか、敗者の自己欺瞞とは思えぬような真実さが感じられる」のであった。だが、彼は自分の目で見たあの貧しい農民たちの殉教のことを思い起す。自らを犠牲にして信仰を守り通した殉教者たちのことを考え、揺れ動くのである。

翌日、司祭は牢を出され、縛られて裸馬に乗せられ、長崎の市中を引きまわされた。処刑される前日、見せしめのために市中を引きまわすのが慣例であった。見物人の罵声のなかで彼は、エルサレムの街を辱めと侮蔑に耐えて歩くキリストの高貴な顔を思う。「苦しんでいるキリスト、耐えているキリスト。その顔に自分の顔はまさに近づいていくことを彼は心から祈る」のである。引きまわしの後、奉行所のごく小さな牢に入れられる。真っ暗な、悪臭が鼻につく小部屋である。そこでも彼は、キリストの顔を思う。自分のすぐ間近にその顔があって、「黙ってはいるが、優しみをこめた眼差しで自分を見つめている」のを感じる。（お前が苦しんでいる時、私もそばで苦しんでいる。最後までお前のそばに私はいる）そう言っているようだった。だが、死は間近に迫っていた。死の恐怖が突然司祭の心を摑んだ。すると祈るに祈れなくなった。キリストの顔は歪んでいた。司祭が死の恐怖に慄いている時、突然キチジローの声が聞える。「パードレさま。許してくだされ。あれからパードレさまにコンヒサンねがおうとこげんあとばつけてまいりました。許して下されや。」キチジローは、引きまわしの時から、見物人のなかに襤褸をまとって、どこまでも付いて来たのだった。そしてこの牢にまで来て、司祭に告悔を求め、許しを求めている。彼は、心からキチジローを許すことがどうしてもできない。彼にとってキチジローはユダと同じ存在で、キリストのユダに対する心を忖度し続けているが、どうしても分からない。

やがて鼾のような音が間欠的に聞えてくる。耳障りで通辞に訊くと、それは穴吊りにかけられた信徒たちの呻き声だと聞かされて仰天する。司祭が転ばなければ、いつまでも吊るされ、拷問を受けつづける信徒たちの呻き声だった。フェレイラもまた、数年前三日間吊るされた後、同じように吊るされた信徒の呻き声を聞かされ、転んだのだった。「わしが転んだのはな、いいか。よく聞きなさい。その後でここに入れられ耳にしたあの声に、神が何一つ、なさらなかったからだ。わしは必死で神に祈ったが、神は何もしなかったからだ。」お前は苦しんでいる信徒たちより自分が大切なのだ、教会を裏切り、教会の汚点となるのが怖ろしいからだ。「司祭はキリストにならって生きよという。もしここにキリストがいられたら、たしかにキリストは、彼等のために、転んだろう」というフェレイラの言葉は、司祭の乱れに乱れた心を決定づけ、踏絵に一歩を踏み出すことになる。人間として止むに止まれぬ行為であった。司祭としては裁かれ、追放されるだろうが、人間としてやむを得ない行為であった。踏絵のなかのキリストは、「多くの人間に踏まれたために摩滅し、凹んだまま悲しげな眼差しで見つめている。その眼からはまさにひとしずく涙がこぼれそうだった」と表現されている。司祭としての行為を逸脱し、人間としての止むに止まれぬ行為へと駆りたてられたロドリゴを、おそらく神は温かな眼差しでみておられる。だが、長い年月、幾度となく自分の魂のなかに深く刻みこんできたこの世で最も高貴なるもの、最も美しいものを足で踏もうとする。司祭としても人間としても鈍い重い痛みを感じないではいられない。だがその時、「踏むがいいと銅版のあの人は司祭に向かって言った。踏むがいい。お前の足の痛さをこの私が一番よく知っている。踏むがいい。私はお前たちに踏まれるため、この世に生れ、お前たちの痛さを分かつため十字架を背負ったのだ。」と、哀しそうな眼差しが言った、書かれている。これは神の声なのか、ロドリゴの心の内なる声なのか、いずれとも分からない。

ロドリゴは、しかし踏絵を踏んだ後も、棄教したわけではなかった。確かに、布教会から追放され、司祭としての権利は剝奪され、恥ずべき汚点のように見なされているかもしれないが、しかし、ロドリゴは、キリスト教を棄てたわけではなかった。彼は、これまでこの小説を辿って来たように、日本に上陸して以来、迫害され、拷問され、処刑されて行く信徒たちの苦境と苦悩を目の当たりにして、次第次第に「聖職者達が教会で教えている神と彼の主が別なものだ」と悟ってきていたのである。『異邦人の苦悩』のなかで、作者は、「主人公が心の中で持っていた父の宗教のキリストが母の宗教のキリストに変わっていくという」のが『沈黙』のテーマであると述べているが、ロドリゴは、厳しく苛酷な切支丹禁制を体験することによって、徐々に日本に持ち込もうとした聖職者達の厳しい父の神から、土着の日本に根差した優しい母の宗教の神へと信仰が変わりつつあった。そして最後に穴吊りの信徒の呻き声に耐えられず、あの可哀想な百姓たちが助かると考え、一挙に転んだのであった。「主よ、私が棄教したのではないことを、あなただけがご存知です。……私は聖職者たちが教会で教えている神と私の主は別なものだと知っている。」と、彼は叫ぶように言う。この父の宗教から母の宗教への転換は、だが、転んでしまった自分の弱さを正当化している面もあるのかもしれなかった。ロドリゴは、転んでしまった弱い人間という点では、キチジローと同じになったのである。キチジローは幾度となく踏絵を踏み、ユダのような行為をしながらも、執拗に司祭に告悔を求め続け、信仰を棄てようとはしていないし、信仰を抱き続けている。母の宗教への転換は、切支丹禁制の迫害と拷問を経験しない者には理解できないことかもしれない。作者に戻って言えば、作者が生死を賭ける大手術を経験して初めて得た転換なのかもしれない。

母の宗教のキリストは、踏まれても、「踏むがいい。お前の足は今、痛いだろう。……私はお前たちのその痛さと苦しみをわかちあう。そのために私はいるのだから。」といい、「私は沈黙していたのではない。一緒に苦しんでいたのに」という。更にユダまで許し、「お前に踏絵を踏むがいいと言っているようにユダにもなすがいいと言ったのだ。お前の足が痛むようにユダの心も痛んだのだから」と言う神なのである。かくしてロドリゴは、「自分は彼等（聖職者たち）を裏切ってもあの人を決して裏切ってはいない。今までとはもっと違った形であの人を愛している。私がその愛を知るためには、今日までのすべてが必要だったのだ。私はこの国で今でも最後の切支丹司祭なのだ。そしてあの人は沈黙していたのではなかった。たとえあの人は沈黙していたにしても、私の今日までの人生があの人について語っていた。」と語って、この小説は、ロドリゴが幾多の苦難と迫害を経験してようやく母の宗教にまで辿りついたところで、物語は終っている。

だが物語の後に「切支丹屋敷役人日記」なるものが、付録のように付いている。作者は、付録のように見られるのが心外だったようで、対談「文学―弱者の論理」のなかで、「自分としてはあそこも大切なのです。ところがたいていの読者は「切支丹屋敷役人日記」の前のところで、もうこの小説を読むのをおやめになってしまうのです。」と言って、この日記の重要性を強調している。この「日記」は、『続々群書類従』のなかの「査妖余録」から抜粋し、書きなおしたもののようである。笠井秋生はその著書『遠藤周作論』（双文社出版、一九八七年）の中で、「査妖余録」のどこから抜粋し、どのように再構成したかを詳細に検証し、「切支丹屋敷役人日記」を大略次のように解釈している。ロドリゴは切支丹屋敷内で、踏絵を踏んだがキリスト教を棄てたのではないと宣言したため、もう一度拷問にかけられ、改宗の誓約書である〈宗門の書物〉を書くように命じられたが、それを書いたという記述が見当たらないところから、ロドリゴは、〈宗門の書物〉を書くのを頑強に拒み、役人をてこずらせた、と推測でき、更に、二年後ロドリゴの仲間キチジローを取り調べたところ、切支丹の宗教具を所持していたので、ロドリゴとの関係を詮議したが、彼はそれを否定した。そのためキチジローと親しい同心たちがそのために次々に拷問を受け、そのうちの一人があらましを白状したというのである。この記述から笠井はロドリゴとそれに協力するキチジローを中心とする一つの信仰集団が切支丹屋敷内に形成されていたとの推測を可能にしてくれる、といい、作者はそのことを示唆しようとして、この日記を改変し、再構成したのではないか、と解釈している。笠井の説が正しいとすれば、「私は転んだ。しかし主よ。私が棄教したのではないことを、あなただけがご存知です。」という言葉は一貫性を持つことになろう。ロドリゴは、日本の最後の切支丹司祭の役割を密かに果たしていたことになる。

四　む す び

遠藤周作は、エッセイ「父の宗教・母の宗教」のなかで、正宗白鳥が次のように述べていることに驚いている。「日本に神の福音を伝えに来た聖者であるキリシタン・バテレンはなぜ苛酷な迫害を忍ぶように単純な日本の信徒に智恵をつけたのであろう。何故、迫害を忍んでまで天国へ行かねばならぬのか。何故に転向してかかる苛烈な迫害から免れようとしないのか。神もし慈愛の神ならばかかる場合の転向を咎め給ふ筈がないのではあるまいか。私は迫害史を読みながら信者たちはなぜ転向しないのかと、じれったい思いをするのである。天上からこの惨憺たる迫害光景を見下ろしていたもふ神は形の上だけでも転向を許し給はぬかと疑ふのである。しかし殉教を信仰の極致として、あらゆる迫害をしのぶのが天国行きの条件であると神自ら決めているとすると、私は真の宗教は苛烈であるとふと痛感するのである。」この疑問は、遠藤周作の抱いていた疑問でもあった。小説『沈黙』を読んだほとんどの読者がこの疑問を感じることであろう。そしてロドリゴがガルベ神父の拷問を見て、「転んでいい。転んでいい。」との呟きを聞いてほっとするし、ロドリゴが転んでも、現代の読者は、彼を責めることはほとんどないであろう。

だが、当時のキリスト教は苛烈な宗教であった。当時の宣教師たちが転んでもいいなどと言うわけはなかったし、むしろ「殉教の勧め」「殉教の心得」といった文書を信徒に回して転ぶことを厳しく戒めたとされる。一方には切支丹禁制という厳しい現実がある。両者の軋轢のなかで板ばさみになり、挙句は苛酷な迫害と拷問に晒され、殉教するか、棄教するか、ないしは背教するかに追い込まれて行く。『沈黙』の作者は、自らが生死を賭けた大病を経験し、死を目の当たりにした時の人間の弱さをいやというほど知った後で、本格的に踏絵を見、隠れ切支丹について幾度となく現地調査をし、『哀歌』で幾つものデッサンを重ねて、この小説『沈黙』を書き始めている。従ってこの小説の登場人物、特にロドリゴとキチジローがこの苛酷な宗教と切支丹禁制という現実の板ばさみになり、苦闘と苦悶を重ねる様子を凝視しながら、小説を書き進めている。そして最後に拷問された末に、ついに転んでしまったロドリゴやキチジローに対して、更にフェレイラに対してさえ、限りない愛情と共感を抱き、キチジローは私だ、とまで言っている。それは作者の、弱者としての共感であり、哀感なのである。そして彼らの「母の宗教」へ改宗を温かく見つめている。作者の哀感と共感は、ロドリゴが絶えず思い起して、親称で「あの人」と呼んでいるキリストの顔の描写に現れている。踏絵を踏むのを、哀れな目で見、涙を流し、許してくれるキリストの顔である。

遠藤周作は、「父の宗教・母の宗教」のなかで、かくれ切支丹の信仰がかつての、「父の宗教」であるキリスト教信仰と最もちがう性格はそれが負い目を持つ者の信仰だということだ、と指摘している。そしてこう言っている。「勝利者の信仰ではなく敗残者の信仰だったと言うことである。なぜなら強かった者は殉教し、踏絵を踏むなり拷問に屈した弱かった者たちがその心の呵責にたえかねて、ひそかに自分が一度は棄てようとした信仰に再びすがりついた時、かくれ切支丹が生れたのである。彼らの出発点は裏切り者、転び者、弱者であり、その暗いはじまりは、彼らの信仰に一つの性格を与えた。……彼らの祖先は転び者だったが、その転び者の悲しみ、辛さはその祈りと共に子孫たちにも受け継がれたのである。彼等は白鳥のいうような秘密をいつも魂の裏側に持たねばならなかったのだ。」白鳥のいう秘密とは、人間一人一人の魂の内奥にある誰にも知られぬ秘密のことであり、その裁き手が「父の宗教」の恐い神なのであった。彼等は、この、転びを裁く厳しい神の代りに、自分達を許し、その傷の痛みを感じてくれる存在を求めるようになる。「怒りの父ではなく、優しい母を必要としたのである。……かくれ切支丹のキリスト教は〈父〉の宗教から〈母〉の宗教へと少しずつ移り始めたのだ」と作者は考えている。そしてそれはマリア崇拝となってあらわれ、マリア観音を作り出すことになる。かくれ切支丹の納戸神は聖母像が多いのはそのせいであろう、という。そして遠藤周作は、この母なる宗教への転換は、日本人の感覚にも合うものであった、という。「一般に日本庶民の宗教心理には意志的な努力の積み重ねよりは絶対者の慈悲にすがろうとする傾向が強い。」つまり恩寵重視の傾向で、慈悲にすがろうとする心情は、母に対する子の心理であって、これは浄土宗が庶民と結びついた心理傾向で、マリア観音に祈ったかくれ切支丹のなかにも見出せるものである。「庶民たちが念仏だけによって仏の慈悲にすがろうとしたごとく、転び者のかくれ切支丹はキリスト教のなかから父的な要素を切りすてて、マリアのとりつぎを、母の愛に求めたのである。」この小説では、ロドリゴが、様々な迫害と拷問、裏切りを経験した後、母の宗教の神にようやくたどり着き、この神の愛を知るのにそれまでのすべてが必要だったのだと悟るとき、神の沈黙は沈黙ではなくなり、彼の人生が神について語るのだと悟るのである。弱者としてのキチジローが作者の分身であっただけでなく、ロドリゴもまた作者の分身だったのだ。この小説を書くことで母の宗教に到達できた作者は、キリスト教との違和感をかなり軽減することが出来たであろうし、キリスト教が借り物ではなくなり、身近な物になったと思われる。エッセイ「異邦人の苦悩」のなかで、作者は、「私は自分の中に長い間、距離を感じていたキリスト教が、実は父の宗教の面をヨーロッパのなかで強調されすぎていたために、私にとって縁が遠く、キリスト教のもっているもう一つの母の宗教の面を切支丹時代の宣教師から今日に至るまで、あまりにも軽視してきたために、われわれ日本人に縁遠かったのではないかと思うようになった。私は『沈黙』を書くことによって、自分とキリスト教との距離感の一たんをうずめたような気がした。」と語っている。カトリック作家として作者はこの作品に自らを賭けて、「二つの深淵の間の細い綱を渡」ることができたのではなかろうか。

参考文献

笠井秋生著『遠藤周作論』双文社出版、一九八七年刊。

宮内　豊「作家と宗教―遠藤周作論」江藤淳他著『群像　日本の作家　22　遠藤周作』小学館、一九九一年刊。

片岡弥吉著『日本キリシタン殉教史』時事通信社、一九七九年刊。

廣石廉二著『遠藤周作のすべて』朝文社、一九九一年刊。

武田友寿著『沈黙以後』女子パウロ会、一九八五年刊。

遠藤周作他著『「遠藤周作」と Shusaku Endo』春秋社、一九九四年刊。

『遠藤周作文学全集』新潮社、二〇〇〇年刊。

遠藤周作・三浦朱門著『キリシタン時代の知識人』日経新書、一九六七年刊。

第III部

「ロマン・ロランの友の会」の人たち

安川定男

前置き

筆者は、以前、朝日新聞社から『高田博厚著作集』が刊行された際、その第四巻『人間の風景』(一九八五年一一月一日発行)の解説を担当させられ、そこに高田博厚(彫刻家にして文筆家)と最も緊密な関係にあった高村光太郎、尾崎喜八、片山敏彦、高橋元吉の四人を特に取り挙げ、彼ら五人の相互関係を主軸に据えつつ、高田博厚の生き方と性格・思想につき一応の概括を行なったことがある。しかしこれはあくまで「解説」として書かれたものであったので、結果的にはこの五人の肖像のデッサンを試みたにとどまり、この五人中で高橋元吉を除く四名の生き方と思想に強い影響を与えたロマン・ロランとの関係や、四人ともがロランからの影響も加わって特別愛好した音楽、なかんずくベートーヴェンへの熱く深い景仰の念については、ほとんど触れる余裕を持たなかった。そこで今回はこの叢書に執筆のチャンスを与えられたのを奇貨措くべしと考えて、旧稿の欠を補う形で、この四人を事実上中心にして形成された、日本における「ロマン・ロランの友の会」を表題として掲げつつ、四人それぞれが相互関係のもとに、ロラン及び音楽(特にベートーヴェン)と、どういう内面的な係わりをもって生涯を過ごしたかにつき纒めてみたいと考えた。但し許された紙面の関係、加うるに年齢による思考力と体力の衰えもあって、自ら課したこの課題を充分に果たしえなかったこと、その論述も本格的論究とは程遠く、エセイ風の叙述に近いものに終らざるをえなかったことを先ずおことわりしておきたい。

一　高村光太郎と音楽

日本の作家、美術家、音楽家、思想家、評論家等の中で最初にロマン・ロランの存在に着目し、最初に翻訳を手がけたのは高村光太郎であった。光太郎は専門の美術研究を主目的として一九〇六年（明治三九年）二月からニューヨークに、翌年六月からはロンドンに、そして一九〇八年六月からパリに約一年間留学、ロダンを主目標に彫刻の勉強に励んだが、その間ロンドンでは図書館や美術館に頻りに通うとともに、芝居や音楽会にも許される限り足を運んだし、一年間のパリ滞在中は、特に冬の期間、金もないのに絶食までしてオペラを見に行ったり、回数切符を買って置いて毎晩音楽会に通ったりもした。それほど彼は音楽を熱愛した。

当時の美術関係留学生では異例のことである。

以上は音楽鑑賞面だが、実は楽器の演奏面においても、美術学校時代にはヴァイオリンを高折周一という音楽家について習ったことがあったらしく、ロンドン滞在中には一時マンドリンを学んだともいう。もちろんこれらは共に物にはならなかったけれども、鑑賞面の熱心さを合せて考えれば、光太郎が生れながらにして本質的に音楽好きであったことは確かであろう。かつ若い時に短期間ながら楽器を弄んだおかげで、楽譜も相当自由に読めるようになっていたであろうから、鑑賞面においても通常のアマチュア音楽愛好家より一きわ鋭敏な感受力、理解力を身につけていたに相違ない。

一年間のフランス留学により、フランス音楽とフランス現代詩の神髄を身近かに味わい、当時の日本人としては抜群の認識と感性を身につけて帰国した光太郎は、帰国の翌年（一九一〇年）早々に、「詩歌と音楽」（『趣味』明治四三年一月）と題する一文を発表、当時としては先駆的な芸術的歌曲観を開陳した。その要点は、先ずシューベルトやシューマン等の手で高い芸術性に達していたドイツ歌曲《リイド》に遅れをとりながらも、フランス作曲界も最近ではボードレールやヴェルレーヌやマラルメやアンリ・ド・レニエなどの優れた詩に作曲したレイナルド・アーンやデュパルクやセザール・フランク、中でもフォーレやドビュッシー――これらのフランス作曲家は日本ではまだほとんど知られていなかった――の手によって最高の芸術的歌曲が続々と産み出されて来たことを細かく紹介（但しこれら歌曲の作者のクロニックはカミーユ・モークレール氏に拠ったことを光太郎自ら告白している）。次いで、ふり返って日本の現状に目を転じ、日本でもボードレール以後のフランス詩界のように、自由に、頑強に、放縦に、微妙に、あらゆる近代人の心理情調の表現を見るに至ることが切に望まれているにもかかわらず、北原白秋や三木露風など日本が誇りうる詩人の出現を前にしながら、現代の日本音楽界には一人として「リイド」（フランスではポピュラーなシャンソンと区別する場合、芸術的歌曲は通常「メロディー」と称する。）を作り得る者のないことを歎き、ましてワグネルのような歌劇の作曲を望むのは到底無理であることを指摘して本エセイを次のような一文で結んでいる。

> そんな事よりは、音楽界の最も新しい形式をとって「ポエム　サンフォニック」なり、「リイド」なりを作る方が遥に善いと思はれる。歌劇の作曲を企てたといふ程の人には、何か自信する所があるに違ひないから、その自信を以て、最も手近な又最も進んだ形式を以て、日本現代の若い詩人達の自由詩《ヹル、リイブル》に曲を作る事を心から勧めて止まない。

これは現代を踏まえた適切な提言であったと言うべきであろう。

叙上に加えて光太郎の音楽への強い関心を物語っているのが、一九一一年段階での翻訳「クロオド　デビュッシイの歌劇――ペレアス、メリザンド――ロマン　ロラン」(『太陽』明治四四年三月号)と、アーサー・シモンズの「ベートーヴェン論」(光太郎は「アサア　シマンズ」と表記)とである。前者はおそらく、後述の『ジャン・クリストフ』への着目と部分訳の試みの延長として、ロマン・ロランの音楽家論を取りあげ、その中から、光太郎自身が特に愛好したフランス音楽の中でも、当時最も評価も高く、問題にもされがちであったドビュッシーの画期的なオペラ「ペレアスとメリザンド」(メーテルリンク原作)をロランが論じたものを選び、フランス音楽への知識も理解もドイツ音楽に比べてまだ遙かに浅かった日本の知識層に知らしめようとの意図からの翻訳だったに相違ない。ロラン自身、フランス人でありながらドビュッシーに対しては、対ベートーヴェンに対する程の熱中と高い評価を与えていたわけではないので、光太郎もその後ドビュッシーに対して特別の興味と関心を注いだ形跡は見られない。

しかし“The Symbolist Movement in Literature”(1899)(日本では岩野泡鳴が大正二年『表象派の文学運動』との題名で訳出)により、既に明治三〇年代半ば頃から日本の文壇・詩壇でも評判になっていたアーサー・シモンズの、一般には知られていなかった「ベートーヴェン論」を光太郎が訳出したのは、留学中に高まった音楽熱のもたらした結果であると同時に、彼のベートーヴェンへの傾倒の強さを物語るものにちがいない(ここに既にロマン・ロランへの傾倒が重なり合っていたと思われるが確かではない。この翻訳により彼が学んだ点については後述。)。

二　光太郎とロマン・ロラン

ロマン・ロラン（一八六六―一九四四年）がルネッサンス期の音楽史・美術史研究の学究生活から文筆生活者、作家としての活動に飛躍したのは、フランス革命劇連作として創作された一八九八年の『狼』、一九〇〇年の『ダントン』、一九〇一年の『七月十四日』の出版と、一八九九年における「民衆劇」の主張からであるが、この段階ではフランスでもまださしたる反響は呼ばなかった。彼の名を一躍有名にしたのは一九〇三年、〝偉大な人々の伝記〟の第一冊として『ベートーヴェンの生涯』が刊行されてからである（第二冊『ミケランジェロの生涯』は一九〇六年刊、第三冊『トルストイの生涯』は一九一一年刊）。しかし彼の名声を一層決定的かつ永続的たらしめたのが、一九〇四年二月から一九一二年一〇月にかけて、彼の後輩シャルル・ペギー編集出版の「カイエ・ド・ラ・キャンゼーヌ」（「半月叢書」）に、八年間以上に亘り発表された『ジャン・クリストフ』（全一七冊）に他ならない（一九一二年完結）。この作品は最終巻が出終って間もなくフランス内外において、著者自身も予期しなかったほどの反響を呼び起こし、完結の翌年にはアカデミー・フランセーズの文学大賞が与えられ、一九一六年にはノーベル文学賞受賞の栄誉に浴した（当時、第一次世界大戦の最中であり、戦争反対の立場からフランスを離れてスイスのレマン湖のほとりに住んでいたロランは、賞金をすべてスイスの国際赤十字社に寄付した）。

一九〇八年六月から一年間、フランスに留学中だった光太郎は、おそらくその間に評判になりつつあった連載中の『ジャン・スリストフ』を読んで、日本人の誰よりも先に強い感銘を受け、帰国後の約四年目、肝に銘じた忘れがたい感動を日本の読者層にも分かち与えるべく、当時自らも加入していた革新的画家グループ「フューザン会」の機関誌『フューザン』の大正二年三、五月号、更に『フューザン』改め『生活』誌の六、七、一〇月号に、『ジャン・クリストフ』の第四巻「反逆」の第一章「流沙」の部分を訳出した。これを読んで異常な感動を受けた読者の一人が後述の尾崎喜八である。

こうして光太郎は『クロオド　デビュッシィの歌劇』の翻訳に続く『ジャン・クリストフ』の部分訳により、ロマン・ロランの日本への導入の先駆者たりえたわけであるが、ロランの著作のその後の翻訳・紹介は主として光太郎外の人々（その一人が尾崎）によってなされるようになった。但し光太郎もロランの作品の翻訳から全く手を引いたわけではなく、ロラン作の数ある劇作の中でも異色作である、アリストパネス風の笑いと諷刺を基調とした『リリュリ』の和訳を行い、"Liluli" と題するローマ字の詩まで作ってもいる（大正一二年。ちなみにロランの作品中、今なお最重要視され、かつ最も広く読まれている『ジャン・クリストフ』の全訳は、大正六年後藤末雄により一応なされたが、これは訳として不完全で、正確、精密な意味での完訳は大正九年に豊島與志雄によってなされ、これが現在でも岩波文庫に収められている。）。

右の通り光太郎がロマン・ロランの存在とその業績の重要性に着目し、日本人に知らしめた最初の人であったことは明らかだが、彼がロランの思想と心情を真に奥底まで探り得て把握していたかどうかには疑問の余地がある。しかしそれについては後で触れることにしたい。

三　光太郎のベートーヴェン理解

先述の通り人並以上の音楽熱からパリ留学中には食事を節してまでオペラやコンサートを聴きに行った光太郎――かつまたロマン・ロランが『ジャン・クリストフ』を連載し始める前年の一九〇三年に既に『ベートーヴェンの生涯』を世に問い、『ジャン・クリストフ』ではベートーヴェンを半ば思わせるような主人公を描き出しつつあるのを知った光太郎が、ベートーヴェンに傾倒するようになったのは当然の成り行きであった。その一端を先ず示したのが、一九一五年（大正四年）段階でのアーサー・シモンズの「ベートーヴェン論」の翻訳である。とはいうものの、日本の楽壇、音楽会はまだ未熟な時代で、好楽家が定期的に聴き得るのは、日比谷公園正面わきの小さな野外音楽堂で毎月、陸軍と海軍の軍楽隊が一般公衆のために交替で行なっていた演奏くらいで、そこで取り挙げられる曲も、大曲の場合は序曲か抜粋を出ず、当時次第に普及し始めたレコードの場合も、全曲完全録音のものは稀で、価格も高く手に入りにくかった。大正三年頃から光太郎に親近し始めた尾崎喜八の回想録『音楽への愛と感謝』（詳しくは後述）によれば、断片的にはモーツァルトやベートーヴェンの大曲の一部を聴くことができたものの、特にレコードで光太郎と共に夢中になって幾度も聴いた名曲といえば、例えばベートーヴェンの弦楽四重奏曲「ラズモフスキー」第三番の場合でも、第四楽章の「アレグロ・モルト」だけだったという。尾崎に遅れること数年後の大正八年から同じく光太郎と親しくなった高田博厚の場合もそれとほぼ似た状況であった。高田は『音楽と思い出』（『音楽の友』一九五三年八月号）でこう語っている。

……ある冬の雪の積った夜であった。駒込林町の高村光太郎のアトリエで、彼と私ははじめてベートーヴェンの「第五」を聴いた。そして私たちは一ぺんに魔につかれてしまった。それ以来私は音楽とともにありベートーヴェンとともにある。それほど決定的であった。……

同じことが「ベートーヴェンと私たち」（『世界音楽全集二七』ベートーヴェン3・一九六九年八月、河出書房新社）では「……彼と私と二人ぎりで、尾崎喜八から借りてきた蓄音器ではじめて「第五」を聴いた。ヴィクターの安黒盤だったが、これが高村にとっても私にとってもはじめての「ベートーヴェン」、否はじめての「音楽」だった。そして二人とも茫然としてしまい、口に出す言葉もなかった。……」と語られている。ここで「高村にとっても」とあるのはいささか誇張に過ぎるとも言えようが、当時の日本の心ある好楽家にとってはこれが真実であったであろう。そしてこれが何年のことであったかは不明確で、恐らく大正八、九年頃の冬のことと推測されるが、このレコードの「第五」(「運命」)が全曲であったのか、それとも一楽章だけだったのかは明らかでない(当時のSPレコードでは12インチ盤でも全曲だったら裏表で四枚を要したはずである。)。

自分に兄事する若い人たち(光太郎は自分を敬慕し親炙してくる者たちを決して弟子扱いせず、常に友人として遇した)と共に最高の音楽家、芸術家としてベートーヴェンの音楽への理解を深めて行った光太郎が、ベートーヴェンについて書き残したものに「楽聖をおもふ」と「百三十五番」と「二つに裂かれたベエトオフェン」の三篇がある。「楽聖をおもふ」(『美について』道統社、昭和一六年八月、一八六一—一九六)は「ベートオヴエン百年忌を迎へて」と副題されているように、ベートーヴェン没後百年目の一九二七年(昭和二年)二月に綴られた「ベートーヴェン讃仰《オマージュ》」の文である。

『楽聖をおもふ』の冒頭には「今私の前には最近出版せられた友人高田博厚君譯ロマン　ロランの『ベートオヴエン』と遠藤宏氏譯グローヴの『ベートオヴエンと彼の交響曲』とが置いてある」と断っているように、両者を参考にしていることは明らかだが、「エロイカ」交響曲をナポレオンの画像とするグローヴの見解には同じ難いとしているし、高田訳のロランの『ベートーヴェンの生涯』からの引き写しも見いだせず、全体的にいって参考諸文献を読みこなした上での光太郎独自のベートーヴェン観の披瀝たりえている。しかもその文章は無駄のない凝縮した表現によってベートーヴェンの精神と芸術の特色を浮彫りにしており、いかにも光太郎らしい彫刻的文章と言えるであろう。光太郎は先ず「私の耳にはたつた今、蓄音機といふ不完全極まる通弁を通じてながら、あの幽遠で、自由で、高貴で、知慧深い作品百三十一番のクワルテットを聴いた響がのこつてゐる。」という一節を枕にベートーヴェンへの讃仰の念を語り起こし、最後は「今夜又きかう、ベートオヴェンの最後に近く書かれたものの一つ、あの星の戯のやうな百三十一番のクワルテットを。さうしてもう一度彼の事をおもはう。火の絶えたこのアトリエの外では秋父おろしが荒れてゐる。」という一節をもって結びとしている。

この文章で光太郎が先ず強調しているのは、ベートーヴェンの、芸術への恐ろしいほどな殉教者的精神から発する力であり、我々東洋人もこのベートーヴェンの魂の源の深さ、厚さ、強さ、烈しさを会得しうる点では決してヨーロッパ人にも劣らないこと、そうして彼の音楽は聴く者の心を無垢にし、一切の喜怒哀楽を超越させ一切の「状態」から解脱させ、要するに人を「源」にかえさせるということであった。ここにはいかにも光太郎らしい倫理性が示されているが、同時に彼自身先に訳出したシモンズの「ベートーヴェン論」から得たヒントが明らかに看取できる。シモンズがベートーヴェンの音楽の基礎は子供の我知らぬ無邪気であり、聖者の教養せられた無邪気である、と指摘しているのは至言であると光太郎は述べ、それを敷衍しつつ、ベートーヴェンの持つものは言葉の最高の意味において「至純の無邪気」であり、「眞に圧倒的、抱攝的、不可抗的な無邪気」であり、日本語で普通に意味される、邪念が無い、餘念が無い、天真爛漫、八面玲瓏というような消極的な奇麗事とはおよそ違うものであるとことわって、次のようにその本質を明らかにしている。

純粋に自分の道に身を投じて最も意志的に「人間の魂に點火しなければならない」事を念ずるところから来るのである。最も高い意味でいふ道徳的な生活から来るのであると思ふ。……「聖なるものに近づき、その光明を人類の上にあまねく擴げる事よりも立派な事はない」といふベートーヴェンから、軽くて無邪気なジャズの生れるわけはないと同時に、あの「トルコマーチ」や、第八スインフオニイの「アンダンテ　スケルツアンド」の生れる理由はあり過ぎる。

以下、光太郎はモーツアルト式天才を唯一の典型と思いこみ、ベートーヴェンは努力の人であって天才の人ではないという俗説を排しつつ、ベートーヴェンは真に努力して音楽の天国と地獄とを究め尽くした天才だと言い、彼の努力は人間が「聖なるものに近づかう」とした努力なのであり、彼はその結果、遂に「人間の魂のかつて到り得なかったほど高い上層の雰囲気に聴く宇宙の聲を人間のものとしてくれた」と結んでいる。これはまさに単なる倫理性を超えて、ベートーヴェンの芸術家としての本質を的確につかんだ叙述というべく、当時のわが国においてこれだけ正当なベートーヴェン観を示しえた文人は、恐らく他に見いだせなかったと言って過言ではあるまい。

ところで光太郎はこのあと、冒頭で触れた高田博厚訳の『ロマン・ロランの生涯』(前年の一九二六年に叢文閣から刊行)につき、これはただの伝記、ただの解説ではなく、生きた言葉でベートーヴェンの魂を遺憾なく書き表わしたものゆえ、殊に青年はいかなる道に行く者でも必ず読むべき書物であると賞揚した上で、前述どおり最後に再び作品一三一の「弦楽四重奏《クワルテット》」をベートーヴェンを偲ぶよすがとして挙げることでこの讃仰文を結んでいる。しかしその肝腎の「弦楽四重奏曲《クワルテット》」そのものについては、〈幽遠で、自由で、高貴で、智慧深い〉、〈あの星の戯のやうな〉という形容句を並べたのみで、この作品が作品一二七、一三〇、一三二、一三五の「弦楽四重奏曲」群と同様、ベートーヴェンの晩年の大作「第九交響曲」(合唱)、「荘厳ミサ」(共に一八二四年完成)より後の最晩年(一八二五―六年)の力作の一つであり、それまでの代表的力作、大作の多くが、半ば威圧的ともいうべき強烈な迫力を特色としていたのと違って、内容・形式ともにより内面的、内省的な傾向をもって特色とすること、そうしてこれでもかこれでもかと言わんばかりの姿勢とは違った、親しみやすくて精妙な、しかしその間に以前に増す奥深さ意味深さを伴った、大向うをうならせるのとは異質の浸透力と魅力を備えた作品の特色についての立ち入った言明がないのが少々物足りない。しかしこの一文が没後百年を記念する讃仰《オマージュ》として書かれたものであるだけに、それ以上のものを望むのは酷であり、無い物ねだりに過ぎないかもしれない。

この同じ一九二七年（昭和二年）、光太郎は雑誌『大調和』一〇月号に「百三十五番」と題する随想を寄せた。その前半で彼は夏の間、暑さのためにほとんど仕事ができず、怠慢に終ったことを述べたあと、前記のベートーヴェン最晩年の「弦楽四重奏曲《クワルテット》」群の一つで、作品一三一番（一八二六年前半作）に続いて同年夏に作曲された、これこそ死を目前に控えた最後の傑作「弦楽四重奏曲」作品一三五番を恐らく初めて聴いて得た、異常ともいうべき強い感動を次のように告白している。

昨夜ベエトオフエンの百三十五番のクワルテットを蓄音機できいて驚いた。此處まで来ればもう何の文句もない。此處まで脱け出て来れば他の一切は些事である。感情も、情緒も、味ひも、精神も、靈も、何もかも、此處では底に沈んでしまつてゐる。あるのはただ音ばかりである。純粋にして冽々たる生命そのもの、生きた音そのもの、ただそれきりである。何といふ密度。何といふ鮮新。何といふ平気さ、何といふ清廉。およそ人情ぽいところを、超脱しぬいてゐる。アレグレットの三聯響の重り、ヴヰヴァチェの一音一音、レントオの終の呼応、「ムス　エス　ザイン」からアレグロへの移り、終局のピッチカアト。私は此を聴いて呆然とした。今日も其を思出して一種名状し難い心持に満たされてゐる。深いとか、ありがたいとか、神の栄光とかいふ言葉がこんな場合にはまるで當てはまらない。もつとうんと近いところにあつて捉へがたいすばらしいものなんだ。百三十五番は又私の眼をさまさせた。

ベートーヴェン最後の澄明《ヒレニテ》さそのものともいうべき珠玉の作品を聴いての、この簡明的確な感想から見ても、光太郎の音楽鑑賞眼、音楽美感感受力の並々ならぬ鋭敏さが直ちに感じ取れよう。ただ一つ敢て言わせてもらえば、〝レント・アッサイ・アンダンテ・エ・トランクイロ〟との指示が付された第三楽章の主題と四つの変奏曲には、静謐さを主調とする美しい表現のうちに、神への祈念を思わせるような天上的な雰囲気《アトモスフェア》が感じ取られることや、また第四楽章における「エス　ムス　ザイン」（Es muss sein）（「そうでなければならぬ」）の肯定的グラーヴェの主題と、明るく軽快なアレグロの主題とのコントラストの妙味に言及されていないことが、物足りぬといえば言いえよう。しかし以上二つの文献によって、光太郎のベートーヴェンへの関心と理解が、並のものではなかったことが明らかである。

光太郎は更にこの翌一九二八年（昭和三年）に「二つに裂かれたベエトオフエン」と題する詩を作っている。この詩は単刀直入にベートーヴェンの内面に切り込んだ作品として注目される。先ずその詩の前半を引けば、

「病める小鳥」のやうにふくらがつて
まろくぢつとしてゐた彼は急に立つた。
甥に苦しめられる憂鬱から、
一週間も森へゆかなかつたのに驚いた。
春がヴイインの空へやつて来て、
さつき窓から彼をのぞき込んだ。
水のせせらぎが何を彼に話しかけ、
草の新芽がどんな新曲を持つて来たか、
もう約束が分つたやうでもあり、
また思ひも寄らないやうでもあり、

いきなり家を飛び出さうとして彼は、
ドアを開《あ》けると立ち止つた。
今日はお祭、
着かざつた町の人達でそこらが一ぱい。
ベエトオフエンは靴を見た。
靴の割れ目を見た。

この詩の前半では、かの有名な「第六交響曲」(田園)で象徴的に示されているベートーヴェンの、難聴ゆえに一層鋭敏にとぎ澄まされていた自然への愛と感性、そして春の歓びを詠じつつも、生計不如意のために靴の修繕や新調すらできずにいるベートーヴェンの苦しい境涯を二行をもって端的に示している。続く後半。

一時間も部屋を歩いたが怒は止まない。
怒の當體の無い怒、
仕方がないので昔は人と喧嘩した。
「私は此世界に唯一人だ」と
いつかも手紙に書いてみた。
彼は憤然として紙をとる。
怒の底から出て来たのは、
震へる手で書いてゐるのは、

おゝ、何のテエマ。
怒れる彼に落ちて来たのは、
歓喜のテエマ。
彼は二つに引き裂かれて存在を失ひ、
今こそあの超自然な静けさが忍んで来た。
オオケストラをぱたりと沈黙させる神の知慧が。
またあの窓から来たのである。

ここには、一旦世間と相対峙した場合には、自然に対した場合の喜び、幸福とは裏腹な世俗に対する強い憤怒に駆られざるを得ぬベートーヴェン、しかしその彼が一度手帳を手にしてメモを取ろうとするや、まだ二〇歳前、出生地のボンにいた時分に既に読んで、頭にこびり着いていたシラーの詩「歓喜に寄す」に触発されて、当時、胸中で推敲し続けていた「歓喜」のテーマが忽然として浮かび上り、かくして彼の内面が一方では対世俗的な「怒り」と、他方ではそれと対蹠的な世俗を超越した「神」的世界の閃きとの二つに分裂するさまが凝集的に詠み出されている。ここには光太郎自身抱懐し続けてきた反俗精神、それゆえの孤独感が同時に投影されていると見なして誤りないであろう。しかしベートーヴェンが生涯強く抱き続けていた「神」の理念とは、光太郎は結局のところ無縁であったと考えられる。これは一つは智恵子夫人の罹病と発狂のせいでもあったであろうが、それについてはここでは深入りしない。

四　尾崎喜八の光太郎への親炙

高村光太郎（一八八三―一九五六年）の留学から帰国（一九〇九年）後の美術の分野と文学の分野の両面にわたる、西欧的、近代的な高い知性と教養に裏付された活躍ぶり、その芸術的精神の高邁さにいち早く強く惹かれ、やがて光太郎に接近して親しい交わりを結ぶに至った最初の若き友が尾崎喜八（一八九二―一九七四年）である。以下、尾崎が一九六八年（昭和四三年）から一九七二年（同四七年）――七六歳から八〇歳――に亘る五年の歳月を費やして『芸術新潮』（新潮社）に「音楽と求道」の題で連載、翌年『音楽への愛と感謝』と改題して新潮社から刊行された、音楽的自伝ともいうべき彼最後の力作著述（現在、平凡社ライブラリーに収む）に主として拠りながら、その経過の概略を辿ってみたい。

尾崎の父は隅田川の河岸、鉄砲洲《てっぽうず》に本拠を持つ回漕問屋として成功した、商人気質に凝り固まった人物であった。それだけに相続者たるべき喜八に専ら強く求めたのは、商人としての才能と修業だった。ところがその息子が天性恵まれていたのは音楽的感性、文学的感性であり、自然を愛する心が人一倍強く、小学校時代は終始主席で特に唱歌（音楽）と理科と作文を得意とした。商才しか重んじない父はそれを喜ばず、小学校を終えて進学の際は、息子の天性や好みを無視して、本郷元町の京華商業に入学させた。しかし当人の喜八は、特に理科と英語の先生に恵まれたことも手伝って、この二つの学科で極立った好成績を収めるのを、これまた父親は心よく思わない。一方喜八の方は音楽に関して既に小学校時代、担任の女の先生に誘われて築地の教会の日曜のミサに列席、荘重なオルガンの響きや讃美歌の合唱に宗教的ともいうべき一種聖なる戦慄と感動を経験していたし、彼の音楽的感性と美声とを認めて特別に目をかけてくれた唱歌担当の鎌原先生のお蔭で、東京下町の小学児童には破格な

「ロング・ロング・アゴー」や「オールド・ブラック・ジョー」を、英語で教わるという特典にも恵まれた。この頃、叔母が買ってくれたハーモニカの吹き方もこの先生が教えてくれた。後に西欧クラシック音楽に熱中するようになる素地は、既にこのようにして養われていたのである。

文学や自然への愛に関しては、商業学校時代、英語や理科の先生に恵まれたことが、まだ外書の翻訳が少なかった時代ゆえに、英語の書物で知識を広めるのに大いに役立ち、卒業とともに父の意向で丸の内のある銀行に勤めることになったけれども、小遣いにも困らず、父の目をのがれることもできたせいで、英語で文学書や雑誌を読み始め、当時流行の西欧文学者の作品を英訳本で読みあさり、文学熱を燃え上らせた。読みあさったのはモーパッサン、メーテルリンク、ゴルキー、ツルゲーネフ、イプセンなど。特にトルストイの『復活』から強い感銘を受け、他の作品をも読みふけったばかりか、トルストイの数多い評伝中でも特異なロマン・ロランの『トルストイの生涯』を英訳で読んでロランの存在も知ったのであった。

こうして読書熱を高めた彼が高村光太郎の名を知ったのは、銀行員となった翌明治四四年（一九一一年）、一九歳の時のことで、『文章世界』や『スバル』誌上で、特に「緑色の太陽」や「出さずにしまった手紙の一束」のような、新鮮な芸術的意欲と時の権威や世俗への逞しい反逆精神とに貫ぬかれた高村の文章に心酔、その人間と風貌とを深く慕うようになったのである。と同時にそのころ親しくなった友人高橋元吉に勧められて『白樺』（前年の明治四三年四月創刊）をも読み始め、武者小路實篤、志賀直哉、長与善郎の文章・作品に親近感を覚え、やがては彼らとの間に個人的な連がりが生まれ、『白樺』に寄稿するようにもなった。

しかし尾崎が当時の文芸界で最も敬仰したのは、やはり高村光太郎である。帰国後『スバル』に属して耽美と頽廃《デカダンス》の世界に没入していた光太郎は、明治の末年頃からむしろ『白樺』派に親近感を抱き始めるとともに、専門の美術方面では新鋭の岸田劉生、木村荘八、萬鐵五郎たちと「フューザン会」を結成して、『フューザン』という機関誌を出し始め、またそれより前、琅玕洞という美術店を開いて、次弟の道利に経営させてもいた。その店を尋ねて光太郎の裸女のデッサンなどにも接していた尾崎は、一九一一年、京橋の読売新聞社楼上で催された「フューザン会」の第一回展覧会を見に行き、やはり光太郎の作品に最も魅力を覚える。しかしその時、いちばん深く心を打たれたのは、カタログのパンフレットに印刷されていた光太郎の「さびしきみち」と題する平仮名書きの詩にほかならない。

かぎりなくさびしけれども
われは
すぎこしみちをすてて
まことにこよなきちからのみちをすてて
いまだしらざるつちをふみ
かなしくもすすむなり
――そはわがこころのおきてにして
またわがこころのよろこびのいづみなれば
（後略）

この「フューザン」会は一九一三年の半ばには分裂・解体し、『フューザン』誌も『生活』に改まったが、前述のとおりこの『フューザン』誌の一九一三年三月号と五月号、『生活』誌の六、七、一〇月号に連載された高村光太郎訳の『ジャン・クリストフ』抄訳（「第四巻「反逆《レヴォルト》」の「一　流沙」の部分」）こそが、まさに尾崎をして決定的にロマン・ロラン・ファンと同時に高村光太郎ファンたらしめたのである。『音楽への愛と感謝』にはその連載第一回目に接したときの感動がこう語られている。

なんといふすばらしい作品、なんという理想的な作家だろう！　私は「さびしきみち」の詩人の手に成る僅か数ページのその翻訳から、今まで読んだどんな作家のどんな作品もとうてい比べ物にならないような深い感銘と強い衝撃を受けた。これこそ真に天啓だった。

ああ芸術！　人間がその一生を捧げるに値する芸術というもの！　とうとう私はお前を見出したのだ。そのお前を新しく我とわが身から産み出すために生き抜くことのなんと男らしく人間らしいことか！　おお脱却、おお自由！　他人からの、周囲からの、また自分自身からの潔い脱却とそれによって贏《か》ち得る自由、魂と思想の自由、創造の自由とその歓喜。そしてジャン・クリストフこそその旗手だ。

それ以来、私は断然文学に身を投じようと決心した。父の意に反しても止むを得ない。その怒りを買って、よしんば家を出るようなことになっても仕方がない。そのためにならば「いまだ知らざる土」よ、「寂しき道」よ、私にもまた行く手遙かに続くがいい。

——そはわがこころのちちははにして
またわがこころのちからのいづみなれば

そしてこの部分訳では満足できなかった尾崎は、『ジャン・クリストフ』全篇の英訳本を買入れて、一九一三年から翌年にかけて読み続ける。と同時に、本郷駒込の新築のアトリエに時どき高村光太郎を訪ね、彫刻について、絵画について、詩について、さらに自己の全存在を擲《なげう》っての創作的態度について、いつも何かしら肝に銘じるようなことを教えられた（『ジャン・クリストフ』を英訳本で読み終ると、続いてロラン著の『ミレー』、『トルストイの生涯』、『ベートーヴェンの生涯』、『ミケランジェロの生涯』なども英訳で読んだようである。）。

この一九一四年一一月、光太郎は自費出版の第一詩集『道程』が出来上ると、自らわざわざ尾崎の勤め先の丸の内の銀行まで足を運んで、聖書の一句を自筆のフランス語で見返しに書き入れた一本を贈ってくれた。いかにも高村らしい振舞い方といえよう。

尾崎はこの頃、一方では先述のとおり『白樺』を愛読していて、中でも武者小路實篤の名と作品とに最も強く惹かれ、彼のみならず志賀直哉、長與善郎、柳宗悦、千家元麿、岸田劉生たちとも個人的に識るようになってはいたけれども、尾崎はこの『白樺』派の「新しい潮流に小舟をやりながらお天の一方にロマン・ロランと高村光太郎という二つの星を見守っていた」のである。

こうして文学と芸術——ロマンの影響下で特に音楽——への情熱を高め、『白樺』という個人主義的人道主義の雰囲気の中で、勤めのかたわら詩を書いたり小説ようのものを書き始めていた彼は、ある時それを父親に発見されて激しい衝突となり、あまつさえ当時、真摯で清純な恋愛関係にあった女性との結婚の意志をも告白したところから話し合いは決裂し、尾崎は自ら甘んじて廃嫡されて生家を去り、独立して下宿住まいの生活に入った。但し、縁切りの金や、子供の時からの自分名義の預金などのお蔭で、可成りの額の金が入ったので、直ぐに経済的に窮迫する恐れはなかった。時に一九一五年の秋で、二三歳の後半であった。

こういういきさつで尾崎は勤務先の銀行からも退職し、ここに一人の文筆家が生まれることになるが、これに類する父と子の対立葛藤に起因するドラマは、東西いずこにもあって実例を挙げるまでもない。尾崎が師事した高村自身、深刻な対立・決裂・袂別にまでは至らなかったけれども、父、光雲死去までの間には多かれ少なかれ父子関係の問題に悩まされている。尾崎の場合は約八年後、関東大震災という予想だにされなかった大事故を機縁に、和解が成り立った。この点、志賀直哉の場合の父との『和解』とその成り行きや性格は大いに違っていたとはいえ、尾崎の生涯にとってはまことに幸いだったと言わねばなるまい。

五　尾崎の文筆活動

『白樺』に同僚として迎えられた尾崎が、同誌に寄せた文章には、短篇小説もいくつかあったけれども、その主体はロマン・ロランの音楽家論とベルリオーズの手紙ならびに回想録の翻訳であった。

既に高村光太郎の訳「クロオド　デビュッシイの歌劇――ペレアス、メリザンド」で、この一篇をも含むロランの論集『今日の音楽家』の存在を知らされていた尾崎は、その英訳本 “Musicians of today” (原題 “Musiciens d'aujour d'hui”)を手に入れ、これを訳して『白樺』の大正五年(一九一六年)四月号所載の「ベルリオツ論」(当時の日本では Berlioz の正確な読みが解らなかった。パリに約一年滞在した光太郎でさえ知らなかったようである)を皮切りに一二月に至るまで、八月号を除き六回に亘ってベルリオーズ論からグレトリ論までを連載し、飛んで翌年五月号、七月号にグレトリ論の残りを掲載した。これについては自著『音楽への愛と感謝』の一節でこう述べている。

一人の音楽家の英雄的な奮闘の一生をえがいた大作『ジャン・クリストフ』と、その構想の実際の手本とも言っていい『ベートーヴェンの生涯』を読んで、すでに充分ロマン・ロランから培い養われて来た私にとって、『今日の音楽家』は単なる評伝の集成と見るよりも、むしろ著者自身の血肉の投げこまれた、言わば音楽の世界の『史記列伝』だった。しかもベルリオーズと言い、ヴァーグナーと言い、フーゴー・ヴォルフと言い、さらにはリヒャルト・シュトラウス、サンサーンス、ドビュッシーなど、そのどれ一人をとっても大正四年か五年ごろの私にはまったく未知の名か、名だけは眼にし耳にしていても、その人間や仕事についてほとんど何も知らなかったと言える。また実際にも彼らの作品に接する機会がとぼしく、よしんば有ってもきわめて散発的で偶然的で、音楽の啓蒙に期待される系統的・持続的な要素が皆無だった。

こんな状況の中で、原著者ロランの豊富な音楽体験と綿密精到な考究の所産であるこの論集を、しかも英訳本から訳出するとは無謀も極まれりというべきであろうが、これも当時の文化状況からすれば、一面やむをえぬことだったのかも知れない。

右の引用文のあと、前に光太郎に関する叙述の中で触れたように、光太郎と共にレコードで夢中になって幾度も聴いたベートーヴェンの「ラズモフスキー」のことなどが語られ、続いて尾崎はこう語っている。

ともかくも自分の訳した本を通じて新しく知った音楽家のうち、ベルリオーズとヴォルフの二人が最も強く私の心をとらえた。わけてもエクトル・ベルリオーズ、私は彼の人間性と音楽とによって自分の個性の幾つかの面を肯定させられ、鼓舞された。そしてそれに力づけられておのれの信ずる道を歩き出したのである。思えばその道は曲折多く長かった。この数年前の或る詩の中で「燃える情火にその天才を焼きつくさせた男、時代の無理解と孤独との中で神と己れへの信を失った男」と私の書いたベルリオーズ、そのベルリオーズを信仰と自信の喪失のために惜しみながら、しかしやはり自分に最も近い精神的血族として愛さずにはいられない。

こうまで言う尾崎のベルリオーズへの入れこみかたの底の底には、彼自身が熱愛した女性、その優れた容姿以上にその心の美しさ、清らかさ、聡明にして謙抑な人柄を衷心から愛し尊んだにもかかわらず、その熱情が実を結ぶ寸前、一九一九年（大正八年）に、世界中に猛威をふるったスペイン風のために失った塚田隆子という女性との間の痛切な悲恋の体験が横わっていたことが確かだが、詳しくは『音楽への愛と感謝』中の叙述に譲り、ここではベルリオーズに関する訳業についてのみ触れておきたい。この点も先ず御自身の述べるところによれば、

……そしてその翻訳というのがベルリオーズの手紙と回想録とを英訳し編纂したエヴリーマン叢書の一冊だった。丸善書店で偶然発見したものとはいえ、ロマン・ロランを通じてこの近代フランスの革新的な音楽家を熱愛するようになっていた私にはまったく天の賜物だった。私は赤坂の長與さんの家から京橋区の新富座裏の下宿へ移ると、新しい風を背負ったような生活に励まされてその翻訳に打ちこんだ。それは『ベルリオの手記』という題で毎月『白樺』へ連載されて熱心な読者を得た。訳の途中で難解の個所に出あうと隆子に相談した。彼女は喜びと生き甲斐とをもって私を援けた。そしてそういう時の私たちはまたいくらかオリヴィエとアントワネットだった。しかも当のベルリオーズその人が、情熱と悲恋のロマンティックの巨匠でもあれば、その大胆で皮肉な告白者でもあったのだ！

（文中のオリヴィエとアントワネットは言うまでもなく『ジャン・クリストフ』に登場する人物で弟姉の関係）

この「ベルリオの手記」はロランの『今日の音楽家』翻訳の「グレトリ」までが終った翌月（大正六年八月号）から大正九年（一九二〇年）一二月号にかけて、十数回にわたり断続的に連載され、終ると直ぐに、連載中から熱読してくれていた叢文閣主人、足助素一（有島武郎の親友）の手でベルリオの『自伝と書翰』と題して出版さ

れた。本書は尾崎の内心では既に亡き塚田隆子に、公には終始声援を惜しまなかった高村光太郎、高橋元吉、倉田賢三の三人に捧げられた（この尾崎の訳業なくしては光太郎の長詩「ラコッチイ　マアチ」も生まれえなかったことは確かであろう。）。

以上の尾崎のロマン・ロランならびにベルリオーズの著作・手記・書翰の訳業は、雑誌『白樺』にとっては異数の寄与となった。というのは『白樺』は創刊以来、毎号、絵画・彫刻の名品の写真版とそれに関する記事や評論を掲載し、半ば美術誌の相貌を呈していたのだから。『白樺』創刊の一九一〇年（明治四三年）一一月号にはロダン特集を行なって注目されたことは周知の事実である。一方、音楽芸術の方は無視したわけではなく、レコードによる音楽鑑賞会を多少試みたことがあったのは事実だが、誌上に音楽に関する記事や評論等を掲載したことは、これまで一度としてなかった。そこへ新たに迎えた尾崎の手により、ほとんど毎号、翻訳とはいえ音楽に関する、国際的にも評価の高い文献が日本でも始めて公開されたのであるから、その歴史的かつ啓蒙的貢献度は高かったといわねばなるまい。

しかし尾崎が『白樺』誌を場としてこのような文筆活動を展開できたのも、彼と共に『白樺』グループから同志として迎えられた高村光太郎の存在のお蔭であった。二人はロマン・ロランへの敬仰を共有すると同時に、ベートーヴェンの音楽への熱中をも共有した。当時二人がＳＰレコードで繰返し愛聴した曲は、尾崎によれば既述の「ラズモフスキー第三番」のほか、作品一八の弦楽四重奏曲《クワルテット》、「エロイカ交響曲」の第二楽章「葬送行進曲」、「レオノーレ序曲」の第三番、ピアノ・ソナタでは「パセティック」、「ムーンライト」、「アパッショナータ」などであったようであり、尾崎はまたワグナーの「ベートーヴェン論」やベルリオーズの「ベートーヴェン第九交響楽の批判的研究」をも読んで、いずれも『白樺』に翻訳を寄せている。

この若き日の尾崎がベートーヴェンから何を受け取ったかについては、彼自身、㈠生きる力、持続の力、精神の強靱なヴァイタリティー（決して半途で挫折したりへばったりしない逞しく粘りづよい生活力）、㈡自分の仕事の中に他の誰のものとも違う持って生れた気質を打ちこんで、あらゆる機会にそれを生かし、生かすことでまた新しい可能性を発見しながら、次第におのれの世界を充実させ拡大させてゆくことだった、という。これだけでは『白樺』的人生観、世界観からほとんど一歩も出ていない感が強く、優れた音楽芸術というものへの独特な感性の働きともいうべきものが、そこにはほとんど示されていない。そうなった原因の一つは、尾崎自身、後年の『ベートーヴェンの生涯』と題する一文（これはロマン・ロランの原著作をめぐっての回想文）で言っているとおり、「もとより、まだベートーヴェンが演奏される機会も少なく、ピアノかヴァイオリンの比較的小さいものしか聴くことのできない時代だったから、少なくとも私などベートーヴェンを聴くよりも『ベートーヴェン』を読んだのだった。そしてその読書はすばらしい体験だった」という事情から来たものだったと推測される。こうした尾崎のベートーヴェン受容の仕方と、後に述べる高田博厚や片山敏彦のそれとの共通点と違いについては、ここで考察している余裕を残念ながら持ちえない。

六　高田博厚の登場

高村光太郎と尾崎喜八とが、共に『白樺』グループに同僚として迎え入れられながら、そして尾崎自身、武者小路実篤に特別の親密感を抱きながら、しかし学習院出身の主流の人たちとは一味ちがった外様的位置と姿勢を保ち続けた根底には、この二人が人生観的にも芸術観の上でも、人道主義的傾向を内包した理想主義を主流グループと共有しながらも、ロマン・ロランへの傾倒と音楽芸術への特別の愛好の点で、他の同人たちには見られぬ際立った志向性《ヴェクトル》が働いていたというべきであろう。この二人のタイアップ（デュオ）の中にはしなくも飛びこんできてトリオを形成したのが高田博厚であり、やがてこの高田博厚との連がりでそこに加わり、クワルテットを形成することになるのが片山敏彦であった。

高田博厚（一九〇〇年＝明治三三年生まれ）は福井県出身の司法官、高田安之助と、岡山県出身で同志社女学校卒のクリスチャン敏子との間に三男として石川県七尾に生まれ、上に二人の異母兄と下に一人の同母妹があった。一〇歳にして父を喪ったが、幼年期から画才を発揮、小学校六年生頃からは父の蔵書を漁り読むなど早熟の才を表わし、福井中学入学後は学校の勉強よりは文学、哲学、美術の本に熱中、やがて書店の店頭で『白樺』の存在を知り愛読者となった。学校の成績順位は次第に落ちたが、英語だけは図抜けて良く出来、三年生でシェークスピアを原文で読み出し、ゲーテ、トルストイ、ドストイェフスキーなども英訳本で読んだ。ロマン・ロランについても同様で、一五歳にして『ミレー』を、一七歳にして『トルストイの生涯』を英訳本で読み、『ジャン・クリフトフ』のたとえ一部にしろ接したのもこの頃だったようである。一方、この間、同志社出身の熱心なクリスチャンであった母親の意向で、幼時からプロテスタント教会に通い、一二歳で洗礼を受け、中学の四、五年時には牧師代理まで勤め、日曜の説教までした。しかしキリスト信者に俗物が多いのに飽き足らず、永平寺に参禅したりなどもしたが安心は得られず、結局、彼の関心は信仰よりは「人間が何故神を求めるか」の内省に向かった。この姿勢は後年の長期フランス在住期間にまで継続する。他方、この四年生時、独りで奈良へ旅して古美術に打たれ、加うるに『白樺』誌上で西洋美術の傑作に触れたことも手伝って、芸術は技巧だけでは創れないことを痛感させられて、自分で絵をかくことは一旦あきらめたという。

こうして一九一八年（大正七年）一八歳で中学卒業に際しては、本来の志望は「哲学」だったが、突然、黙示のように「美術をやろう……」と志向を転換、上京して上野の美術学校を受験する。しかし修練不足で失敗し、それでは哲学をやろうと一高受験を願い出るが、東京在の中学出でないと東京では受験できないことがわかり、これも断念し、来年を期しつつ東京に留まった。
この直後の初夏の頃である、彼が高村光太郎と相知るに至ったのは。それは福井中学校の先輩で、東京に出て絵の勉強を続けていた富沢直の案内によってであった。かねてから富沢は夏休みに帰省すると、後輩で美術の好きな高田に向かって、『白樺』のこと、岸田劉生のこと、レオナルド、ミケランジェロ、セザンヌ、ゴッホなどのことを語り散らし、高田の精神に火を点じていた人物である。その富沢が高村光太郎に傾倒していて、ある日、高田を連れ出して駒込林町のアトリエに高村光太郎（当時三五歳）を尋ねたのである。高村の魅力に惹かれた高田はその後は一人で高村を訪ねるようになる。一七歳も年が違うのに高村は高田を対等に遇してくれる。師としてでなく友人として文学、芸術につき、人生につき話し相手になってくれる。自分から進んで人を訪ねることを性格的に好まなかった高田にとって、高村一人が訪ねて行く人となった。こうして結ばれた二人の間柄、特に先輩として仰いだ高村の人間性につき、高田は後年、次のように述べている（「彫刻家高村光太郎と時代」より。教育出版センター『高村光太郎の人間と芸術』一九七二年六月所収）。

私は大正七年田舎の中学を出て東京に来、まもなく偶然にある年長の友人に、林町の高村のアトリエに連れていかれた。それまでは彼の『ロダンの言葉』や『白樺』など雑誌に書いたものを読んでいただけだったが、すでに彼は孤高の人として尊敬されていた。この「有名人」が十六《ママ》も年のちがう小僧の私を、その後対等にあつかってくれた彼に私は感謝し、また私が彼にもっとも負うところはそれであった。——一五年の後、私は日本を去ってフランスで暮したが、その土地の「有名人」たちと、私は再びこの「人間対人間」の関係を見出した。——私もまた彫刻の道に踏みこんだのには、他の原因もあっただろうが、先輩高村との「彫刻」についての始終の対談がなかったならば、私は絵画かあるいは文筆の方へ歩みよっただろう。高村は弟子をとる人でも、弟子扱いする人でもなく、また意識して人を指導するようなことはしなかった。一般を対象にしては、憤激し軽蔑していながら、個人としてはきわめて寛容で、真正面からずけずけものを言う人ではなかったが、それだけに、知遇を求め訪ねて来る多くの人を、それぞれ正しく見抜いていた。そして世間気のない点では、著名である先輩も無名である後輩も全く一致していた。そしてあのように団体行動を避けた「離群性」の彼も私とは常に共にあった。ことに彫刻についての彼の話し相手はおそらく私ひとりであったろうし――私がパリに行ってから、「君が行ってしまってから、彫刻の話のできる相手がいなくなってしまった」と書いてきたりした――私にとっても彼ひとりだった。人を訪ねない、ことに有名人をあえて訪ねない性質の私も、彼だけははげしく訪ねた。「会いたくなる人」。これは人間のもっとも大切な美徳である。そして私は彼のところで出会った人々（尾崎喜八、草野心平、佐藤惣之助、千家元麿、宮崎丈二など）よりも以上に、自分の友人を彼のところへ連れて行った（高橋元吉、片山敏彦、谷川徹三、吉野秀雄、小山富士夫、中原中也など。）。そしていっしょに同人雑誌を出したりもしたが、ふしぎに高村はこの群からは離群しなかった。また美術団体に彼が参加を要請される時には、かならず私を引っぱり、私も参加することを条件にさえした（全く無名の私は十年間作品を発表する気もなく、貧乏していたが、こうして武者小路實篤主唱の「大調和展」や梅原龍三郎の「国展」に縁ができたのであったが、高村は私だけに出品させておいて、自分は出さなかった。）。

（文中の「離群性」は高村自身が自らの孤独主義を表わした用語。「同人雑誌」とあるのは、現在明確なのは『東方』一九二八年五月―一二月。）

後年の回想ゆえ、二人の出会い以後約一三年間にわたる交流の要約となっているが、これをもってしても、この二人の間柄がある点では高村と尾崎とのそれにもまして、緊密かつ濃厚なものになった状況が明らかである。

同じ趣旨のことは次のようにも語られている。「しばしば会うと共に、さかんに手紙を書き合ったが、沢山の彼の手紙も日本に残して私は去った。けれども今の私が明確に言い切れることは、高村さんも、また後輩の私もその精神態度は連綿と変わらなかったこと、そして今日の私の魂に生きているものは、私達が孤独を愛したこと、そうして彫刻の真実は「孤独な存在」であることを理解したことだった。——幼稚な私もまた彫刻の道に入ったから。私が彫刻に引かれたのは、その「独り在る」美しさに動かされたからなのだろう。——そしてこの十年のあいだ、高村さんも私も貧乏のどん底をなめていた。人は彼も私もわりに楽に暮していると思っていたらしい。知名の彼には時には金が入ることがあったろうが、そういう時はよく外へ食べに出た。(中略)高村さんや私達がロランに注目したのは……西欧的大いなるユマニスムの選手として現われた時であった。第一次大戦当時の西欧の内情を、遠い日本の私達はもちろんよく知ってはいなかった。ただロランの精神力とその誠実、その奥にある孤独性に打たれた。高村さんが『ジャン・クリストフ』の一章を日本ではじめて訳した人であるというのも不思議である。……全部が翻訳であった明治以来の日本知性で、しかし一番大きな精神の果実は、この西欧ユマニスムにうながされ、それが東洋的理念と結婚して生まれた日本近代感覚であったろう。そしてこの業績は職業的思想家よりも芸術家の方が果している。聡明で孤独な思索家、詩人、彫刻家である高村さんは、そういう存在自体によって、日本で大きな役割を果した。……彼が誠実な情熱を以て長年かかって『ロダンの言葉』を集めたのも、このルネッサンス的大彫刻家のユマニスム的情熱に打たれたからであろう。このロダンも「認められざる」孤独な存在だった。……高村さんは知名な大家だった。そしてそうありながら、孤独な彼はなにものにも妥協せず、なにものにも結局は「参加」せず、自分の周囲に弟子やおとりまきを作らなかった。」ここで高田は、同じくロダンに傾倒したドイツ詩人リルケやフランス・サンポリストに触れた上で、「昂奮することの多かった当時の私達はむしろロラン的ユマニスムにより引かれた。これは日本の精神層をよく現わしている。高村さんはそこで偉大な自然詩人のホイットマンに傾倒し、サンポリストの中でもヴェルハーレンを最も愛した／日本の私達がその頃ふれたロランは、『ジャン・クリストフ』『偉大なる人々』の伝記作者のロランであり、精神昂揚の高さにあった。第一次大戦の折の『擾乱を超えて』をもちろん私達も知ったが、あの大戦には遠かった日本では、精神と政治との闘争のすさまじさがそれほど痛切にはひびかなかった。……」(「高村さんとの十年」〔一九五七・八・二八南仏カンヌ海岸にて〕筑摩書房『高村光太郎全集』月報II一九五七年一〇月より)。

大へん長い引用になってしまったが、ここには当時の日本の良心的知識人の置かれていた精神状況に関する記述も含まれているので、あえて煩を厭わなかったことを許していただきたい。

引用文に引きずられて、つい二人の出会い以後の長年の経過にまで叙述が及んだが、実を言うとこの出会い当時、高田が志していたのは彫刻家ではなく画家であった。それが彫刻家志望に転ずるまでの経過を簡単につづめればこうである。ある因縁から彼はイタリア語をやってルネッサンスを勉強し、イタリアへ行って美術をやろうという了簡を持つに至り、翌一九一九年(大正八年)東京外語のイタリア語科に入学。語学の才に恵まれていた彼は、三か月後にはダンテやルネッサンス期のものを原文で読み始めたが、学校の授業では易しいものしか使わないので馬鹿らしくなる。そのうえ、津田英学塾の学生と恋愛(その相手沢田庚子生と翌々年結婚)、学校には殆んど通わずに、イタリア・ルネッサンスを勉強してルネッサンス美術の権威になってやろうという野望を起こし、父の遺産を利用してイタリア書、特にレオナルド・ダ・ヴィンチやミケランジェロに関する高価な文献を購入して独学。そして一九二一年には出席時間不足のため落第処分を受けたのを契機に退学。それより前、駒込林町の高村のアトリエで尾崎喜八と会遇して親しくなっていた関係で、彼の薦めで「ミケランジェロの書簡」を訳出し、この一九二一年一月号から翌年七月号まで『白樺』に連載。加うるにこの頃、高村の仲介で岩波書店からコンディヴィ著『ミケランジェロ伝』訳註を出版することになったので、高田はその原稿を書くために大塚の借家からひとり本郷森川町の下宿に移り、「書簡」の連載と並行して『伝』の翻訳に着手したが、そこに尾崎喜八も移って来て詩作に励む生活に入ったので、暇さえあれば二人で頻繁に高村の所に出かけることにもなる。しかもその時分から高田は高村から受けた影響も加わって絵から彫刻に転じ、高村が貸してくれた立派な彫刻台を下宿の畳の部屋に据え、女のトルソと尾崎の首を作り始めた。昼間はたいてい彫刻の仕事に費し、夜は翻訳に熱中という生活がここに展開されることになる。この間に沢田庚子生と結婚するとともに、コンディヴィの『ミケランジェロ伝』訳註が翌一九二二年には完結し、岩波書店から刊行された。

一方、尾崎喜八の詩作も着々成果を挙げ、同じ一九二二年の四月、高田の『ミケランジェロ伝』に先んじて処女詩集『空と樹木』が玄文社詩歌部から出版された。しかもその装幀を進んで引き受けたのが高田で、扉に彼の作った尾崎の首の写真、見返しと中の絵に、これも高田の花と若い女の顔のデッサンが入れられた。尾崎によればデッサンはいずれもしっかりと描けて美しく、彫刻の方はこの詩集を尾崎から贈られたロマン・ロランが「ロダンの作品に非常に近い」と褒めてよこしたという。尾崎はこの詩集の末尾に謝意を込めて「高田博厚君に就て」と題する一文を添えた。その要所は次の通りである。

高田君の芸術は未だ恐らく世人の知らないものである。雑誌『白樺』の読者はその「ミケランジェロの書簡」の翻訳を通じて、伊太利語の出来る人くらいの程度には知つてゐるであらう。しかし彼の眞の仕事は彫刻である。少しでも善い本や繪を買ひたいためにする翻訳をすら、常に常に厭がつてゐる程彫刻家である。

彼はその芸術の階梯を生きてゐる何人からも習はなかつた。實にロダンやミケランジェロの教だけが彼の先生であった。彼は其処から出発した。そして今日尚さうである。彼は今、日本の年で二十三だ。

（中略）

彼と私とが互ひの芸術に対して持つ暖かい愛、正しい理解、そして常に交換する刺激こそは貴いものである。互ひの分野が異つてゐるとは云へ、芸術自体に対する二人の抱懐は悉く一致してゐる。凡そこの種の一致程我等にとつて幸福であり慰藉であるものは無い。また斯かる一致のみが眞に我等を結合させるものである。

（中略）

彼は自分を世間に押し出してくれる知己を持たなかつた。またそれを求めようともしなかつた。引込み思案ではなくして、強い反省力を持つてゐたのだ。軽はづみな心から他人の奨めで画会を起すにしては、彼は餘りに辛抱づよい根性骨を持ちすぎてゐたのだ。その彼がたうとう自分の本道を探り当てた。「ロダンの言葉」に魂を奪はれてから。あの巨匠の作品を目のあたり見てから。

彼は未来に堅い信仰を置いて今日の現在に専心する男だ。彼はいつでも泥をつくねてゐる。昼間は空の光で彫刻し、夜だけ生活の為の翻訳をやってゐる。彼は私の知つてゐる限りで比類を見ない精力家だ。彼はクラシックを愛し、健全を愛し、正当を愛する。彼は美の意味を正しく、深く理解してゐる。彼の彫刻を眼前に見る者は、その二十三と云ふ年齢に驚くだらう。（中略）彼の彫刻が、やがて、少くとも、日本の誇りとなる事は私の信じて疑はない処である。……

当時、この二人の間に結ばれていた純粋な友情関係から見て、ここに語られていることにはいささかの誇張もお世辞もなかったことを信ずることができる。

こうしてすでに先輩後輩の隔てなしに、純粋な友情、相互理解のもとに結ばれていた高村と尾崎の対《つい》関係に、新たに高田が加わって親密なトリオ関係が形成されたのである。そうしてこの三人の心を根底において結合させたものは真正な芸術への献身であり、詩魂であり、音楽愛であり、人間愛《ユマニスム》であり、それらのシンボルとして敬慕されたのがロマン・ロランであり、ベートーヴェンにほかならなかった。その新参の高田博厚を尾崎がどう評価していたかは、先の引用で明瞭だが、尾崎は晩年の代表的著述『音楽への愛と感謝』の中で、同じことを次のように言い表わしている。

……ミケランジェロに打ちこんでいた彼は造形の才能に恵まれていて、すでに見事な人体や顔のデッサンも描けば彫刻にも指を染めていた。そして高村さんの訳の『ロダンの言葉』を通してロダンに傾倒し、同時にその高村さんを日本の彫刻家としてほかの誰よりも尊敬していた。……あの若さで、しかも地方育ちで、いつのまに勉強したのか、美術に関してかなり広い知識を持ち、すでに一廉《ひとかど》の見識を具えていた。その高田博厚が、高村さんのところでレコードを聴くと、たちまちベートーヴェンのとりことなったのである。

ここで語られている高田のベートーヴェン初体験なるものについては、高田自身その著作の中で何回かにわたって言及しており、その一例を既に高村光太郎のベートーヴェン体験につき叙述した所で引用しておいたので、それを思い出していただくことにして、ここには繰返さない。

但しあの引用に続く一節は彼のベートーヴェンへの思い入れの深さと強さ、加うるに後にフランスに渡り、スイスに在住するロマン・ロランを何度か訪ねている間に、二人の間に結ばれた心底からの交流の一端を鮮やかに物語っているので、あえてここに再現しておきたい。

……あの年、スイスのロマン・ロランの家で、彼と私は二人きりで暖炉《シュミネ》にあたりながら坐っていた。早春でまだアルプスの高山には雪が残り、峡谷の上に開けた空には星が一杯にうずまっていた。師は私ひとりのために、ベートーヴェンの一〇番代と一〇〇番代のソナタを弾いてくれたところであった。それから師は、パリのルイ・ル・グラン中学校《リセ》の学生時代に、クローデルとシュアレスと三人で、コンセルヴァトワールへ「ミサ・ソレムニス」を聴きに行った夜の思い出を話した。（中略）そして私もためらいがちに、あの雪の夜を話した。「はじめてベートーヴェンを聴いて、それからそれが私の全部でした……一生の」。齢老いた師は私の肩に手をかけて微笑した。「そうだ、それが全部なのだ……私たちは若い時のあの感動に忠実でいよう……」あの頃師はまだ、それ以来訣別したクローデルとは五十年のあいだ再会していなかった……

東京においてすら西洋クラシック音楽の本格的な優れた演奏を聴くチャンスが殆ど皆無に近く、漸く普及し始めたレコードさえ、その入手は一部の好楽家に限られていた時代に、地方都市福井で一八歳まで育ち、教会で唱われる讃美歌以外に洋楽に触れる機会を持たなかった二〇歳前の高田にとって、赤盤よりは安価な黒盤のレコードではあったにしても、ベートーヴェンのシンフォニーの本格的演奏を初めて聴たときの驚きと感動が、いかに強くかつ深いものであったかは、九州育ちの私自身、それから十数年後、中学二年生の時に初めてブルノー・ワルター指揮するベートーヴェンの「田園交響曲」全曲（当時のSPレコードで四、五枚）を聴いた時の忘れがたい喜びと感動を想い起こすだけでも、容易に推測しうる。そうして既に高村光太郎と尾崎喜八の間で交されていた深い音楽経験、なかんずくベートーヴェン体験ともいうべきものを、田舎からぽっと出のひときわ若い青年高田博厚もまた同等の資格で共有することになり、ここにロマン・ロラン敬慕とベートーヴェン崇拝とを主たる紐帯とした三人組《トリオ》みが形成されたのである。この三人組のベートーヴェン熱愛の状況の一端は、尾崎の手によって次のように回想されている（昭和五六年三月、六興出版刊『わが音楽の風光』所収の「今は昔」より）。

当てがい扶持にせよ天くだりにせよ、音楽会とレコードは、その後次第に多く私達の手に入るようになった。私達――詩人高村光太郎と、彫刻家高田博厚と、かく言う私とは、早くから熱烈なベートーヴェニアンだった。今でもそうだと思うが、その頃でもベートーヴェンを聴く機会は音楽会でよりもレコードでの方が多かった。三人のうちの誰かが新しいベートーヴェンのレコードを手に入れたと知ると、たとえば高村さんが英国へ註文した『第五ピアノ・コンチェルト』を受けとったとか、高田がワインガルトナー指揮の『第八』を、私がフランスのパテー盤の『第二』を買ったとかいう事がわかると、取る物も取りあえず聴きに出かけるのだった。そして関東大震災後の大正十三年、私が省略のない『第六交響曲』を買った時には、その頃の上高井戸の畑中の一軒屋へ前記の二人の友達と近所の農家の若い人々とを招待して、和やかにも熱っぽい田園の集まりをした。

大正一三年（一九二四年）といえば、高村光太郎が四一歳、尾崎喜八が三二歳、高田博厚が二四歳の年である。四一歳の高村にしてそれだけの情熱を示したのであるから、三〇歳代早々、二〇歳代半ばのあとの二人の若き日の情熱の迸り、精神の高揚がいかに熾烈なものであったかは想像に余りある。

七　片山敏彦との連がり

しかもこの頃、もう一人の青年がこの三人組に加わることになった。それが高田より二歳上の片山敏彦（一八九八―一九六一）である。そのきっかけは、当時まだ東大文学部ドイツ文学科の学生だった片山が高田に会いに行ったことにあるが、そこには尾崎の処女詩集『空と樹木』の上梓が絡んでいるので、その前後について語った高田の回想を、彼の大戦後の最初の著『フランスから』（一九五〇年、みすず書房刊、増補版・昭和四八年、朝日新聞社刊）から摘出・紹介してみる（同著は高田が戦後も依然フランスに在留中に片山敏彦の手で編纂、刊行されたもの。以下の引用は同書中の「ある詩人へ」から。この「ある詩人」は旧知の真壁仁を指す。）。

尾崎と私が全く無名であった頃――……同じ下宿で一緒に暮した頃、私達はどんなにか夢と野心に満ちていたことか？ 昂奮する対象が何時も一つでした。顔を見るだけですぐその昂奮の中にまき込まれてしまうのです。そしてその昂奮がなくては生きていませんでしたから始終会っているのです。……一切がまだ可能の世界にありました。そして熱情がそれを支えていました。……そんな頃尾崎は彼の第一詩集の「空と樹木」を書いていました。一つの詩を作る度に飛んで来て私に見せました。そして私は「ミケランジェロ」を書いていました。……私の尾崎に対する友情は、「空と樹木」時代に集注されています。今でもそうです。何故ならそれは私のものであったのですから……。

それから間もなく私は片山を識りました。最初に会った日に私達はあらゆることを話しました。何を話したのかもうとても覚えていないほど、そしてその時既に同一のことを同一の魂を以て見、感じていることを知りました。性格的には互いに大変違っていると思ったに拘らず……。形而上的なものを正しく誠実に感じているといふ共通性。今から考えると、これは態度の同一とか、趣味や見方の同一とはまた異り、もっと深いもののようです。

ここには、片山がわざわざ高田を訪ねて来た動機は語られてないが、実はそのきっかけになったのが尾崎喜八の処女詩集『空と樹木』にほかならない。かねてから特別詩を愛し、既に詩作も試みていた片山は、ある日店頭で見つけた尾崎の『空と樹木』を開いて見て、そこに見いだした高田作の尾崎の首の彫刻写真に強く心を惹きつけられ、高知中学校の後輩で当時美術学校に学び、既に高田を知っていた田内静三の案内で高田に会いに来たのである。二人は一会にして意気投合、以後二人は最も固い友情をもって結ばれることになった。そうして高田がここで言う「形上的なものを正しく誠実に感じているという共通性」こそ、対高村との間にも対尾崎との間にも殆んど生まれることのなかったものと言ってよいであろう。

ここで片山敏彦の略歴を述べておくと、一八九八年（明治三一年）医師片山徳治の長男として高知市に生まれ、高知県立第一中学校を優秀な成績で卒業後、将来父の医業を継ぐべく岡山の第六高等学校第三部（医科コース）に進学したが、すでに中学在学中に文学に目覚め、詩文と美術を特別に愛好、『白樺』の読者となっていた彼は、高校在学中にゲーテを始めとする外国文学に傾倒するとともに、バッハ、モーツアルト、ベートーヴェンの音楽に強く惹かれ、かつ思想的にはすでに宗教的ミスティックな傾向を示し始めていた。高校卒業後、二度受験に失敗の後、一九二一年、東大ドイツ文学科に入学、フランス語の学習にも取りかかり、ロマン・ロランにも関心を持ち始めていた。そして一九二三年（大正一二年）前記の通り田内静三の仲介で高田博厚を知り、直ちに親交が結ばれるに至ったのだが、高田はその間の状況を、前引の真壁仁宛「ある詩人へ」とは別に、片山敏彦没後直ちに雑誌『みすず』（一九六二年一月号）に寄せた追憶文の中で、次のように語っている。

私は片山に日本には珍しい晴朗な魂を感じた。しかもその頃の時代もまた私たちの年齢も共感を求める昂奮期だった。その上にまた私たちの精神の対象はベートーヴェンとロマン・ロランだった。片山を知る以前、高村光太郎と尾崎喜八と年少の私は頻繁に会ってこの共通の熱情を分ち合っていた。そこへ片山が現われた。間もなく私は彼を尾崎に、それから高村に引き合せた。

（中略）

それから私が持っていたベートーヴェンの第七交響曲をきいた。片山はこの夜の思い出をその後しばしば書いている。あの思い出は私たちが清澄な魂に触れた時に涙ぐむそれと同じだろう。片山と私との友情はこの共感から始まり、一生共感の領域で完《おわ》った。

この二人の出会いが、一九二四年（大正一三年）片山が大学を卒業して、法政大学に予備ドイツ語科教授として就任した年の秋のことで、ここでやがて結成される「ロマン・ロランの友の会」の中核となる高村光太郎・尾崎喜八・高田博厚・片山敏彦のカルテットが成立したのであった。

「ロマン・ロランの友の会」が正式に結成され発足したのは一九二六年一月二五日のことであるが、その前段階のような形で片山、高田、尾崎、高村を中心に高橋元吉（尾崎、高田の友人）、田内静三、上田秋夫（高知中学で片山と同級）たち数人を同人に加えて雑誌『大街道』が一九二四年中に発行された。しかしこれは三号雑誌に終ったのだが、いずれもロマン・ロランを真に心の師と仰ぐこれらの詩人、芸術家から成るサークルが既に形成されていたことは、翌一九二五年に片山が初めてロラン宛に出した手紙に対するロランの同年三月一〇日付の返信によって明瞭である。そこにはこう書かれていた（原文フランス語）。

親愛なるトシヒコ・カタヤマ

貴方のお手紙は私に大きな喜びを与えました。貴方の友らの小さな団欒《セルクル》――それは今やまた私のものでもある――を考えることに私は幸福を感じます。星々の音楽の下の、武蔵野の小さな家の中に私自身も居合せたく思います。

（注、「武蔵野の小さな家」とは当時片山が住んでいた杉並区清水町、現、井萩の家を指す。）

ついでにロランが以下片山に打ち明けた信念を紹介しておこう。

私はものを書き始めて以来ずっと、真実という私の掟に従ってきています。自分自身に対する絶対の真実――これが第一の義務です。――そして少しずつ私が、自分から選んだわけではなくて自分にあてがわれている一つの使命と感じるようになったのは、全世界の自由な真実な魂の人々を兄弟として結びつけることの使命です。

続いてロランは、諸国民の間の大きな衝突の不安な兆候が至るところに現われていることに触れた上でこう結んでいる。

アジアの、私の友らよ、私たちはこの大きな危機にそなえて、われわれの皆が心の用意をし、われわれの子らに心の用意をさせなければなりません。われわれ（あるいは、われわれの子孫）は危難におびやかされている宝を救うところの、（精神の自由教会）でなければなりません。全地球の周りに、私たちは、昔の大きな宗教教団のように確固たる、そして、またそのように、国家からも、諸党派からも、もろもろの祖国からも独立しているわれわれの精神的友愛を――われわれの《神の都》を編まなければなりません。それが犯すべからざる聖所であることを――人間的なもっとも高い宝、すなわち認識と愛とが其所で廃墟から救い上げられるところの犯すべからざる聖所であることを願うのです！

これはまさにロマン・ロランの生涯を貫ぬいた宗教的とも言うべき人生・世界理念の圧縮的表明であり、この手紙をおそらく読んで聴かされた他のメンバーたちもすべて、ロランが胸襟を開いて打ち明けてくれた信念・使命観を肝に銘じて受け入れたに相違ない。そうして翌一九二六年（大正一五年）一月二九日のロラン六〇歳の誕生日を目途に、正式な「ロマン・ロランの友の会」結成の決意がこのあたりでおそらく固められたに相違ない。

八　「ロマン・ロランの友の会」結成

その「ロマン・ロランの友の会」の発足時の状況を知りうる第一資料として、盛岡出身で新聞・雑誌の記者となり、同郷の石川啄木研究の先駆者ともなった吉田孤羊（一九〇二―一九七三年）が、『文章倶楽部』大正一五年二月号に寄せた「ロマン・ロオランの夜」と題された一文がある。それによれば同年一月一六日、銀座の「タバン食堂」（?）で発起人会が開かれ、「野口米次郎、吉江喬松、秋田雨雀、内藤濯、小山内薫、高村光太郎、本間久雄、尾崎喜八外数氏」が集まった（推測するに、発起人中の実質的推進者は、ここに名が見える高村、尾崎と「外数氏」の中に含まれていた片山敏彦と高田博厚との四人だったに相違ない。）。そうしてこの席上、築地小劇場文芸部の高橋邦太郎から、本会の創立経過の報告を兼ねて、一月二〇日〜二六日の一週間、同劇場で「ロラン六十年誕生記念講演会」と、ロランの近作『愛と死との戯れ』（フランス革命中の史実に基づいたロランの革命劇作品中の最傑作で、片山敏彦に邦語訳の許可が作者から事前に与えられていた）を上演すること、併せてロランの筆蹟や写真などの展示を行なうこと、加えて公演中、千葉亀雄、高村光太郎、本間久雄、内藤濯、小山内薫、村松正俊、尾崎喜八、秋田雨雀、山田珠樹、片山敏彦、新城和一の諸氏が、毎夜二人ずつ交代で講演をする予定であることが報告され、そのとおりに実施されたが、ロランの誕生日は一月二九日なのに二六日きりで公演が打ち切られるので、二五日を友の会員のドラマリーグの日とし、当日昼間、コーヒーを啜《すす》りながらロランをめぐる雑談が交わされた。そうして午後六時、築地小劇場での『愛と死の戯れ』の上演を前にして、築地小劇場内「ロオランの友の会」の名で、ロラン宛「貴下の六十年誕辰に当り深甚なる敬意と友愛との意を表す」との祝電が発信され、この日の講演は一人ふやして最初に訳者片山敏彦が「ロランの理性と信仰」について語り、次いで高村光太郎がロランの長詩「平和の祭壇に」の訳を朗誦し、最後に尾崎喜八が登壇、「ロランの友の会」は何ら制限を設けぬ一個の精神的結社である旨を述べて講演の終りとし、休憩の後、劇の上演に入ったという。

このロマン・ロラン六〇回目の誕生祝いならびに「ロマン・ロランの友の会」の発足とを兼ねて開かれた催しについて、最も感動的な文章を書き遺したのが、ほかならぬ高村光太郎であった。

築地小劇場で、ロマン　ロランの『愛と死との戯れ』を見た僕達は、冬の壮麗、オリオン、大犬、牡牛、雙子といふ様な連中が頭の真上で大眼玉をむいてゐる築地の薄くらがりの焼跡じみた道路を歩いてゐた。外套や二重まはしの襟をかき立てたこのサンキュロットの六七人は皆深い感動に胸をふくらまして、時々は路ばたに立ち止まりながら互に叫び合ってゐた。話をしたといふにしては皆互に相手の言葉を聴かな過ぎた。皆何かしら自分の胸からこみ上げてくる言葉を投げ出す事に気をとられてゐた。それは殆ど連絡の無い短句の急潭であった。やがて皆だまってしまった。皆深く静かに湛へた心を抱いて尾張町の方へ歩いて行った。私はその夜ほどロマン　ロランの深い心と、殆ど古代文学的な高い清らかな精神とに直接打たれた事はなかった（「ロマン　ロラン六十回の誕辰に」）。

以下全文を引用したいところだが、そうもいかないので要旨にとどめればこうである。高村はこの約四年前に自ら訳出したロランの諷刺劇『リリュリ』に登場するボヘミヤ女のことば、「私はもうみんな沢山よ、あんなおぢいさん、あんな坊さま、あんな大臣、あんな肥ったブルジョワ、あんな外交官、あんな新聞記者なんか、あんなからくり人形、思想家、太鼓腹、あんな神様、あんなおいぼれなんか……私はもう御奉公はうんざりよ。私はもう虚言つくりはうんざりよ。」の引用に続いて、「あなた方は御自分の網にかかった虚偽を笑ふ事は出来るけれど、決して真理は摑まない」を引きつつ、こう言われてたじろがない者はめったいにいないと言い、トルストイの亡きあと、今やロランはヨーロッパの良心となったばかりか、世界の良心となろうとしていると評価し、ロランの存在を次のように位置づけた。

　ロマン　ロランは年間詩集的の詩人ではない。委曲を盡して世相の裏に「味」を求める小説家ではない。又新しい機構に生命を託する戯曲家ではない。しかも比儔なき高さと烈しさとを持つ詩人小説家戯曲家である。さうして彼の英雄主義、天才主義を好まない人達からはいつでも少しづつ側《そば》へ押しやられてゐる。彼は常に時代の表面を流れない。常に時代を裏づけてゆく。時代の道徳を超えた「道」に立つ人類がいつかは必ず到着するであらう平和の日の来るまで、飽かず人類が繰返すところの一里塚である。彼がさびしくゼネブ《ママ》湖畔ギルヌウヴのヴラ《ママ》　オルガに起居する現状を想見すると、恐らく現世的には一人の殉教者であらう。

　これはまさにロランの業績への正しい理解の上に立った評価であり判断であり、尾崎、高田、片山たちも等しく共有していたロラン敬仰の念を代表するものであった。そうして高村はこの「ロマン・ロラン頌」の文章の末尾に、「一月二十九日は彼の六〇回誕辰にあたる。瑞西では此の日彼の友エミイル　ロニガアの手で、彼の世界の友人達の文を集めた記念の書 Liber Amicorum Romain Rolland（「ロマン・ロランの友らの書」）が出版せられるであらう。わが日本でも此の時、彼の最も愛する日本の友、尾崎喜八君等の盡力によって、「ロマン　ロランの友の会」が成立したのは喜ばしい。」と記しているが、実を言うとこの「ロマン・ロランの友らの書」の編纂代表者はゴルキー、ジョルジュ・デュアメル、シュテファン・ツヴァイクの三人であり、日本の作家、詩人、芸術家からは片山、尾崎、高田に加えて倉田百三の四人がロラン讃仰の文章を寄せた。当時の彼らがいかに深厚な理解と燃え立つ情熱をもってロランを敬慕していたか。その一端を知ってもらうため、倉田を除く三人の文章から特徴的箇所を原文のまま引用してみる。先ず片山の“Das Ewig-Menschliche”から。

Romain Rolland ist die Verkörperung des alles-lebendig-machenden Wirkens. Man findet darin Leiden, Freude, Zweifel, Enttäuschung, Entzükung, Träume und alle anderen menschlichen Kräfte, die auch wir alle in uns selbst lebend fühlen. Seine Vernunft aber schenkt ihm die Kraft, immer in Stürmen frei und unbefangen fest zu stehen. Sie überschaut und erkennt ohne Täushung das Drama des Lebens, daß die Wechselwirkung von Liebe und Haß ist. Und sein Wille läßt ihn immer vorwärts zum Größeren des Lebens schreiten. Und sein Herz, jenes große Herz, dessen brennende Reinheit eine Krone seines Daseins und auch der ganzen Menschheit ist, gibt ihm eine Höhe, wo die Träume und der Glaube an göttliche Harmonie und Ewigkeit herrschen. Und der treue Begleiter seiner Lebensreise ist seine absolute Aufrichtigkeit. ‘Quoi qu’ il advienne maintenant, on sait que là est la terre ferme. Et là haut, la lumière!”

ついでは尾崎喜八の“The eyes always turn towards the future”から、世界大戦終結後の日本の思想界、文芸界の分裂と混乱を訴えたあとの箇所を。

. . . Romain Rolland was my sole invisible sun of solace and encouragement.

Several years passed. Good friends came to me. Hiroatsu Takata and Toshihiko Katayama became the most intimate ones. In the spring of 1922, I wrote to Romain Rolland my first letter after long hesitation and numerous fair copies. His answer came immediately : "Il y a longtemps que, pour ce que qui est moi, mon esprit ne connait plus de frontières. San rien renier de nos personalités et en les exaltant plutôt, travaillons à former la grande symphonie humaine ! . . ." I was profoundly moved. I felt something sacred penetrated me. Dreamingly I wondered about my neighbouring fields and farms during several days. I could not write poem, nor articles on accout of extreme exitement. To keep my diary was the most I would do.

尾崎は続けて、このロランの手紙を高田と片山に見せた際の二人の昂奮のさまを語ったあと、"And since then my friends and I have been connected more closely in our arts and faith, through the soul of our faraway great friend." と書き記している。ここにはこの三人の若者の感激がいかに大きなものだったかが見て取れると同時に、この最初の手紙受領の三、四年後に成立した「ロマン・ロランの友の会」結合の紐帯が何であったが、明瞭に語られているというべきであろう。

次には高田博厚の文章（無題）から。彼は片山宛のロランの手紙から、友情の不安定さに触れた一節を引用しつつ、こう書いている。

Oh, how often the fidelity of soul had to be rested on its way! — To defend the light of Truth, God reigned in one's soul, and guided him by the hand of solitude. For a disciple of Truth, to have the utmost patience to the lesson of God is to battle most bravely in his own solitude. He accomplished this lesson splendidly. But to accomplish it, unfortunately, he had to encounter that European great war. To be faithful to the truth in himself, the silence was also good. But he was not a dilettante, afte all, by reason of being an artist. Facing those oppressions which destory every thing, he left aside his silence, to cast souls in a strong power of existence, souls who were patient and devoted in their silence, and to create a power able to recognize souls clearly. He adressed, he called, with more tragical patience than in silence. (It was not simply his method, but it was the highest method!) Oh, his prayer and effort will lead him toward Infinity! The zone of souls surrounding him will expand, increase and grow in an invisible sphere. And those powers will subsist themselves apparently. Oh, let us be an organic and harmonious existence, being separated from one another, like stars in the sky!

ここで注目されるのは、高田が単にロマン・ロランへの讃仰の言葉を連ねるだけでなく、ロランの掲げ、かつ主張してやまなかった理念と思想が高くして純粋であり、妥協を許さぬ固い信念に支えられていただけに、彼自身、母国フランスの人々にさえ理解されず、許容されなかったが故に陥らざるを得なかった“solitude”に言及し、真に真実を追求する芸術家にとっては、「孤独」の中での戦いこそ神意に適った必然の運命であるかのごとく語っている点である。この考え方は彼の渡仏後の生き方、その思索の軌跡である後のちの文章の中にもしばしば見いだせる所であり、渡仏前の段階で、日本の彫刻家としては唯一人高村光太郎だけを尊敬し、語るに足る存在と考えていたのも、根はそのような芸術家観にあったと見るべきであろう。

以上のようないきさつを経て、高村光太郎を首脳に頂いた尾崎、高田、片山の三人の詩人、芸術家の魂（soul, âme, seele）と魂の生気溢れる共鳴を基軸にして「ロマン・ロランの友の会」が結成されたのだが、この精神的結合・紐帯は形の上でも実質的にも、一九二九年四月から一九三一年四月にかけての片山のヨーロッパ留学、高田の一九三一年二月から一九五七年秋に至るまでの長年月のヨーロッパ滞住、そしてその間における高村光太郎と尾崎喜八の戦争肯定・協力により、片山―高田間のそれは別として断絶し、一九五六年の高村光太郎の死去（高田の帰国の前年）により終りを告げた。しかし比較的短期間ながらも続いたこの四人の秀れた詩人、芸術家の間に結ばれた、ロマン・ロランとベートーヴェンへの傾倒を中核にした魂の結合は、日本近代文芸史、思想史上には他に類を見ない一「事件」として、おろそかにはできない、今なお意義と暗示を含有するものと見なしてしかるべきであろう。

九　高田博厚から見た高村と片山

既述のとおり私はかつて「高田博厚著作集Ⅳ　人間の風景」（一九八五年一一月、朝日新聞社刊）の解説を書かされたので、その中から高田から見た他の三人に関する部分を、多少の補正と削減を加えつつ殆んどそのまま復元することで、以上に辿って来た「ロマン・ロランの友の会」結成の経緯の締め括りに替えさせていただくことにしたい（以下、旧稿「解題」のほとんどのままの写しであることを了解いただきたい）。

先ず高村光太郎に関して。以下長い引用になるけれども圧縮しにくいので許していただきたい。

「高田さんは光太郎を近代日本の最も高い知性者の一人であったとし、それだけに人一倍重い荷を背負わざるをえなかった彼の宿命を、その高い知性と、それが含む、トルストイ、ドストイエフスキー、ホイットマン、ヴェルハーレン、ロマン・ロランへとつながる「理想主義」と、光太郎自ら「離群性」と称した孤独質とが彼の内部に惹き起こした矛盾と分裂の面から説き明かしている。例えば次のように。

〈彼の人格にある理想主義は「自分」と「より高き自分」とを共存させる。これ自体が芸術家の宿命であるが、それはしばしば「自分」への自嘲、絶望、悲嘆をまねき、あらゆる理想主義者を覆う悲劇的な影はそこから生じる。ところが高村の場合、この影はほとんどない（「智恵子抄」を除いて）。なぜだろう？　真の「彫刻」なるものを啓示してくれたロダンに対する無限の追求、この謙虚な精神態度が裏返しになると、当時の日本彫刻に対する軽蔑と、その場においての自分への「自信」となる。たしかに高村はこれに値した。日本の彫刻界で彼のように聡明確実な腕を持った者は一人もいなかった。その上彼の世間を相手にしない孤高な魂はそれに気品を与えた。彼は木盆にヴェルレーヌの詩、「われは選ばれたる者の怖れと喜びを持つ」を原語で自ら彫りつけていた。ただの見栄でないこのような高い自信、それが生理的以上に知性的であるだけに、世間は尊敬し畏敬した。けれどもこれが絵画の岸田劉生や梅原龍三郎のように本能的、生理的でないと、知性そのものが「自我」に負担を与える。「つまらない作品はつくれない。」日本の場合、ロダン、ブールデル、マイヨールを生んだような知性土壌はない。だから知性が浮いてしまう。高村は「自分」と「世間」を断絶させようとして、かえって「自分」と「制作」の間に間隙を作ってしまった。絶えず仕事しながら、絶えず反省して、「絶望」か「放棄」の代名詞なる躊躇に足踏みさせてしまった。〉

そして右にいう「知性土壌」の欠如のゆえに「知性が浮いてしまう」ことについて、高田さんは次のように敷衍する。元来、知性はそれだけの領域で観念化、概念化してはその意味を失う。知性は精神の経験と蓄積の果実であるから、感覚、体質と全く一つになって生成するものである。だからヨーロッパ知性なるものもヨーロッパの感覚、体質と分離することなく密着しており、特に芸術現象においては、この密度がエネルギーの泉となり、はじめて「伝統」となる。ところがそれとは全く異質な感覚と体質の経路をとってきた日本は、ヨーロッパ文化に目覚めた時、それと接触できるのは知性面だけであり、感覚、体質は依然としていわゆる日本の伝統の中に定着していた。最も聡明な高村においても、ヨーロッパ知性に接触すればするほど、自分の中の体質的なものとの矛盾が生じた（彼が第二次大戦の際に、戦争に巻きこまれたのも、彼の江戸っ子性格、彼の体質が「日本」に加担せしめたのであって、戦争に「加担」したのではなかった。そう高田さんはかばっている。）。ヨーロッパに蓄積されている思想の「経路」のちがいが生むこのような内部矛盾は、造型美術においてはその「密度《アンタンシテ》」の差、「ねばり」の差として現われる。以上が高田博厚の高村光太郎評の要《かなめ》である。

要約では高田さんの言おうとしているところを充分に伝えることができず、隔靴掻痒の思いを禁じ得ないが、その論旨を支えているものは、高田さん自身が三十年近くの間、ヨーロッパの知的、思想的、芸術的「土壌」のただ中に生きることによって、下村寅太郎氏の表現を借りれば、〈剛毅にして精緻なヨーロッパ的思惟を、イデーが感覚に滲透し感覚がイデーになるヨーロッパ的経験を、彫刻家であることを通して肉体的・精神的に自分のものとすることができた〉（喚乎堂刊「高田博厚」所収の「頌」より）というかけがえのない経験にほかならない。そういう体験の裏うちがあればこそ、右の光太郎論が、光太郎の陥った矛盾や迷路への鋭い洞察と批判を含みつつ、情理兼ね備えた卓抜な肖像画たりえているのである。

高田さんはこの論においても最後に「十和田湖の少女像」に説き及び、この作品がついに光太郎の総決算、彫刻領域ばかりではなく彼の一生の総決算となったこと、しかも悲劇的なばかりにそうなったことを指摘している。重要な指摘というべきであろう。」

以上が、高田がものした二つの高村光太郎論から抽出した要旨である。

次に尾崎喜八に関しては、既に高田の『フランスから』所収の「ある詩人」の一節や、尾崎がその処女詩集『空と樹木』の巻末に添えた協力者高田博厚紹介の文章や、尾崎の『音楽への愛と感謝』中の「高田博厚との出会い」からの引用によって、二人の関係の在り方の要点はほぼ明らかにしえたと思うので、ここでは繰り返しを避け、高田にとっては真の意味での生涯に一人の親友たりえた片山敏彦に関する私の「解説」の箇所を披露することにする（以下343ページ6行目まで）。

「この二人の間に働いた親和力が、尾崎喜八との間のそれ以上に強い牽引力と持続力とをもち、より透明な性質のものだったことは、彼の三篇の「片山敏彦」論を読めば一目瞭然である。第二次世界大戦が終って日本との文通の道が再開されたとき、高田さんがまっ先に便りを書いた相手は、本文にも明らかにされているとおり、片山敏彦と高橋元吉だった。そして片山宛の何通もの長い手紙の一部を片山が編んで出したのが、一九五〇年にみすず書房から刊行された『フランスから』で、これが高田さんの戦後の著作活動の皮切りとなったのである。片山敏彦との間の友情の独特のありようについては、「片山敏彦」論の本文を読んでもらえばわかることで、解説するまでもないことだが、その要《かなめ》になるところだけは指摘しておきたい（黒の会編集『同時代28』片山敏彦特集、一九七二年一〇月より）。

〈性情性格もまるで異《ちが》い、ことに生活経験では全く異なった環境に在った二人でありながら、同一の「精神」を持ちつづけ、それが思想や主義の同一ばかりではなく、もっと深いところに「心の祭壇」を持っている。これは「孤独な魂」の資格であり贈物である。「生活的」には強靱ではない片山と、境遇上「不敵」とさえ人が思うほどに運命づけられた私と、この一点でなんの区別がある？　しかも「日本」では知性層にも思想界や芸術界にもこの「魂」を見出すことは稀である。思念や感覚の「純粋」性も、ヨーロッパやフランスでは到るところで出会うのに、どうして日本では会えないのか？　おそらく日本では「思想」と「感覚」が遊離しているからだろう。ということはこれらの要素が一致する境である「宗教性」が日本人意識にないからだろう……〉

思想や主義を超えて、「精神」のよりいっそう深いところに「心の祭壇」を持つということ、言い換えて「宗教性」――高田さんは世俗のいわゆる「信仰」と区別してこの語を使っている――への志向、これを高田さんはこの文章のあとの所では、ゲーテの願った「普遍精神」と結びつけて、〈西欧が闘争を通して築き上げてきたこの「人間意識と精神の普遍性……片山も私たちも一生求めつづけ、「自我」の存在理由でもあったのは正にこれであった。〉と言い換えてもいる。高田さん自身ある所で、〈私は一生神をたずねてきました〉と明言したし、右の文章の続きで、〈彼（片山）もまた一生「神」を求めつづけてきた。〉と述べている。しかしこの二人に共通の「神」の理念《イデー》を普通にいわゆる信仰と取りちがえてはならない。その意味を誤りなく理解するためには、両者の著作全体の精読を必要とするが、高田さんの宗教的志向性を間接的にではあるが明瞭に示しているものとして、ここにはベートーヴェンを語った文章の一節を挙げておこう。

〈……西欧の芸術家の思念の中心、あるいは思念の当体に一つのものを感じる。それは「神」への信条である。これは日本の宗教観念ではなかなか理解しにくい。私も半生を向うで暮らして、向うの思想に身を潜め、生活実感として当面したものであるが、ヨーロッパ精神や芸術の核となっているこれに触れた時、ほとんど絶望的に日本を振り返って見た（日本の神、仏観念とは全く異質のものである。）。ベートーヴェンの思想や感情は常に「神」に当面していた。これは魂の内奥に投影する自分自身であり、これとの不断の対話がベートーヴェンの音楽だったといい得よう。「ただ神ひとりが慈みあるものと呼ばれ得る」と彼は手記に書きつけているが、悲しみも喜びも、怒りも有頂天も諦めもそこからの声であった。モーツァルトがもの憂い魂を和げてくれる時、ベートーヴェンの奥底からのため息や叫びは肺腑を貫く。〉（「第九交響曲」東京フィルハーモニー交響楽団定期演奏会カタログ、一九六七年九月一二日所収）

これはベートーヴェンを語りつつ、高田さんが片山敏彦と分かち持った信条の告白であったと見なしてさしつかえあるまい。

これに対して片山敏彦の側から高田博厚を語った文章が二つある。一つは前記の『フランスから』の「あとがき」として書かれた「高田博厚について」、もう一つは片山著『心の遍歴』所収の「一つの回想（高田博厚と彫刻）」。内容に触れる余裕を失ったが、前者の中から一節を引く。

〈……高田に会って私が感じたことは、セレニテに対する共通な愛を私たちが持っていることであった。日本に伝わったフランス印象主義は、日本であまりに皮相な仕方で移植されているのではないかと私たちは思った。セレニテ（明澄）という語はあの当時から私たちには一つの合言葉であった……〉

ここにいう〈セレニテ〉は言うまでもなく精神的深さを含んだそれである。片山はこのあとで、二人の最初の出会いの際に、高田所持のレコードでベートーヴェンの「第七交響曲」を聴いたときの感銘を思い起こしつつ、〈あれ以来〈第七〉は高田との友情を象徴する意味をも私には添えている。あの音楽はコスミックな巨大な踊りであると共にベートーヴェンの清澄さ《セレニテ》の勝利である。あの音楽を聴いて思わず泣くとしたら、悲しいからではなしに、感情を照らす清澄さのニュアンスが、心の奥の絃をかなでるためである。〉と書いている。二人が共通に分かち持った芸術的感性の内実を物語るものとして興味深い。」

私はこう「解説」に書いたあと、高田のもう一人の真からの親友となった高橋元吉に話題を移し、この二人の関係についての村上光彦氏（成蹊大学元教授で著作家、翻訳家、フランス文学専攻）が語っているこの二人の一体感についての、次のような叙述を引用した。

……この一体感を、先生〔高田を指す〕はすぐ先でこう説明している。――「私たちは心の奥底に共通する祭壇を持っていた。この同一性は二人の生いたちや境遇や性格が似ているためのものではなかった。しかし『これ以外に自分のありようがない』という点で通じ合い、それは私たちの精神態度を『宗教』的にした。聖書やキリストを語り、東洋思想や禅を語るだけのものではなかった。信仰的とか一つの宗教に帰依するとか、『観念』が『人間感情』に依存し得るものを越えて、『自分』の中に一つの『存在』を感じていた。『神』……」と。

「心の奥底に共通する祭壇」といい、「『宗教』的」といい、「神」といい、用語の点だけからいっても片山敏彦との精神的一致を語った場合と共通している。村上氏は高田、高橋、片山の三人が〈孤独の境涯〉において共通していることを——戦争に絶対反対の姿勢を終始貫ぬいた点もその一つ——指摘しつつ、次のように書いている。

〈自己の本質的なものを表出するとき、片山先生と高田先生と高橋先生とが、三人それぞれ表現は違っても、根本において同質のことがらを語っているのがわかる。高田先生の言う《心の奥底に共通する祭壇》というものと、片山先生の言う《人間存在の底》または《存在のみなもと》というものとは、要するに同一のものなのだ。片山先生のように瞑想的な精神はみずからの内面に下降して《存在のみなもと》へ向かうし、高橋先生は同じみなもとから発して《地平の涯》に瞳を凝らすし、また高田先生は同じみなもとに《純粋自我》を見いだす。つまり高田先生はアトリエで粘土を手にしつつ、観念の圏内ではその《純粋自我》の先に神の存在を感じとり、同時に指をはたらかせては、自己の内なる《純粋自我》を《もの》に托する業である芸術制作にいそしむ。〉

このような宗教的というべき志向性は、高田、片山が等しく師と仰いだロマン・ロランにおいても、その精神的態度と感性と思想の根源において強く見てとられたものであり、であるからこそこの二人は戦争に対する姿勢においても師から学び取った姿勢を崩すことなく、反戦の思想・態度を貫ぬき通したのだが、他の二人、高村光太郎と尾崎喜八はその意味では師を裏切る結果に立ち至った。そうなった根底に、この二人には他の二人に見られるような宗教的感性と理念の追求——換言すればメタフィジカルな志向性が、無くはなかったが強靭ではなかったという根本的原因を指摘することが可能ではないだろうか。換言すれば精神の運動のヴェクトルはほぼ同じ方向を目指しながら、日本がおっぱじめた戦争という事実を前にして、一方は屈折を余儀なくされ、他方はその志向性を堅持した、ということになるのであろう。

十 「友の会」のその後

四人の肖像の素描は以上をもって終ることにして、肝腎の「ロマン・ロランの友の会」そのものは、その後どうなったかについて略述しておきたい。

既述のとおり一九二六年一月一六日の発起人会、ついで二〇日から二六日にかけての、ロラン作・片山敏彦訳の『愛と死との戯れ』の築地小劇場における上演により、正式に発足した「ロマン・ロランの友の会」のその後の経過については、纏った記録が残されていないので詳細はわからないが、片山の追想によれば、毎月一回ずつ順ぐりに会員の誰かの家に集まって話し合ったり、自作の詩を読んだりする習慣が以前通り続いたし、片山家での集まりのときに高村光太郎と倉田百三とが同席したこともあったという。その極まるところ、二年後の一九二八年（昭和三年）五月に至り、この会の主力だった高村、尾崎、片山、高田に加うるに、以前から片山と親しかった上田秋夫、今井武夫、宮本正清、吉田泰司を含めた八人の手で、詩を中心に据えた同人雑誌『東方』が創刊された。編集兼発行者として終始尾崎喜八の名が出ているところからみて、彼が編集ならびに財政面で中心的役割を果たしていたと推測されるが、資金難のため同年一二月発行の「第八号」をもって終りを告げた。この間、高橋元吉、木村太郎、真壁仁、更科源蔵なども協力、寄稿したが、後年、詩人の草野心平（高村光太郎に師事）は「回想寸感」としてこう述べている。

昭和初年代にヒューマニズムを軸とした詩の雑誌は『東方』しかなかった。この同人雑誌に據ってゐた高村光太郎、尾崎喜八、高田博厚、片山敏彦等は何れも私の敬愛してゐた先輩であり、『東方』は清潔で高邁で熱い情感にあふれてゐた。(後略)

この証言から見ても、この雑誌が極めて短期間の生命しか持ちえず、現象的には群小同人雑誌の一つで終ったとは言え、実質的には日本近代詩史の上で重要なレーゾン・デートルを有した雑誌であったと言って、言い過ぎではないと思われる。

しかしこの『東方』の終刊に続き、翌一九二九年(昭和四年)四月から片山が留学のため日本を去ったこと、高村光太郎の身の上には、智恵子夫人の実家の破産、没落を機としての心労の累積、そして高田博厚もまた極貧状態からの脱出を直接の動機とし、それに日本の社会、美術界への或る種の絶望も絡んだ結果としての渡仏(一九三一年二月)という諸事態の継起に伴い、「ロマン・ロランの友の会」は自然消滅の運命を免かれえぬことになった。

片山敏彦は二年間のドイツ、フランス留学中にロマン・ロランと数回接触、ますますロランへの傾倒を深めたし、片山の帰国の直前、彼を追うがごとくパリにやって来た高田は、片山の案内・紹介でロランから直接的愛顧を受ける特典に恵まれ、結果としては日本人として最も親密にかつ長期間に亘ってロランに親炙、絶大な恩顧と影響に浴した。この二人は一方は帰国の後、日本において、他方は終始フランスに住んで、満洲事変以来、日本の始めた戦争に終始反対姿勢を続け、師たるロランの教えに全く背くことはなかったのに反し、高村光太郎と尾崎喜八とは日本の対米英戦争への無暴な突入と同時に、動機は純粋だったとは言え、率先して戦争肯定・協力の文筆活動に走る結果に陥った。しかしこの間の状況、事情について深入りする余裕はないので略させていただく。ただ周知のことだが、光太郎が戦後、「暗愚小傳」所収の「ロマン・ロラン」、「暗愚」、「終戦」等の詩篇で誠実な自己反省を行っていることだけは一言しておきたい。その「ロマン　ロラン」の一節には「ロマン　ロランの友の會／それは人間の愛と尊重と／魂の自由と高さとを学ぶ／友だち同志の集りだった。ロマン　ロランは言ふやうだ。／――バトリオチスムの本質を／君はまだ本気に考へないのか。／あれ程ものを讀んでゐて、／君にはまだヴェリテが見えないのか。」と詠まれている。

十一　ベートーヴェンへの傾倒

これまでの叙述で「ロマン・ロランの友の会」の中心的存在となった四人の芸術家、詩人の結集の経緯とその精神的紐帯の特質を一応明らかにした以上、残る問題はこの四人の精神ならびに創作活動の中で、彼等にとって共通な熱愛の対象であった西欧クラシック音楽、なかんずくベートーヴェンの音楽が、どのように生きていたかの問題になる。但しことわるまでもなく、高村光太郎の対ベートーヴェン音楽に関する問題については、既に要点は明らかにしておいたので、残る問題は尾崎、片山、高田の三人の場合となるが、実を言えば筆者は既に一九七三年一一月、雑誌『同時代28』に「片山敏彦と音楽」を発表（『作家の中の音楽』桜楓社一九七六年五月刊所収）、「高田博厚さんと音楽」についても一九八一年一二月、同じく雑誌『同時代39』に発表、一九九四年二月文治堂書店刊『詩と音楽』に収めており、それぞれのベートーヴェン観の要点に触れておいたので、ここでは重複を避けることにしたい。ただ先述のとおり光太郎がベートーヴェン没後一〇〇年を記念して書いた「楽聖をおもふ」で讃美した作品一三一の「弦楽四重奏曲」、さらにその後に始めて聴いて、ベートーヴェンの音楽の極致と見た作品一三五「弦楽四重奏曲」第一六番との関連で、この二人がベートーヴェン最後期の「弦楽四重奏曲」作品一二七、一三〇、一三一、一三二、一三五の五曲について、どういう考えを示していたかについては、尾崎の場合について見たあとで一言しておきたいと考える。

さて問題は先にその一端に触れておいた尾崎喜八と音楽との関係であるが、日本近代の詩人、作家のうち、彼ほど生涯を通じてクラシック音楽を熱愛し続けた存在は他に見いだせないといって過言でないくらいの音楽愛好者で彼はあった。彼の音楽に関する文章は数えきれないほど存在するが、代表的なのは既に前に触れた『音楽への愛と感謝』(現在、平凡社ライブラリーに収められている)であり、もう一つは弟子筋の一人と言ってもよかった詩人伊藤海彦が師の没後に、師の生前の随想、詩篇から五十数篇を選んで一冊に編んだ『わが音楽の風光』(昭和五六年三月、六興出版刊)である。

前者は一九六八年から一九七二年に至るまる五年間、「音楽と求道」の名で雑誌『芸術新潮』に毎月連載された文章を、「幼稚な個所や平凡な部分」を削除のうえ一本に纏め、一九七三年八月に新潮社から出版された(1)。著者すでに満八一歳の時のことで、翌一九七四年二月には満八二歳をもって著者は世を去った。まさに最晩年を飾る、一生涯の総括ともいうべき力作で、日本の詩人・作家で、生涯にわたるこれほど豊富で純粋な音楽体験を余す所なく書き綴った例は、他に見当たらないといって過言ではあるまい。全体は「I生い立ちと音楽」(高村光太郎との関係、高田博厚との出会い、幸福な結婚生活等はここに音楽的経験とからみ合せて語られている。)、「II魂の音楽――バッハ、シュッツのことなど――」、「III自然と音楽」、「IV精神《こころ》の音楽――モーツァルト、ベートーヴェンのことなど――」の四章に区分されており、各章の内容を要約することは到底不可能だが、問題のベートーヴェンに関する叙述は「I」と「IV」の二章の中に織り込まれている。「I」の部分については先に要点を記したので重複を避け、「IV」の中でベートーヴェンについて何が語られているかを見ると、ここは執筆当時、つまり著者晩年における音楽経験のさまざまが語られているので、直接まともにベートーヴェンに触れているのは「ベートーヴェンを歌う」『荘厳ミサ』をきく」「ベートーヴェンの誕生日に」「ベートーヴェンの小さな花園」の四節だけであり、しかもベートーヴェンの生涯の代表的大作に触れているのは「『荘厳ミサ』をきく」の一節のみである。

ここで尾崎は、老軀に鞭打って鎌倉の自宅から東京新宿の厚生年金ホールまで駆けつけ、一時間二〇分にわたり休憩時間なしに演奏された長大な『ミサ』曲を厳粛な心境のもと、「キリエ」「グローリア」「ミゼレーレ」「クレド」「サンクトゥス」「ベネディクトゥス」「アニュス・デイ」と順に聴いた感動を簡明に記し、特に「ベネディクトゥス」から与えられた「聖なる酔い心地」について、次のように語ってこの一節の結びとしている。

> 先ず独奏フルートとヴァイオリンの天上の歌のような前奏が終ると、アルト、バス、ソプラノ、テノールの順で待ち望んでいた個所が現われる。それが合唱を誘い出して天の美酒のような歌の世界を醸し出す。そしてその間ずっと、低い管弦楽を地にした独奏ヴァイオリンが黄金の糸のように縷々《るる》とした、しかも精力と情熱とを傾けつくしたオブリガートを弾き続けるのである。
>
> 「心を清め、魂の糧となったものとしての音楽。生きる毎日を鼓舞する聖なる力としての音楽」と私は最近の日記に書いたが、今夜のこの『荘厳ミサ』(2)こそ、それを代表するものの一つにほかならないと信じる。そして愛する孫にとってもまた、彼女の一生の伴侶であるべき音楽が、常にそういうものであるようにと祈られるのである。ベネディクトゥス！

これを読みながら、筆者自身この曲を初めて聴いた時の感動、特に管弦楽を地に独奏ヴァイオリンがオブリガートを弾き続ける箇所を聴きながら受けた、いわば天国的ともいうべき身も心もふるえんばかりの陶酔感を想い起こさずにいられないが、それはともかくとして、このような崇高さの極地とでも称するべき最高の芸術を生み出したベートーヴェンの創造的精神の根源に息づいていた宗教的精神について、尾崎はどのように考えていたのだろうか。この点に関してはこの書物全体を通じて、特に深く立ち入った考察も内省も見られず、ある箇所で「私自身はひそかにキリスト教徒のつもりでいる。（中略）世の中にはこういう「内心のクリスチャン」も決して少なくはないのである。仏教の経文は詠まないが聖書はつねに身辺にあり、折に触れれば心をこめて讃美歌も歌い、祈りもする。そしてそれがキリストを思いながら私がおのれを正したり清めたりする仕方である。それには若い頃から親しんだ西欧の文学や絵画の影響があずかっている事は勿論だが、キリスト教自体の持っているさまざまな精神的要素が早くから私の心をとらえた事、それが最大の原因であった事は確かである。」と述べているにとどまっており、[3] 私自身、仏教、特に禅や宮澤賢治の信奉した法華経につき、単なる知的関心以上に、人間存在の根源的意味について考える場合のよすがとしている点を除けば、ほぼ尾崎と同様の境涯にとどまっている、というのが正直なところである。しかしベートーヴェン自身はと言えば、「哀れな悩める人類に役立ちたいと思う私の熱意は、子供の時以来、少しも薄らいだことはない。」と言い、「私の芸術の中では、神は他の何者よりも私に近くいる。……音楽は一切の哲学よりもさらに高い啓示《レヴェラション》である。一度私の音楽を理解した者は、他の人々がひきずっている不幸から脱却するに違いない！」とベッティーナ・ブレンターノ・フォン・アルニム[4]に語り（一八一〇年）、「俺は人類のために精妙な葡萄酒を醸す酒神《バッカス》だ。精神の神々しい酔い心地を人々に与える者はこの俺だ」と自分自身について語った（以上はロマン・ロランの『ベートーヴェンの生涯』片山敏彦訳・岩波文庫版からの孫引）。彼はカトリックの信者だが、インドの古代哲学、宗教の文献にも強い関心を持ち、神に関する箇所を何回もノートに写し取っていることから見ても、彼がいかに深く熱烈な宗教心の所有者であったかが明瞭である。だからこそ彼は死の四年ほど前、「第九交響曲」とほとんど同時期に、「荘厳ミサ」の大曲を書いたのだし、この両大曲を仕上げたあと最晩年の二年間に、濃淡の多少の差はあれ、いずれも深い宗教性を漂わせた五曲の

「弦楽四重奏曲《カルテット》」（作品一二七、一三〇、一三一、一三二、一三五）をも書き上げたのである。前記のとおりこのうちの作品一三一と最後の作品一三五について、高村光太郎は異常なまでに強烈で深い感銘を受けて、短文ながら忘れがたい感想を書き残してくれたのだが、この「弦楽四重奏曲」群について尾崎喜八はどういう考えを抱いていたか。私の知る限りでは、伊藤海彦編纂の『わが音楽の風光』に収められている「今と昔」の冒頭の次の一節以外には、証拠物件として挙げうるものは見当たらない。

　このごろの早春の夜、〔中略〕この巨匠の弦楽四重奏曲の中でも今の自分の心を最も深く静かに清めてくれるように思われる、あの変ホ長調一二七番の第二楽章をレコードで聴いた。
　まったく私ばかりではなく、ベートーヴェンから掬《く》むことを知っているどんな人でも、この楽章の広々と澄みわたった憂鬱な美しさには、喜んで心を打たれ、進んで身を任せるだろう。ロランも七冊から成るそのベートーヴェン研究のうち「最後の弦楽四重奏曲」の中で言っている。「われわれは芸術の神聖な場所の一つへ、パルテノンへ、アダージョ・ノン・トロッポの荘厳な優美の境地へ来た。これは単に音楽の山の頂きの一つであるばかりでなく、作品五九番第二のモルト・アダージョと同様に（彼らは一対《つい》を形づくっている）、侵すことのできない聖域の一つである」と。

　筆者もこの感想に全く同感である。参考までに今日の日本の楽界で最も優れた音楽評論のかずかずを提供してくれている吉田秀和氏も、この楽章について、「……変ホ長調の第一楽章に、変イ長調アダージョ・マ・ノン・トロッポ・エ・モルト・カンタービレの長大な主題と一連の陶酔的な変奏曲が続く。この楽章が、この作品の中核と考えていたのであろう。〔中略〕この曲は、中で使われている音楽語法こそ、すでに中期までのベートーヴェンのそれとはちがったものになってきているし、変奏曲での陶酔的な深みというものは、もう後期特有の、この世ならぬ世界からきた便りのような感銘を与える……」(『ベートーヴェンを求めて』白水社、一九八四年の「第九章〈後期の弦楽四重曲たち〉――その2」より)と述べており、さすがに専門家だけに、その説明はより精緻である。

しかし残念に思われるのは、これだけ作品一二七の第二楽章から受けた深い感銘を書き残してくれている尾崎が、ベートーヴェンの後期弦楽四重曲群の中で、最も直接的かつ感動的にベートーヴェンの「神への感謝の念」を表わしている作品一三二の「第三楽章モルト・アダージョ」についてどのような感想を抱いていたか、今となっては知るよしもないことである。この楽章はもともと作曲者の構想にはなかったのだが、作曲中に重い病気に苦しんで作曲を中絶し、病いが癒えるとともに再開、その際に「病の癒えたものの神への聖なる感謝の歌」という題のもとに第三楽章として創作されたものであったことは、ベートーヴェンの真の愛好家ならば誰しも知るところである。この楽章については、吉田秀和氏も一層語調を強めて、「この〈感謝の歌〉はきくものの感動を誘わないではおかない素晴しい音楽である。それに私も異存はない。それはこの音楽が彼岸性によって、私たちをかつてどんな器楽作品も啓示したことのないような浄らかな省察と祈りの世界にひきこむというだけではない。そこには、いいようのない痛烈な響き、ほとんど痛苦ともいってよいものできくものをつきさすような響きがある。この痛みは、〈新しい力を感じつつ〉と題されたアンダンテのイ長調の部分をはさみながら、何度か、〈感謝の歌〉が変奏されて出るにつれて、ますます痛切なものになる。」と特別の感銘を表明している。筆者自身、吉田氏の文章でこう教えられるまでは、その強い宗教性を帯びた表現の素晴しさには跪拝の念を深くしながら、この「痛切さ」の明快な指摘によって、改めてこの「弦楽四重奏曲」の独自の価値に眼を開かれたのであった。高村光太郎は作品一三五を聴いて、そこに音楽芸術の極致を感じ取ったが、既に作曲一三二をも聴いた上でのことであったか、あるいはまだ聴いてはいなかったか、今では突きとめるすべもないが、いずれにしろ彼の作品一三五評価が、当時の日本のベートーヴェン・ファンや心酔者の一般水準を一歩も二歩も抜いた、高度で的確なものであったことは確かであろう。

では「友の会」のあとの二人、高田博厚と片山敏彦の二人は、ベートーヴェンの最後期の諸作品、特に「弦楽四重奏曲」群について、どういう理解・評価を下していたであろうか。先ず高田には音楽について『私の音楽ノート』(昭和四八年、音楽之友社刊)と題する一冊があり、その中にベートーヴェンに関するものとして「第九交響曲」「常に新しいベートーヴェン」「ベートーヴェンと私たち」「ロマン・ロランにおけるベートーヴェン」等の諸篇が収められているが、特に最後の「弦楽四重奏曲」だけに照明をあてた文章は一篇も見いだせない。ただ「第九交響曲」中の次に引用する箇所を読めば、彼が「第九交響曲」を中心にベートーヴェン最後期の諸作品に対し、いかに深い関心と理解を持っていたかが推測されるであろう。

ロランが「第九」と最後の四重奏を一巻にまとめた理由も、うなずかれる。なぜなら「第九」には、いたるところに、透明な精神だけが息づいているような、そして時々心臓の鼓動が止まるような、一一一番のソナタや四重奏の感覚が浮かび出ており、壮年期の「第三」や「第五」の激情と闘っている。(中略)アランが言っているように、ミケランジェロとベートーヴェンは、誰もが一つに結びつけて連想する偉大な天才の姿であるが、これは二人の苦悩にみちた生涯のためばかりではない。人間の質の同似であろう。激情も苦悩もここまで高められると、悲哀というよりも、さらに神聖な静謐感を持つ。「魂の傷痕が刻みこまれた容貌」という言葉があるが、まさにベートーヴェンの「第九」や最後の一連のソナタや四重奏はミケランジェロの「ロンダニーニ」の寂しい影を含んでいる。そして「ロンダニーニ」が未完成のように、「第九」は未完成なのだろうか？　無限につながる未完成の深みを持ってはいないか？

以下、高田は西欧の芸術家の思念の中心、あるいは思念の当体に一つのもの、即ち「神」への信条のあることを指摘、ベートーヴェンの思想や感情は常に「神」に当面しており、これは魂の内奥に投影する自分自身であり、「これとの不断の対話がベートーヴェンの音楽だったといい得よう。《ただ神ひとりが慈みあるものと呼ばれ得る》と彼は手記に書きつけているが、悲しみも喜びも、怒りも有頂天も諦めもそこからの声であった」という具合に、三〇年になんなんとするヨーロッパ在住の体験と思索に基づく、日本人離れのした高田独特の芸術観、ベートーヴェン観を展開している。こういう点で彼のベートーヴェン観は、尾崎のそれに勝る思索的宗教性、形而上的《メタフィッシック》な深さを備えたものであったことは確かで、この特色は彼の文章の至るところに見いだすことができ、その点でも片山と共通していた。

さて最後に片山敏彦の場合はどうであったか？　くわしくは以前書いた「片山敏彦と音楽」に譲って、ここにはパリ滞在中に獲得したベートーヴェン体験とロマン・ロランをスイスに訪ねた際の経験とに触れるだけにとどめざるをえない。先ずパリ滞在中の日記には、次のように記されている。

僕はどこかへ出かけたいが、今のところではベートーヴェンの音楽が僕をパリに引きつけている。木曜日毎にプレイエルのサル・ドビュッシーで大抵一つのベートーヴェンの四重奏をやる。明日は第百三十（一九三〇年三月五日）。

……さて今日はベートーヴェンの第百三十二番のクワルテットと、第十二番のソナタとである。第百三十二の印象はパリで感じたいろいろな印象の中で最も貴重なものとなった。……

ベートーヴェンの最後の三つのクワルテット――第百三十一、第百三十二、第百三十五――というものは、芸術という形で表わされた人間の精神の中で最も注目すべき傑作ではあるまいか。百三十二に表われているような感情は、大ロダンの作品に於いてさえ感じ得なかった。むしろ老ロダンが三十年かかってようやくその美の理由を説明できるようになったといったシャルトル寺の天使像に似ているように思われた。――ベートーヴェンの最後の三つのクワルテットは魂の高い啓示だ（同三月二〇日）。

朝、サント・ジュヌヴィエーヴの広場でベートーヴェンの「ミサ曲」を聞いた。幸福な時間。オルグの悲哀。確信への鼓舞。僧侶の平凡な説教も、この音楽の与える統一的な幸福を破らなかった（同四月二〇日）。

そして同年六月二〇日から二三日まで、再度ロマン・ロランを訪ねて歓待を受け、最後の夜はロラン自らがベートーヴェンのあるピアノ・ソナタのアダージョと、「荘厳ミサ」のうちから「ベネディクトゥス」を弾いてくれ、その感銘の深さは、「まさに魂の啓示の声である音楽につづいて、沈黙の一時《ひととき》がやって来、わたくしたちの関りには、なにか永遠なものが漂いました」（ドイツ人の女性シュライヘア宛書簡の訳）というほどのものだったという。この特別深かった感銘の延長であろう。一九三二年四月に留学から帰国後の一一月一六日の日記に、彼は今後の計画の一つとして、「一、ベートーヴェンの「ミサ・ソレムニス」を理想的芸術と観じるから、自分の求むる美の鏡として、あの印象を頭に置くこと。」と記すまでに至るのであった。片山については他にもいろいろ挙げるべきデータが存在するけれども、以上のデータだけでも彼のベートーヴェン最晩期の音楽理解の深さが、他の三人のそれより勝るとも劣らぬものであったことが確言できよう。

むすび

「ロマン・ロランの友の会」の主だった四人、高村、尾崎、片山、高田は、いずれも『白樺』一派と関係が深かった。高村、尾崎は一時は『白樺』同人の扱いを受けていたし、高田も『白樺』に翻訳を寄稿することで文筆活動を開始したことは既述のとおりである。片山は旧制中学上級生の時分から『白樺』を愛読し始め、特に武者小路實篤と長与善郎の作品から強い影響を受けた。つづめて言えば、彼らは『白樺』派主流と、人道主義的色合を帯びた理想主義を明らかに共有していた。ただ違うところは、『白樺』一派はほとんど見向きもしなかったロマン・ロランに傾倒したこと、ならびにそれと表裏一体をなして、『白樺』一派は絵画・美術には熱中しながら音楽芸術への深い理解と情熱には欠けていた。それとは対照的に、この四人は等しくロランの影響下で、音楽芸術、特にベートーヴェンを熱愛し、かつ深く理解した。「ロマン・ロランの友の会」は結局はグループとしての力の点で『白樺』一派には到底かなわぬ微力な存在にとどまり、グループとしての活動自体、数年にして終わりを告げ、今や文学史上の位置づけさえなされないまま、専門家からすら忘れ去られつつある。

しかし「友の会」の存在とその名は忘れ去られながらも、この四人の個々の生涯と業績については、特に高村光太郎にいたっては知らぬもののないくらいの名声を保持し続けているし、他の三人についても、それぞれの分野の有識者から持続的な高い評価と尊崇を受け続け、片山と高田についてはそれぞれ立派な著作集が刊行されてもいる。ただ惜しむらくは、彼ら四人を固く結び合せていた精神的紐帯、連帯感がどういうものであったか、そしてそれが『白樺』一派を結合させていたものとどう重なり合い、本質的にはどう異っていたかについての理解と評価は、今なおほとんどなされないままに放置されている。筆者としては、この拙い論項が少しでもその点を明らかにするのに役立ち、識者の再認識を促がすきっかけともなりうれば幸い、という意味合いでこの一篇を綴った次第である。

（1）この『音楽への愛と感謝』について、高田博厚は尾崎が亡くなった直後、草野心平主宰の詩誌『歴程』一九七四年四月「尾崎追悼」号に一文を寄せ、次のように記した。

「昨年君が出した、『音楽への愛と感謝』、これは非常に美しい本である。そこには君の生活と自然と音楽とが一つにもつれている。それが音楽に対する理解の根本であるし、音楽そのものが、殆んど祈りに近い質を持っているものだと思う。あの本を読んだ時に、高村と君と僕は、林町の高村のアトリエで、音楽について語り合って昂奮したものだが、君はきまって、アトリエの洗面所の隅っこの方へ行って、こちらへ背を向けて、フーゴー・ウォルフの「祈り Die Gebete」を必ず歌ったものだ。あの本を読んでそれをこの間のことのように思い出した。

非常に美しい本であると同時に想ったのは、ベートーヴェンの「第九」である。ベートーヴェンはあの中に合唱を入れるのを躊躇した。あの「第九シンフォニー」あるいはその前後のソナタとかカルテットには、最後のものを予告する感じがある。

「第九」に比較してのことではないが、君の新潮社から出たあの本を読んだ時、何か尾崎の最後ではないかという妙な予感があった。矢張り本当だった。それでいいのだと思う。

センチメンタルに死を葬うことは、むしろ逃避であるかもしれない。静かに死んで行った君。我々もある日死ぬのだから、それで生死を超越した世界に、君の理念が、自然と共に、あるいは芸術と共に生きるであろうことを、それが一番旧かった友だちの私の、君への最後の、とは言わないが、久し振りに会う時に、必ず言うであろう挨拶である。」

（2）尾崎喜八の孫、美沙子は当時、国立音楽大学に学び、ピアノと楽理を専攻していた。

(3) キリスト教に関するこの尾崎の告白に比べれば、高田博厚と片山敏彦の抱懐していた宗教的思念は、はるかに思索的に深いもののあったことは、前章の説明でも解るであろう。尾崎の宗教心の純粋さに疑いの余地はないけれども、それはほとんど心情的なものにとどまっていて、そこには思索的な深さも鋭さも乏しい弱点を覚えざるをえない。

(4) Bettina von Arnim (1785—1895) ドイツの女流作家。後期ロマン派の重要な存在。詩人C・ブレンターノの妹で、同じく後期ロマン派代表的詩人、小説家、劇作家アヒム・フォン・アルニムと結婚し作家として活躍。ゲーテならびにベートーヴェンを敬愛し、特に老ゲーテに可愛がられたことで有名。彼女のベートーヴェン宛、ゲーテ宛の書簡の一部は、岩波文庫『新編・ベートーヴェンの手紙』(上)(下) 小松雄一郎編訳に訳出されている。

雑誌『人民文庫』の人たち

塚本康彦

一　『人民文庫』と『日本浪曼派』

高見順の、語の真の意味での大労作『昭和文学盛衰史二』の第二章の冒頭には、「一見対蹠的な性格をもつ『人民文庫』と『日本浪曼派』とは、ナルプの解散、転向文学の氾濫という文学的地盤から芽ばえた異母兄弟とも言えよう」といった文言が置かれている。(1) 而して高見は、『人民文庫』派の己れが『日本浪曼派』を「敵」視していたという記憶からして、かような断定が下されたことに対して、「「ひどいことを言う！」（原文改行。以下／で示す。なおパーレン内の文言、引用者。以下断らぬ限り同様。）と憤然としたものである」とも述べている。しかしながら高見は同書でさらに、他ならぬ平野達が創始した雑誌『近代文学』に昭和（以下「昭和」を略す）二十九年二月号から連載された『討論　日本プロレタリア文学運動史』の第三回目に参加、当の、左右両翼の極端に位置すると目されていた二雑誌について「転向という一本の木から出た二つの枝だ」と自ら発言したことを、つまり数年経って平野説に鞍替えしたことを述べたのであった。(2)

尤も、例えば右の討論会で、神山茂男は「高見君が「転向の二つの枝だ」と言うのは、謙虚な尊敬すべき発言だが、少し自分を卑下しすぎてると思う。（略）おんなじとして片付けてしまうと、当時の実情にふさわしくないんだね」と、或いは野口冨士男は、微妙な実感と緻密な実証とが相映発して見事な点『盛衰史』と一双を成す『感触的昭和文壇史』において、「高見順と平野謙がすでに亡いこんにち、彼等がなぜそんなことを言ったのか、真意を問いただすことができないのを、残念と言うよりいまいましいとすら思う。(略)高見と平野がいわば生家の、氏だけを問題とするのに対して、私は「氏より育ち」という考え方をとる」と、或いは『人民文庫』の代表的同人渋川驍は「同じような枝というのは、おかしいですね、そんな考え方は。全然、違ったものですよ。方向が違うのだから」[3]と、いずれもがかなり勁い調子でもって、両誌の同一視は肯んじがたい旨陳べていることも急ぎ足に挙示せねばならないであろう。

　のっけからくだくだしい引用をやらかしたのは、当今、雑誌『人民文庫』(以下『文庫』と略す)と言ったところで、これが忘却の濃霧にすっぽり被われている這般の有様は、六年前、六十年ぶりに不二出版から梓行された雑誌復刻版『解説』で、小田切秀雄が「近年はその研究者も、古書店でこの雑誌をさがし歩くひともやや少なくなっているようで、しばらく前までは多くの文学者や研究者によって熱心に論じられていたのとずいぶんちがった状況が来ている」との嗟嘆を洩らしているところにも窺われるのであるが、事程然様な『文庫』を敢えて論じる拙文にいささかなりとも興味を湧かせてもらうには、御歴歴の刺戟的な言説を取り次ぐ所為が剴切・適実と思案されたからに他ならない。それが奏効したかどうか、とにかく筆を継いでみるに——

　平野の「異母兄弟」、高見の「二つの枝」などという明言と、これに異を唱える諸氏の所見とを比校、当否どちらに存するか、については今は口を緘する。但し、言い得ようは、『日本浪曼派』(以下『浪曼派』と略す)と『文庫』とを截然区別する後者に確信されていたのはもちろん、平野や高見にあっても強く意識されていたのは、平野が謂うところの、日本プロレタリア作家同盟(ナルプ)の解散、爾後の左翼思想・文学の挫折・頽墜の状況下、雑誌における反体制の抵抗の精神は、ピアニシモをもってに過ぎないとはいえ、ともかく脈打つのを歇めなかった、との『文庫』観だったということである。この善玉『文庫』に対置されるのが『浪曼派』なのであって、嘗ての、デマゴギー、ウルトラ・ナショナリスト、戦争協力者、左翼摘発者等の烙印を捺されたグループが拠って立った雑誌、との通念は幾分稀釈されたものの、雑誌に関するいかがわしい、忌まわしい印象が払拭されていないことは野口の言葉からも瞭らかだろう。

実は、もう三十年近くも前に私は、ナルプ解体のほぼ一年後の十年三月創刊、折々休刊を挿みながら十三年八月、二十九冊目をもって幕を閉じた『浪曼派』をば、ややまめに検覈したのだった。[4] 結論やいかに？　如上の汚名に相当するがごとき、凶凶しい、おどろおどろしい文章にはついぞお目にかからなかった、あれはとんだ濡衣だ、と私は憚らず確言したい。『浪曼派』に貼られる、穏やかなレッテルに「高踏的ロマンティシズムを標榜」が存し、私はこれは諾っていいと思うけれど、しかし当誌は終始この音色を奏し、この色調に彩られたものではなかった。すなわち破滅型私小説が売物としたところの、貧窮・疾病をうじうじ、だらだらと書き連ねるという流儀に倣ったみたいな作品をここに散見するはなんら難儀ではない、そう私は強調したいのである。のみならず『浪曼派』には、伏字が目立つ、それこそパリパリのアジ・プロ小説すら幾篇か収載されているのだ。「けだし写実主義こそ永遠に作家の本城だ」――これは、ロマンティシズムならぬリアリズムを標榜した『文庫』中のものに非ず、『浪曼派』の方に認められる、筆者を書いておけば、山岸外史の揚言なのである。[5] かように述べれば、通念・定説を鵜呑みにするのではなく、対象の正確な実体把握は、『文庫』、「人民」の語一つからしてもその形容は直ちに抱懐されよう、又これ迄の当誌についての叙述はすべてそのイメージを形成する果を結んでいたであろうところの、要するに進歩的な『文庫』にも改めて適用されねばならぬと私が庶幾することは大方同感されるのではなかろうか。

二　武麟の主宰とリアリズムの揚言

当時雨後の筍みたいに簇生した諸雑誌上、作家、準作家達が唐草模様のごとくに縺れ合った、その離合集散の様相は平野や高見のあの凄まじい能力をもってやっと整理可能となるわけだが、『文庫』同人の顔触れについては、小田切の解説や山崎行雄の文章が明快である。[6] 尤も『日暦』からは誰々、『現実』第二次からは、『桜』からは、などと云われたところで、夫々の雑誌や一々の作家に審らかならぬ私にあっては、然もありなん、と横手を打つといった振舞に及ぶ風には到底参らない。しかしながら、田村や南川潤や井上友一郎等が加わっているとはいい条、『文庫』のメンバーの過半大半が作家同盟の、左翼くずれの、同伴者文学の系に属す作家で占められていたこと位は私とて理解し得る。ここから『文庫』が諸々の刊行物中、先記の文句を繰り返せば「反体制の抵抗の精神」に叶う点で屈指の雑誌と目されたのは蓋し故無しとしないであろう。

事実『浪曼派』に遅れること一年、十一年三月創刊の『文庫』の12年9月号（以下『文庫』の号数は算用数字で記す）は発禁処分を受けた。『文庫』の完全な主宰者武田麟太郎名の、9月臨時号の『編輯后記』には「小説二篇、詩一篇がいけなかつた。右の三篇を削除して自分の「井原西鶴」を持つて代へた」と記されており、復刻版には無論ちゃんと収められている正規の9月号を参看するに、発禁の原因が平林彪吾の小説『女の危機』、間宮茂輔の同『あらがね』、中山今朝春の詩『閃めく』なのは分明で、鉱夫達の「倉庫を叩っ壊せ！」「有りつたけの米を運び出せ！」といった暴動を描破した『あらがね』や「あそこでは、何ごとかゞ行はれてゐる／世にも怖しき何ごとかが」なり「あそこで、いのちを棄てるのは／木の葉をむしるより容易《たやす》いのだ」なりの、まさに意味深長な語句を蔵する『閃めく』が槍玉に上げられたのは頷かれるところではある。尤も、中年の劇作家と女専の生徒とのあまりにも阿呆臭い情事を扱った『女の危機』などは「赤」ではなく「エロ」のコードに触れたのだろう、それは「「――ああ、私は酔ったのよ」／と云ふといきなり膝をずらして、倒れるやうに鳥栖の肩にもれた《（マヽ）》かかつて来た」という描写のせいなのか、と考えるにしても、何とも腑に落ちない。『あらがね』は連載第五回であり、『女の危機』は後篇である。つまり前者の四回分や後者の前篇にだって、或いはこれ以外の作品にだって右の偏狭な両コードに抵触しそうな、きわどい表現を見つけるのはさして難しくはなく、しかるにこの9月号だけが厄に遭ったことからして該時の処分がいかに気紛れに執行されていたかが想像されるように思う。だけれども、とにかく『文庫』はその種の弾圧を喰らったのだ、『浪曼派』は一遍も蒙らなかったそれを。

又、武麟が謂う「一〇・二五事件」を書き添えておくがいいかもしれない。11年12月号巻頭の彼の文章によれば、当日新宿の喫茶店で『文庫』の面々、徳田秋声研究会(7)を催していたところ、無届け集会を理由に十六名一人残らず淀橋署に検束され、単なる文学研究会と判明、日成らずして全員釈放されたというのが事件の顛末だが、注5の辻橋の篤実な論攻には、朝日新聞の記事「人民戦線運動に神経を尖らしてゐる警視庁当局はかねて左翼新進作家の大部分よりなる同人雑誌「人民文庫」の内容に注意してゐたが、ついに《（マヽ）》二十五日夜七時半」云々も引用されていて、それは『文庫』に対する当局の、世間の目差しの程を私達に能く納得させるに資するものである。くどくなるのを構わずに言えば、『浪曼派』の場合、かように警戒され報道されることは絶無だった。

　さりながら、私の裡には、誰さん彼さんの尻馬に乗って驥尾に付して、進歩的な『文庫』をば、そこにはかくも良心の灯が点ぜられ抵抗の精神が琴の緒のごとくに張っていたといった風に、顕彰する意図露だに存しない。早口に申さば、私は『文庫』と世の同人雑誌類とからほぼひとしなみな印象を刻みつけられるのであり、その所以をくだくだし気ながら論述してみたいのだ。さような私にとって、平野謙が『文学・昭和十年前後』中『《人民文庫》の問題』において、「武田麟太郎自身にしてからが、作家同盟時代は異端者ではないまでも、いわば傍流にすぎなかった。その他、本庄陸男にしても、堀田昇一、平林彪吾らにしても、作家同盟時代は下積みの雑務に追いまくられたり、反対派的立場に立ったりして、作家としての手足を充分に伸ばし得ない人々だったように思う」と述べたことは容易に看過しがたい。さらにわが認覚をより確乎たらしむるものとして、又ぞろ高見の『盛衰史』における、武麟が雑誌『文学界』の「ヘゲモニー」を林房雄と争い、それに敗れたがゆえに、そして彼の処に出入りしていた本庄や平林達に執筆の場を供してやりたくもあって、といったことどもも『文庫』創刊の端緒だったという、いかにも高見らしい観察を私は援用せずにはいられないのである。

嘗て私は、ふつつかながら武麟について一文を物した。[8] そこで強調したのは、彼にあっての革命熱・民衆愛を遙かに上回るところの文壇上の名声欲、プロレタリア文学（以下「プロ文学」と略す）の確実な構築、というよりプロ文学的要素をスパイス・パン種として効かせての評判作人気作の量産、といったようなことであった。文学的野心の烈火に真っ赤に灼かれた小説家、満腔子是文士魂の武麟の許に集う、平野の言種を藉りるなら「自分らの勝手な発表機関を持つということ自体が、大したことだったにちがいない」本庄・平林等の作家乃至作家候補生――これすなわち同人雑誌の原点であり全容なのではあるまいか。注6の文章中の「おそらく武田は、同人誌『人民文庫』を『文芸春秋』のような商業雑誌へ発展させたかったのだろう」としても、この場合いたく参考になると言わねばならない。それが本音であって、一周年記念号（12年3月号）巻頭の武麟の「挨拶」、辻橋の適切な要約の方を引くならば「(1)官製、体制協力的文学運動への挑戦、(2)散文精神の確立――リアリズムの正統的発展、(3)人民大衆のための小説の創作」などは建前だったのではなかろうか、といった訳合において。

但し、『文庫』は並み尋常の同人雑誌とはいささか在様を別にしていたことも慌しく言い添えねばならない。私は先に「『文庫』の完全な主宰者」なる文句を武麟に被せたのだったが、小田切進編『雑誌『人民文庫』細目』[9]の「はじめに」には、同人田宮虎彦の回想として、武麟が自分一人で刊行の全費用を負担する、原稿の採否を決裁する旨語ったという、その君臨ぶりが伝えられている。いかにも、そこに「『人民文庫』は当時のおびただしい他の同人雑誌とはちがって、武田麟太郎をどこまでも中心にした雑誌だった」と書かれたことは至当と言うべきである。雑誌の値段は創刊号から12年2月号迄二十五銭、3月号から三十銭、12年新年号、これをもって終刊号となる13年新年号は特価の五十銭であった。[10] 発行部数は四千五百の由、値段と部数の関係からして武麟の負担がいかばかりだったか、一寸見当つきかねるけれど、[11] 一周年記念号上、本庄が「かくて十二冊の雑誌をつくり一ケ年は過ぎた、損失は武田麟太郎の稿料で埋めて来た」、林房雄が「「人民文庫」経営の負担がかさみすぎて、武田の作家的活動、いや健康そのものを奪ひはすまいかと心配し」[12] と書いているところからも、武麟の責務感、いや、虚栄心の熱と幅がなまなかのものではなかったことが了知されて、誰しもが一長嘆発せざる能わざるの感を覚えるであろう。

　武麟の作品が大量生産されたのは十三、四、五年で、例えば『改造』十四年九月号には『大凶の籤』など四篇が揃って掲載されるという物凄さ。妙手・器用の点では倫を絶し、いざ執った筆は紙上をつるつると滑走して一晩に数十枚が仕上がるといった調子の武麟にとって、濫作への耽溺は避けられぬものであった。宿敵林は、武麟の、メチール酒を暴飲しての自裁とも釈れる急逝直後、『散る花のなにをかいそぐ』（『新潮』二十一年五月号）なる慟哭のレクイエムを献じた。そこには、往時お互いに「金のために書く」所行を禁遏し得なかったことの反省、且つ又「おれは売文業者ではないのだ」と号泣する武麟の酔態が描叙されている。『文庫』の頃、武麟にあって、作品上の、悪貨が良貨を駆逐する現象、つまり駄作が増えて佳作が減るといったそれは較著ではなかったにせよ、彼が天賦の、練鍛の腕前によって多額の金員を荒稼ぎしていたさまは優に推断されるところであろう。だからこそ、彼は『文庫』を独力で一手に支えきったのである、そして主宰・君臨したのだ。

　私は武麟について筆を費やし過ぎたかもしれない。ただ、私が言いたいのは、世の同人雑誌群が畢竟「自分らの勝手な発表機関」をば宗とするたちのものならば、『文庫』は巨魁武麟の権能・裁量下に在ったとはいえ、いや、そうであることが更にその傾向を深めるような仕組において、紛う方無き同人雑誌だったということに他ならない。すなわち『文庫』は金輪際、辻橋が要約した、あのテーゼを建前として、そのテーゼに違背する作品は排擠し、リアリズムならリアリズムを貫徹させた作品のみ登載し、以て雑誌の特色を鮮明・鞏固ならしめ、経費の面は専らシンパのカンパなり特定の左翼の集団の資金なりに頼るといった、俗に謂う、色の付いた雑誌ではなかったというところに私の言分は存する。

確かに『文庫』内にリアリズムの、社会主義リアリズムの掛声は通奏低音のごとくに鳴り響く。尤も、その点が『浪曼派』と相違するのだが、『文庫』の「小説第一主義に編輯」は徹底していて、それは結果的に本格的な評論の出現を妨げるように働き、この際該分野に触れておくなら、先記の青野等三長老の、古臭くも骨っぽい、何とかの一心という俚語が連想されぬでもない代物を別に措くと、渋川の連載小説『樽切湖』（11年11月〜12年4月号）を峻烈に、真っ向唐竹割りに批判したそれ（12年5月号）で登場した酒井逸雄[13]の数篇、そして「謙」なる筆名がここで初めて使われたそうな、後年の平野独特の発想・論理がすでに鮮やかに展開されている『高見順論』（12年9・10月号）あたりが着目に値する位で、爾《しか》く『文庫』の評論陣は弱体・非力であったけれども、ともかく渋川なら渋川は「従つて古い陳腐な主題をただそれに相応した現実性をもつて巧みに描かれてゐても、これをもつて決して秀れたリアリズム作品と呼ぶことはできないのだ」（『主題の現実性』11年9月号）、新田潤なら新田潤は「その時現実から顔をそむけんとするロマンチシズムに対して、飽くまでたぢろがず探究の眼を見張らんとするリアリズムは鋭く対立する」（『リアリズムの強化と云ふこと』12年10月号）といった言種をしつこいと感じられる程に反復して已まなかったのである。

辻橋のあの要約を見直してもらいたい、『文庫』の連中にとっては、リアリズムは「散文精神」と同義でもあった。この言葉の淵源は広津和郎の「散文芸術」に発し、『文庫』側がこれをモディファイして同「精神」を唱説し、広津も又「芸術」を「精神」と摺り合わせるに至ったそのプロセスは、広津の、筑摩叢書版『文学論』第二部の九篇の文章の通覧から納得される。『散文精神について（講演メモ）』は『文庫』には未収録ではあるものの、同書末尾「初稿発表誌紙一覧」には「『人民文庫』講演覚え書　昭和十一年十月十八日」と明記されているし、（講演メモ）ではない方の、『東京日日新聞』に掲載されたとかの同題の文章は「『人民文庫』の「散文精神についての座談会」[14]では、私はひとりで喋ってしまったが」と書き出されている。両「散文精神について」は趣意上のみならず行文上も完全に符節を合したものだが、（講演メモ）から引いてみるに、「じっと我慢して冷静に、見なければならないものは決して見のがさずに、（略）眼を蔽うたりしないで、何処までもそれを見つめながら、堪《こら》え堪えて生きて行こうという精神であります」（ルビ原文）といったさわりなど、新田のあれと軌を一にすると言うべく、これを聴いた『文庫』の面々が彼我の契合を膝を叩いて嘉しただろう光景は楽に想像されるのである。

そして又、『浪曼派』はロマンティシズム、『文庫』はリアリズム、という対立の構図からして、『文庫』でリアリズムが提唱される場合、『浪曼派』に対する敵視・反目が露骨に伴われるのは必至だった。果然、座談会『日本の浪曼《（ママ）》派を訊す』（12年4月号）には十五名の同人が参加、本庄の「最近一番不愉快な問題として浪曼派の問題があるんですが」を皮切りに、平林の「保田（与重郎）なぞは知識の守銭奴だよ」、新田の「浪曼派は芸術を芸者買ひするやうに芸術買ひしてるといふ、そのことになるんだ」なぞとの、嫌厭・憎忌に満ちた鯁直・粗厲な発言が比々として連なるさまが見られるであろう、田村の弁護論を唯一の例外として[15]。或いは『報知新聞』紙上、十二年六月三日から十一日迄八回に亙って掲載された『人民文庫・日本浪曼派討論会』、『文庫』側は高見、新田、平林、『浪曼派』側は保田、亀井勝一郎、中谷孝雄といった顔触れで、ただもうお互いに相手側への非議・誹謗の応酬に終始したそれを、ここに立ち合わせてもいいかもしれない。

私は何を言いたいのか。そうそう、『文庫』が世の同人雑誌類と同臭味を放っている訳柄について述べたうえで、『文庫』内にまるでお念仏みたいに誦せられるリアリズムの件について念を押すべく、渋川、新田の言種や広津の「散文精神」や『浪曼派』との対峙などをめぐって呶呶を須いるに及んだのである。結局、そのレベルはあまり高からぬにせよ、リアリズム論議は不断に蒸し返されていたのは確か、と重ねて言い得るであろう。しかしながら、肝腎なのはあくまで、それらが百を越す小説に存分に反映し、『文庫』をして世の同人雑誌とは彙を異ならしめる成果を齎したのであったか、或いは竟に、いわばテーゼ倒れに畢ったのか、ずばり申して、『文庫』の実体に関して文学史上の通説と私の認覚とのいずれが中っているのか、その問題の検証なのだ。

三　プロ文学とエロ文学

何遍も引合に出してしまう、辻橋の論攻は、〈転向文学〉の項を立て、これを「転向文学」と「転向風俗文学」とに分け、〈ヒューマニズムの文学〉の項を立て、これを「積極的小説」と「消極的小説」とに分け、「消極的小説」はさらに四つに小分けされ、といった類別法を『文庫』の全小説に対して試みている。が、綿密、というより繁細なその方式は、例えば「時代の暗さを描いたもの」と認定されたこの作品は「庶民の悲喜哀歓を描いたもの」の部類に分別されてもいいのでは、との疑問を尠なからず抱かせずには措かない。ここには却って無理が生じていると思われるのである。で、私は、辻橋のより大まかな枠組を設定し、そこに分類されるのがいかにも妥当な作品だけを挙示するといった遣口を執りたい。とは言うものの、或る作品が一つの枠に納まらずに、二つの、三つの枠に跨がること、私の流儀にしたって防ぎきれないと思う。ともあれ、私なりの仕分けを始めてみるならばまずもってプロ文学。それは退潮・解体期に在ったとはいえ、いわゆる労働者の闘争を描記した作物、『文庫』にあっても地を掃ったわけではなかった。東京市電の争議を直叙した、竹内昌平の『会議』（11年7月号）、『調停』（11年9・10月号）などがその典型となるのであろうが、これは紛争の単なる記録に過ぎない。本庄が11年10月号の書評において「争議に興味のなかつた人にはこれは面白くないかも知れぬ」とか「まるで政治演説のやうに聞えがちなのだ」とか危惧したように、内輪にしか委細は合点されぬ、局外者の共感を毫も喚ばぬ、この種の文学が屡々帯びる排他性閉鎖性を露呈した劣作である。作中の形象化を充全に果さずに「どんな幹部だか、別のところで不充分ながら述べたことがあるが」（『会議』）、「この話はまた別のところへも書く」（同）などの文句をもって済ますのは、作家としての責任放棄以外の何物でもないと考えられるのだがどうだろうか。但し、この竹内が後程、嘗ての市電労働組合委員長のカリカチュアを画いて、反動的と評されかねまじき『新聞記事』（12年4月号）、賃銀五割切下げの代りに、退職金プラス特別一時金の何千円かを貰った組合員や家族達の狂騒を、体験に基づくところのリアリティーをもって描いた『金《げんなま》』（12年10月号。ルビ原文）や、今や落ち目の旧闘士が求職運動で味わう、どろりとした屈辱感を叙した『臨時人夫』（13年1月終刊号）などを発表したことは断っておかねばならない。

劣作といえば、例の理論が裸出しただけのプロ文学の悪しき見本、松田解子の、題名は省略に付す小説がその極と思われるけれど、この他箸にも棒にも掛からぬ作柄の小説の数鮮少ならざるものがある。結句、『文庫』における真正のプロ文学は、規模において迫力において、発禁処分の条りで作名を引き済みの『あらがね』（12年5月～終刊号）に止めを刺すのではなかろうか。凄絶・酸鼻な落盤事故、事故で夫を亡くした寡婦の濃厚な愛欲、スペイン風邪の猖獗におよそ無策な会社側の対応等、とにかく読ませる。[16] 同じく『大事典』に登載された、平林の『肉体の罪』（11年6月号）、第一回人民文庫賞を受けもしたそれはどうか、と云われるかもしれない。作品解説は『大事典』に譲りたいが、そこに「淫蕩的な女性でありながらいっぱしの革命的思想をふりかざし」とも記されるヒロインの造型から、私は「革命的思想」の面より「肉体」の面の方をずっと強く印象づけられるのである。私には平林が、追い詰められ捩じくれたゆえに一層募るエロティシズムを描出すべく、地下活動・検束・拷問という被虐の状況を設けたのでは、と猜せられぬでない。想起するに、「エロ」のコードに抵触して発禁処分の対象になったのは平林の作なのであった。

ここで注めいた叙述を挿み込むと、『文庫』にはプロ文学も在れば、反《アンティ》プロ文学と迄は行かずとも該文学に一切無縁の作品も存する。エロティシズムの場合にあっても然りで、その特性を豊富に有する作品、それが皆無の作品が併肩している。しかしながら、この多種多様な、むしろアナーキーな様相が別々の作家によって形成されるのではなくて、一人の作家によって展示されることも起きており、その最たるは平林なのである。すなわち彼は、私には思想色より官能色が勝っていると感受されるけれども、ま、プロ文学に属せしめられよう『肉体の罪』を、拘置所内の活動家とのいとも観念的な婚姻に、病疾で仮出所した彼とのこれ又公式主義的な夫婦生活が続くという『収獲《ママ》のバトン』（終刊号）を、給血者のストライキと父子愛を絡ませた『血の値段』（12年5月号）を書いた。『女の危機』を書いた。そのエコールについて私はまるで無知不案内[17]だが、『文庫』や『浪曼派』の一時代前流行し、そう、反《コントラ》プロ文学を宣言したとかの、新興芸術派のナンセンス物もかくやと想察されるばかりの、『ホテルの狂言』（創刊号）や『震憾された易者』[18]（11年9月号）を書いた。そして、座談会『散文精神を訊く』や「文士劇」の広告が載ったのと同じ号の『肉体の英雄』。村祭の最中、獣のごとき樵夫が大地主の一人娘を掠奪するも、娘は彼の「肉体」の威力に魅了されて「「あゝ、眼が廻る、もつともつと」／藍の声に、樵夫は更に猛烈に振り廻はせば、藍は熱にうなされたやうに、／「走つて、走つて――」と命ずる、樵夫は再び藍を高く差し上げ……」といった按配、末尾は、彼の無双の怪力のお蔭で堤防決潰が防遏され「万歳」の声が響動《とよ》もすという、まさしく「肉体の英雄」讃歌そのもの、通念上の『浪曼派』誌上を飾るにつきづきしいと考えられるこれを書いたのだった。私が先に、胡麻点を振った洋語を用いた所以も分ってもらえるであろう。

平林程ではないにせよ、一人の作家が色変り品異なる作品を、しかも同一の雑誌に書いていたという、奇怪・面妖な現象は、例えば荒木巍における『生きんとする両人』（創刊号）『美しく見えた女』（12年4月号）と『五分の魂』（11年7月号）『恋愛』（12年1月号）との、或いは堀田昇一における『マイナスの部分』（11年4月号）『崖の下の家』（終刊号）と『人事興信所』（11年8月号）『自由ヶ丘パルテノン』（12年1・2・3・5・6月号）との併存にも認知し得る。各々に対してコメントを施すのは控えるが、とにかくプロ文学、転向文学、愛欲譚、ナンセンス物、貧乏咄がここには混在・紛雑している、という私の判断を信じて欲しい。ただ、『五分の魂』は、題名からそうと推測されそうなプロ文学に非ずして、温泉場のカフェーの早熟な女給の敏活で潔いきっぷを活写した作、『パルテノン』は、池袋に近い東長崎のアトリエ村に群棲する画家達の自由奔放な生態をいとも達者な、しかしおふざけが過ぎる、例えば5月号の連載第四回、小熊秀雄のモデルらしい詩人が酒場のマダムの寝所を襲わんとし、気配を疑われては「ニヤゴー、ニヤゴー」と猫の鳴き声を真似る、なぞといった筆法をもって描叙した作なることを述べておこうか。(19)

そろそろ『文庫』にあって、プロ文学に匹儔する、むしろそれ凌駕する色恋物に話を移してみるに、このジャンルにおいては、年増の濃抹・嬌態に小娘の淡粧・含羞、といったような作柄上の差異が存在するものだが、『文庫』では、奇なる哉、前者の方が後者よりも優勢である。後者純愛物としては、これも意外なる哉、作者は高見の(20)、お互いに好感を抱き合いながら意地を張って口争いを止めぬ男工女工、仲を取り持つのがおませな女工の幼弟という『喧嘩恋愛』（12年5月号）、八百屋の女店員をめぐって魚屋の若旦那と奉公人とが恋の達引を見せる、石光葆の『市場の隣り』（終刊号）が目に留まる位だと思う。

情痴物！となると列挙するに事欠かないが、一頭地を抜いているのが矢田津世子の『神楽坂』（創刊号）であることは、それこそ十目の視る所十手の指す所だろう。高利貸しで極度に吝嗇な老人、肺疾で亡くなる妻、忠実でしっかり者の女中、若くて素直な妾、旦那と娘との絆に対して汲汲乎たるその母親達は見事に描き分けられ、私達の目交に髣髴と泛かぶ。終始抑制が利いた筆致だけれど、夫が妾宅へ出かけた際、病妻がふだんは秘めている妬情を迸発させ、毛虫を裁縫の針で突き刺す個条などには、一寸したショックを覚えずにはいられない。冷情氷のごときがゆえに夫に構い付けられぬ養母、彼女から「相変らずお旺んなことで」と冷笑されるように次々とパトロンが替わる、えらく自堕落な実母との対照的な姿を浮き彫った『蔓草』（11年6月号）、自動車事故で隻手となり、僻んで嫌味な文句を並べる夫は齢四十八、体重十二貫弱、時折来訪する夫の従弟は二十四歳で二十三貫強、いやいやその通り書かれているのだが、従弟と同年の妻はこの強壮の体軀に惹かれざるを得ず、挙句の果「姦淫」の夢を見るに至る『妻の話』（11年10・11月号）と、文品は漸を追って低まるみたいだけれど、ここで私が促したいのは、矢田の三篇にプロ文学色は毫末も混じっていない事柄への注目なのである。

文格は脇に置いて、色恋・情欲の巧者という点では、南川潤にまず指を屈しなければなるまい。この、三田文学系の夙成の軟派作家が何故『文庫』に参加したのか、訝しみに耐えないが[21]、とにかく『美俗』（12年2月号）などは、稼ぎの乏しいダンス教師の妻の元ダンサーが妊娠・死産の急場を切り抜けるべく、馴染みの客で彼女の軀を狙っていた金融業者に借金をする破目に相成るといった話であって、「抜け毛であらう、花江の髪の毛であつた。（略）五味は意識して、無造作に髪の毛ごとさくらんぼを口にいれた。さくらんぼのすつぱい味はひと一緒に、こそばゆく髪の毛だけが舌の上に残つてゐる」とか「「赤ん坊も死んだし、面白いことをやりなほしたらどうだい。」／「いやにけしかけるのね。三由はいゝ人よ。」／「ごあいさつだね。いくらよくつても、かんぢん《ママ》な時に百円の金も都合出来ない御身分ぢや、考へなほした方がよかあないか。世の中はまゝごとぢやないんだからな。」」とかの行文は、野口が謂う「軽快」というより軽佻、「洗練」というより浮薄と評すべき、一風呂浴びれば消え失せる白粉みたいなものかもしれぬにしても、高見が『盛衰史』で「憎らしいくらいうまいと舌をまいたものだった」と回憶しているその巧手の程は私にも否定できない。高見は又、南川の「うまさ」は、「思想」は不在「情痴」に限定、といったところに成立していると述べて、私を深々と頷かせる。いかにも、南川の『美俗』や『昔の絵』（12年12月号）は、矢田のあれと同様、プロ文学とはおよそ絶縁した小説なのである。[22]

愛欲物としては他に、円地の『散文恋愛』（11年8月）、大谷藤子『孤相』（同9月号）、新田『心踊る習慣』（12年2月号）、山田多賀市『夕立雲』（同3月号）等が『文庫』のレベルにおいて、という訳は、既に拙中の拙の松田解子作に触れた際にも申したごとく、よくもまあ、雑誌上活字化されたものだ、と啞然呆然たらしめられる小説がかなり存在するからなのだが、ともかく円地達のそれ等が目ぼしいものとして列記されるだろう。しかし殊更論評するには及ぶまい、私が是非共言及したいのは、確乎たる主題の下《もと》のリアリズムの重要性をあれ程に鼓吹した渋川がこの種の実に劣悪な作品『醜聞』（11年5月号）を発表していることである。胸糞が悪いけれど、作柄のひどさを推察してもらうべくその筋立を摘要してみるに、洋服店主Ｓ（と表記する。以下同様）が女房と前の男Ｍとの関係を嗅ぎつけ、幼な馴染みの新聞記者Ｉに相談、Ｉは同僚のＵを、ＵはＭと同系列の会社のＡを仲間に誘い込み、倶にＭを恐喝、ＡはＭから強請《ゆす》り取った三百円の内百円をくすねて五十円ずつＳ、Ｉ、Ｕに分配、Ａの猫糞《ねこばば》がバレてＩとＵはＡの会社に押し掛け狼藉を働き警察に逮捕され、挙句の果ＡもＳもお縄を頂戴するといった具合、さなきだに品下れるわが文章もいとどしくその色合が濃くなるのを遺憾に存ぜぬでないが、作者が結構なお題目、社会主義リアリズムを高唱しているだけに、該作の掲載を『文庫』のまさにスキャンダルと考える私の気持は尚更昂まるのだ。

四　貧相な私小説

さらに黙過しがたいのは、その翌月号所載、同人達の合評会の席上、平林の「渋川君のものとしては矢張り駄作」の非難を唯一の例外として、多くは褒貶相半ばする感想を述べ、松田なぞは「やはり私も「醜聞」に惹かれましたわ。あんなのが散文的な巧さぢやないかと思ひました」と喋り、円地も高見も溢美の言を呈するといった、馴合の、げすな語を敢えて用いるなら、緩褌《ゆるふん》の雰囲気がここには立ち罩めていることである。世の、文学の糞から生まれたみたいな同人雑誌ならいい、しかし『文庫』はここ迄堕してはならぬ、と思うのは私ばかりだろうか。『文庫』内のこの破廉恥な仲間ぼめはそれこそ枚挙に遑無く、かくして『文庫』が喪った硬度はむしろ『文庫』の読者の側に保たれていたかに考えられる。すなわち自らそう名乗る「創刊号以来本誌のサポーター」は左のごとき文章を寄せたのだった。「例を一月号（12年）にとつても、成程十八篇（正しくは十六篇）の創作を蒐めて賑かな顔触れであつたが、作者が体当りにぶつかつて書いた、顳顬から血の出るやうな力作は寔に尠つた（ママ）」（12年4月号）。又同号同欄における「西鶴はどうした。（略）一周年記念号（12年3月号）には必ず掲載されると思つてゐたのに、全く失望した。その他に、島木健作、高見順なぞの原稿を毎月なんとかしてもらへないか」[23]という声も看過しがたい。これこそは読者達が『文庫』の同じ顔触れの鄙拙・庸劣な作品の陳列に慊焉・倦厭たらざるを得なかった、甘心に値する快作の掲載を切実に期待していたことを明証するものに他ならない。だが、言うにや及ぶ、武田や高見は、太宰治が謂う「ただの小説」[24]なんぞ書いていられなかったのである。

確かに高見も、太宰の『逆行』と同じく『故旧』が第一回芥川賞候補作となって売れ始めていた。この点、同人達が最も痛切に意識していたことは、『一九三七八（ママ）年の文学』を回顧・展望する座談会（12年12月号）において、「それほど彼の活躍ぶりは文壇的常識になって了った」「我等のホープですよ」「やはり高見順などが最も颯爽としてゐるだらう」「向ふ通るは高見順——」などと彼等が交々発言しているところから歴然としている。彼等の心府はさだめし羨望・嫉妬で黒焦げになっていただろう、彼等がかなり無理して作った微笑が彷彿現前とする。そうなのだ、武麟や高見のごときスターに為り得ぬ、うだつが上らぬ連中は、俗諺に謂う、貧すれば鈍するなのか、或いは鈍なるがゆえに貧するのか、窮乏に喘ぎつつ愚作を綴っていた、あたかも乾きかけた古雑巾から一滴々々を懸命に絞り出すみたいにして。

その出自からして斯界を熟知していたのであろう、円地の、上流家庭のいやらしさを描出した『寒流』(11年5月号)を稀有な例として、『文庫』には下層階級の不景気な貧乏譚が並列されている。『文庫』の性格からして当《まさ》に然るべき帰結と申すべきだが、しかしプロ文学の枢要・必須の資材たるこれらが挙げて該文学の建立に活用されているわけではなくて、つまり唯それだけの貧乏咄で終っている場合が珍しくない。座談会、第三回『若もの一席話』(11年7月号)において、「誰か勤め口を世話してくれよ。頼むよ、ほんとに——」との哀訴を発した那珂孝平の作品もそうで、そこにはプロ文学的な話柄が彩り程度に使われているけれども、作全体の感じは、陰陰滅滅たる貧素の愚痴が娓娓として零される、旧来の私小説流のそれとたいした逕庭は無い、と確言しても誤りを犯すことにはならないだろう。『景色なき絵』(終刊号)にはこんな一節が存する。「ルンペンとか、バタヤとか、ビツコとか、ギツチヨとか(略)総て寒さうなもの、うそうそとした、可哀さうなものの美しさに心ひかれた」。涙点を振った言葉から誰にも連想されるのは、中野重治の詩『歌』[25]の筈だが、辞書類に「落ち着かず不安で、きょろきょろとした」などと説明されるこれを詩人は、重治のことだからして万感胸に迫りながらも、敢えて「撥《はじ》き去れ」と呼び掛けている。この、金石をも断つがごとき勁烈な発語に照らされては、那珂の文章における、貧しき人々虐げられし人々に対する真の連帯感の不在は明らかにならざるを得ない、と私は考えるわけなのだ。

実際、那珂の、自らがその玄関番を勤めていた菊池寛についての怨恨感情《ルサンチマン》に溢れた私小説、いや、いくら私小説にしたって多少は伴う筈の創作上の濾過・剪定を一切拒んだところからして、内幕・暴露物とでも呼んだがいい『蒙昧記』（11年7月号）、「先生と京都から来た文学少女の関係が始った。写真で広く知れてゐる先生の風貌から云つても、この関係は一つのユーモアだつたが」だの「先生は何か摑んで（それはくさりのたれてゐたことで懐中時計であることが分つた。―原文）私をめちゃくちゃに殴つた」だのがいわば垂れ流しの形で縷述されるそれなどは、（これが『人民文庫』か）との歎慨を殊の他深うさせるであろう。那珂が又、小説と同じ体裁の随筆において、藤沢清造、といっても彼を識る人は多くあるまい、とにかく『根津権現裏』なる陰惨な小説を遺し、赤貧洗うがごとき憂身を衆毀衆忌の中に晒し、遂に芝公園内凍死死体で発見された、いわゆる破滅型文士の典型の彼に「人物から受ける感じも立派なものだつた。今時一寸見られないやうな型の人だつた。不幸だつた芸術家のシンボルのやうな気がして」（『横光、中河、川端――』[26]創刊号）なり「藤沢清造（略）等、いい才能を持ちながら半途にして倒れた人達のことは深い愛と何物かに対する激烈な怒りを持つて書きたい」（『雨やみの感想』11年12月号）なりのオマージュやエールを贈ったことも、彼那珂の嗜好・志向が奈辺に在ったかを明かしている。「何物か」は色々考えられるけれど、文壇の大御所として権勢を恣にし、派手に札びらを切り、貧相な私小説を唾棄していた菊池も当然対象の一人だったのではなかろうか。

さるにしても、那珂、清造作みたいな小説は、又武麟も好むところのものではなかった。「元来が小説は面白くて大衆的なものなのだ、さうでない小説は、小説といふ名に値しないし」（『編輯后記』11年7月号）「小説といふものは小説的な面白味があり、仕組のある、さういふのでなくちやいけない」（注14の座談会）「それから今迄純文学と云つてゐる小説は所謂私小説が多いのであるが、あんなのぢやなく、もつとスケールの大きい、入り乱れた筋、さういふものを我々は描き出せると思つてゐるんです」（座談会『読者と生活と文学を語る』11年12月号）等々、菊池が言ったとしてもちっともおかしくないこれらは、武麟がいかに菊池に近接し那珂に遠隔せる地点に立っているかを如実に示すものだと思われる。而して、この、武麟の夢・理想の貫徹・完遂のためには直下に除名・駆逐されねばならぬ筈の那珂はなおもこんな事柄も書いていたのだった。「そして私達の仲間には女房に逃げられることが流行してゐた。一番始めにHが逃げられた。Kも逃げられた。（略）次にはOはダンサーの妻君に逃げられた。Tはマネキンをやつてゐた妻君に逃げられた」「遂に私の番が来て、私は女房と別れたのだつた」(27)。事実『文庫』中の小説にはこの「流行」を証拠立てるように、しょびたれたコキュの何人かが点描される。いや、『故旧』《コキュ》のごとく、その精神的傷痕《トラウマ》がいとも複雑に伏在・潜勢せしめられているのならいい、そうではなく、彼等のいずれもがうちつけに「女房に逃げられた」旨喋って、私達に興醒めな気分を覚えさせずには措かないのである。以上、那珂に即しつつ、『文庫』に占める、申さば私小説系のツンドラ圏の狭小ならざるさまを指摘したつもりだが、大方の承允は得られたであろうか。

五　反体制的ならぬ側面

確かに『文庫』は妙なバラエティーに富んでいる。これ迄に言及した以外の小説を思い付くままに列挙するに——或いは、本邦の少年と「鮮童」との間に友情が芽生える、湯浅克衛『莨』(28)（11年9月号）、題名どおり夜の学舎で、「半島出」を含めて学齢より年を食った生徒達の小生意気で快活な会話が弾ける、矢木桂一『尋常夜学校』（12年7月号）、或いは、西鶴を模したみたいな文体をもって、卑劣・狡猾な入婿が義母の死を機ににわかに図太く出るさまを描いた、大谷藤子『順三郎』(29)（11年4月号）、私小説ではないにせよ、古めかしい自然主義的な筆法で、料亭の養女で気丈な姉、使い込みが常習の弟を型のごとくに対照させた、伴野英夫『渉る世間』（11年6月号）、或いは、アパートの住人達の奇癖・変態を書き連ね、井伏鱒二の作品への想到をそそらぬでもない、菊池克己『花霧荘』（12年1月号）、ジュリアン・ソレルに憧れる青年がウェートレスをひっかけて棄てる、唯それだけの話の、井上友一郎『独絃哀唱』(30)（12年8・11月号）、或いは、農村の、舅・姑と嫁との確執・反目ばかりが叙せられる、和田伝『嫁』（終刊号）、同じく田園に材を取り、出戻りの小姑に禍されながらも、夫出征後の農事を一身に荷って健気《けなげ》で爽やかな印象の女性を造型した、丸山義二『秋近し』（同）、或いは……もういいだろう、これらを見渡して、私は又ぞろ、あのアナーキーなる語を舌頭に転ぜずにはいられないのである。而して私は、死屍累累、との感を抱く。実際、『文庫』に掲載された小説のほとんどが忘却の淵に沈められている、文学史上何の足跡も遺していないのだから。一将功成りて万骨枯る、の成句も想起される。「一将」は？　言うも愚か、高見順。(31)

稿を閉じる前に、『文庫』が『浪曼派』に対する以上に烈しく攻撃の矢を射かけているところの「文芸懇話会」（以下「懇話会」と略す）に言及しておきたい。

そもそも「懇話会」とは何ぞ。講談社刊『大事典』の記述によってその大凡は諒解されるが、昭和九年初頭、時の斎藤実内閣の警保局長松本学が菊池、直木三十五、吉川英治等と提携して成立、「非国家的文士」を除く多くの作家が名を連ね、軍艦三笠を見学、陸軍大演習を参観、といったことだけからも、『文庫』が「懇話会」排撃をスローガン、建前に掲揚したのは容易に合点されるであろう。辻橋が謂う「官製、体制協力的文学運動」とは、この「懇話会」に他ならない。しかしながら、和田利夫の労作『昭和文芸院瑣末記』中「懇話会」についての論述は、要するに「懇話会」の暴威は総じて然程のものではなかった、「小春日和の穏やかさがあるだけだった」所以をつぶさに証して、粗笨な伝承がいかに警められねばならないか、を改めて私達に悟らせるが、今の場合、和田著中格別に私の目が引き付けられるのは左のごとき一節である。「文芸懇話会を批判した青野季吉も、その場を与えられた。懇話会に批判的といえば、高見順らと『人民文庫』に拠った武田麟太郎の寄稿も異とされる。これは懇話会の良心といえる広津和郎の懇望もだし難く、といったところからだったろう」。今次初めて雑誌『文芸懇話会』を通覧してみるに、確かに青野は書いている。和田の表現によると、高見は「寄稿」しなかったみたいだが、高見も武麟同様書いている。[32] 三人の文章共、体制側に対して太鼓を叩いたものではない。けれども、『文庫』があれ程に、倶に天を戴かざる深仇呼ばわりする「懇話会」の機関誌に何かを書いたという事自体、その無節操！を咎められても致し方あるまい、と私は考えるのだがどうだろう。

この「懇話会」との癒着は、『文庫』内に反《コントラ》体制的どころか親《プロ》体制的な文章がちらちら見えることと無関係ではないであろう。すなわち、堀田は『建国カーニバルへの参加行進』（12年2月号）で、メーデーでなくたって二月十一日に大行進が催されたら、と書いた。田村は『獄舎に響く「君が代」の合唱』（12年3月号）で、題名どおりの光景に胸を熱くした旨述べた。かの徳永直は、連日低空旋回する軍用機についてこんな風に。「――松の木のある××さんね、あそこのお嬢さんが近々お芽出度ですツて――、え、やつぱり軍人さんですよ。ホラ、ちよく〳〵飛行機でこちらへ飛んでくるでせう。あの方がお婿さんですよ。――さうさう、飛行機ランデブーつてやつですな」／豆腐屋も家内も笑つた。／僕はもつと大声で快よく笑つた」（『僕の黒板』12年7月号）。『浪曼派』にも、中河与一の、ドイツの鉤十字国旗を仰望するがごとき短文が在ることは在る。しかし同誌には、森武の「ナチこそは独逸文化の敵」とか「ヒトラーが文学を擁護しない限りわれわれは彼を尊敬し彼の味方になることは出来ない」とかの切言も載っている。本稿の冒頭、野口の、『文庫』『浪曼派』に関する「氏より育ち」説を紹介したのだったが、自分なりに『文庫』の実体を吟味して痛感されるのは、両誌は「育ち」においても似た者同士で、そこには本来善玉悪玉の敵対関係《アンタゴニズム》なぞおよそ成立し得ぬということなのである。つまり私見は、『文庫』

ろうか。検考のコースはだいぶ異なりこそすれ、到り着いた結論においては平野・高見説と同然といったことになるであろうか。

十三年一月、『文庫』廃刊。終刊号新年号には十七篇の小説がずらりと並び、武麟の『編輯後記』には渋川作の新連載が予告され、同人達の軒昂たる意気が誇示されており、その気配は露だに認められぬゆえに、廃刊は唐突の感を免れない。武麟はまだまだ続刊の覚悟でいたのであろう。(33) 尤も、廃刊を決定づけたものとして、当局の弾圧、経済的苦境、『日暦』派と『現実』派、インテリ系と労働者系、といった派閥上の対立等が挙示され、特に弾圧の点が強調されている。しかし、これ迄の叙述を為した私には、酷な言方になるやもしれないけれど、才幹に恵まれぬ作家、準作家が烏合しただけの同人雑誌が蠟燭の灯が尽きるみたいに廃刊したのは蓋し自然の成行、と考えられるのである。

(1) 高見が明記するごとく、これは平野謙が担当・執筆した、昭和二十四年七月刊、近代文学社編『現代日本文学辞典』中『人民文庫』の項目におけるものである。

(2) 高見の変心が初めて披瀝されたのはこの討論会上ではなく、雑誌『世界』二十六年六月号所収、『文学と倫理』(本稿にあっては、著作ならぬ、単なる一文章にも『 』を付ける) においてである。いかにも、本多秋五は討論会で「「人民文庫」と「日本浪曼派」とは (省略) という論があったはずだと思うんだが」(傍点、引用者。以下同様) と発言している。

(3) 『渋川驍氏に聞く 『日暦』『人民文庫』『文芸主潮』の頃』『社会文学』第五号。

(4) 『雑誌『日本浪曼派』』『ロマン的なるもの——国文学の周辺』所収。因みに、創刊号から二十三冊印行したのは拙著の版元武蔵野書院である。

（5）辻橋三郎の『『人民文庫』の姿勢』（『昭和文学ノート』所収）には誌名の由来が解説されているが、そこに引かれていないものを二つ程写す。「『人民文庫』というと〝人民戦線〟に近いからよかろうと、誰かが提案したでしょうな」（注3の渋川の言）、「人民文庫の「人民」は、フランスの人民戦線（フロン・ポピュレール―原文）という呼称からとったことは、武田（麟太郎）自身が幾度も口にするのを聞いた」（田村泰次郎『わが文壇青春記』）。誰しも意外に思うだろう、この、『肉体の門』の作者は『文庫』の有力な執筆者なのであった。

（6）『『人民文庫』創刊六〇年』不二出版『本郷だより』第二四号。

（7）秋声は『文庫』にあっては崇敬の的であった。武麟自身「二代目秋声」を名乗りたがり、『縮図』を「神品」と瞻仰している。

なお秋声研究会の「司会者」が伴野英夫であったことは、彼が11年12月号で『徳田秋声の研究』を発表しているところから明らかだが、あの円地文子、私に言わしむれば、同伴者作家に属す彼女が『尾崎紅葉の研究』（11年10月号）を執筆していることも付記しておく。

（8）『武田麟太郎の作品』『古典と現代』第66号。

（9）『立教大学　日本文学』第五号。田宮の回想がどこで吐露されたのか、記されていない。なお余計な口を叩くなら、復刻版『文庫』は総目次・索引も完備しているからには、この「細目」の役目は終畢したわけだが、「はじめに」中の「軍国主義的文化統制や超国家主義的伝統主義に対する勢力を結集する雑誌」といった意義づけとても、だいぶ手垢の付いた見解との感を催させる。

（10）これもあくまで経営上の事からであろう、『人民文庫』は十二年一月、同年十月に、既成作家が他の場所に発表した作品を十七篇ずつ収めての臨時増刊号を出している。この安易な刊行物の値段は夫々七十銭に一円。

（11）和田芳恵稿『『人民文庫』の経営面』（『新潮』三十六年四月号）では、この部数と武麟による毎月の赤字補塡額「二百円」とが断定されているけれど、和田はその「経営実体のメモ」をいかにして入手したのだろうか。

（12）当文章の題名はいみじくも『好敵手』であるが、林は意外にも『文庫』と無縁ではない。『日本に於ける社会主義文学の擡頭期を語る座談会』（11年8・9月号）では『文庫』の顧問格たる青野季吉、秋田雨雀、江口渙等に伍して談じているし、前記両臨時増刊号は夫々彼の『アルバム』『渋沢父子』を収載したのだった。

序でに記せば、座談会第一回所収の号には、林の新著『浪曼主義のために』の広告が「浪曼主義の大旆のもとに、日本文学の進軍ラッパはなりわたる」という文句をもって掲げられている！

(13) このペンネームの人物が何物なのか、私には判らない。高見によって「私の学校の同窓である。従つて新田潤とも同期である。学校を出てからこの数年の波瀾に富んだ経歴については、差しさはりがあるといけないから、ここでは述べない」とだけ紹介されている。

(14) 実際、『散文精神を訊く』（11年11月号）というその座談会において、広津はまるで独り舞台であるかのように、談論を風発させたのであった。なお座談会には、広津によって「この人生の『縮図』の上に瀰漫してゐる慈悲心の微光」などと讃頌された秋声も出席している。

(15) 田村の発言は次の如し。「(保田の『日本の橋』について) それが一つの美学ぢやないかと思ふんだな。それに反対する気持は僕には全然ないね」「それは僕等だつて美しいものとか真実なものに憧れてるだらう、浪曼派の人たちだつてさういふものに憧れてる、その態度をどうかういふわけにはゆかんのだ」

(16) 『あらがね』は明治書院刊『日本現代文学大事典』に独立項目として登載されている。

(17) この種の作品は『浪曼派』にも散見する。北村謙次郎『旅情の歌』、沢西健『天邪鬼物語』など。

(18) 11年11月号中の広告によれば、広津が『散文精神について』を喋った「文芸大講演会」は築地小劇場であるが、「余興」として、文芸春秋社の「文士劇」の向うを張ってのことか、この『易者』が武田、高見、新田、田村達によって上演されたのだった。

なお、犬が何かを嗅ぎ回るみたいだが、同号には又しても林の『衣裳花嫁』の広告が「燃ゆるがごとき情熱の奔流！　一句一字に血を滲ませて烈々の気を吐く浪曼主義の凱歌を看よ！」といった文句をもって掲げられている。

広告といえば、あまりにも『文庫』らしからぬ、こんなものを引いておく。「今後の戦争ではこのヴイタミンの士気振興に及ぼす影響が非常に重要視されるに至るでせう」

(19) 小田切が前記『解説』で『パルテノン』について、或る程度の不満を含みつつも結局は「時代を下からあばき照らし出す民衆的なリアリズムの一つの形が、ここにあるということも疑うことができぬ」なぞと述べているのには同調しがたい。小田切は又、『あらがね』、『樽切湖』、立野信之の『流れ』（11年10月〜12年3月号）、田村の『大学』（11年7月〜11月、12年1月号）にも一定の評価を与えているが、この私は、『あらがね』以外の三作品には冗漫・陳腐・粗放などの貶語を浴びせずにはいられないのだ。

小田切のこれのみならず、『文庫』の解説類がおしなべてこの三作品を「労作」と呼ぶことに接するや、各執筆者の肩を揺すって「本当にそう思うのか」と迫りたい気持に駆られる。

(20) すこぶる付きの傑作『故旧忘れ得べき』は『日暦』に全体の七割程が連載された後、「つゞき」が『文庫』の創刊号から再開され、一回の休載を挿んで11年9月号をもって完結した。

なお高見の凡作『加代さんに就いて』は一回分（12年1月号）が発表されたきりで中絶している。

(21) 講談社刊『日本近代文学大事典』中南川の項目を執筆した野口は「おりからの非常時的戦時体制に合致せず、かえってそれが反体制の作家として迎えられる結果ともなって一二年人民文庫（略）同人となった」と記しているものの、私は釈然としない。

尤も、同人雑誌の加入に関しては、思想・信条では律しきれぬ、甚だ人間的な感情が決め手になるのであろうが。

(22) 高見が「その一部の描写が今なお頭に残っているくらい感心したもので」と讃える、実業家と女給の情事を描いた『昔の絵』における、女給と同棲する情夫《ひも》は元活動家ということになっており、彼の荒んだ、崩れた言動の記述は、結果的に作品に反プロ文学的要素を含ませたように思われるが。

(23) 「西鶴」とは武麟の『井原西鶴』（11年3・4・5・7・8・11月号）を指す。先述のごとく発禁処分を受けて急遽刊行された12年9月の臨時号には、ページを埋めるべく、右の六回分が纏めて再掲された。そして十三年七月、その四カ月前に『文庫』は終刊していたわけだが、他誌『文芸』に第七回目が載ったものの、この一種の名作は未完に終っている。

なお、島木は『文庫』の同人ではない。

(24)「私の小説に買ひ手がついた。売つた。売つてから考へたのである。もう、そろそろ、ただの小説を書くことはやめよう。欲がついた」。何故太宰を引用したかといえば、右の文章を含む『もの思ふ葦』の「はしがき」は彼が同人だった『浪曼派』十年八月号に載ったものだからである。

(25) 重治は『文庫』に一遍寄稿している。『一種の傑作主義』(12年9月号)がそれで、そこには「しかしこの傑作(至上)主義は他の面でも問題になる。それは、作者の政治的意識の後退との結びつきといふことである」とか「けれども、この政治(至上)主義からの脱出といふことは、政治主義の克服であるべきであって、政治意識を曇らしてしまふことではあり得ない」とか、プロ文学に関する正論が述べられている。

(26) 那珂の『悪鬼の譜』(11年9月号)では、菊池に対してのみならず、横光に対しては「首をしめてやりたいやうな憎しみを持つた」、川端に対しては「何だこのオチヤツピイ奴と思つた」といった罵詈が浴びせられている。なお当作は小説欄に入っているものの、「記録篇第四」と副題されたごとく虚構性絶無の読物である。

(27)『衆目』(12年1月号)。主題もここ迄分裂すると何をか言わんや、といった体の悪作だが、これには『新生』の「節子」こと「こま子」が登場させられ、彼女への憐憫と藤村への憎毀が記されている。

(28) 但し、那珂の義兄に当るらしいこの作家の、朝鮮が舞台の『城門の街』(11年12月~12年3・5月号)は驚くべき劣作である。一方那珂は『莨』や『尋常夜学校』と同じく、「ヒューマニズム」系で、やはり夜間電気中学生の貧乏物語ながら良質の感傷に潤う、戦後の田宮虎彦の秀作にも一脈通じる、その名も『感傷肖像』(12年4月号)を書いていることを言い足さねばならない。

(29)『醜聞』掲載号の合評会には、当作に関する、例の同人同士馴合の発言が相継ぐ。高見「大谷さんは相変らずうまいなア。いやになる」、田宮「つまりこんな作品をほめずに居られるかつていふせつぱつまつた啖呵がきりたくなるなア」、矢田「妙に凄味のある澄んだ感じは一体どこからくるのでせうか」。

（30）　8月号、11月号は正・続篇という関係ではない。何たることぞ、8月号に掲載分は一字一句違わずそのまま11月号の前の三分の一を成しているのだ。

なお井上は、己れが作に対する読者の不満を駁して（双方の題名・号数省略）「私の云ひたいのは、もう十九世紀あたりで完成された古い小説上の手法などは、どし〲《ママ》捨てちやつてい丶のぢやないか、どし〲映画に譲つてやつて（略）」といつた反リアリズム論を陳べている。

（31）　田宮はどうか、と云われるかもしれない。しかし彼は『文庫』には『若い争ひ』（11年9月号）『十八歳』（12年6月号）など、薄汚れた色恋物を書いたに過ぎなかった。ここからして、戦後『足摺岬』『絵本』『菊坂』が著されたことは、私には奇蹟みたいに思われる。

（32）　高見の『この頃』（『文庫』のではない、『懇話会』の12年2月号）には「私は去年の暮、父を失つた。父といつても生前一辺《ママ》も会つたことがなく、（略）私は生みの親に誕生を呪はれてこの世に出てきた私生児なのだ」といつた、読者には周知の、作者の暗い出生に関するエレジーがここでも奏でられたことは、和田のあの見解を裏書きするものだと思われる。

（33）　『盛衰史』には、箱根の旅館に滞在中の武麟の許に高見と新田が赴き、談合、武麟が「廃刊しよう」と呟くといった、一通りの経緯は述べられている。

（追記）

　成稿後、秀逸な文壇資料『本郷菊富士ホテル』『田端文士村』『馬込文学地図』の著者近藤富枝の『花蔭の人　矢田津世子の生涯』を一読するに及び、私が矢田の左翼的傾向を悉皆無視・黙殺したのは軽率・粗略な所為だったかも、と省みられぬでもない。すなわち矢田は、例えば『反逆』（『女人芸術』五年十二月号）、『罠を跳び越える女』（『文学時代』同年同月号）なぞという、題名からそうと察知されよう「左翼小説」を書いているそうである。しかしながら該個条には、平林英子の「あのころは流行におくれまいといった軽い気持で、左翼小説を書く人が多かった。矢田さんもその一人ではないか」との談話が引かれている。而して当著にあって職として印象的なのは、「花蔭の人」津世子の、己れの小説を雑誌に売り込まんかな、我が名を斯界に揚げんかな、といったあざといばかりの「文壇遊泳術」に他ならず、この点からして、既述の私見たるやなんら変改を迫られるものではないと考えていいであろう。

なお近藤が「彼女が無我夢中でつかみとった世界、それは〝妾たちの風俗〟であった」と述べるのも、私がそれのみについて言及した『神楽坂』『蔓草』等を見据えてのことなるは申す迄もない。また余談ながら美貌の津世子、幾人かの異性同性から愛慕されたが、就中『順三郎』の大谷藤子の纒わり方はなかなかのものだった由、近藤のこれによって知るに至った。

『荒地』の詩人たち
――トーマス・マンを光源とした

北　彰

はじめに

トーマス・マンは明治八年に生まれ、昭和三〇年に八〇歳で没しており、柳田国男とほぼ同時代人である。最初の長編小説『ブッデンブローク家の人々』は明治三四年に、短編小説『トニオ・クレエゲル』は明治三六年に、長編小説『魔の山』は大正一三年に刊行されている。

彼の名前が日本に初めて紹介されたのは、明治三七年『帝国文学』誌上において英文学者厨川白村によって著された「独逸最近の戯曲小説」と題する文章による。森鷗外も明治四三年から翌年にかけて「椋鳥通信」の中で七回ほどマンの名前に言及していた。しかしマンの作品が一般読者の目に触れるためには昭和二年岩波書店が単行本として、実吉捷郎訳『トオマス・マン短編集』と『トニオ・クレエゲル』を刊行するのを待たねばならない。以後文庫版出版や結果的に部分的出版に止まったとはいえ翻訳全集の企画などがなされるようになり、マンが日本の読書界に受け入れられていったのである。(1)

一　『荒地』の詩人たちにとってのマン

表題に掲げた『荒地』の詩人たちとは、例えば鮎川信夫、田村隆一、黒田三郎、中桐雅夫、三好豊一郎、北村太郎、木原孝一などであり、日本戦後詩の出発点をかたちづくった人たちであるが、これらの人々の中にもまたマンをよく読む人たちが存在した。

すでに今日まで、これら『荒地』の詩人たちとマンのかかわりに触れた文章はあるが、しかし筆者の知るところその数は少なく、また「論じる」というところまではいかぬ不満足なものである。時に驚きを与える文章もあった。

例えば長田弘『抒情の変革』の中に収められた、黒田三郎を扱った一章「感受性の運命」の中の次のような一節。

「（中略）わたしは黒田について話すのにすこしトーマス・マンにつきすぎて語っているだろうか。けれども黒田三郎という詩人を理解するためには、わたしたちは、かれの内部と外部の世界が微妙に入りまじる薄明の領域にむすばれている、近代市民社会における芸術家の全体的影像をまず理解する必要があるのではないかと、わたしはかんがえるのだ。普通彼はそうしたタイプに属する詩人としてあまりかんがえられてこなかったようであるが。(2)」

黒田がマンと関わる「そうしたタイプの詩人」であることはあまりにも自明なことであった筆者にとって、この文章は驚きそのものであった。またもし「普通の理解」がそういったものであるとする長田の言が正しいものであるとするならば、その「普通の理解」に対しては異議申し立てをしたかったのである。

　ところで長田は、この「感受性の運命」の中で、清岡卓行の「静けさのドラマ—生活の規律に服するいさぎよさ」と題された次のような文章を教えてくれた。『日本読書新聞』に寄せられた清岡のそれを以下一部抜粋して引用してみよう。

◇「荒地」グループといえば、そこに英米詩の影響を考えるのが普通のようであるが結成当初のメンバーの大半が、なんらかの形でトーマス・マンから強く影響されていることも忘れてはならない。こんなことを思い出させるのも、黒田三郎のホワイト・カラーとしての真面目な生活が、マンの愛した人間像にさまざまな意味で通じるからである。銃弾を胸に受けながらも、直立不動の姿勢を保ってなお羞恥の微笑を浮かべているような男。
◇市民という言葉は日本の現実にぴたりと合わないが、いわば市民的な生活における規律のようなもの、黒田三郎はそれに服するいさぎよさを持っている。それも多くの激しいものに耐えたロマンス・グレイ風の静けさを持って。彼に会っている時に感じる深い静けさ、その中味は他人のうかがい知るところではないが、ぼくはそこになにか溶鉱炉のようなもの、せめぎあう経験と言葉のカオスのようなものが隠されていると思う。そしてそこから浮かび上がってくる詩の言葉はふしぎに新鮮なのである。(3)

示唆に富む文章であり、自身戦争中にマンの『魔の山』を愛読した清岡は、おそらくここで黒田と自分の姿を重ね合わせている。しかしここにおいても明らかなのは、マンと『荒地』グループの関係が、英米詩との関係と比較して副次的なものと一般には考えられているらしいということである。筆者の知る限り例外は北川透の『荒地論』におけるマンの言及のされ方であった。

したがってこの論考は、マンと「荒地」の詩人たちとの関係が副次的なものなどではなく、第一義的なものであることを示すことをその主要目的とする。またあわせて日本社会や日本文化の「宿命」といってよい「西欧」との関係を考えるケース・スタディとしたい。

二 『魔の山』

戦中派である『荒地』の詩人たちにとって、マンはまず何よりも『魔の山』の作家であったろう。例えば鮎川信夫の「アメリカ」、その冒頭の詩節。

それは一九四二年の秋であった
「御機嫌よう!
僕らはもう会うこともないだろう
生きているにしても　倒れているにしても
ぼくらの行く手は暗いのだ」
(中略)
予感はあらしを帯びていた
あらしは冷気をふくんでいた

冷気は死の滴り……
死の滴りは生命の小さな灯をひとつずつ消してゆく
Mよ　君は暗い約束に従い
重たい軍靴と薬品の匂いを残し
この世から姿を消してしまったのだ
死ぬことからとりのこされた僕たちのうえに
君のなやましい顔の痕跡をとどめて
なぜ灰と炎が君を滅ばす一切であったのか？[4]

この詩が鮎川の言葉によれば「かなり激しく剽窃を」[5]した詩であり、カフカやマンなどの引用を含むことはよく知られているが、冒頭括弧で引用された語句が『魔の山』の最終部分に記されているものである。マンの『魔の山』は周知のように、「単純」[6]な一人の青年ハンス・カストルプが、スイスの高山のサナトリウムに暮らしているいとこの病気見舞いに訪れ、自身も軽い結核となり、そこに滞在している間に、より「複雑で深い」人間のあり方に目覚めていく物語である。サナトリウムは「死」に裏打ちされた当時のヨーロッパの様々な思想のせめぎあいの場である。

生の意味を問う言葉に貫かれて自分自身の生全体が自分自身によって裁かれていく時、あるいはその問いそのものによって生全体がある色合いに染め上げられていく時、そういった時の訪れは誰もが持っているだろう。この問いは、生きようとする生命を素朴に肯定する自然の力に対する精神による批評であり、生命に形を与えると同時にまたしかし逆にその生命の力をある場合には押し止め傷つける力としても働く。つまり「健康」をそこなう「病気」となる。この病気が極限にまで押し詰められればそこには「死」が現れるだろう。「死」を思う、それは「生」を思うことであり、無の風に晒されながら自分の生全体の骨格を瞬時のうちに陰画に焼き付け、はっきりと自分の目の前に引き据え、改めて眺めやることに他ならない。

病と死に満ちたこのサナトリウム世界は、「下界」という現実の陰に、現実と重なり合って確かに存在する世界であり、日常においてあまり意識に上らせることをしない問題を、いわば異次元の、しかも生命体にとって必須の酸素が希薄な「高地」において、いわば純粋培養した形で示すために選ばれた「しかけ」である。

人生のいわばモラトリアム期間にいるハンスは、このサナトリウム世界で純化され典型化された様々な人間及び自己のエロスと出会い、その出会いの中で様々な立場を「試験採用」[7]しながら、しかし他人の言葉を決してそのまま鵜呑みにはせず批判対照し、ただ「単純にして平凡」なだけではない「見かけによらぬ曲者」[8]ぶりをも発揮しながら、他の誰でもない自分だけの感覚と思考のありようを自己確認していくのである。

ハンスのこの他者との出会い、彼の行為、その一つ一つは読者自身の答を要求する挑発とも考えられる。この挑発をどう受けとめ、どう料理していくかは、読者一人一人に任されている。

作品『魔の山』の頂点に位置するのが「雪の章」である。この中でハンスは死や病の魔力の前に身を持ち崩してしまうのではなく、死や病にもかかわらずしかもなお死や病に抗してまっすぐに立ち続け生の建設に向かう道、いわば「生から生へ」ではなく、否定をくぐり抜けた肯定への道、「死から生へ」の道——新しいヒューマニズム——を選び取ろうとするのである。

ついに結論にたどり着いたかに見えてしかしこれで物語りは終わらずなお続いていく。「時代に対して《何のために?》とはっきり問うて、しかもうつろな沈黙しか与えられなかった」[9]青年、時代のニヒリズムのただ中にあって、しかし食に痛むこともなく豊かなサナトリウムの生活を経済的に保障されている青年は、一見自由な、しかし実は性的放縦もふくむふしだらな生活、停滞していながらうわべだけは多忙を極め、ありとあらゆる末梢神経を興奮させる慰み事が行われている生活、無意味な争い事が頻発している生活に戻っていくのである。

　ここに繰り広げられ示されているのはニヒリズムの現象学であり、上述したような生活を送っていくうちに、彼はついに「鈍感」[10]になり「すべての物事に対して無関心に」[11]なっていってしまうのである。このように生きながら死んでいた彼が、この純粋培養の精神世界、高地のサナトリウム世界から俗なる下界の世界に引き戻されるきっかけとなったもの、それはハンスの内面世界、内的時間とは全く無関係に進行していた歴史の現実、外部の時間がもたらしたもの、すなわち第一次世界大戦の勃発であった。

　「事物そのものに対しては一向に注意を払わず」[12]、「影像を現実と考え、現実を影像に過ぎないと考えたがる傲慢な性向」[13]の持ち主であった彼は、「草の中に呆然と座って、目をこすった」[14]のである。このようにして荒々しく歴史の現実の真っ只中に放り込まれた彼は、やがて山を下って一兵士として参戦していく。

　この参戦していくハンスに、鮎川は一九四二年に入営した自分の姿や、そしておそらく同時代の他の青年たちの姿をも重ね合わせている。詩の中でMと呼ばれているのは森川義信、本名山川章のことであり『荒地』の詩人たちの一人と見なすことができる。[15]彼は鮎川の親友であり、鮎川入営の直前、一九四二年八月に戦病死していた。「詩人としてのその天稟は疑うべくもなく」「もろくてはかない雰囲気」を漂わせ素朴な「自然人の無垢な心情」と「度肝を抜く野性」を併せ持ち、「いつも他者への思いやりにあふれ、穏やかに人に接していた」寡黙な森川。[16]彼の詩「勾配」に寄せる鮎川の文章を見てみたい。

> 一九三九年十月、『荒地』第四集に乗せる「勾配」一篇を懐中にして、彼はまっすぐ私の家へやってきた。さすがにその顔はいつもより輝いてみえた。

わずか十八行の短詩だが、さっと一読しただけで、私は、目がくらむような思いがした。何度も繰り返して読んだが、感動の波は高まるばかりであった。すでに「街にて」で予告されていたとはいえ、「勾配」はその独創性と普遍性において、遥かに卓越した作品であったからである。

愛とは、心の傾斜にほかならぬと誰が言ったのか。その斜面に立っているのは、自然を、人を、愛するということにおいて過剰でありすぎた青年の姿であった。現実の傾斜、時代の傾斜は、遥かな地平と激しく交差し、青春の苦闘は空しく悲運のうちに終わりを告げようとしていた。それでもなお、彼は、自然を、人を愛することをやめないのである。これは「しっかり摑んでいるその根はなにか?」という「荒地」的な問いに対する彼の見事な回答であった。

私にとってそれは同時代の詩人の作品に心から動かされたという点で、ほとんど初めての経験だった。「うまいな」とか、「なかなかやるじゃないか」といった程度の感想を仲間の詩に対して抱くことはあったが、それによって自己の内部の隠れた部分を大きく揺すられるというようなことはなかった。

勾配　　　　森川義信

非望のきはみ
非望のいのち
はげしく一つのものに向かって
誰がこの階段をおりていったか
時空をこえて屹立する地平をのぞんで

そこに立てば
かきむしるやうに悲風はつんざき
季節はすでに終わりであった
たかだかと欲望の精神に
はたして時は
噴水や花を象嵌し
光彩の地平をもちあげたか
清純なものばかりを打ちくだいて
なにゆえにここまで来たのか
だがみよ
きびしく勾配に根をささえ
ふとした流れのくぼみから雑草のかげから
いくつもの道ははじまっているのだ(17)

この森川義信が前述したようにビルマのミートキーナで戦病死したのは、一九四二年八月一三日。二三歳十ヶ月の若さであった。(18)彼の死を知ったとき鮎川は『戦中手記』の中で次のように述べている。

彼が死んだということは僕にとって非常な打撃であった。彼の仏印へ赴く前の最後の手紙に、「僕のことを思い出すことがあったら『魔の山』の最後の一頁を読んでくれたまへ。私の未来は起きていても倒れていても暗いのだ」とあったのを思い起こして、早速『魔の山』の最後の一頁を読み返し目頭を抑えずにいられなかった。

その一頁は彼の運命ばかりではない。実に「荒地」の運命をも暗示しているかに思へて僕ははなはだ自棄的な嬉しさをすら覚えたほどであった。

「生活の誠実なる厄介息子！　おまえの物語は終わった」とトーマス・マンは「荒地」の一人一人の主人公、今は北へ南へあるいは銃後へと相互の距離を広げてしまった〈怪物ごっこ〉の主人公たちに呼びかけているように思われた。「さようなら！　生きそして生き続けて行け！　おまえの未来は悪い。正直なところその疑問は疑問として残しておくがよいだろう。おまえの単純さを高めた肉と魂の冒険は、おまえの肉の中には残らないとしても魂の中に生き残った。死と放縦な肉体とから、予感に満ちて徐々に愛の夢が芽生える時がきた。死の素晴らしい饗宴から、雨のふりそぼる薄暮の空の中から、燃えた悪い熱情の炎から、いつか愛が甦るのではないだろうか？」[19]

以上あまり広く知られていない森川義信を紹介する意味を込めて多くの引用をしてきたが、最後に引用した鮎川の『戦中手記』の文章がとりわけ森川と『魔の山』との関係を如実に語っていよう。

鮎川自身もまた、おそらく自分自身の死を念頭に置きながら、昭和一八年に戦地から中桐雅夫宛投函した葉書の末尾に次のように記すのである。「『魔の山』の最後の二、三頁ひまがあったら読んでみて下さい。〈何故〉と問わないで下さい」[20]と。

また鮎川信夫や森川義信ばかりではなく、田村隆一も『魔の山』の愛読者だった。生まれて初めてトーマス・マンの小説を読んだのは昭和一六年一八歳の頃で、岩波文庫版『トニオ・クレーゲル』だった。それ以来田村は

「マンのとりことなって、翻訳された作品は、ほとんど読むことになる。中でも『魔の山』は、戦前・戦中・戦後と、五回以上は読んだ」(21)のである。

以上述べてきた事実は、『魔の山』が、清岡卓行なども含めた同時代の若い詩人たちの心情と共有しうる何ものかを持ち、彼らの自己確認に役立ち、彼らの文学的営為の足場となりえていたことを示している。つまり当時の詩人たちの文学的伝統として機能したということだ。

彼らは日本の作品の中にそういった機能を果たしえる作品を発見することができなかった。すなわちここにおいて「時代」が彼らに日本文学の伝統との断絶をもたらしたのである。北川透が鮎川の「Xへの献辞」における「荒地」の観念を批判して、「日本とは何かというまなざしが見事なほどに欠けている」(22)と述べざるを得ぬ理由がこの辺の事情にも伏在しているのではないか。

ところで彼らが『魔の山』に読んだもの、それは何よりもまず迫り来る自分の死であったろう。ハンスの運命と自己の運命とを重ね合わせながら、やがて来るべき自己の運命を受け入れるための感情的カタルシスを果たす役割を、小説『魔の山』は担っていたと考えられる。

少年時代にはすでに事変という名前の戦争が始まっており、その戦争を続けている国家に生まれ、いまや青年となった彼らにとって「赤紙」により戦場に駆り出されることは既定の事実であった。「せめて三五歳まで生きられたら……！　しかし、今のこの国の有様では、それは高望みというものだろう。」(23)堀田善衛はこの時期の荒地の詩人たちや、マチネ・ポエティックの詩人たち、左翼系の人々との交友を描きながら書き記した自伝的小説『若き日の詩人たちの肖像』の中でこう記していたが、それこそ、まことに重苦しく切迫した暗さに押し込められていた戦中世代の、いわばすべてを規定する思いではなかったか。

堀田は「死ぬ」というかわりに国家によって「殺される」と正確に表現しているが、逃げ道のない囚われた重苦しい閉塞空間の中で、「殺される」時期を待つ圧迫感は単に精神的なものに止まらず直接に肉体的な苦痛でもあった。「時代の進みというものがかくまでも、ほかならぬ肉体にまでぐいぐいと迫って来て腹が痛くなったり背筋をちり気だたせたりするものであるのか」(24)と堀田は記している。

殺されることが既定の事実であるとするならそれに納得を求めたい、それが自然の情であろう。彼らはもちろん『魔の山』にも自己を納得させるものを求めたであろう。しかしそこに示されているのは、第一次世界大戦後のヨーロッパの状況の中に立つ一人の作家による「事実の認識」とでも呼ぶべきものであり、この日本の地で第二次世界大戦の兵士として立つものが、自分のおかれた現実の直接的な認識として納得できるようなものではなかったはずである。

それともおおよそ二〇年前のヨーロッパの思想的状況、その「事実の認識」を日本の現実を理解するためのいわばフィルターとして自覚的に機能させながら、その「事実の認識」によって彼らは自分たちの運命を甘受する力を得たのであろうか。

堀田は現実の日本と自分との関わりを平田篤胤を援用しながら例えば次のように描写している。部分をつなぎ合わせながら引用してみよう。

「彼は儒教や仏説を排除し論破するために、手段を選ばずという次第でキリスト教を動員して来たわけであったが、西欧の方法を応用する日本近代の学問芸術のあり方が、もう平田篤胤の頃から劇的に開始されたという次第なのであろう。非常な貧窮に苦しみながら、妻が死に、長男が死に、次男が死ぬという不幸につづけて襲われながら来世の思想を思い詰めている、この不幸で孤独な思想家の姿がだんだんと見えてくるように思われた。純粋日本の学ということになっている国学がこのざまでは、と思わないわけにはいかない。一月の夜の空に星がきらきらと光っていた。そのために死ぬる日本などではないのだ、と思うと、泪がぼろぼろと果てもなく流れて出た。〈日本〉は、言うまでもなくまるきりの他者ではありえない。けれども、その、今の〈日本〉に、深い夜のなかで自分が絶望していると自身に対して確認をしてみると、絶望というものもそう悪いものではないという思いが、自分に出はじめていると感じた。絶望のおかげで、〈日本〉は他者に見えてきて、いま自分はまるきりの自分にかえりえているのではないか、と思うのである。絶望もつかいであるものだ、と思う。(25)」

ここに記されているのは同時代の日本文化ひいてはその伝統総体に対する絶望である。

マンの『魔の山』においてはドイツ文化の固有性の対象化、ドイツ文化と西欧ヨーロッパの伝統との対立矛盾は作品の主題から退いている。第一次世界大戦期に記された『非政治的人間の考察』にこそ、「文明」に対立する「文化」、すなわち「ドイツ的なるもの」に深くこだわって、「翻訳もの」の「民主主義」に敵対し、自分にとっての「ドイツ」、その伝統の淵源をどこに求めていくか苦闘していた、君主制を支持する保守的なマンの姿が鮮明に現れている。それはまた、西欧的ニヒリズム、進歩的頽廃と解体に抗してなされたドイツ精神の反近代、反西欧の戦いであり、当時進歩的知識人の旗頭の感があった同じく作家である兄ハインリヒ・マンとの骨肉相食む兄弟喧嘩でもあった。

敗戦後すぐの日本にあって、民主主義を擁護する亡命の反ナチ抵抗作家、ヒューマニズムの輝ける星であったマン、したがって民主化された日本の未来を構想していた人々にとっては自己の思想を計る一つの尺度ともなっていたマンが、第一次世界大戦期にあっては反民主主義の人であったことは注意されてよい。

『非政治的人間の考察』を四年の歳月をかけて書き抜き自己吟味をすませて後マンは初めて『魔の山』を書く

ことができた。その『魔の山』においてマンは、自信を持ってヨーロッパ全体の伝統を自己の拠って立つ基盤となしえている。ここには例えば堀田の抱いた絶望と相通じるものは存在しない。『魔の山』が日本の若き詩人たちの苦悩を十全に受け止めることは不可能であったろうと推測する根拠はここにもある。『魔の山』には、死や無、そしてエロスが彼方に透けて見え、積極的に外界に「ひらかれて」いこうとするよりはむしろ、閉ざされた一個の人間の「内面」に深く沈潜していこうとする、洋の東西を問わず若い青年に広く共通に見られる形而上的思索が展開されている。

このように本質的位相においてなされた、生と死をめぐる議論は、戦争による「死」を目前のものとしていた当時の日本の青年たちにとって、切実なものだったろう。

事実、鮎川の『魔の山』論とも言うべき「死と生の論理」[26]、敗戦後の四九年に書かれたその文章も、マルクス主義的文学論を強く意識したものであるとはいえ、根本基調は個人における生と死の問題であった。

三　戦中の詩人たち

ところで「荒地」の詩人たちは、日本の戦中の現実や「時代に対する絶望を足場として、勉強をするというよりも、むしろ無頼に、生きれるだけ生き尽そうという人々」[27]であった。「たとえばT・S・エリオットなどを深く読み込んでいるとは言うものの、今のところでは専ら酒を飲み意志してバクチを」[28]していたのである。「バクチや、小唄や幇間の真似事などを、これらをもし堕落と言うならば、彼らは頗る真面目に、一生懸命に堕落しようと努力しているのである。時代の徹底的な閉塞に立ち会って、その閉塞と、これらの詩人たちはまこと真正直に付き合っているもの、ということは出来る」[29]だろう。日本の抒情に対してはそのじめじめしたものを拒否し、

「ロマンティックなもの一切を拒否するという、いわば逆ロマンティックなようなことになっていた」(30)。

そういった人々の一人であった鮎川がある日、「上着のポケットからくしゃくしゃの紙切れを取り出し、〈ちょっと読んでみてくれ〉(31)」と堀田に差し出す。「それは、抒情というヴェールなどからははるかに遠く、同じ時を生きているものとしての、ほとんど極限的なまでに痛切でむき出しの、一つの影像であった。

高い欄干に肘をつき
澄みたる空に影をもつ　橋上の人よ
啼泣する樹木や
石で作られた涯しない屋根の町の
はるか足下を潜りぬける黒い水の流れ
あなたは　まことに感じているのか
澱んだ鈍い時間をかきわけ
櫂で虚を打ちながら　必死に進む舳の方位を(32)

現在の時間を澱んだ鈍い時間であると見、樹木が啼泣しようが何をしようが、自らの心象だけはつかんでおかねばならぬ、舳の方位はいったいどこなのだと、必死に追求している一つの、壮烈なといいたいほどの精神がいる、と思う。未曾有の大戦争をしている国に生きていて、若者はその時間を、なんだか暇だなあ、と思っていたのであったが、それは暇なのではなくて本当は澱んでいて鈍いのだ、と認識する。また時代とその中にある若者たち自身の姿について、これだけの凝視は到底おれには出来ていなかった、と知った。(33)」

以上堀田の文章からの引用であるが、左翼の人々のようにマルクス主義的芸術観を観念的基盤とせず、またマチネ・ポエティックの人々のように高踏的芸術や学問の精神によるわけでもなく、ひたすら自分自身の感覚と思惟によって立とうとしながら鮎川は言葉を摑もうとしている。それを自明なことといってしまえばそれまでのことであるが、等質化への巨大な水圧が個人を押し潰し個人がほとんど数の一つでしかないところでなお自分自身の感覚と思惟を守ろうとすることがどれほどの難事であったかは、戦時中の日本の文学のあり方を一瞥すれば明らかであろう。いやあるいは二千年初頭の現代日本の文化社会状況にあっても本質的にその困難さは同じことであるといってよい。

この堀田の文章には、鮎川と並んでまた「冬の皇帝」と称される若き日の田村隆一も姿を現わす。例えば次のように。

「いつか冬の皇帝が〈かけっぱしだよ……〉と言って、ノートか何からしい紙切れに書きつけたものを見せてくれたことがあった。

空は
われわれの時代の漂流物でいっぱいだ
一羽の小鳥でさえ
（　　）の巣にかえってゆくためには
われわれの苦い心を通らねばならぬ

（　）のところはまだ言葉になっていなかったが、冬の皇帝の発想の仕方は、いちじるしく立体的で、ゴシックの不吉な寺院のように、地から空へ突き立つような風であった。しかし本当に、空はわれわれの時代の漂流物で、まことにいっぱいであった。冬の皇帝の描写力は、的確で太々しかった。」(34)

戦中の堀田は、左翼系グループとマチネ・ポエティック、それに『荒地』の三者と交わりがあり、その三者の傍らにあってその三者をよく見通すことができるまれな位置にいた。その彼が自己の文学的理想として、この三派を一つのものに肉体化し、実質化できないか、組織としてできなくても誰か一人の人間がそれになればいいのだ、と作品『若き日の詩人たちの肖像』の中で述べていることは注目に値する。

戦中に動乱の時代に書かれた日本中世文学を発見し、やがてその発見が後年になって『定家明月記私抄』として結実し、「他者」日本と距離を保ちながらスペインに居を構え、『ゴヤ』や『ミシェル城館の人』を著した彼のありようもまた日本文学の伝統の一つとして確認しておく必要があるのではないか。

ところで『荒地』の同人ではないが、日本の戦後詩人とマンの関係を語るときに抜かすことができないのが、清岡卓行である。彼が『魔の山』をいかに愛読していたかは、次の文章から明らかである。

ヒステリックな女のような空襲警報、W教授の「ガルガンチュアとパンタグリュエル物語」の演習、煙草のための行列、ヒロポンによる下宿屋の夜の読書、(何もせず一睡もしないことも多かった)、燃え上がって夜空を血のように染めた町々、後輩との芋や蛤の買出し、学生に対してむき出しの憎悪の視線を投げつけた軍人たち、この世のものとも思われぬ美しさに満ちていたサン・サーンスの音楽、猛烈に飢えた屈辱的な胃袋、そして僕の周囲に生きていた『魔の山』の人物たち、ハンス・カストルプ、ヨーアヒム・チームセン、ロドヴィゴ・ゼテンブリーニ、レオ・ナフタ、ショーシャ夫人、メネール・ペーペルコルン……。〈トーマス・マンは、ボードレールやランボーなどとともに、ぼくの神々の一人であった。ハンスはショーシャ夫人に語ったのだ、「ボクニハフランス語デ話スノハ、話サズニ話スヨウナモノダカラネ、アル意味デ。……ツマリ責任ナシデ、夢ノ中デ話スヨウナモノダカラ。」そして、ぼくは、『魔の山』の結びの言葉をも、「夢ノ中」で、いわばぼくのアリバイとして、理解していた。「……この全世界の死の祝祭の中からも、雨混じりの夕空を一面に焼き焦がしている陰惨な熱病のような硝煙の中からも、いつかは、愛が誕生することがあるのだろうか？」〉(35)

彼ら戦中に青年として生きた詩人たちは、自己の戦争体験に向かい合い、そこからつかみ取ってきた言葉を持って、敗戦後の日本の現実とわたりあっていった。したがって前世代の詩人が、戦中に青年であった年少の詩人たちが生き体験した戦時下の内面を無視し、この時期の日本の詩的状況を単なる「空白」として処理し、それですまそうとしたとき、これに対して激しく抗議したのは当然である。北村太郎の「空白はあったか」は彼ら戦中世代の共通の声であった。

若い世代が命をかけさせられた歴史的現実。その歴史の現実に自分がどう向かい合ったか、その自分の態度を明らかにすることもなく、あたかもその現実と無縁に詩作を続けられるかのごとく振る舞うばかりか、その自己の態度を認識し得ぬ人たち。中には戦争に協力加担しながら敗戦後その事実を見据えることなく、はなはだしきはその事実を隠しながら抵抗詩人であったかのように装う人たちすらいた。「戦争責任論争」が起こるのは必然であったろう。(36)

ところで、上に引用した堀田の、フィクションとしての小説に記されている、現に実在する詩の書かれた時期が、実際に詩の書かれた時期と一致するのであれば、彼らが敗戦後見せた詩的展開が、戦中すでに彼らが抱えていた自己の内面をそのまま発展させていったものであることを、詩作品の上からも明白に示していることになる。事実、鮎川の「橋上の人」は、戦前・戦中の詩的な総決算、遺書のつもりで残された詩であり、昭和一八年にすでに三好豊一郎が出していた詩誌『故園』に掲載されたものであった。[37]

一方田村の詩句は、詩「幻を見る人」の一部であるが、この詩句の書かれた時期は特定できない。堀田が戦後書かれた詩をこの決定的な場面において引用してくる、ということはまずしないであろう、と推測することは妥当と思われるのだが。

また清岡について言うなら、ここで論ずる余裕はないが、戦中から戦後にかけて彼の内的歩みは一貫したものだった。

つまり、田村の詩はなお括弧で一応括るとしても、鮎川や清岡の詩は本質的には「戦後詩」ではなく「戦中詩」なのである。数歳違いの世代ごとに同じ戦中派でもその内実を違えてはいたようであるが。[38]

したがって、彼らの詩が「戦後日本のかかえこんでいた混沌を、それと全的に格闘することによって詩的表現として獲得すると言う過程を十分に踏んで」おらず、「戦後詩をトータルにになしきれていない」[39]とする野沢啓の判断は正確なものと言えよう。『荒地』派グループの詩こそ〈戦後詩〉の出発点であるとする詩史的通念は解体する必要がある、との野沢の言も一考の価値がある。むしろ『荒地』の次の世代こそ〈戦後詩〉に直結していよう。

しかしむろんこういった判断によって『荒地』の人たちの詩を戦後詩から排除しようとするものではない。むしろ全く逆である。『荒地』を一つの伝統として積極的に意識化していく作業は、現代日本の拡散し漂っているかに見える詩状況の中で、「いま」の背景にある「歴史」をもう一度前面に押し出すことになろう。

四　市民と芸術家

「トーニオ・クレーゲル」を青春のあこがれと溜息に充ちた作品として耽読する青年は多かろう。それはそれでいいが、この作品こそ、マンの暗い宿命の息吹と予感にあふれた、同時に、極度に意地悪な作品ととらえることもできる。復活の物語であると共に、青年期の最も危機的な作品である。生《レーベン》に対する憎悪愛《ハース・リーベ》、生に対する軽蔑と愛が、ほとんど図式的な鮮明さで描かれている。トーニオは、嫌な恐ろしい青年像で、若き日の芸術家の自画像でもあるが、あらゆる青年が自己嫌悪を以って接するほかはないような青年像なのである。光にあふれているが、それと同量の嫌悪にあふれた青春小説という点で、一読、生涯忘れがたい印象を残すのである。(40)

三島由紀夫がこう評した「トーニオ・クレーゲル」は、マン自身元来「文学」という題を付すことも考えていた短編小説である。主人公は、三〇を少し過ぎたばかりの作家。周囲の人間との違和感に苦しんだ彼の少年期から、作家として世間に認知され一人立ちするまでの物語である。

彼は「自分に刻印が打たれ、ほかの人間たち、平凡で尋常な人間たちと不思議な対立関係にあるのを感じ始め(41)」、やがて「無意識にして物言わぬ生の上に、微笑をたたえつつ君臨する精神と言語の力に、全身を委ねる(42)」のが自分の天職であると信じるようになる。愚かしい低俗な生活に対する軽蔑。認識の嘔吐とでもいうべき認識の苦悩と驕慢と共に孤独が訪れ、彼は世界の背後に滑稽と悲惨を見た。

その彼はしかし同時に自己の内面の荒廃と悲惨とを批判的に認識せざるを得ぬ資質の持ち主であった。自分が平凡で暖かな生に対する憧憬を持つ人間であることを自覚するのである。精神が生に対して放つ批評の苛酷さを逆に生が批評している。このイロニー。水で薄めれば「平凡」となり、よく言えば「正統」となるイロニーの、その変幻自在の相互批評こそマン文学の核心にある二元論である。

これを「芸術家」と「市民」の関係において述べるなら、「芸術家」からする俗なる「市民」に対する批判があり、しかしそれと同時に逆に「市民」からする「芸術家」批判がある、ということになる。しかも一人の人間の内部でその二つの批評が交錯しているのである。

こういった内面を外的に象徴化する姿、それは芸術家として内面の荒廃や空虚を抱え込みながら、「にもかかわらず」[43]他者に対してはそれを見せぬ自制に貫かれたダンディズムを体現する姿である。

その姿は「剣や槍が体を刺し貫いているのに平然として誇らかな羞恥のうちに歯を食いしばって立っている知的で若々しい男」[44]、聖セバスティアンのイメージである。すなわちこのイメージを「市民と芸術家」の対立項に移して表現するなら、外面や生活が「いかにも作家」のようにしてあるのではなく、市民的義務を果たし市民的規律に服しながら目立たぬ生活を送る、ということになる。それこそ清岡が先に引いた文章で指摘しているとおりマンの愛する人間像である。

作家の中でマンを一番尊敬していた上林暁もマンの作品中のこういった人物像に強い共感を示していた。[45]日本の作家のなかでマンと関わり深い作家をあげるなら、北杜夫、辻邦生、吉行淳之介、三島由紀夫と言うことになろうが、その三島は晩年の三好行雄との対談で明確にマンの影響を認め、[46]またドナルド・キーンに対して、「金閣寺」は鷗外とトーマス・マンの文体であると語っている。[47]

「〈小説家は銀行家のような風体をしていなければならぬ〉と教えたトーマス・マンの文学が、このころから、私の理想の文学になりつつあった。あのドイツ的なやにっこさも、不必要な丹念さも、私の資質から遠いものではあるが、当時一等私をとらえたものは、マンの文学のドラマチックな二元性、ドイツ文学特有の悲劇性、それから最高の芸術的資質と俗物性とのみごとな調和であったと思はれる」[48]とも三島は記していたが、鋭く的確な指摘といわねばならない。

五　黒田三郎とトーマス・マン

ところで、日本の作家ではなく詩人のなかで、その文学的活動のスケールに違いがあるとはいえ、本質的にマンと通底するところのある人物をあげるとするなら、それはまず黒田三郎ということになろう。

彼は「トニオ・クレーゲル」を一七、八歳の頃一〇回ぐらい読んでいるが、それは「何か学校で違和感を覚えて、心の平衡を失ったとき」「自分が一般の生徒たちと少し違っていると思って、傷ついたときである」。その傷ついた心を癒すためにかれはよく実吉捷郎訳の岩波文庫で「トニオ・クレーゲル」を読んだ[49]。

同じ本を繰り返して読むのは黒田の特徴である。戦後の日記を見ても彼はまた繰り返し「トニオ・クレーゲル」を読んでいる。二九歳の年、昭和二三年五月にはこれまですでに「二〇回に近く読んでいるかも知れぬ」との記述が見え[50]、また「〈トニオ・クレーガー〉の一行一行が、僕の肺腑を貫いた。言葉の一つ毎に僕は思い出すのだ。このように甘美な小説を僕は外に知らない」とも書いている[51]。

また昭和二三年頃に書かれた黒田の文章「若い世代の夢」や、優れたエッセイ「権力と詩人」の中にもマンの姿が垣間見える。例えば次のような一節。

「僕等が詩という名称にふさわしいと心ひそかに考えているのは、たとえば、一九世紀の終わりから第二次大戦の終わった今日に至るまで一貫してトーマス・マンが示しているような精神の態度にほかなりません」[52]「すでに、二〇世紀の初めからトーマス・マンは、詩人と市民の間にある矛盾を自己の問題としていましたが、彼の行動そのものが見事にこれに対する解答をなしているように考えられます」[53]

黒田がここで詩と呼んでいるものが何であるか必ずしも明らかではないが、これを「文学」と読み替えてもそう外れたことにはならないだろう。いずれにしろここに引用した文章からは「クレーゲル」体験から始まった黒田のマンへの関心の持続、また彼のマンへの傾倒振りが明らかである。

黒田は一九四二年東京帝国大学経済学部を繰り上げ卒業後、南洋興発会社に入り、四三年農園管理のためジャワに派遣され、現地召集を受けて、四六年になって帰国した。帰国してきた黒田にとって「総合雑誌を埋めている聡明で美しい民主主義の論理は、むしろそらぞらしい感じがした。彼らが美しく聡明であればあるほど、この美しく聡明な人達は戦争中何を考えていたのだろうと、不思議な感じにたえなかった」[54]のである。

こういった黒田が、前世代の詩人たちに対して批判を抱き、いわば「父殺し」を決意するのは当然な成り行きであったろう。

一九四八年に発表されたエッセイ「権力と詩人」のなかで黒田は初めて「俗な市民」[55]という言葉を使う。このエッセイは当時の共産党批判であった。すなわち純粋な「精神性」を倫理的に体現しているものとすら見られた共産党は、言葉の上で民主的近代的な「美しい言葉」を使い、そのゆえにこそ自分ではすでに前近代的な人間関係を克服していると「思い込むこと」ができているようであるが、「観念」という色眼鏡をはずし肉眼となれば、実はそこに見える組織の人間関係の実態は、自立した個人が結び合う関係ではなく、封建的人間関係の残滓をひきずったものではないのか、という問いかけであり批判であった。

敗戦直後の思想的状況にあって共産党批判を敢行することには勇気を要したであろう。しかも「詩人が詩について語る前に、共産党について語」(56)ったのである。しかしそれも「詩人が詩人という名によって免れる現象は、なにひとつない」(57)と考える黒田の選んだ行為であった。換言するなら当時の黒田にとって共産党に入党するかどうか、共産党と政治的行動を共にするかどうかが、実に切実な問題であったということになる。事実後年彼は「詩人会議」のメンバーになっていくのである。

純粋な「精神」に組せぬ、という意味において「俗」なる「市民」は、例えば政治活動において、一方的に党にひたすら献身することだけをしない。自分にも得るものがなければならぬのである。黒田はここで通俗的日常世界で支配している利害関係におけるギブ・アンド・ティクの原理を持ち出してきたかに見えるが、エッセイ「権力と詩人」におけるギブ・アンド・ティクの原理はむしろ倫理的である。前提は自立した主体的市民の存在であり、政治に関するこのエッセイにおけるあるべき市民と党の関係は、政治の領域に平行移動された「トニオ・クレーゲル」における、成熟した成年作家における市民と芸術家の関係である。すなわち、「精神」を体現するかの如き党つまり芸術家もまた、「生」の立場にある等身大の「人間」としての市民から批判を受けねばならぬのである。

黒田自身「詩人と市民という問題をはじめて自覚したのは、この〈トニオ・クレーゲル〉を読んでである」(58)と述べている。

例えばニーチェなどに深く惹かれ、内面の暗い領域に向かって心を穿っていく資質を持った繊細な彼が、やがて時代の体験のなかから外部世界に向かって開かれ、政治に否応なく巻き込まれていく構図は、まさにマンがたどった道筋そのものであった。

六　「市民」という言葉

黒田が使った言葉「市民」はしかし、一九四八年頃にあってはものめずらしい言葉であったろう。北川が言うように「現実の根底を欠いた観念的な市民感覚」[59]を表現するものでしかなかったと思われる。「市民」という言葉が何か日本の現実になじまないものであるとの感覚は、清岡が黒田を評する言葉の中で示してもいた。

私事に及ぶことを許していただくなら、筆者にとってはベトナム反戦運動のなかで、いわゆるベ平連が使っていた「市民」という言葉が、実に新鮮な言葉として響いてきたという記憶がある。鮮烈なアピール力を持っていた。戦後生まれの一六歳の地方都市の少年にとっても、六五、六年代になお「市民」という言葉はなじみのない「バタ臭い」言葉だったのである。自分も「市民」なのだ、というそれは驚きでもあった。

「庶民」でもなく例えば織豊時代の堺の「町衆」でもなく、「国民」でもなく「人民」でもなく、なぜ「市民」という言葉を黒田は選んだのか？　一つの理由は彼がその言葉を「トニオ・クレーゲル」から援用したことにあろう。また経済学およびマルクス主義に関心を抱いていた人間として、そこにヨーロッパ近代市民社会における自立した主体的な「市民」概念が、あるいは日本の封建主義論争などを背景として、やがて近代化されていく日本におけるあるべき模範ないし理念として思い描かれていたのかも知れない。

彼が現実との懸隔を意識しながらこの言葉を使用していたのだとするなら、彼の言葉遣いはやがて来るべき日本を見据えた先見性に満ちた予見者のそれであるということになる。

いずれにしろしかし、「市民」という言葉が、ごく普通の言葉となり日常的に使用されるようになってきたのは最近になってのことである。戦後半世紀を経てようやく黒田が提起した問題がその実質となる基盤を持ち始めたかに見える。

しかしここにおいてもなお、この現代日本社会で流通し始めた「市民」という言葉の内実には注意を払わねばならぬであろう。本来ヨーロッパ起源の「市民」と、現代日本における「市民」とはその内実を異にするからである。しかし逆に古典的市民像が崩壊し、大衆になりおおせたヨーロッパの現代の市民と、日本のそれとが全く別物であるということが果たしてできるのかどうか。ヨーロッパ起源の言葉である「市民」が、現代日本において使用されるとき、その輪郭、その内実が限りなく曖昧になっていくようにみえる。ここにもなお近代日本における「西欧」と「日本」との関係が映し出され存在している。

おわりに

日本において作家ばかりでなく詩人、とりわけ『荒地』および『荒地』周辺の詩人達にとってもマンが大切な作家であり、日本の文学伝統の形成に寄与してきたことを示すことがこの小論の意図するところであった。本論では触れることはできなかったが、中桐雅夫もまた昭和一七年に、マンによってデモクラシーという言葉を知り、誇張を込めて言うなら、マンによってファシズムへの嫌悪を知ったのである。この辺の事情を記した「lost generation の告白」(60)の文章には、これ以外にもマンへの言及が目に付く。

ところで敗戦後すぐ、黒田三郎は次のような苦くユーモラスな文章を日記に記していた。


日本人は戦争に負けていて、負けたとつくづく身に感じていぬようである。(中略) そしてただ流れに流されているだけの話である。どこにもひどくぶつかって目を覚さないままに。そして日本という古道具屋の店先に相も変らず、二束三文にもならぬ所謂三千年来の宝物を並べ、その横に俄に、外国種の安物を大仰に並べ、天下太平にいねむりしている。[61]

横にただ並べるのではなく、また様々な意匠の一つとして利用するのでもなく、自己の内面において例えばマンならマンと切り結び、その自己の内的体験を経ることで初めて文学的伝統は形成される。「文化の生きる場としては個人個人の精神生活以外のどこにもありはしない」[62]とも黒田は述べていたが、文学においてはなおさらのことであろう。

所謂三千年来の宝物がすべて皆二束三文にもならぬものであるかどうかはさておき、「伝統」は明確な形をとって目の前に存在するわけではない。北川が言うように「世界の中ではげしく変化している現代日本そのもの」、「現代に生きる我々自身」[63]のその個人の内面において獲得されるものである。一人一人の微小な内的体験の蓄積、そこにしか「伝統」はないのであり、日本にすむ私たちにとって、その伝統は、先に見た「市民」という言葉と同じく、抜き差しならぬ西欧世界との接触によって、限りなくその輪郭およびその実質が曖昧なものに繰り返し回帰していく態のもののように見える。

しかしいかに曖昧なものへの繰り返しの回帰であっても、にもかかわらずそこにしか私たちの文学的伝統がありえないのだとするなら、そこに生きることが私たちの宿命なのであろう。このマン受容をめぐる小論が、その回帰の一環、そのわずかに光る伝統の発掘と、伝統の創造とに、ささやかながら寄与できたことを願って筆をおきたいと思う。

(1) 村田経和『トーマス・マン、人と思想』(センチュリーブックス)清水書院、一九九一年、一六四—一九七頁。

「日本におけるトーマス・マン」として一章が充てられ、日本における翻訳史、受容史、研究史が記されている。平野栄久『ドイツと日本の戦後文学を架ける』オリジン出版センター、一九七七年、九三―一三四頁。「トーマス・マンと日本の戦後文学―作家に見る、マンの受容」と題した論文で、三島由紀夫、辻邦生、北杜夫、吉行淳之介、上林暁など、村田の挙げた作家以外に、大江健三郎、中野孝次、植谷雄高、中村真一郎、加賀乙彦、阿部知二、渡辺一夫らのマン受容について触れている。

（2）長田弘『抒情の変革』晶文社、一九六五年、一三九頁。

（3）清岡卓行『静けさのドラマ―生活の規律に服するいさぎよさ』（『日本読書新聞』一九六三年五月二〇日）

（4）鮎川信夫『鮎川信夫詩集』（現代詩文庫　第九巻）思潮社、一九六八年、一四頁。（詩「アメリカ」）

（5）鮎川信夫『鮎川信夫全集第一巻』思潮社、一九八九年、四一頁。（「アメリカ覚書」）

瀬尾育生は、『鮎川信夫論』思潮社、一九八一年、一二六頁で、鮎川の「Xへの献辞」における「無名にして共同なるもの」という言葉もまた、『魔の山』の登場人物イエズス会士ナフタの言葉（anonym und gemeinsam）から取られたものであるとしている。その可能性はむろん否定できないが、「無名にして共同なるもの」とはまた文学的なユートピアとして鮎川が独立的に得たものと考えることも可能であろう。筆者も同じユートピアを夢想したことがあるからである。また二十歳で形而上的死を選んだ年少の友が、ただ「セブンスディ・アドヴェンティストの墓」と記された共同の墓所に葬られているのを見た折、名に対するこだわりをなぜか恥ずかしく感じ、この共同の墓所を美しいと思った記憶もある。

なお鮎川と同年生まれで、鮎川と全く同時代の人間であるドイツ語詩人パウル・ツェラーンは、戦時中自分の死を覚悟したとき、それまで書き記した自分の詩をまとめたが、それにはただ「詩集」というタイトルだけをつけ、作者の名を記さぬようにとの指示を出していた。詩を通した無名にして共同の世界の存在を信じたのであろう。（なお瀬尾氏からは、牟礼慶子『鮎川信夫―路上のたましい』と、芹沢俊介の「魔の山論」の存在を教えていただいた。記して礼を述べたい）

(6) トーマス・マン『魔の山』(高橋義孝訳　新潮文庫　上)新潮社、一九六九年、九頁。
(7) 前掲書、下、七七頁。
(8) 前掲書、下、六四六頁。
(9) 前掲書、下、七九九頁。
(10) 前掲書、下、四九〇頁。
(11) 前掲書、下、四九〇頁。
(12) 前掲書、下、六三四頁。
(13) 前掲書、下、六三四頁。
(14) 前掲書、下、六三四頁。
(15) 北村太郎『ぼくの現代詩入門』大和書房、一九八二年、九〇頁。
(16) 森川義信『森川義信詩集』国文社、一九七七年、九〇―九二頁。(鮎川信夫「解説」による)
(17) 前掲書、九四、九五、五八―五九頁。
(18) 鮎川信夫『鮎川信夫全集第七巻』、思潮社、二〇〇一年、三三九頁。この巻に収められている「失われた街」は、森川義信との交流についてまとめて書かれたものである。
(19) 鮎川信夫『戦中手記』思潮社、一九七〇年、七〇頁。
(20) 鮎川信夫『鮎川信夫全集第七巻』、四三六頁。(「中桐雅夫の死に」)
(21) 田村隆一『ぼくのピクニック』朝日新聞社、一九九八年、五一頁。(「ハート美人」)なお『田村隆一全詩集』思潮社、二〇〇〇年、年譜、一四四九頁には『トニオ・クレーゲル』を初めて読んだのが一九四二年(昭和一七年)となっているが、本論では田村自身の記述を採っておく。
(22) 北川透『荒地論』思潮社、一九八三年、三七頁。
(23) 堀田善衛『若き日の詩人たちの肖像』新潮社、一九六八年、二〇九頁。

(24) 前掲書、三七七頁。
(25) 前掲書、三九二―三九四、四二五頁。
(26) 鮎川信夫『鮎川信夫全集第七巻』、六五一頁。
(27) 堀田、前掲書、二九一頁。
(28) 前掲書、二九一頁。
(29) 前掲書、二七四頁。
(30) 前掲書、二九一頁。
(31) 前掲書、三三一頁。
(32) 前掲書、三三一頁。
(33) 前掲書、三三二頁。
(34) 前掲書、一七五頁。
(35) 清岡卓行『詩と映画／廃墟で拾った鏡』（現代芸術論叢書）弘文堂、一九六〇年、一三〇、一三一頁。
(36) この論争に関係して、清岡は「奇妙な幕間の告白」（『詩と映画／廃墟で拾った鏡』所収）で大要以下のように述べているが、説得力に満ちている。

即日帰郷で兵役を免れ、学生の身分にあったある日、偶然ニュース映画で神風特別攻撃隊の出撃風景をみた。その日以来魂に罅割れが生じ、それは戦後になっても続いた。

文学者の戦争責任を問い、批判する人間たちほど、自分は厳しくなりえない。自分の無垢、ないし純潔を信じられないからである。自分自身が戦争の共犯者であるという、生々しい意識が、それに抵抗するすべもない惨めさが、そして現実の死だけは取り返すことができないという、どうしょうもない論理が反芻されるばかりである。戦争の共犯者であり同時にその犠牲者であるという意識。この矛盾は、戦争への協力と抵抗という明確な図式で裁断されるものではない。実際に可能なことは、その矛盾の組織化であり、政治学である。問題は自我の核、自分たちの自由が誇りえるものであるかどうかにかかっている。そしてこれは、様々に形を変えながらも、秩序の外側に生きることができない人間たちに、今日もなおきびしく課せられている矛盾なのである。

(37) 鮎川信夫『鮎川信夫全集第七巻』、二八五頁。(「詩的自伝として」)
(38) 同じ戦中世代という言葉で括られる世代にあっても二、三歳の年齢差によって体験が異なり「それぞれの精神史のスペクトルに現れる微妙な偏差と断絶がある」ことを橋川文三は指摘している。『鮎川信夫著作集第一〇巻』思潮社、一九七九年、一九五頁(未来への遺書―『戦中手記』をめぐって)。
(39) 野沢啓『方法としての戦後詩』花神社、一九八五年、二〇、二一頁。
(40) 三島由紀夫『三島由紀夫全集　第二五巻』新潮社、一九七五年、四七〇頁(「無題〈「トーマス・マン全集」推薦文〉」)。
(41) トーマス・マン『トニオ・クレーゲル』(新潮文庫)新潮社、一九六七年、四三頁。
(42) 前掲書、三三頁。
(43) 前掲書、一一〇頁。
(44) 前掲書、一一一頁。
(45) 上林暁『上林暁全集　第一六巻』筑摩書房、一九八〇年、二八―三一巻、一〇八―一一〇頁。
(46) 三島由紀夫・三好行雄「対談　三島文学の背景」(『国文学』第一五巻第六号、一九七〇年)一七、一八頁。
(47) ドナルド・キーン『悼友紀行』新潮社、一九八七年、四五頁。
(48) 三島由紀夫『三島由紀夫全集　第三〇巻』新潮社、一九七五年、四六九、四七〇頁(「私の遍歴時代」)。
(49) 黒田三郎『赤裸々にかたる―詩人の半生』新日本出版社、一九七九年、四八頁。
(50) 黒田三郎『黒田三郎日記　戦後篇二』思潮社、一九八一年、一八七頁(昭和二三年九月三日)。
(51) 前掲書、一八七頁。
(52) 黒田三郎『内部と外部の世界』昭森社、一九九七年、一四六頁(「若い世代の夢」)。

(53) 前掲書、一四七頁(「若い世代の夢」)。
(54) 前掲書、一三五頁(「詩人と言葉」)。
(55) 前掲書、一五〇頁(「権力と詩人」)。
(56) 前掲書、一八〇頁(「権力と詩人」)。
(57) 前掲書、一八〇頁(「権力と詩人」)。
(58) 黒田三郎『赤裸々にかたる—詩人の半生』新日本出版社、一九七九年、四八頁。
(59) 北川、前掲書、五三頁。
(60) 中桐雅夫『中桐雅夫詩集』(現代詩文庫)思潮社、一九七一年、一一一頁。
(61) 黒田三郎『黒田三郎日記　戦後篇一』思潮社、一九八一年、三〇頁。
(62) 前掲書、一五四頁。
(63) 北川、前掲書、七四、七五頁。

(追記)

本論中に引用されている『魔の山』の同一箇所が引用者によって異なる文章となっているのは、典拠とした訳本の違いによる。筆者は自らの訳ではなく、高橋義孝訳を使用したが、これは読者の便宜をはかったものである。また外国語のカタカナ表記は難しく、表記の不統一をもたらすことがある。筆者は原文を尊重し統一をはかることをしなかった。同一人物が異なる表記をしている例もある。『トーニオ・クレーガー』が比較的原音に近い表記と言えようか。

執筆者紹介（執筆順）

川《かわ》口《ぐち》紘《ひろ》明《あき》　中央大学法学部教授
中《なか》川《がわ》敏《さとし》　中央大学経済学部教授
中《なか》島《じま》昭《あき》和《かず》　中央大学名誉教授
相《そう》馬《ま》久《ひさ》康《やす》　中央大学法学部教授
平《ひら》田《た》耀《よう》子《こ》　中央大学総合政策学部教授
行《ゆき》吉《よし》邦《くに》輔《すけ》　中央大学名誉教授
渡《わた》部《べ》芳《よし》紀《のり》　中央大学文学部教授
入野田《いりのだ》眞《まさ》右《あき》　中央大学法学部教授
安《やす》川《かわ》定《さだ》男《お》　中央大学名誉教授
塚《つか》本《もと》康《やす》彦《ひこ》　中央大学文学部教授
北《きた》彰《あきら》　中央大学法学部教授

近代作家論　研究叢書31

2003年2月15日　第1刷印刷
2003年2月20日　第1刷発行

編　　者　中央大学人文科学研究所
発 行 者　中 央 大 学 出 版 部
代表者　辰　川　弘　敬

192-0393　東京都八王子市東中野 742-1
発行所　中 央 大 学 出 版 部
電話 0426（74）2351　FAX 0426（74）2354
http://www2.chuo-u.ac.jp/up/

十一房印刷工業・東京製本

ISBN4-8057-5322-6

26　近代劇の変貌　　A５判 424頁 本体 4,700円
—「モダン」から「ポストモダン」へ—

ポストモダンの演劇とは？　その関心と表現法は？英米，ドイツ，ロシア，中国の近代劇の成立を論じた論者たちが，再度，近代劇以降の演劇状況を鋭く論じる．

27　喪失と覚醒　　A５判 480頁 本体 5,300円
—19世紀後半から20世紀への英文学—

伝統的価値の喪失を真摯に受けとめ，新たな価値の創造に目覚めた，文学活動の軌跡を探る．

28　民族問題とアイデンティティ　　A５判 348頁 本体 4,200円
冷戦の終結，ソ連社会主義体制の解体後に，再び歴史の表舞台に登場した民族の問題を，歴史・理論・現象等さまざまな側面から考察する．

29　ツァロートの道　　A５判 496頁 本体 5,700円
—ユダヤ歴史・文化研究—

18世紀ユダヤ解放令以降，ユダヤ人社会は西欧への同化と伝統の保持の間で動揺する．その葛藤の諸相を思想や歴史，文学や芸術の中に追究する．

30　埋もれた風景たちの発見　　A５判 660頁 本体 7,300円
—ヴィクトリア朝の文芸と文化—

ヴィクトリア朝の時代に大きな役割と影響力をもちながら，その後顧みられることの少くなった文学作品と芸術思潮を掘り起こし，新たな照明を当てる．

20　近代ヨーロッパ芸術思潮　　A５判 320頁　本体 3,800円

価値転換の荒波にさらされた近代ヨーロッパの社会現象を文化・芸術面から読み解き，その内的構造を様々なカテゴリーへのアプローチを通して，多面的に解明.

21　民国前期中国と東アジアの変動　　A５判 600頁　本体 6,600円

近代国家形成への様々な模索が展開された中華民国前期(1912～28)を，日・中・台・韓の専門家が，未発掘の資料を駆使し検討した国際共同研究の成果.

22　ウィーン その知られざる諸相　　A５判 424頁　本体 4,800円

—もうひとつのオーストリア—

二十世紀全般に亙るウィーン文化に，文学，哲学，民俗音楽，映画，歴史など多彩な面から新たな光を照射し，世紀末ウィーンと全く異質の文化世界を開示する.

23　アジア史における法と国家　　A５判 444頁　本体 5,100円

中国・朝鮮・チベット・インド・イスラム等アジア各地域における古代から近代に至る政治・法律・軍事などの諸制度を多角的に分析し，「国家」システムを検証解明した共同研究の成果.

24　イデオロギーとアメリカン・テクスト　　A５判 320頁　本体 3,700円

アメリカ・イデオロギーないしその方法を剔抉，検証，批判することによって，多様なアメリカン・テクストに新しい読みを与える試み.

25　ケルト復興　　A５判 576頁　本体 6,600円

19世紀後半から20世紀前半にかけての「ケルト復興」に社会史的観点と文学史的観点の双方からメスを入れ，その複雑多様な実相と歴史的な意味を考察する.

14　演劇の「近代」　近代劇の成立と展開　　A 5 判 536頁　本体 5,400円

イプセンから始まる近代劇は世界各国でどのように受容展開されていったか，イプセン，チェーホフの近代性を論じ，仏，独，英米，中国，日本の近代劇を検討する．

15　現代ヨーロッパ文学の動向　中心と周縁　　A 5 判 396頁　本体 4,000円

際立って変貌しようとする20世紀末ヨーロッパ文学は，中心と周縁という視座を据えることで，特色が鮮明に浮かび上がってくる．

16　ケルト　生と死の変容　　A 5 判 368頁　本体 3,700円

ケルトの死生観を，アイルランド古代／中世の航海・冒険譚や修道院文化，またウェールズの『マビノーギ』などから浮び上がらせる．

17　ヴィジョンと現実　十九世紀英国の詩と批評　　A 5 判 688頁　本体 6,800円

ロマン派詩人たちによって創出された生のヴィジョンはヴィクトリア時代の文化の中で多様な変貌を遂げる．英国19世紀文学精神の全体像に迫る試み．

18　英国ルネサンスの演劇と文化　　A 5 判 466頁　本体 5,000円

演劇を中心とする英国ルネサンスの豊饒な文化を，当時の思想・宗教・政治・市民生活その他の諸相において多角的に捉えた論文集．

19　ツェラーン研究の現在　　A 5 判 448頁　本体 4,700円

20世紀ヨーロッパを代表する詩人の一人パウル・ツェラーンの詩の，最新の研究成果に基づいた注釈の試み．研究史，研究・書簡紹介，年譜を含む．

8　ケルト　伝統と民俗の想像力

古代のドルイドから現代のシングにいたるまで，ケルト文化とその稟質を，文学・宗教・芸術などのさまざまな視野から説き語る．

A 5 判 496頁
本体 4,000円

9　近代日本の形成と宗教問題　〔改訂版〕

外圧の中で，国家の統一と独立を目指して西欧化をはかる近代日本と，宗教とのかかわりを，多方面から模索し，問題を提示する．

A 5 判 330頁
本体 3,000円

10　日中戦争　日本・中国・アメリカ

日中戦争の真実を上海事変・三光作戦・毒ガス・七三一細菌部隊・占領地経済・国民党訓政・パナイ号撃沈事件などについて検討する．

A 5 判 488頁
本体 4,200円

11　陽気な黙示録　オーストリア文化研究

世紀転換期の華麗なるウィーン文化を中心に20世紀末までのオーストリア文化の根底に新たな光を照射し，その特質を探る．巻末に詳細な文化史年表を付す．

A 5 判 596頁
本体 5,700円

12　批評理論とアメリカ文学　検証と読解

1970年代以降の批評理論の隆盛を踏まえた方法・問題意識によって，アメリカ文学のテキストと批評理論を，多彩に読み解き，かつ犀利に検証する．

A 5 判 288頁
本体 2,900円

13　風習喜劇の変容

王政復古期からジェイン・オースティンまで

王政復古期のイギリス風習喜劇の発生から，18世紀感傷喜劇との相克を経て，ジェイン・オースティンの小説に一つの集約を見る，もう一つのイギリス文学史．

A 5 判 268頁
本体 2,700円

中央大学人文科学研究所研究叢書

1　五・四運動史像の再検討　　A５判 564頁（品切）

2　希望と幻滅の軌跡　　A５判 434頁　本体 3,500円
　——反ファシズム文化運動——

　様ざまな軌跡を描き，歴史の襞に刻み込まれた抵抗運動の中から新たな抵抗と創造の可能性を探る．

3　英国十八世紀の詩人と文化　　A５判 368頁（品切）

4　イギリス・ルネサンスの諸相　　A５判 514頁（品切）

5　民衆文化の構成と展開　　A５判 434頁　本体 3,495円
　——遠野物語から民衆的イベントへ——

　全国にわたって民衆社会のイベントを分析し，その源流を辿って遠野に至る．巻末に子息が語る柳田國男像を紹介．

6　二〇世紀後半のヨーロッパ文学　　A５判 478頁　本体 3,800円
　第二次大戦直後から80年代に至る現代ヨーロッパ文学の個別作家と作品を論考しつつ，その全体像を探り今後の動向をも展望する．

7　近代日本文学論　——大正から昭和へ——　　A５判 360頁　本体 2,800円
　時代の潮流の中でわが国の文学はいかに変容したか，詩歌論・作品論・作家論の視点から近代文学の実相に迫る．